ullstein

Das Buch

Dresden im Jahre 1869. Ein neuer Trend etabliert sich, private Ermittlungsbüros sprießen aus der Erde. Auch der wohlhabende und feinsinnige Daniel Raabe gründet eine solche Detektei. Schon einige Tage nach der Eröffnung steht eine junge Frau aufgelöst und mit blutbefleckten Kleidern bei ihm vor der Tür und bittet um seine Hilfe. Ihr gehört eine Fechtschule für Damen in einem heruntergekommenen Viertel von Dresden. Annie Troll ist mutig, besitzt eine lose Zunge, eine dehnbare Moral und eine uneheliche Tochter. Und steckt in Schwierigkeiten. In ihrem Fechtsaal liegt eine tote Frau, niedergestochen. Es ist eine berühmte Balletttänzerin, die von Annie unterrichtet wurde. Und nun steht Annie unter Verdacht, eine Mörderin zu sein.

Die Autorin

Helga Glaesener wurde in Niedersachsen geboren und studierte in Hannover Mathematik. 1990 begann die Mutter von fünf Kindern mit dem Schreiben historischer Romane, von denen gleich das Debüt, *Die Safranhändlerin*, zum Besteller avancierte. Sie lebt in Oldenburg. Neben dem Schreiben bringt sie angehenden Autoren die Kniffe des Handwerks bei. Seit 2010 lebt sie in Oldenburg. Weitere Informationen unter www.helga-glaesener.de

Von Helga Glaesener sind in unserem Hause bereits erschienen:

Die Rechenkünstlerin · Du süße sanfte Mörderin ·
Die Safranhändlerin (Die Safran-Händlerin-Saga 1) ·
Safran für Venedig (Die Safran-Händlerin-Saga 2) ·
Wer Asche hütet · Der singende Stein ·
Wespensommer (Die Toskana-Trilogie 1) ·
Wölfe im Olivenhain (Die Toskana-Trilogie 2) ·
Das Findelhaus (Die Toskana-Trilogie 3) ·
Die Hexe und der Leichendieb · Die Vergolderin ·
Der Weihnachtswolf · Die Beutelschneiderin ·
Die Postmeisterin

HELGA GLAESENER

Die Tote im Fechtsaal

Historischer Roman

Ullstein

Besuchen Sie uns im Internet:
www.ullstein-buchverlage.de

MIX
Papier
FSC® C083411

Ungekürzte Ausgabe im Ullstein Taschenbuch
1. Auflage Dezember 2019

Umschlaggestaltung: zero-media.net, München
Titelabbildung: Frau: © Magdalena Russocka / Trevillion Images;
Papierstruktur, neue Faust, Degen: © FinePic®, München;
Treppe: © Christie's Images Ltd »Napoleons Abdankung«. Um
1890–99; Cain; Georges Jules Auguste; 1856–1919; Öl auf Leinwand;
– ARTOTHEK; Dresden: Bridgeman Art Library »View of Dresden«,
1850; De Agostini Picture Library
Satz: LVD GmbH, Berlin
Gesetzt aus der Sabon
Druck und Bindearbeiten: CPI books GmbH, Leck
ISBN 978-3-548-06114-6

1. Kapitel

Jette konnte fliegen. Sie schwang die Arme, sie drehte Kreise, sie flitzte übers Eis, als gäbe es keine Schwerkraft. Die Sonne war nah und hell wie eine himmlische Laterne, ein Leierkasten spielte das Lied von der russischen Kalinka, und in ihrer Nase hing der Duft von Pfefferkuchen, Bratgewürzen und Käsekeulchen. Sie war glücklich.

Dschummm ... ein weiterer Bogen. Die Bäume, die am Elbufer standen, sausten an ihr vorbei. Sie hatten die Blätter verloren, aber der Winter hatte die Äste mit Girlanden aus Reif geschmückt und die Abendsonne ihre Kronen in Gold getaucht. Kurz überlegte Jette, eine Pirouette zu drehen. Sie konnte das, im Ernst, sie hatte es kürzlich auf einem zugefrorenen Teich ausprobiert. Aber die Elbe war voller Menschen, die mit ihr den Abend genossen, und da wollte sie sich nicht auf den Hintern setzen und sich blamieren.

Dschummm ... Das Eis knirschte unter den Kufen ihrer rostigen Schlittschuhe. Die Fische darunter glotzten sicher und staunten, wie schnell sie sich bewegte. Noch eine Drehung ... Vor ihr tauchte ein Schlitten mit einer Mutter und ihrem Kind auf, der von einem Mann über das Eis geschoben wurde. Die Fahrt war stürmisch, und das Kind drückte die Wange an die schützende Brust ihrer Mutter. Die Frau, in Pelze und Decken gehüllt, lachte, der Vater gab Acht, dass den beiden nichts geschah.

Beim Blick in sein bärtiges Gesicht piekte ein Stachel der Eifersucht direkt in Jettes Herz. So etwas geschah ihr gelegentlich. Annie war eine fabelhafte Mutter, die sie liebte und beschützte, so gut es eben ging, aber ihr Vater war gestorben, als Jette noch ein Säugling gewesen war. »Erst war er krank, dann war er tot«, hatte Annie kurz angebunden erklärt, als sie alt genug gewesen war, um nach ihm zu fragen. Und damit hätte Jette sich vielleicht abfinden können. Es starb ja immer irgendwer. Aber als sie ihrer Nachbarin, der Frau Kröger mit den dicken Brüsten und dem mageren Hals, davon erzählte, hatte die sie ausgelacht und behauptet, dass Jettes Mutter überhaupt nie verheiratet gewesen sei und ihr Vater wahrscheinlich keine Lust gehabt habe, sich von einer, die mit dem Erstbesten ins Bett stieg, einen Balg ans Bein binden zu lassen. Seitdem stach der Stachel der Eifersucht, wenn Jette Kinder mit ihren Vätern sah.

Aber ... ach was! Wenn die Fliege geschissen hat, hilft kein Heulen mehr, sagte Annie immer. Jette hob die Arme zu einer erneuten Drehung. Schneeflocken flogen ihr ins Gesicht wie zarte, kalte Küsse. Die Kröger log sowieso, das wusste die ganze Straße.

Sie zog eine besonders enge und damit gefährliche Kurve. Das Kunststück gelang, aber der Zauber des Nachmittags war bei dem Gedanken an ihren Vater verflogen. Plötzlich war Jette wieder zu einem zwölfjährigen Mädchen in geflickten Kleidern geworden, dessen Schlittschuhe vom Abfall stammten und das weder besonders klug noch besonders hübsch war. Die Sonne stand auf den Dächern, die Menschen strebten dem Ufer zu und warfen Blicke zum Himmel, weil Wolken aufzogen. Der Leierkastenmann deckte ein Tuch über seine Drehorgel und trat nach seinem Hund. Bald würde es dunkel sein, sie musste zusehen, dass sie nach Hause kam.

Kurz zögerte sie. Vielleicht zum Schluss doch noch eine

kleine Pirouette, damit der Abend einen letzten Glanzpunkt bekam? Sie nahm Schwung auf … und blieb an etwas hängen. Knie und Arme krachten aufs Eis, die Wange schrappte wie über Scherben, Schmerzen schossen durch ihren Körper. Benommen drehte sie sich auf den Hintern – und starrte in ein höhnisches Gesicht.

»Was ist los? Biste gefallen, Blödbacke?«, fragten die in einem buschigen Bart gefangenen Lippen, die über ihrem Gesicht schwebten. Casimir Schmitt. Der König der Dresdener Altstadt. Der Mann, der das Sagen hatte, wenn es dunkel wurde und zwielichtige Gestalten wie Ratten in die Schenken strömten, um krumme Geschäfte auszuhandeln. Er gehört zur Mischpoke, zum Gesocks, dem man aus dem Weg gehen muss, sagte Annie immer. Casimir Schmitt hatte ihr ein Bein gestellt.

Jette rappelte sich auf. Obwohl sie nicht besonders groß war, konnte sie ihm in die Augen blicken – Schmitt war nämlich ein Zwerg. Sein Kopf, der wie der eines erwachsenen Mannes aussah, saß auf einem schmächtigen Kinderkörper, und das verlieh ihm ein unheimliches Aussehen, genau wie der karottenrote Bart, der im grellen Gegensatz zu seinen kohlschwarzen Haaren stand und ihm etwas Verlogenes gab. Die untergehende Sonne hatte den Himmel so rot wie den Bart gefärbt, und einen Moment sah es aus, als bestünde sein Gesicht nur aus dem Rahmen des schwarzen Haares, der schwarzen Melone, die darauf thronte, und den dunklen Augen.

»Genug geglotzt?«

Casimir Schmitt sprach grob, trug aber feine Kleider: graugrüne Hosen, lederne Handschuhe, blanke Stiefel und einen pelzbesetzten, braunen Mantel. In der Hand hielt er einen Spazierstock mit einem silberfarbenen Griff, der extra für seine Größe gefertigt worden war.

Er redete weiter, doch Jette war so entsetzt, dass sie nur

Wortfetzen aufschnappte. »… fette Henne … Küken fressen …«, hörte sie ihn giften. Er packte sie und begann sie zu schütteln. »Was ist? Biste auch auf die Klappe gefallen? … hab deine Alte gewarnt … wer nicht hören will … biste dran, Blödbacke … kann sie dich aus der Gosse kratzen! Komm, los …«

Er packte sie am Arm, aber sie schaffte es, sich loszureißen und auf ihren rostigen Kufen abzuhauen. Fluchend setzte Schmitt ihr nach. Die Eisläufer, denen sie bei ihrer überhasteten Flucht vor die Füße lief, fluchten ebenfalls, eine Frau stürzte.

Ein gehetzter Blick über die Schulter zeigte Jette, dass der Zwerg ihr folgte, aber da er normale Stiefel anhatte, war sie für ihn auf dem Eis unerreichbar. Sie lachte hysterisch. Am Ufer löste sie mit zittrigen Fingern die Lederbänder und drängelte sich, die Schlittschuhe an die Brust gepresst, durch die Menschenmenge. Jemand schlug nach ihr, Bierbuden mussten umrundet werden …

»… aus der Gosse kratzen.« Die Worte klebten in ihrem Kopf wie Plakate an der Annonciersäule. Schmitt und ihre Mutter hatten in der vergangenen Woche einen furchtbaren Streit gehabt, bei dem es um Geld gegangen war. Annie hatte gebrüllt, der Zwerg sehr leise gesprochen. Trotz der gedämpften Stimme war er Jette aber mächtiger und vor allem gefährlich vorgekommen.

Nach dem Streit war er gegangen. Ohne Geld. Mit dem Gelächter ihrer Mutter im Nacken. Und nun hat er sich aufgemacht, es uns heimzuzahlen, dachte sie. Leute wie der Zwerg gaben nicht nach. Jette rannte über die Augustusbrücke, hinter dessen Eisengeländer man im Sommer die Elbschiffe beobachten konnte und wo jetzt der Schnee auf den Holzbänken in den Ausbuchtungen lag, und dann auf den matschbedeckten Schlossplatz. Noch ein Blick über die Schulter – vom Zwerg nichts zu sehen. Sie wollte weiter

Richtung Altmarkt, bog dann aber in kleinere Gässchen ab, weil sie sich dort sicherer fühlte.

Schließlich hielt sie inne. Ihre Lunge stach, die Seite auch. Keuchend blickte sie sich um. Häuser mit himmelstrebenden Giebeln verschlangen das wenige Abendlicht. Zwei Männer in Gehpelzen kamen näher und schlenderten an ihr vorbei, schenkten ihr aber keine Aufmerksamkeit. Jette blickte ihnen nach, bis sie in einem finsteren, langen Tunnel verschwanden, der die Straße überwölbte.

Der Tunnel. Er war unheimlich, aber auch sie musste da durch, wenn sie nicht über den Altmarkt wollte, wo der Zwerg vielleicht nach ihr Ausschau hielt. In der Mitte des Tunnels standen dicke Säulen, hinter jeder einzelnen könnte sich jemand verbergen, und wenn man sie dort umbrächte, würde es niemand merken. Ihr Herz hämmerte, aber sie rief sich zur Ordnung. Nur kein Schisshase sein. Annie verachtete Schisshasen. Sie rannte los, so schnell sie konnte, und kam heil auf der anderen Seite wieder ins Freie.

Mit den letzten Sprüngen rettete sie sich einige Stufen hinab in einen Dienstboteneingang. Erst mal verschnaufen und wieder Mut schöpfen. Durch ihre Schuhe drangen Nässe und Kälte. Die Schlittschuhe an die Brust gepresst, starrte sie zur Straße hinauf. Ihr kam ein neuer, grässlicher Gedanke: Der Zwerg hatte ihr nicht folgen können, da war sie sicher, aber was, wenn er einen seiner Leute am Ufer postiert hatte und der ihr gemächlich hinterhergeschlendert war? Einen von denen, die den Dreck für ihn erledigten, wie Annie es nannte.

Jette wusste, was ihre Mutter damit meinte: den Dreck erledigen. Im Sommer hatte sie gesehen, wie die Gendarmen einen Mann aus dem Cholerabrunnen beim Postplatz gezogen hatten. Sein Kopf, auf den die grünen Brunnenechsen Wasser gespien hatten, war aufgeplatzt gewesen, so dass das Gehirn rausquoll. Aber noch schlimmer hatte sein Gesicht ausgesehen. Jemand hatte das rechte Auge in den Kopf gedrückt – mit einer dünnen Eisenstange, vielleicht aus einem Zaun gebrochen, hatte der Gendarm, der ihn auf dem Pflaster ablegte, gemeint. Das geöffnete Lid hatte den Blick auf einen blutigen Brei freigegeben.

Allein die Erinnerung machte, dass Jette übel wurde. Sie presste sich gegen die eisige Mauer, ihr Rücken gefror, ihr Blick haftete ängstlich auf dem Pflaster über der obersten Treppenstufe. Schon bereute sie, sich in den Dienstboteneingang gerettet zu haben, wo sie wie die Maus in der Falle saß.

Die Glocke der Frauenkirche läutete das Angelus. Es war inzwischen völlig dunkel. Jette überwand sich und kehrte in die Gasse zurück. Der Schein der Gaslaternen zeichnete milchige Kreise in den Schneematsch. Hinter dem Fenster eines Hauses stand ein Mann mit erhobenem Zeigefinger. Sein Mund ging auf und zu wie bei einem Schattenspiel. Vielleicht drohte er seinem Hausmädchen. Ich muss heim, dachte Jette, der vor Kälte die Zähne klapperten.

Bald erreichte sie das Haus, in dem sie mit ihrer Mutter wohnte. Es war ein schäbiges, fünfstöckiges Gebäude, eingezwängt zwischen ähnlichen Häusern, mit Reihen schmuckloser Fenster, über die sich ein schneebestäubtes Dach mit rauchenden Schornsteinen wölbte. Auf der anderen Straßenseite ging eine winklige Nebengasse ab. Die Gegend hier war verkommen. Von den Fassaden platzte die Farbe ab, über Fenster, deren Scheiben zerbrochen waren, hatten die Bewohner Holzplatten genagelt. Eines der Häuser trug einen verblassten Schriftzug. Dort hatte einmal ein Kolonialwarenhändler gewohnt, der aber umgezogen war, als das Viertel nach und nach verarmte.

Jette drückte die schwere Haustür auf. Kurz packte sie wieder der Schrecken. Da der Zwerg wusste, wo sie wohnte, konnte ja auch hier jemand lauern. Sie horchte angespannt.

Aus den Wohnungen drangen Stimmen, ein Kind wimmerte, zwei Frauen sangen gemeinsam von der Liebe in den Hinterhöfen, die eine schön, die andere, Frau Kubiak, nicht. Es roch nach verschwitztem Bettzeug, Hühnerkacke und gedünstetem Wirsing. Wenn sie nur schon oben wäre. Die Arme ihrer Mutter kamen ihr plötzlich wie das sichere Himmelreich vor. Aber gut, es half ja nichts. Erst musste sie die Stiegen hinauf. Im Treppenhaus war es stockdunkel, doch da sie die abgetretenen Stufen schon tausend Mal raufgeklettert war, machte ihr das nichts aus. Ihre Wohnung befand sich im dritten Stockwerk zur linken Seite. Hier war es zum Glück ein wenig heller, weil Mondlicht durch ein kleines Fenster fiel. Jette kramte den Wohnungsschlüssel hervor und wollte die Tür öffnen.

In diesem Moment hörte sie über sich, auf dem Dachboden, einen Schrei. Es war ein schrecklicher, nicht enden wollender Laut, erst gedämpft, dann ein paar Mal laut und schrill, schließlich wieder leise, bis er erstarb. Eine Tür quietschte. Jemand kam die Treppe hinab. Ihre Mutter? Annie hatte den großen, kahlen Raum mit den Holzstreben gemietet, um dort ihre Kunden zu empfangen. Aber sie polterte. Annie polterte immer. Das war ihre Art, bei Annie Troll gab's keine Stille. Doch wenn es nicht Annie war, die da runterkam – wer dann? Und wer hatte geschrien?

Die Schritte klangen verstohlen, wie bei der Mischpoke, die Schmitt schickte, um Leuten wie Annie Troll klarzumachen, dass sie blechen mussten, wenn sie in seinem Viertel überleben wollten.

Atemlos vor Angst versuchte Jette, den Schlüssel ins Schloss zu bekommen, schaffte es aber nicht. Auf der anderen Seite des Flurs befand sich ein winziger Vorraum, der zu einem besonders schäbigen Zimmer führte, in dem vor ein paar Wochen der Mieter gestorben und vergammelt war und aus dem man den Geruch nicht mehr rausbekam, sodass es vorerst nicht vermietet werden konnte. Sie huschte hinüber, kauerte sich an die Wand, kniff die Augen zusammen und stopfte die Finger in die Ohren.

Wer hatte geschrien? Und wer kam da runter?

2. Kapitel

Das Dresdener Kriminalgericht hatte Herbert Broyhahn wegen Mordes an seiner Ehefrau verurteilt. Der Prozess war am Nachmittag zu Ende gegangen. Leicht war es nicht gewesen, den Mann dranzukriegen. Der Staatsanwalt hatte die Indizien, die die Detektei Raabe ihm im Lauf der Wochen zugetragen hatte, minuziös vor den Richtern ausgebreitet. Er hatte brillant argumentiert und damit für Aufsehen gesorgt, aber schlussendlich nicht überzeugen können.

Was zu erwarten gewesen war. Broyhahn hatte weitsichtig bereits vor einem Jahr mit einer Spende die Renovierung der Armenwohnungen im Maternihospital ermöglicht. Er hatte das Weihnachtsessen in der Taubstummenanstalt ausgerichtet und dem Komitee, das die Renovierung der Sophienkirche vorantrieb, Geld zukommen lassen. Beim Begräbnis seiner Frau hatte er einen Schwächeanfall erlitten, man musste ihm einen Stuhl ans Grab tragen, die halbe Dresdener Bevölkerung war Zeuge gewesen. Und so ein Mensch sollte ein Mörder sein? Sein armes Weib war einem Herzleiden erlegen, der Familienarzt hatte es bestätigt. Und dass seine Tochter eine Detektei beauftragte, um dem eigenen Vater eins auszuwischen: Pfui Deibel!

Überhaupt: Eine Detektei? Was war das für ein neumodischer Firlefanz? Und was zerrten diese Leute für Belanglosigkeiten ans Licht. Vielleicht hatte Broyhahn ja wirklich kurz vor dem Tod seiner Frau in einer Apotheke Arsenik gekauft. Aber die Ratten waren eine verfluchte Plage, jeder benutzte das Gift. Und dass er es eigenhändig besorgt und nicht die Dienstboten beauftragt hatte … Man sollte doch solche Nebensächlichkeiten nicht aufbauschen …

Als sie an dieser Stelle des Verfahrens angelangt waren, hatte Daniel Raabe dem Staatsanwalt zugenickt. Das Publikum war müde, Broyhahn wähnte sich in Sicherheit – es war Zeit für das Finale, mit dem Raabe den Prozessverlauf noch einmal wenden wollte. Sie hatten das wichtigste Beweisstück zurückgehalten: einen Nachttopf voll mit getrockneter Scheiße. Der Staatsanwalt rief den Dresdener Anatomieprofessor Günther in den Gerichtssaal, und Daniel beobachtete den honorigen Mann, wie er, begleitet von zwei Assistenten, vor den Richtertisch trat.

»Was bitte soll das jetzt?«, fragte der Richter.

Günther war ein angesehener Wissenschaftler, er galt als Koryphäe auf seinem Gebiet – keiner, dem man die Aufmerksamkeit verwehren konnte. Der Mann verneigte sich. »Hochverehrtes Gericht: Es gibt ein neues wissenschaftliches Verfahren, das geeignet ist, mit höchster Präzision den Nachweis zu führen, ob ein Mensch Opfer einer Krankheit wurde oder …« Dramatisch schnipste er mit den Fingern und befahl seinen Assistenten, die Utensilien, die sie trugen, auf dem Richtertisch abzusetzen. »Wenn Sie erlauben?« Auf das Nicken des Richters hob er den Deckel vom Nachttopf und füllte mit einem Löffel vorsichtig einen Klumpen Kot in einen Kochtopf um. Er schüttete Chlorwasserstoffsäure darüber und rührte und erhitzte unter den Augen des gespannten Publikums den Brei über einer dicken Kerze, die einer seiner Assistenten entzündet hatte.

Der Richter säuberte seine Brillengläser, das Volk stand auf und reckte die Hälse. Aha, es handelte sich bei dem Klumpen um ähäm … den Kot der Verstorbenen?

Die Sache dauerte. Der Staatsanwalt nutzte die Zeit, um das Hausmädchen der Broyhahns reinzurufen, das Daniel in der Nacht vor dem Prozessbeginn doch noch zu einer Aussage hatte bewegen können. Sie identifizierte den mit Schmetterlingen bemalten Nachttopf als den ihrer Herrin, mit schlechtem Gewissen, weil es an ihr gewesen wäre, ihn zu entleeren und zu reinigen. Aber wer dachte schon an so etwas, wenn sich die Herrin unter Qualen im Bett wand und der Raum voller Doktoren war und die Verwandtschaft die Hände rang und sie selbst vor Mitleid fast verging? Sie hatte den Topf mit dem Fuß unters Bett geschoben und ihn dort vergessen, bis der Herr von der Detektei ins Haus kam und ihn entdeckte.

Professor Günther beendete sein Experiment, indem er ein Netz aus Kupferdraht in die Brühe tunkte. Er hob es wieder heraus und zeigte dem Richter und seinen Beisitzern mit dem selbstsicheren Lächeln eines Könners einen dunkelgrauen Belag auf dem Metall. »Was Sie hier sehen, werte Herren, ist ein Ring aus Arsenik. Und dieser Ring beweist ohne den Schatten eines Zweifels, dass der Mensch, der sich in den Nachttopf erleichterte, auf grässlichste Weise vergiftet wurde. Die Methode, die ich benutzt habe, geht auf meinen Kollegen Hugo Reinsch zurück, einen glänzenden Chemiker, der ...«

Der Richter interessierte sich nicht für den Kollegen Reinsch. Er blickte zu dem Mann, den er beinahe freigesprochen hätte. Im Saal war es totenstill geworden. Broyhahns Anwalt starrte griesgrämig auf seine Fingernägel. Broyhahn selbst ... Ging ihm die Geliebte durch den Kopf, die er ehelichen wollte und derentwegen er seine Frau ermordet hatte? Suchte er nach Ausflüchten? Er begann zu weinen. Und anders als am Grab wurden diese Tränen als Schuldbekenntnis gewertet.

Daniel Raabe, der Mann, der Broyhahns Verbrechen aufgedeckt hatte, wurde plötzlich von einer tiefen Melancholie gepackt. Als der Staatsanwalt mit seinem Plädoyer begann, verließ er still den Saal.

Zu Hause angekommen, warf er den Mantel ab. Ohne nach dem Kammerdiener zu läuten, zog er die Stiefel aus und ging in seine Bibliothek, in der zwei Gaslampen mildes Licht spendeten. Er ließ sich erschöpft in einen Fransensessel sinken – ein hässliches Ungetüm, das sein Diener damals, als er nach dem Brand umziehen musste, für ihn aufgetrieben hatte. Gott, war er müde. Er spürte in sich hinein und suchte nach einem Funken Euphorie, der sich nach der aufreibenden, aber am Ende von Erfolg gekrönten Arbeit doch eigentlich hätte einstellen sollen. Aber er fand nichts. Wenig überrascht schloss er die Augen. Der Tag hatte ihn erschöpft, und das war vielleicht das Beste an der ganzen Sache.

War er eingeschlafen? Ein Rascheln ließ ihn hochschrecken. Er lauschte. Das Geräusch kam von der gegenüberliegenden Seite des Zimmers aus einem Gang, der sich zwischen einem polierten Eichentisch und der dahinter liegenden deckenhohen Bücherwand entlangzog. Mäuse? Zwischen den Tischbeinen stapelten sich Papierrollen, Zeichnungen, die noch vom Vorbesitzer stammten und die er aus Gleichgültigkeit nie hatte entfernen lassen. Die Rollen verwehrten ihm den Blick auf die Ursache des Raschelns.

Er blickte über die Schulter zum Klingelzug neben dem Gobelinvorhang. Sollte er Bonifaz Link herbeirufen, seinen Kammerdiener, der seinen Alltag dirigierte? Große Lust verspürte er nicht. Die Stille tat gut nach der Rastlosigkeit der vergangenen Wochen, in denen er sich aufgerieben hatte, um Broyhahn den Mord nachzuweisen. Träge spielte er mit den Troddeln des Sessels. Doch das Rascheln hinterm Tisch war wie ein Juckreiz. Am Ende erhob er sich und schaute selbst nach.

Vor der Bücherwand saß ein Kind.

Es war jung, sehr jung, vielleicht ein Jahr alt, schätzte er. Und hässlich. Weiße fleischige Beinchen steckten in einer feuchten Windel, die auf dem blauweißen Seidenteppich einen nassen Flecken hinterlassen hatte. Bis auf die Windel war es nackt. Neugierig war es ebenfalls. Es hatte mehrere Bücher aus den unteren Regalen gezogen. Die *Getreue Darstellung der in der Arzneykunde gebräuchlichen Gewächse*, *Römische Satiren*, Hegels *Wissenschaft der Logik* … Nichts davon hatte Gnade vor seinen Augen gefunden. Es hatte Seiten herausgerissen und kaute darauf herum.

Plötzlich blickte es auf, und Daniel drehte sich der Magen um. Das Kind war gar nicht hässlich. Im Zwielicht der Gaslampe schimmerten weißblonde Locken, ein Grübchen kerbte den linken Mundwinkel, das Blau der Augen erinnerte an sorglose Sommerhimmel. Sein einziger Makel bestand in der Nase, die die Andeutung eines Höckers aufwies, der sich im Lauf der Jahre zu einer Hexennase ausprägen würde. Und damit war auch das Rätsel gelöst, wie dieses Kind hierhergekommen war. Link hatte ein weiteres Familienmitglied in sein Haus geschleust.

Gereizt betätigte er den Klingelzug. Das Kind griff nach einem der Regalbretter und zog sich daran auf die Füße. Es tappte auf ihn zu und umklammerte seine Hosenbeine. Er merkte, wie seine Muskeln sich versteiften. »Link, verflucht!« Im Rest des Hauses blieb es still. Das Kind wischte den Sabbermund an seiner Hose ab. Uringeruch stieg in seine Nase. »Verdammt, Link, wo steckst du? Komm endlich aus deinem gottverdammten …«

Sein Kammerdiener erschien in der Tür, nachlässig gekleidet, mit unrasiertem Kinn.

»Du bist entlassen! Hörst du, Mann? Ich schmeiß dich raus.«

Dem stoischen Gesicht war keine Unruhe anzumerken.

Link packte das Kind und nahm es in die behaarten Arme. »Nanu, wen haben wir denn da?«

»Eine Kröte? Ein Schlachtferkel?«, schlug Daniel sarkastisch vor.

»Verzeihen Sie bitte, Herr Doktor. So ein kleiner Ausreißer aber auch.« Das Kind juchzte.

»Schaff's weg. Ich meine es ernst!«

»Aber natürlich. Es ist schon gar nicht mehr da. Mariechen, Mariechen …« Link ging zur Tür.

»Warte«, hielt Daniel ihn auf. »Ist es deins?«

Links abscheuliche Hakennase berührte die winzige Nase des jungen Menschleins. »Leider nicht«, sagte er mit echtem Bedauern, »ich bin eine taube Nuss, wenn Sie mir die Vertraulichkeit verzeihen. Mir ist als Kind eine Ziege gegen den Hammer getreten.«

»Wem also …?«

»Die Sache ist ein bisschen kompliziert. Alles fing damit an, dass Isabelle sich den Knöchel brach und im Anschluss …«

»Wer ist Isabelle?«

»Ihre Köchin, Herr Doktor, die Fee, die die wunderbaren Soufflees zaubert, die kräftigen Eintöpfe, die delikaten …«

Dunkel erinnerte Daniel sich an ein molliges Weib, dem er gelegentlich in der kleinen Halle begegnete, die hinab ins Untergeschoss führte. War das Isabelle? Er kannte die Köchin so wenig wie die übrigen Dienstboten. Sie lebten im Souterrain des Hauses, das er niemals betrat, und waren, bis auf die seltenen Begegnungen in der Halle, unsichtbar wie Geister. Er wusste nicht einmal, wie viele von ihnen es gab. Link hatte sie eingestellt, er beaufsichtigte sie und sorgte dafür, dass sie ihren Lohn bekamen. Da sie allesamt mit der gleichen Höckernase gestraft waren, nahm Daniel an, dass er sie aus seiner weitläufigen Familie rekrutierte. Es interessierte ihn nicht. Link war der Einzige, den er oben in der

Wohnung duldete, der Mann war diskret, erledigte, was nötig war, und so war es gut.

»... niemand anderen finden. Dora ist vor Kurzem Witwe geworden, das arme Ding, ihr Mann ist bei einem Unglücksfall beim Bau des Hetzdorfer Viadukts zu Tode gekommen, Sie haben sicher davon gehört. Aber was schwatze ich. Dora verfügt zum Glück über die gleichen Kochkünste wie ihre Tante, was kein Wunder ist, da sie als Kind bei ihr in die Lehre gegangen ist. Und so hatte ich gedacht ...«

»Wie heißt sie?«

»Dora, Herr Doktor.«

»Ich meine das Kind.«

»Oh!« Link begann zu lächeln, das kleine Mädchen versuchte, ihm den Finger in die Nase zu stopfen. »Ihr Name ist Marie.«

»Es tut mir leid, aber Marie muss fort, ich dulde keine Kinder unter meinem Dach. Lass dir etwas einfallen.«

»Noch heute, selbstverständlich. Noch in dieser Stunde.«

Die beiden verschwanden, und Daniel öffnete das Fenster. Gierig sog er die eisige Nachtluft ein, in die sich der Geruch des Rauchs aus den zahllosen Dresdener Schornsteinen mischte. Draußen schneite es. Ein Trupp Soldaten amüsierte sich in der Gasse. Sie grölten das nicht tot zu kriegende Lied vom Mariechen, das weinend im Garten saß. Einer kotzte in den Vorgarten des Hauses gegenüber. Daniel dachte an Broyhahn, dem das Fallbeil erspart bleiben würde, weil der sächsische Generalstaatsanwalt im vergangenen Jahr die Todesstrafe abgeschafft hatte – was allerdings nur hieß, dass sein Sterben sich hinziehen würde. Kaum jemand mit einer langjährigen Haftstrafe verließ das Zuchthaus lebend. Und Hedwig Broyhahn würde dafür sorgen, dass sich niemand für eine vorzeitige Entlassung ihres Vaters einsetzte. Sie hatte ihre Mutter geliebt. Deshalb war sie ja in seine Detektei gekommen.

Das Link'sche Kind begann zu jammern. Sein Quengeln drang durch das Kellerfenster, das aus unerfindlichen Gründen offen stand, und mischte sich in den versoffenen Männergesang. Hastig schlug er das Fenster wieder zu. Das Glas klirrte im Rahmen. Er trat einen Schritt zurück und versenkte die Hände in den Hosentaschen, aber in seinem Kopf weinte das Kind weiter. Er spürte die kleinen Hände wieder an seinen Hosenbeinen, ihm drehte sich der Magen um. Langsam, befahl er sich, ganz langsam jetzt. Er war müde, er würde zu Bett gehen, er würde einschlafen.

Sollte er Link und seiner höckernasenen Sippschaft morgen den Laufpass geben? Mit einer Summe, die sie über Wasser hielt, bis sie etwas anderes gefunden hatten? Allerdings müsste er dann neues Personal einstellen ... Würde er das schaffen? Gott, die Ausdünstungen der Windel hingen immer noch im Raum. Kleine Kinder besaßen exakt zwei Gerüche. Den süßen ihrer Haut und den stechenden ihres Urins. Den einen hatte Mariechen mitgenommen, als Link sie hinausschaffte, letzteren hatte sie zurückgelassen. Wahrscheinlich würde er noch wochenlang den Raum füllen. Könnte man ihm mit Essig beikommen? Dann würde ein Fleck auf dem Dielenholz zurückbleiben. Und wenn er den Fleck mit einem Teppich bedecken ließe, würde der Teppich ihn erinnern ... O Gott ... Er griff in seine Haare. Er brauchte Schlaf. Aber wenn er schlief, würde er von Clara träumen. Er träumte immer von ihr, wenn ihm tagsüber ein Kind begegnet war.

Als plötzlich die Klingel schellte, die einen Besucher ankündigte, stöhnte er vor Erleichterung auf. Gleich wer kam – es würde ihn ablenken. Daniel hörte Link an der Haustür sprechen. Sein abfälliger Ton ging in einen Zweikampf mit einer weiblichen Stimme über, die hysterisch klang.

»Ist Ihnen vielleicht bewusst, Gnädigste, was die Turmuhr gerade eben geschlagen hat?«

»Für dich fünf vor zwölf, Kerl«, herrschte das Weib ihn an, »wenn du mir nämlich nicht sofort den Weg freimachst! Ich muss zu Herrn Raabe, weil ich einen Auftrag für ihn hab. Die Sache drängt und verträgt keinen Aufschub, und wenn er sich was verdienen will …«

»Er wird begeistert sein, dich zu empfangen, zweifellos«, höhnte Link. »Ich pack mir auch gern den Sack mit Golddukaten auf die Schulter, den du unsichtbar hinter dir herziehst.«

»Ja, ja«, kam es nervös zurück. »Kannste vielleicht mal die Kleine da hinten wegpflücken, bevor sie die Stufen runterknallt? Hör mir zu, Mensch! Ich muss den Herrn Raabe nicht wegen irgendeinem Hundeschiss sprechen, es geht um was … Mann, hol den Fratz da weg … Du, ich geb dir zwei Groschen, wenn du deinen Herrn weckst.«

Daniel öffnete die Tür zur Halle. Die Frau, die unentwegt versuchte, an seinem Kammerdiener vorbeizuhuschen, entdeckte ihn. »Verzeihung, sind Sie der Herr Raabe?« Sie nutzte den Moment, in dem Link abgelenkt war, drängelte sich an ihm vorbei und stand auch schon vor Daniel. »Ich muss Sie sprechen, Herr Raabe. Tut mir leid, tut mir wirklich leid. Ist nicht meine Art, jemanden mitten in der Nacht zu überfallen. Ich weiß, was sich gehört und so. Aber die Situation ist besonders und … nimm deine verdammte Klaue von mir!«, herrschte sie Link an.

Erzürnt blickte der Kammerdiener zu Daniel.

Die nächtliche Besucherin war etwa dreißig Jahre alt und so hager, als würde sie zu selten essen, was ja oft geschah in diesen Zeiten. Die dunklen Augen huschten durch die Halle, als lauerte sie auf etwas oder versuchte, sich die Umgebung einzuprägen. Sie besaß einen entschlossenen, zu großen Mund, zweckmäßig frisierte braune Haare und einen schäbigen Mantel mit einem ebenso schäbigen Kleid darunter, bei dem vor allem ein Blutfleck in Höhe der Hüfte auffiel.

Interessant. Auf jeden Fall aber war sie geeignet, ihn von seiner gottverfluchten Unruhe abzulenken.

»Du hörst, worum die Dame gebeten hat.« Daniel machte eine einladende Handbewegung zum Salon hin und folgte seiner Besucherin. Sie bewegte sich graziös, beinahe damenhaft, was ihn verwunderte. Auch schien sie keine Schmerzen zu verspüren. Das Blut auf ihrem Kleid war also nicht ihr eigenes, es sei denn, sie stand unter Schock.

Die Frau blieb in der Tür des Salons stehen und musterte das Zimmer, und er tat es ihr gleich. Der Raum war, genau wie die Bibliothek, vom Vorbesitzer eingerichtet worden, mit ebenso scheußlichen Möbeln. Die Mitte des Raums wurde von einem Ungetüm aus mehreren miteinander verbundenen Sesseln beherrscht, unmodern, ausufernd. An der Wand stand ein Sekretär, an dem nichts auszusetzen war. Daneben eine altmodische, quadratische Standuhr, deren Zeiger stehen geblieben war. Außerdem gab es eine dreigeschossige Etagere …

Die Frau schritt zur Sitzgruppe und ließ sich auf einem der Sessel nieder, ohne zu warten, dass er sie zum Sitzen einlud. Sie hatte also keine besonders feine Erziehung genossen. Aber das war ja bereits an der Tür klar geworden.

Daniel nahm ihr gegenüber Platz. Hatte sie jemanden ermordet und wünschte in dem Glauben, er würde als Anwalt praktizieren, seine Hilfe? Die wenigsten Menschen wussten, worin die Arbeit einer Detektei bestand. In England und in Amerika hatten sich solche Agenturen bereits einen gewissen Ruf erworben. *Pinkerton's National Detective Agency* war über die Grenzen hinaus berühmt. Aber in Deutschland sprossen die Nachahmer erst zaghaft aus dem Boden. Die meisten befassten sich vornehmlich mit Erkundungen über die wirtschaftliche Leistungsfähigkeit künftiger Vertragspartner. Andererseits existierte die Detektei Raabe in Dresden bereits seit zwei Jahren, und es war zu einigen aufsehenerregenden Prozessen gekommen, in denen sie eine Rolle gespielt hatte. Vielleicht hatte seine Besucherin etwas aufgeschnappt.

»Sie starren.«

»Ich weiß«, gab er zurück.

»Ich bin froh, dass Sie starren. Ich brauche jemanden, der denken kann. Wer starrt, von dem kann man ja hoffen, dass er auch denkt.« Seine Besucherin zitterte vor Nervosität. »Mein Name ist …« Sie stockte. »Ich muss wissen, ob ich Ihnen vertrauen kann.«

Unter ihrem abgeschabten Mantelärmel war eine Schnittwunde zu sehen, die vom Handknöchel bis zum kleinen Finger lief. Sie war noch frisch. »Worum geht es?«

»Jemand ist tot. Man wird sagen, ich hab sie umgebracht. Das ist aber nicht so.«

»Und warum wird man es dann behaupten?«

»Weil … Wie kann ich mich darauf verlassen, dass Sie auf meiner Seite sind?« Sie kratzte nervös über ihre Wange. Ihr Ärmel rutschte dabei ein Stück höher. Die Wunde setzte sich am Unterarm fort. Ein richtiger Schmiss.

»Wie ist das passiert?«

»Was?«

Er deutete auf die Wunde.

»Ach, bei der Arbeit«, meinte sie achtlos.

»Tatsächlich?«

»Ich sag's doch.«

Die Wunde stammte von einer Klinge. Womit mochte die Frau ihr Geld verdienen? Als Küchenmädchen? Oder in einer Fabrik? Daniel versuchte sich eine Tätigkeit vorzustellen, bei der ein Messer die Außenseite eines Unterarms verletzte und dann über den Handknöchel bis zur Außenseite des kleinen Fingers weiterglitt. Ihm fiel nichts ein. Sie hatte einen Stich abgewehrt, eindeutig.

»Bei welcher Art von …«

»Ich gebe Ihnen Geld, Herr Raabe. Und ich will, dass Sie sich dafür was anschauen. Und dann einschätzen, was Sie für mich tun können. Ob Sie also das Schwein finden können, das den Armen auf dem Gewissen hat.«

Der Arme plötzlich, nicht mehr, *die* Arme.

»Und wenn Sie glauben, dass Sie das nicht hinkriegen, dürfen Sie den Schotter trotzdem behalten. Aber dafür werden Sie vergessen, dass ich jemals hier gewesen bin. Das ist der Handel. Da will ich Ihr Versprechen.« Sie blickte ihn in blanker Verzweiflung an.

Er nickte.

»Sie müssen auch dafür sorgen, dass der Hansel, der Ihre Tür bewacht ...«

»Er ist diskret.«

Sie zweifelte, sie zauderte. Doch dann öffnete sie ihren Mantel und nestelte eine Tasche hervor, deren Metallkette sie mittels eines Karabinerhakens am Gürtel ihres Kleides befestigt hatte. Sie kramte ein Tüchlein heraus, in dem sich Münzen befanden: ein Silbertaler mit dem Bildnis König Johanns und vierzig Groschen. Nicht viel. Gar nicht viel. Der Wochenlohn eines Webers betrug mehr als zwei Taler. Einen Mörder zu finden, würde vermutlich sehr viel mehr Zeit kosten. Und das wusste seine Besucherin auch.

Sie war zu stolz zum Betteln. Mit erhobenem Kinn und einem Lächeln, in dem etwas schwer Deutbares lag, faltete sie das Tüchlein wieder zusammen und erhob sich. »Ich hab 'ne Frage gestellt. Sie haben geantwortet. Also gut, ich gehe.«

»Das Kind ...«

Sie zog überrascht die Augenbrauen hoch.

»Ich meine das Kind aus der Halle. Könnten Sie das Mädchen für die Zeit meiner Ermittlungen in Pflege nehmen?«

»Was?«

Er wurde deutlicher. »Ich will sie aus dem Haus haben.

Nur für einige Tage, bis sich etwas gefunden hat, wo sie auf Dauer bleiben kann. Das wäre der Handel.«

»Ach so.« Die Frau bemühte sich nicht einmal, ihre Verachtung zu verbergen. Wahrscheinlich hielt sie ihn für den Vater des Mädchens, einen wohlhabenden Schnösel, der einem Hausmädchen oder der Köchin ein Kind angehängt hatte, das ihm nun lästig war. So etwas gab es ja zuhauf. Er meinte ihr Zähneknirschen zu hören. Sie schickte sich drein.

»Sagen Sie dem Fatzke da draußen, er soll Windeln und warme Kleider einpacken. Sie schauen sich die Sache, wegen der ich hier bin, an, und wenn wir uns einig werden, nehme ich das Würmchen auf dem Rückweg mit. Und nun kommen Sie. Es drängt.«

Das Mietshaus, in dem seine neue Auftraggeberin wohnte, war ein düsterer Ort. Nicht nur aus Mangel an Licht – es herrschte eine muffige Trostlosigkeit in dem Treppenaufgang mit den zerkratzten Wohnungstüren, vor denen Stiefel mit schief getretenen Absätzen und daumengroßen Löchern traurige Paraden abhielten. Renovierungen hatten hier seit Jahrzehnten nicht mehr stattgefunden. Kein schöner Ort zum Wohnen.

Sehen konnte er nichts, aber er hörte seine Mandantin – sie hatte ihren Namen immer noch nicht verraten – vor sich die Stufen hinaufsteigen. Er tastete nach dem Geländer und folgte ihr. »Wir müssen bis ganz nach oben«, tönte ihre Stimme. Aus den Wohnungen drang kein Geräusch. Licht, egal ob es von Kerzen, Petroleum- und Gaslampen oder Öfen gespendet wurde, war teuer. Armut bedeutete im Winter Finsternis und Kälte, man verzog sich frühzeitig ins Bett.

Wieder war eine Treppe erklommen, er hörte das Ratschen von Metall auf Metall. Die Frau stieß eine Tür auf, ging einige Schritte, rieb ein Schwefelholz und entzündete eine Lampe. Daniel trat in ein Zimmer, das zwar ärmlich war, aber anders, als er erwartet hatte. Statt trauriger Schäbigkeit gab es hier ein geblümtes Sofa, einen runden Tisch mit Schubladen und mehrere zum Sofa passende Stühle, außerdem einen Schrank und in der Ecke einen kleinen Herd mit poliertem Eisengestänge, also insgesamt eine sparsame Möblierung, aber heimelig. Blumentöpfe mit Christrosen standen auf der kleinen Fensterbank, an der Wand hingen Bilder, auf einer der Kommoden reihten sich russische Porzellaneier. War die Frau verheiratet? Warum war dann nicht der Gatte bei ihm erschienen? War er es gewesen, der ermordet worden war?

In einem Nebenraum, in den er hineinsehen konnte, lag ein halbwüchsiges Mädchen in einem Bett, das ihn ängstlich anstarrte.

»Schlaf weiter, Jette.« Seine Auftraggeberin nahm die glimmende Lampe und eilte auch schon wieder zur Tür hinaus.

»Schließt du ab?«, tönte es aus dem Bett.

»Mach ich doch immer.« Als Daniel im Flur war, zog sie die Tür zu und drehte den Schlüssel um. Gemeinsam stiegen sie eine letzte Treppe empor, die zum Dachboden führte. Es war ein kahler, eiskalter Raum, in der Mitte unterteilt durch eine Mauer. Zwei schräge Balken stützten die Querstreben unterm Dach, der Boden war mit Brettern ausgelegt. Am Ende des Raums war eine Leine gespannt, über der ein geblümtes, bodenlanges Laken hing. Unter der Dachschräge standen einige Stühle, zwischen ihnen eine Kiste. Außerdem lehnten an den Wänden merkwürdigerweise einige bodentiefe, breite Spiegel. »Dies hier ist mein Gewerbe«, erklärte die Frau, und zum ersten Mal meinte Daniel etwas wie Stolz in ihrer Stimme zu hören.

»Verraten Sie mir, worum es geht?«

Der Stolz war schon wieder verklungen. Die Frau durchquerte den Raum und ging zu dem Vorhang. Das Licht der

Lampe begann zu flackern, weil ihre Hand plötzlich zitterte. Sie wartete auf ihn, reichte ihm die Lampe und drehte sich weg. Daniel zog den Stoff beiseite.

Er verspürte eine absurde Erleichterung. Auf dem Boden lag eine Leiche. Und sie schwamm in Blut. Er war gerettet. Seine Ermittlungen würden Tage in Anspruch nehmen, vielleicht Wochen. Er würde für eine weitere kostbare Zeitspanne davon verschont bleiben, sich mit seinem eigenen Leben befassen zu müssen. Die Sache mit Marie war geklärt, Link würde bleiben, alles würde weiterlaufen wie immer. Scham über seine Empfindung verspürte Daniel keine, darüber war er längst hinweg.

»Würden Sie die Güte haben, mir nun doch Ihren Namen zu verraten?«, bat er die Frau, die vor Anspannung kaum noch atmete.

»Annie Troll.« Sie überwand sich und trat neben ihn. Gemeinsam starrten sie auf die Tote hinab. Die Frau war atemberaubend schön, wenn man sich die Verwüstungen fortdachte, die Messerstiche an Hals und Leib angerichtet hatten. Ihre Gesichtszüge könnten slawisch sein, die schwarzen Haare, aus denen sich beim Sturz einige Nadeln gelöst hatten, waren zu einer komplizierten Frisur gesteckt, die Wimpern, lang und zart wie Seidenfäden, glichen japanischen Fächern. Sie trug eine dunkelblau schimmernde, eng sitzende Hose, die am Knie geschnürt war, dazu schwarze Strümpfe, eine rostrote Schärpe und eine hellblaue Bluse, in der sich wegen der Verletzungen das Rot der Schärpe in Rinnsalen fortsetzte. Es waren Kleidungsstücke, die mehr enthüllten als verbargen. Skandalös, so würde man wohl sagen. »Jemand vom Ballett? Oder vom Zirkus?«, fragte Daniel. Der Körper unter dem Stoff wirkte muskulös.

»Sie arbeitet … arbeitete am Königlichen Hoftheater.«

»Genau wie Sie?«

Annie Troll lachte heiser. »Zu viel der Ehre.« Sie drehte

sich um, machte eine ausladende Bewegung mit dem Arm und ergänzte, als er fragend die Augenbrauen hochzog: »Ich erteile Fechtunterricht.« Trotzig fügte sie hinzu: »Für Frauen. Kann doch nicht schaden, wenn man den Frauen beibringt, wie man sich verteidigen kann, oder?«

»Und diese Dame …?«

»War eine meiner Kundinnen.«

»Warum?«

»Was?«

»Warum nimmt eine Frau, die beim Ballett arbeitet …«

»Wie soll ich das wissen? Sie hat das Honorar gezahlt, ich hab ihr beigebracht zu kämpfen. Sie war begabt.«

»Gibt es viele Frauen, die den Wunsch haben, bei Ihnen Unterricht zu nehmen?«

»Jede, die abends in die Gassen raus muss und keine Sänfte oder Droschke bezahlen kann, würd ich sagen. Nur können die, die's am nötigsten haben, sich meine Dienste nicht leisten. Hören Sie, da liegt eine Tote, und der wurde ein Messer reingestoch …«

»Befinden sich in der Truhe die Gerätschaften zum Üben?«

Annie Troll starrte ihn an. Dann ging sie zu dem abgeschabten Holzkasten, öffnete den schweren Deckel und entnahm ihm einen Degen. Damit ging sie auf ihn los, erst tänzelnd, dann rasend flink, couragiert wie ein Mann, besser als ein Mann. Die Klinge sauste an seiner Schläfe vorbei, die Spitze zog einen Schlitz in seinen Ärmel. Er rührte sich nicht. Wozu auch.

Seine Gleichgültigkeit ließ sie die Waffe senken. »Überzeugt, dass ich's kann?«

»Ich werde nicht gern angelogen, Frau Troll, das ist die Sache. Ich habe noch nie gehört, dass eine Frau eine Fechtschule …«

»Ich hab auch noch nie gehört, dass 'n Anwalt der heiligen Justiz den Rücken kehrt, um die Drecksarbeit der Gendarmen zu erledigen. Ich hab's aber auch geglaubt.«

»Die Drecksarbeit der Kriminalpolizei«, korrigierte Daniel. Er kehrte zu der Toten zurück. »Wie heißt sie?«

»Serafina Bischof. Hat sich jedenfalls so nennen lassen. Klingt mir nicht wie ein Name, mit dem man sein Kind zum Taufbecken trägt. Aber beim Theater ist ja alles nur Schein und Blenden. Ich hätte gedacht, Sie kennen sie. Die ist nämlich berühmt.«

Daniel glaubte sich vage an eine Balletttänzerin zu erinnern, die gerade Furore machte, aber er war seit Dorotheas Tod nicht mehr im Theater gewesen. Bemüht, nicht mit der Blutlache in Berührung zu kommen, kniete er nieder und leuchtete mit der Lampe über die tote Frau. Ein Stich hatte ihren Hals durchbohrt, mindestens drei weitere Stiche die Brust – der blutdurchtränkte Stoff ließ nur eine Schätzung zu. Ein besonders heftiger Stoß war in ihren Unterleib gegangen, einer in die Hand, die sie vermutlich zum Schutz gehoben hatte. Der Daumen war zur Hälfte abgetrennt, das hübsche, zarte Gesicht allerdings verschont geblieben. Daniel merkte es sich.

Er überflog mit den Blicken den kleinen Raum hinter dem Vorhang, der offenbar zum Umkleiden diente und nur mit einem Stuhl möbliert war, auf dem ein tabakbraunes, blumenbesticktes Kleid, eine Mantille, ein modischer Hut und ein Muff lagen. Wenn Serafina Bischof wirklich hatte kämpfen können, dann musste sie, im Gegensatz zu ihrem Angreifer, waffenlos gewesen sein. Oder ihrer Angreiferin? Serafina Bischof war eine zierliche Frau, Annie Troll dagegen hochgewachsen, und dass sie Geschick im Umgang mit Waffen besaß, hatte sie ja gerade bewiesen. Außerdem gab es noch die Verletzung an ihrer Hand.

Er erhob sich und drehte sich zu der Fechtlehrerin um. »Ich komme noch einmal auf die Sache mit der Ehrlichkeit zurück, Frau Troll. Da bin ich empfindlich, es ist eine Marotte von mir, wenn Sie so wollen. Sollte ich entdecken, dass Sie mich anlügen, ist unser Vertrag beendet.«

»Ich schreib's mir an die Wand, dann werde ich's mir merken können!«, schnappte sie gekränkt. Sie maßen einander mit Blicken.

»Also gut, dann von Anfang an: Wann haben Sie die Tote gefunden?«

Die Frau brauchte einen Moment, um ihren Ärger niederzukämpfen, ehe es aus ihr herausbrach: »Serafina hatte Unterricht bei mir. Wie jeden Donnerstag. Sie kommt seit acht Monaten. Weil sie Angst vor den Kerlen hat, die sie bewund ... nein, die sie dreckig anstarren, wenn sie auf der Bühne die Beine hebt, weil sie glauben ... Ach, Mistdreck!« Sie begann über den Dachboden zu marschieren. »Weil sie sie für leichte Beute halten. Da gibt's extra einen Raum im Theater, das Feuee-della-dans oder wie sie's nennen, da lungern die Kerle in ihren Fracks rum und fangen die Tänzerinnen ab, wenn sie rauskommen ... Vielleicht kennen Sie das ja.« Sie blieb vor Daniel stehen. »Es geht mich nichts an, ich leb in anderen Sphären, was Leute wie Sie tun, ist mir egal. Aber Sie müssen es sich merken, weil es wichtig ist. Serafina hatte Angst vor den Frackmännern. Die haben ihr nicht nur nach den Auftritten aufgelauert, sondern auch sonst, bei ihrer Wohnung und so. Sie hat sich aber nichts bieten lassen. Die war um kein Wort verlegen, und meist sind die Kerle dann abgehauen, besonders wenn sie was von ihren Ehefrauen gesagt hat, vor denen haben die doch alle Schiss. Aber sie selbst hatte eben auch Schiss und ...«

»Ja?«

Wieder begann Annie Troll den Raum zu durchmessen. Sie wirbelte mit dem Degen und schlug so ihre Anspannung in die kaltmuffige Luft des Dachbodens. Zack, noch ein letzter Hieb, dann stand sie wieder vor ihm. »Sie kriegen es ja sowieso heraus, also sag ich's gleich: Ich habe mit ihr gestritten.«

»Worüber?«

»Über Geld. Was sonst? Sie stand seit zwei Monaten bei mir in Kreide. Jetzt reicht's, hab ich zu ihr gesagt. Ich muss auch Mietzins zahlen, hab ich gesagt. Ich hab 'ne Tochter. Ich war so wütend. Aber deswegen bring ich keinen um.«

»Gibt es Zeugen für diesen Streit?«

»Weiß ich nicht. Kann schon sein, wenigstens für die ersten bösen Worte, da haben wir nämlich beide gebrüllt. Danach wurden wir leiser.« Sie starrte auf die Tote, auf das Blut, das an den Rändern bereits geronnen war.

»Was passierte danach?«

»Ich bin rausgegangen, also ganz raus aus dem Haus und in den Hinterhof. Da ist ein Garten, nichts Schönes, aber es gibt eine Bank. Ich hab mich draufgesetzt. Ich brauchte frische Luft und Ruhe.«

»Es war kalt.«

»Ja, Kälte brauchte ich auch!«

»Hat jemand Sie dort gesehen?«

»Glaube ich nicht. Ich hab geheult. Ich war so …«

»… wütend?«

»So wütend, genau. Weil ich das Geld für den Mietzins und … ist egal. Aber ich hab sie nicht umgebracht. Das wäre doch auch unsinnig gewesen. Wenn sie tot wäre, hätte ich überhaupt nichts gekriegt. Spricht das nicht für mich?«

Nicht vor Gericht, dachte er. »Und dann?«

»Bin ich wieder hoch. Ich glaubte, sie wäre weg. Ich wollte aufräumen, weil sie die letzte Kundin gewesen war. Und da hab ich sie liegen sehen.«

Daniel ging erneut vor der Toten in die Hocke. Er setzte die Lampe auf einen Schemel und versuchte vorsichtig, ihren Kiefer zu bewegen. Die Totenstarre, die diesen Körperteil zuerst ergriff, setzte bereits ein. Die Frau war also seit mindestens zwei Stunden tot, vielleicht seit drei oder vier. Das stand nicht im Widerspruch zu dem, was Annie Troll behauptet hatte: die Zeit im Garten, der Fund der Leiche, das Abwägen, was zu tun sei, der Weg zu ihm und wieder zurück … Es passte.

Er drehte die Leiche vorsichtig auf die Seite – und fand unvermutet das Tatwerkzeug, ein etwa zehn Zoll langes Messer. Der Täter musste es weggeworfen haben, als Serafina gestürzt war, und anschließend hatte er sich nicht getraut, es unter ihr hervorzuziehen. Oder er hatte es für überflüssig gehalten, weil man ihn nicht mit der Waffe in Verbindung bringen würde. Mit spitzen Fingern zog er sie hervor und hielt sie in den Schein der Lampe. Es handelte sich um ein Klappmesser mit einrastender Klinge und Griffschalen aus Horn, ein *Laguiole,* wie die Gravur in der Klinge bewies.

Das Blut am Griff war weitgehend getrocknet. Er entdeckte Fingerabdrücke, besonders deutlich fiel der Abdruck eines Daumens ins Auge. Eines massigen Daumens. Er blickte auf die Hand von Annie Troll. Sie besaß dünne, nicht besonders lange Finger, das war gut. Er zog ein Tüchlein aus der Tasche, wickelte das Messer hinein und steckte es ein.

»Warum machen Sie das?«

»Kennen Sie die Waffe?«

Annie Troll schüttelte den Kopf.

Als Daniel die Ermordete umkreiste, entdeckte er auch noch Fußabdrücke. Einen, der sich deutlich im Blut abgebildet hatte, zwei verwischte. Länge und Breite des deutlichen Abdrucks passten zum Daumen, sie stammten von einem großen Menschen. Annie Trolls Füße waren keinesfalls für diesen Latschenumfang geschaffen. War sie damit aus dem Schneider? Er drehte sich zu seiner Auftraggeberin um und musterte ihr blutbeflecktes Kleid. Wie war das Blut dorthin gekommen? Er fragte sie danach.

»Als ich Serafina hier hab liegen sehen ... ich habe sie angefasst, ich dachte, sie könnte noch leben oder ... ich hab gar nichts gedacht.« Die Frau stand vor ihm, erschöpft und trotzdem wie zum Sprung bereit. Sie war weder besonders hübsch noch besonders hässlich. Drahtige Locken, die jedem Versuch widerstanden, sie in eine hübsche Frisur zu verwandeln, und wilde Augen. Sie erinnerte Daniel an eine Katze, die die Köchin seiner Mutter mit weiteren neugeborenen Kätzchen ertränken sollte. Vier von ihnen starben, eine schaffte es, den Stoff des alten Beutels, in dem sie ersäuft werden sollten, zu durchbeißen und sich auf ein Waschbrett zu retten, das zufällig in dem kleinen Flüsschen trieb. Das Brett verschwand in einer Schilfinsel. Ob die Katze es ans rettende Ufer schaffte, hatte er nicht mehr beobachten können. »Sie haben sie wirklich nicht umgebracht?«

»Ich schwöre es.«

Also gut. In seiner Tasche befanden sich ein kleines Büchlein und ein Bleistift. Sorgfältig zeichnete er den Abdruck des Schuhs nach. Die Spitze bestand aus einander im rechten Winkel kreuzenden Linien, in der Ferse bildete sich deutlich erkennbar ein V ab. Er fasste gedanklich zusammen. Das Kleid seiner Klientin war mit Blut besudelt, die Nachbarn hatten ihren Streit mit der Ermordeten mitangehört – schlecht. Und da es sich um einen Mordfall handelte, der durch die Berühmtheit des Opfers großes Aufsehen erregen würde, würde die Kriminalabteilung der Dresdener Polizei bemüht sein, rasche Erfolge vorzuweisen. Ebenfalls schlecht.

»Wir gehen folgendermaßen vor«, sagte er und erklärte seiner Klientin, was zu tun war.

3. Kapitel

Annies Kreischen füllte den Fechtsaal. Sie hatte die Tür offen stehen lassen, damit es übers Treppenhaus auch garantiert in sämtliche Wohnungen drang, in jedes der fünf Stockwerke, vielleicht gar bis auf die Straße …

Es fiel ihr nicht schwer zu schreien. Die tote Serafina war in der Nacht von Ratten angefressen worden. Wie hatten diese höllischen Scheusale in so kurzer Zeit so großen Schaden anrichten können? Sie hatten ihre Nase angenagt und versucht, sich durch die Augen in den Kopf vorzubeißen. Die Augenhöhlen füllte eine blutige Masse, das Gesicht war zu einer Fratze geworden, zu einem Albtraum. Man hätte die Arme niemals die Nacht über hier liegenlassen dürfen. Der verfluchte Detektiv, dieses herz- und gottlose Mannsbild, der hatte doch bestimmt gewusst, welches Bild sie erwarten würde …

Endlich kamen die erhofften Schritte, die Nachbarn rannten herbei. Willi Kubiak, ihr Vermieter, seine Frau Else mit der Hasenscharte, Ernst Schlosser, Henni Walther … Auch sie begannen zu schreien, als sie die Tote sahen. Eine wüste Brüllerei. Else, die sich sonst durch nichts erschüttern ließ, liefen die Tränen runter.

Willi war der Erste, der sich wieder fasste. Er packte Annie bei den Schultern und schüttelte sie. »Wer ist das? Herrgott, was ist passiert?« Er ohrfeigte sie grob, Annie verstummte. Auf dem Dachboden drängelten sich inzwischen gut ein Dutzend Leute, sogar Kinder waren darunter. Warum scheuchte man die nicht raus? Konnten ihre Mütter sich nicht vorstellen, was die Kleinen träumen würden, nachdem sie einen von Ratten angefressenen Leichnam gesehen hatten?

»Ruhe!«, brüllte Willi, und jetzt wurde es tatsächlich still. Beklommen und auch ein wenig fasziniert sammelten sich die Nachbarn um die Leiche. Annie meinte, ihre Gedanken hören zu können: *Habt ihr gestern Abend auch den furchtbaren Streit gehört? Das war doch die Annie Troll gewesen. Die hat Ausdrücke gebraucht, die ein gottesfürchtiger Mensch nicht mal kennt. Und dann war's plötzlich so still geworden ...*

»Das war eine von deinen Kundinnen, oder?«, brachte Henni Walther, die die meiste Zeit im Bett lag, weil sie sich einbildete, an Schwindsucht zu leiden, die Sache auf den Punkt.

Annie starrte auf Serafinas feines Gesicht mit den hohen Wangenknochen ... Ogottogott ... Ihr wurde übel.

»Schau mal genau hin, Annie«, befahl Willi. »Das *muss* eine von deinen Kundinnen sein. Sieht man doch an den ... also Kleider sind das ja gar nicht«, stellte er mit einem schwer deutbaren Blick auf den muskulösen Körper fest, von dem ja rein gar nichts verborgen war und der ihm sicher die Glut in die Lenden getrieben hätte, wenn er nicht von den Stichen und Rattenbissen so verunstaltet gewesen wäre. »Wie heißt sie?«

Geben Sie sich natürlich, hatte der Detektiv ihr gestern Abend geraten, als er sie auf diesen Moment vorbereitete. Leider hatte er vergessen zu erklären, wie unschuldige Menschen sich verhielten, wenn sie durch die zerbissenen Wangen einer toten Frau deren weiße Zähne glänzen sahen. »Serafina Bischof«, stieß sie hervor.

Staunen und Tuscheln. Annie war diskret, was ihre Kundschaft anging. Keiner ihrer Nachbarn hatte gewusst, dass die berühmte Tänzerin über ihren Häuptern Ausfall und Parade übte.

»Du hast gestern mit der gestritten. Oder mit jemand anders. Aber die hier ist auf jeden Fall tot«, brummte Ernst Schlosser, der ihr grollte, weil er ihr eine Weile erfolglos nachgestiegen war.

Sprechen Sie als Erste von dem Streit, hatte der Detektiv ihr geraten, die Sache würde ja sowieso herauskommen. Diesen Moment hatte sie verpasst. So beeilte sie sich wenigstens zu nicken. »Und wie. Sie wollte ihren Unterricht nicht zahlen. Oder konnte das nicht. Ich hab ihr gesagt, dann soll sie verschwinden. Leute für süße Worte unterrichten, kann ich mir nicht leisten. Ich bin dann runter in den Garten …« Sie legte eine kurze Pause ein, voller Hoffnung, dass jemand bestätigen würde, sie gesehen zu haben. Kam aber nichts. Also erzählte sie weiter, wie sie zu müde gewesen war, noch einmal hochzulaufen, wie sie das nun bedauerte, weil sie der armen, von ihrem Mörder hingemeuchelten Tänzerin vielleicht ja noch hätte helfen können …

»Oder er hätte dich ebenfalls abgemurkst!«, meinte Mirabella Kröger, die in der Wohnung unter ihr wohnte. Alle Blicke gingen wieder zu der Leiche. Mirabellas halbwüchsiger Sohn drückte sich, gebannt vom Grauen, näher an die Tote heran. Annie zerrte den Tölpel zurück. Dass nur ja die Fußabdrücke erhalten blieben, die bewiesen, dass Serafina durch die Hand eines Mannes umgekommen war! »Auf jeden Fall ist hier ein Verbrechen geschehen«, erklärte sie mit festerer Stimme. »Wir müssen die Gendarmen benachrichtigen.«

Und die waren, von Willi Kubiak alarmiert, auch in kürzester Zeit zur Stelle. Ein halbes Dutzend Männer in schwarzgrauen Uniformen mit silberfarbenen Tressen, Epauletten und Pickelhauben, auf denen das großherzogliche sächsische Wappen abgebildet war. Der Mann, der sie anführte, war ein Major von Römer, ein eiskalter Kerl, so kam es Annie vor, ohne jede Verbindlichkeit, die Augen verhangen, als hätte er schon zu viele Tote gesehen. Seine Stimme klang wie Stahl, der über Eis kratzt. Das war keiner, mit dem sich spaßen ließ. Er umrundete die Leiche und ließ einen seiner Männer Serafinas Kopf drehen und einen anderen ihre Wunden zählen.

»Ich kenne die«, platzte einer der Gendarmen heraus. »Es handelt sich bei der Toten um eine Tänzerin, die berühmte, diese Bischof. Ich hab ja öfter Dienst im Theater, und da hab ich …«

Römer winkte ab, der Mann verstummte, sein Vorgesetzter starrte auf die Leiche. »Eine Tänzerin also. Scheinbar hat sie diesen Raum zum Üben genutzt«, meinte er mit einem Blick auf Serafinas Kleidung, in der es sich so vortrefflich fechten und sicher auch tanzen ließ. »Sie wird sich hier mit einem Tänzer getroffen haben, vielleicht auch mit einem Liebhaber, es gab Streit, er hat sie getötet. Bringt sie zur Leichenhalle auf dem Armenfriedhof. Sie soll aber nicht sofort verscharrt werden. Findet heraus, ob es eine Familie gibt oder ob sie genügend Geld für ein anständiges Grab hinterlassen hat.«

Die Gendarmen hatten die Nachbarn herausgescheucht und nur Annie, die sie auf den Boden geführt hatte, bleiben lassen. Sie hatte sich seit dem Eintreffen der Männer am Rand des Geschehens gehalten. Verheimlichen Sie ihnen auf keinen Fall, dass der Dachboden von Ihnen gemietet wurde und die Frau Ihre Kundin gewesen ist, hatte der Detektiv ihr eingeschärft. Weil auch das ja sowieso herauskäme. Aber was, wenn er sich irrte? Wenn sich die Ermittlungen auf Serafinas Kollegen und ihre Liebhaber beschränken würden? Da gab es einige, wie Annie wusste. Vielleicht klopften die Gendarmen dann gar nicht bei den Nachbarn.

Der Major wandte sich zur Tür.

Schon wieder ein Moment verpasst, doch dieses Mal zu ihrem Glück. Zur Hölle mit dem Detektiv! Alles ging gut, die Gendarmen würden sie in Ruhe lassen. Schade um den Silbertaler und die vierzig Groschen.

Annie trat beiseite, um den Major rauszulassen. Aber ein Neuankömmling versperrte ihm den Weg. Ein Mann in Zivil mit Gehrock und Melone, einem pechschwarzen Lockenbart, der seine untere Gesichtshälfte wie ein gerahmtes Dreieck wirken ließ, und ebenso lockigem Haupthaar, und dazu einem aufreizend frechen Blick, der dem Major galt, aber sofort weiterglitt zur Leiche. »Na da schau her.« Seine Stimme klang ebenfalls frech, obwohl er nichts Ungehöriges gesagt hatte.

»Die Kriminalpolizei«, murmelte der Major säuerlich.

»Die es gern hat, wenn man sie bei einem Mord hinzuzieht. Vergessen, nicht wahr? Einfach nicht dran gedacht. Wir sind ja auch erst seit fünfzehn Jahren hier.«

»Es handelt sich um eine Tänzerin.«

»Die aber offenbar nicht an einem Hühnerknochen erstickt ist.«

Der Major biss sich auf die Lippe. Man konnte einander nicht ausstehen, das war unübersehbar. »Serafina Bischof hatte einen ganzen Sack voller Liebhaber. Einer davon hat sie umgebracht, die Sache ist klar.«

»Ihr Scharfsinn ist bewundernswert, Major. Ich sehe bisher allerdings nichts als eine Leiche mit Stichwunden, einige Fußspuren und ... gibt es keine Tatwaffe?«

»Der Täter hat sie mitgenommen.«

»Was sagen die Leute im Haus?«

»Wir sind auch gerade erst angekommen.«

Annie wusste nicht viel über die Polizei, aber doch, dass es zwei Arten von Polizisten gab. Einmal die Gendarmen, die ihre Hauptwache beim Königlichen Hoftheater hatten. Die schnüffelten in den Gassen und Kaschemmen herum, steckten ihre Nasen in private Angelegenheiten und ließen sich auch gern mal schmieren. Und dann gab es die Kriminalpolizei. Unheimliche Leute sind das, hatte Willi Kubiak, der durch seine regelmäßigen Schenkenbesuche immer auf dem neuesten Stande war, einmal erklärt. Die kommen, wenn was besonders Schlimmes passiert ist, wenn also jemand abgemurkst wurde oder so. Und dann lassen sie keinen Stein auf dem anderen. Die verbeißen sich wie Kläffer in die Wade. Die geben nicht auf, bis sie jemanden eingebuchtet haben!

Dieser hier hatte sich als Erstes in die Wade vom Römer verbissen, so viel war klar. Und dem tat's ordentlich weh. »Wenn ich einen Haufen Scheiße sehe«, zischte er mit knallrotem Kopf, »dann nenne ich das einen Haufen Scheiße, lass ihn wegkehren und fertig. Andere Leute pulen den Scheißhaufen auseinander, weil sie sich einbilden, sie könnten darin die Geheimnisse des Universums entdecken. Kriegt man aber einfach beschissene Hände von.«

»Meine Männer klopfen bereits an den Wohnungen, um die Mieter zu befragen. Sie können also mit Ihren Gendarmen abziehen und weiter Scheißhaufen zusammenkehren«, meinte der Schwarzbärtige bissig.

Er wartete, bis die Gendarmen den Raum verlassen hatten, Major von Römer bleich vor Wut, dann wandte er sich der Leiche zu. Er nahm sich sehr viel mehr Zeit als der Gendarm, sah sich alles an, auch die Fußspuren, von denen er genau wie der Detektiv eine Skizze anfertigte. Dann ließ er die Tote drehen und machte sich Notizen … Annie, die gehen wollte, bat er schroff, zu bleiben.

Schließlich kam er zu ihr, zog ein Oval aus Kupfer hervor, auf dem in schöner Schrift KRIMINALPOLIZEI und ein Stern mit einem Loch in der Mitte eingraviert waren, und sagte: »Kriminalinspektor Keller. Wie ich hörte, haben Sie diesen Dachraum gemietet, Frau Troll. Und wie ich außerdem hörte, hatten Sie einen Streit mit der Toten, kurz bevor sie starb. Ich würde mich gern ausführlicher mit Ihnen unterhalten.«

Da saß sie also in der Tinte. Annie begleitete den Mann notgedrungen, aber wie der Detektiv ihr geraten hatte, schnappte sie sich zuvor Jette, ihr Mädel mit dem blassen Gesicht, dem peniblen Mittelscheitel und den straff gebundenen Zöpfen. Jette trug den erbärmlich krähenden Bastard von Daniel Raabe auf den Armen und sah aus, als wollte sie in das Heulen einstimmen. Hastig nahm Annie ihr das Kind ab, wiegte es und begann zu erklären: »Denk dir, da oben, in meinem Fechtsaal, liegt 'ne tote Frau. Die Tänzerin, die ich gestern Abend unterrichtet hab. Die ist erstochen worden, Jette, kannste dir das vorstellen? Unter unserm Dach …« Das Kind des Detektivs verstummte plötzlich und riss die Augen auf. Sie waren tintenblau. »Die wollen mich jetzt mitnehmen. Und mir vielleicht sogar was anhängen. Weil ich mit der Frau gestritten hab, bevor sie tot war. Dabei streitet doch jeder mal. Aber das verstehen die nicht.«

Der Kriminalinspektor, der hinter ihr stand, lauschte, als könnte jedes ihrer Worte sie als Mörderin entlarven. Die Gendarmen hätten sie einfach gepackt und unter dem Gejohle der Leute zur Wache abgeführt. Der Kriminale war gesitteter, aber gefährlicher. Dieser Raabe hatte die Lage richtig eingeschätzt.

»Hör zu, mein Engel. Lauf zu dem Mann, von dem sie gerade alle reden. Zu dem Detektiv, der den Giftmörder gepackt hat, du weißt schon. Frag Willi, wo er wohnt, der wird's rausfinden.« Sie redete schneller, der Kriminalinspektor verlor die Geduld. »Geh hin und richte dem Mann aus, dass ich seine Hilfe brauche. Sag ihm, er muss den Mörder von der armen Serafina finden …«

Jette nickte und klappte den Mund auf und zu, so verwirrt, wie man es sich nur wünschen konnte, obwohl Annie alles mit ihr abgesprochen und ihr außerdem eine genaue Wegbeschreibung gegeben hatte. Annie drückte ihr das Kind wieder in die Arme. Es begann auf der Stelle zu schreien.

Die Kriminalen residierten im Coselpalais gegenüber der Frauenkirche. Das stelle man sich mal vor – die saßen mit ihren Hintern in einem richtigen Palast, wohl damit jeder merkte, dass sie die Könige der Verbrecherjagd waren, die harten Hunde, die Klugen, die Erbarmungslosen. Das kapierte Annie, als sie über Flure und durch Räume lief, deren Decken so hoch waren, dass man bequem zwei Geschosse darin hätte unterbringen können, und deren Böden aus echtem Marmor bestanden und deren Fenster mit goldenen Gardinen behängt waren. Ihre Furcht wuchs. Man würde sie festsetzen und auspressen wie eine Zitrone. Die Gendarmen kamen ihr plötzlich wie barmherzige Samariter vor.

Angestrengt versuchte sie sich zu konzentrieren. Ihr blutiges Kleid hatte sie noch am vergangenen Abend dem Detektiv übergeben, damit er es vernichtete, da konnte also nichts schiefgehen. Dass sie ein Messer gefunden hatten, solle sie für sich behalten, hatte Raabe gesagt. Den Streit solle sie kleinreden. *Warum will er, dass ich nichts von dem Messer sage?*

»Hier hinein.« Der Inspektor öffnete eine Tür. Er arbeitete in einem düsteren, unheimlichen Zimmer. An den Wänden, dort, wo bei anderen Menschen Gemälde und Uhren hingen, hatte er befremdliche, Furcht einflößende Dinge angebracht: ein abgebrochenes, scharfzackiges Messer, einen Damenstrumpf mit Flecken, die wie eingetrocknetes Blut aussahen, ein ebenso beflecktes Kindermützchen, eine rostige Pistole, einen Porzellanbecher, an dem noch die Reste von Kaffee klebten …

Warum soll ich nicht von dem Messer reden? Warum hat der Detektiv es überhaupt mitgenommen? Die Spuren von den Prankenhänden im Blut müssten doch helfen, meine Unschuld zu beweisen.

Der Kriminalinspektor setzte sich und wartete, bis sie es ihm gleichtat. »Sie hatten also einen Streit mit der Toten.« Sein Schreibtisch war groß, aber schäbig. Das Leder auf der Tischplatte wurde von einer langen Kerbe durchzogen, als hätte jemand mit einem Säbel draufgehauen. In der Schnittstelle hatte sich der Dreck vieler Jahre festgesetzt.

Annies Knie zitterten. Nur das Nötigste reden, nur auf Fragen antworten, bis ich da bin, hatte der Detektiv ihr eingebläut. Aber der Mann fragte gar nichts. Er starrte sie einfach nur an. Sie hatte das Gefühl, dass er es tat, um ihr was Unbedachtes zu entlocken.

»Streit kann man das gar nicht nennen«, rutschte es ihr auch tatsächlich raus, als sie die Stille nicht mehr aushielt. »Serafina konnte ihr Honorar nicht zahlen. Das passiert mir dauernd mit meinen Kundinnen. Dann werde ich auch mal laut, aber richtig aufregen …« Klappe halten, Herrgott! Der Kerl wollte, dass sie sich um Kopf und Kragen redete. Auf einem Schrank stand eine Kaminuhr mit chinesischen Malereien, deren Glas zersprungen war, die aber noch lief. Annie hörte die Zeiger ticken, das Geräusch tropfte in die Stille, es zerrte an ihren Nerven. »Jeder wäre wütend, wenn man ihm seinen Lohn nicht zahlt«, platzte sie heraus. »Aber so schlimm war es nicht, weil Serafina ihr Geld ja vom Theater kriegte, und wenn sie es ausbezahlt bekam, hat sie ihre Schulden immer sofort beglichen.«

Das stimmte nicht. Serafina zahlte nur, wenn man ihr das Messer an die Kehle … O Gott, nein, wie kam ihr jetzt diese abgedroschene Phrase in den Kopf? Hatte sie den Gedanken laut ausgesprochen? Nein, hatte sie nicht, aber sie musste endlich still sein, unbedingt!

Die Minuten verstrichen. Der Kriminalinspektor begann zu lächeln. Er schob seinen Stuhl zurück, öffnete eine Schublade, kramte darin, zog ein Buch hervor und begann zu lesen. Hä? Glaubte der, dass er sie so weich kriegte? Sie fing an, in Gedanken zu addieren. Die Siebenerreihe. Sieben, vierzehn …

»Wenn Sie mich einen Moment entschuldigen würden.« Plötzlich stand er auf und ging hinaus. Als sie sich zur Tür drehte, sah sie dort einen bewaffneten Mann stehen, der sie kalt im Blick behielt. Die glaubten wohl, sie würde die erstbeste Sekunde nutzen, um sich zu verdünnisieren.

Zeit verstrich, zehn Minuten, eine Viertelstunde, eine halbe Stunde … Endlich kehrte der Inspektor zurück. Er schob sich wieder hinter den hässlichen Schreibtisch, der so wenig in das vornehme Palais passte wie die Uhr mit dem kaputten Glas und all diese merkwürdigen Trophäen an den Wänden.

»Verzeihen Sie die Unterbrechung. Sie sind also mit Serafina Bischof in einen Streit geraten, darüber sind wir uns einig, ja? Einer meiner Leute hat mir gerade berichtet, dass er mit Ihrem Vermieter gesprochen hat, mit Willi Kubiak. Der Mann meint, dass Ihr Zorn über das ausstehende Honorar verständlich gewesen sei. Es fällt Ihnen wahnsinnig schwer, den wöchentlichen Mietzins aufzubringen, hat er gesagt. Sie sind nicht auf Rosen gebettet, Sie brauchen jeden Pfennig.«

»So schlimm ist es auch wieder nicht.«

»Und dann kommt eine Frau daher, die berühmt ist und sich deshalb einbildet, sie hätte es nicht nötig, Schulden zu begleichen. Vielleicht wollte sie ihr Geld sogar ganz einbehalten, unter dem Vorwand, dass ihr der Unterricht nicht gefallen hat? Ärgerlich, wirklich …«

Annie presste die Lippen zusammen, und der Inspektor änderte seine Strategie.

»Meine Männer erlauben sich gerade, Ihre Wohnung zu durchsuchen, Frau Troll, ich hoffe, Sie nehmen es uns nicht übel. Wenn ein Mensch jemanden auf die Art niedersticht, wie es bei Frau Bischof geschehen ist, dann wird er auch selbst von Blutspritzern getroffen. Man kann sie auswaschen, natürlich. Aber wussten Sie, dass die Wissenschaft es heutzutage fertigbringt, selbst geringste Mengen Blut nachzuweisen? Es gelingt sogar, wenn es bereits eingetrocknet ist, mittels einer sogenannten Blutkristallprobe. Man braucht nur konzentrierte Essigsäure und ein Mikroskop.«

Das war frei erfunden. Der Kerl wollte sie übertölpeln. Annies Herz hämmerte. Wo blieb der Detektiv?

»Wenn der Tod von Serafina Bischof vor dem Kriminalgericht verhandelt wird, dann würde es nicht mehr allein um den Tod der armen Frau gehen, sondern auch darum, was die Mörderin zu ihrer Tat bewogen haben mag. Ob sie in einem hitzigen Streit, dessen Ursache das hohe Gericht nachempfinden könnte, die Fassung verloren hat oder ob sie aus verabscheuungswürdigem Hass handelte. Auch ob sie ihre Tat bereute, würde eine Rolle spielen, denn daraus ließe sich schließen, dass sie im Grunde ihres Herzens ein gottesfürchtiger Mensch ist. Bei einem frommen Menschen lässt man eher Milde walten«, erklärte der Inspektor mit einem falschen Seufzer. Er lehnte sich zurück und verschränkte die Arme über der Brust. »Natürlich würde man mich nach meiner Einschätzung fragen, wissen wollen, wie sie sich verhalten hat, als ich sie …«

»Und außerdem würde man dich fragen, welche Beweise du vorlegen kannst, um die Täterschaft deiner angeblichen Mörderin zu belegen. Glaubst du nicht auch, Max? Wie schön, dich wieder einmal zu sehen.«

Da war er endlich, der Detektiv. Annie plumpste ein Stein vom Herzen.

»Wie schön, ja«, murmelte der Kriminalinspektor und

fand es gar nicht schön und sagte das auch gleich. »Du bist hier überflüssig.«

Daniel Raabe holte sich einen zweiten Stuhl heran, setzte sich an die Querseite des Tisches und wandte sich an Annie. »Frau Troll«, erklärte er förmlich, »Ihre Tochter Jette hat mich aufgesucht und mir ausgerichtet, dass Sie jemanden benötigen, der den Mörder von Serafina Bischof findet. Ist das richtig?«

»Sie ist auf meinem Dachboden gestorben. Wir hatten am Abend vorher gestritten. Aber ich hab ihr nichts getan.« Zack, alles gesagt. Sie besaß kein Talent zum Schauspielern.

Raabe tat, als dächte er nach. Dann beugte er sich zur Seite, fasste nach ihrem Fuß und begutachtete ihre linke Schuhsohle. Sie hatte ein Loch, der Schuster war für den Frühling einplant. Es war ihr unangenehm.

»Gut.« Er ließ den Fuß sinken. »Ich habe mir erlaubt, den Dachboden in Augenschein zu nehmen, Max. Sicher sind dir die Fußabdrücke im Blut ebenfalls aufgefallen, und gewiss hast du festgestellt, dass das Profil des Schuhs dieser Dame nicht mit dem im Blut übereinstimmt und dass sie außerdem auf eher zierlichen Füßen schreitet.«

»Kleine Füße können in große Schuhe schlüpfen.«

Annie brauchte einen Moment, um zu verstehen, was der Kerl meinte. »Ach so«, brauste sie auf. »Ich streite also mit Serafina um mein Geld, und das regt mich dermaßen auf, dass ich zu meinem Nachbarn geh und ihn um seine Schuhe und ein Messer bitte, und dafür fällt mir auch noch eine harmlose Erklärung ein, und dann latsche ich zurück und ersteche das Weib, ja? Und dabei lauf ich durch das Blut und geb meinem Nachbarn seine blutigen Schuhe ...«

»Berechtigter Einwand«, meinte Raabe.

»Na ja«, sagte der Kriminalinspektor. Keller hieß er, fiel ihr wieder ein. Genauso einer war er, ein Keller, in dem Ratten hausten, die sein Gehirn gefressen hatten. Ihre Nachbarn hätten ihr eins gehustet, wenn sie sie um ihre Schuhe gebeten hätte. »Die Schuhe könnten gestohlen und nach dem Mord weggeworfen worden sein«, sagte er.

»Möglich: ja, wahrscheinlich: nein. Frau Troll ist eine unbescholtene Bürgerin und Mutter. Man müsste ziemlich abgebrüht sein …«

»Warum interessiert dich die tote Tänzerin, Daniel?«

»Mich interessiert Frau Troll. Nicht mitgekriegt? Sie ist gerade eben meine Mandantin geworden.«

Der Kriminalinspektor musterte sie wie zwei Gauner, die sich zusammengetan hatten, um ihn zu verkohlen, was ja auch ein kleines bisschen stimmte. Sie täuschten ihn mit dem Zeitpunkt, zu dem Annie die Tote gefunden hatte, mit dem blutigen Kleid, mit dem Messer …

»Meine Männer befragen gerade die Nachbarn, irgendjemand wird etwas bemerkt haben.«

»Hoffentlich«, sagte Raabe.

»Und in der Pathologie werden sie mit ein bisschen Glück herausfinden, wie groß der Mensch war, der Frau Bischof ermordet hat.«

»Es wäre schön, wenn du mich in Kenntnis setzen könntest.«

»Und warum sollte ich das tun?«

Plötzlich stand eine sonderbare Feindseligkeit im Raum. Bisher hatte Annie angenommen, dass die beiden Männer sich ein bisschen auf den Arm nahmen, wie Leute es tun, die sich gut kennen und sich eigentlich leiden mögen, aber nun merkte sie, dass zwischen ihnen etwas nicht stimmte. Sie gingen nicht aufeinander los, sogar das Lächeln blieb, aber ihr wurde klar, dass es zwischen ihnen knirschte. O Gott, in was war sie da nur hineingeraten! Als sie den Detektiv beauftragt hatte, Serafinas Mörder zu finden, hatte sie sich offenbar die Gegnerschaft des Polizisten eingehandelt, von dem ihr Schicksal abhing. War es nicht besser, reinen Tisch zu machen? Offenlegen, was sich wirklich zugetragen hatte?

»Wir haben in unserem gepriesenen Staat ein Gesetz zum Schutz der persönlichen Freiheit«, sagte Raabe. »§ 125 der Strafprozessordnung, du kennst dich sicher aus. Die richterliche Vorführung eines Festgenommenen muss binnen eines Zeitraums ...«

»Du kannst sie mitnehmen.«

»Ach. Du nimmst sie gar nicht fest?«, fragte Raabe überrascht.

Der Kriminalinspektor hob die Hände.

»Warum bist du eigentlich so wütend?«

»Weil ich mich nicht gern für dumm verkaufen lasse.«

Raabe legte den Kopf schief. Einen Moment herrschte Stille. »Sprechen wir noch über Serafina Bischof?«

Die Uhr tickte plötzlich wie ein Hammer, der auf Stahl schlägt. Der Inspektor presste die Arme noch fester an den Körper. Raabe kratzte mit dem Fingernagel über seine Lippe. Schließlich stand er auf und hielt Annie die Hand hin – wohl um ihr aufzuhelfen, aber sie war so verdattert, dass sie es nicht begriff. Egal, sie kam auch allein auf die Füße. Sie gingen in den Flur hinaus, und der Kommissar, das konnte sie noch sehen, blickte ihnen mit einem bösen Lächeln nach.

»Sie müssen mich begleiten«, sagte Raabe, als sie auf der Straße standen. Er klang verärgert, sicher wegen des Streits, aber vielleicht auch ihretwegen, denn er warf ihr einen entschieden unfreundlichen Blick zu. Beklommen trottete sie neben ihm her. Sie gingen über den Postplatz, wichen einem Schuhputzer aus und schlugen einen Bogen um einen Pferdeomnibus, vor dessen Türen sich die Passagiere mit ihren Billetts drängelten. In der Jacobsgasse schloss Raabe sein Haus auf. Es war still in der Halle, auch aus dem Keller drang kein

Geräusch. Wahrscheinlich war die Dienerschaft einkaufen oder was man sonst tat, wenn man in einem so noblen Haus arbeitete.

Raabe ging weiter, aber nicht in den Salon, sondern schräg nach rechts, wo sie noch nie gewesen war. Er öffnete die Tür zu einem komplett finsteren Raum. Kein bisschen Licht drang hinein, nicht der geringste Schimmer, obwohl es doch kurz vor Mittag war. Verblüfft blieb Annie stehen, auch um nirgends gegen zu rennen.

Raabe zog zwei Vorhänge auseinander, und die Wintersonne fiel hinein und beleuchtete mehrere Tische, auf denen merkwürdiges Gerät stand: Schalen, Mörser, Tiegel, Glasgefäße mit gebogenen Hälsen, Glasstäbe, eine Schale mit Pinzetten und Zangen, eine andere mit Drahtnetzen. Eine Rohrleitung führte zu einem fest installierten Gerät, das in einem hohen Zylinder endete. Leinen spannten sich quer durch das Zimmer. Ein Laboratorium, das erste, das Annie zu Gesicht bekam.

»Bitte!« Raabe deutete auf eines der Gefäße, und Annie trat näher. In der Schale lag das Messer, mit dem Serafina ermordet worden war. Und nun? Raabe griff nach einem Lappen, hob es vorsichtig heraus und legte es auf eine Glasplatte, die in einem merkwürdigen Messinggerät steckte. Über der Platte befand sich eine Art Fernrohr. »Das ist ein Mikroskop«, erklärte er ungeduldig. Gut und schön, kein Grund, sich deshalb anzustellen. Sie hatte so was eben nicht in ihrer Küche rumstehen.

»Schauen Sie bitte hier von oben hindurch.«

Annie gehorchte mit neugieriger Beklemmung. Es dauerte einen Moment, bis sie etwas erkennen konnte. Unter dem Fernrohr lag der Teil des Messergriffs, auf dem sich der Daumenabdruck abzeichnete – das Bild vom Daumen war nur viel, viel größer geworden.

»Was fällt Ihnen auf?«

Sie ahnte, worauf er hinauswollte, sie war ja nicht blöd. Die Rillen, die der Daumen auf dem Griff hinterlassen hatte, waren deutlich zu erkennen: ein Strudel aus Kreisen, die sich immer weiter ausdehnten. Aber unter dem Daumenabdruck konnte man auch Schleifspuren erkennen, als hätte man dort versucht, das Blut mit einem Tuch abzuwischen.

»Also?«

»Ich versteh nicht, was das soll«, murrte sie mit pochendem Herzen.

Er nahm das Messer wieder an sich und legte es in die Schale zurück. »Ich dachte, ich hätte es erwähnt: Wenn ich Sie bei einer Lüge erwische, ist unser Vertrag gekündigt.« Er bemühte sich um keine Verbindlichkeit mehr, er war wütend. Ihr wurde ein bisschen übel. Wenn er sie jetzt rausschmisse, wäre sie schutzlos der Kriminalpolizei ausgeliefert, und dieser Keller hatte ja schon klargemacht, dass er sie auf dem Kieker hatte. Kurz überlegte Annie, ob sie einfach behaupten solle, dass sie nicht wüsste, wer den Messergriff abgewischt hatte. Aber … schlechte Idee. Der Schriftzug *Lügnerin* stand ihr auf die Stirn geschrieben.

»Das Messer lag neben Serafina auf dem Boden. Ich hab es im ersten Schreck aufgehoben und dann wieder fallen lassen. Und als ich kapiert habe, dass jeder sehen würde, von wem der Abdruck der Hand stammt – also von jemandem mit dünnen Fingern …« Sie hielt inne.

»Ja?«, fragte Raabe kein bisschen besänftigt.

»Verflucht, ich musste doch was machen! Ich hab es also sauber gewischt, wieder ins Blut gelegt und einen … jemanden gebeten, es anzufassen.«

»Wer war das bitte?«

»Das sag ich nicht.«

Noch ein Stirnrunzeln, dann lachte Raabe plötzlich auf, obwohl rein gar nichts komisch war. »Und die Fußabdrücke?«

Sie zuckte mit den Schultern.

Er packte ihr Handgelenk und streifte den Ärmel ihres Mantels hoch. »Was ist das hier?«

Sie musste den Hals verrenken, um zu sehen, was er meinte. Ach, den Schmiss von dieser Frau aus der Gemäldegalerie, die es lustig gefunden hatte, nach dem Ende der Fechtstunde noch einmal mit dem Degen rumzufuhrwerken. Annie erklärte die Sache.

»Der Name?«

Von ihr gab's grundsätzlich keine Kundennamen, sonst hätte sie die Damen, von denen sie lebte, verscheucht wie Händeklatschen einen Krähenschwarm. Den meisten wäre es peinlich, sich bei einer so undamenhaften Beschäftigung wie dem Fechten erwischen zu lassen. Sie blickte in das Gesicht des Detektivs. Kurzer Bart, sorgfältig geschnitten, krauses, braunes Haar, eigentlich nett, aber seine Augen sahen aus, als hätten sie vergessen, wie man lächelt, obwohl sich in die Augenwinkel Lachfältchen eingegraben hatten. Die mussten aber aus anderen Zeiten stammen. Er war ein kalter Hund geworden. Sie resignierte. Hilfe ade, das war's gewesen.

Sie verließ den unheimlichen Raum und kehrte ins Freie zurück. Frische Luft schlug ihr entgegen. Über dem Schornstein auf dem gegenüberliegenden Dach kräuselte sich Rauch, an einem der Zaunpfähle hing ein kaputter Stiefel.

»Der Name.« Raabe war ihr gefolgt.

»Sag ich nicht«, murmelte sie, ohne sich umzudrehen.

»Und der Besitzer der Schuhe?«

»Sag ich auch nicht.«

»Sie sind gottserbärmlich dumm.«

»Kann sein.«

Jemand schlenderte die Straße hinauf. Link, der Hausdiener, der ihr in der vergangenen Nacht die Kleider vom Balg seines Herrn in eine Tasche gestopft hatte. Er hatte sie nicht bemerkt und pfiff vor sich hin. Schwer erträglich, diese Leute, denen nichts die Laune trüben konnte.

»Wir können das Messer auf keinen Fall mehr an die Kriminalpolizei weitergeben«, sagte Raabe, »sonst sind Sie dran. Annie Troll, Sie machen mir das Leben schwer.«

4. Kapitel

Mariechen schrie. Aber das war nicht weiter schlimm, denn Jette hatte endlich den Bogen raus, wie sie sie beruhigen konnte. Sie hob das kleine Mädchen vom Bett, in dem sie gemeinsam mit Annie die letzte Nacht verbracht hatten, und begann sich mit ihr im Kreis zu drehen. Das liebte Mariechen. Sie juchzte auch jetzt kurz auf, begann aber bald wieder zu wimmern.

Weil sie Hunger hatte. Natürlich. Jette trug sie zu dem kleinen Schrank, in dem sie ihre Vorräte aufbewahrten. Viel war das nicht. Sie suchte einen schrumpeligen Apfel aus einem Korb, setzte Mariechen auf den Boden, zog ein Messer aus einer Schublade und begann, den Apfel hauchdünn zu schälen. Na gut, vielleicht nicht ganz hauchdünn. Die Schalen wollte sie nämlich selbst essen und tat es auch, noch beim Schälen. Dann schnitt sie kleine Spalten und begann Mariechen zu füttern. Das Mädchen lachte. Es war so hübsch mit den blauen, blanken Augen und dem krausen Haar. Annie hatte Jette erklärt, dass es eine Mutter habe, die sich aber nicht kümmern könne.

»Weshalb denn nicht?«

»Weil der Vater ein Aas ist, der will die Kleine nicht um sich haben. Die arme Frau musste Mariechen weggeben. Na ja, im Moment kann sie sie wenigstens jederzeit bei uns besuchen.«

Jette steckte noch ein Apfelstückchen in den rosigen Mund. Mariechen streckte die Arme aus und stemmte sich in die Höhe, indem sie sich am Ausschnitt von Jettes Kleid festhielt. Jettes Herz füllte sich mit Mitleid. So ein armes Ding! Sie beschloss, mit ihrem kleinen Schützling ein wenig spazieren zu gehen, zog ihm Mantel und Fausthandschuhe über und öffnete die Wohnungstür. Ihr Blick fiel in die Nische bei der Leichenwohnung. Und plötzlich, als hätte jemand ihr einen Hieb versetzt, war alles wieder da.

Sie sah sich selbst dort hocken. Sie hörte wieder den Schrei, von dem sie nun wusste, dass die Tänzerin ihn ausgestoßen hatte. Sie hörte die Schritte auf den Stufen … Ihr Herz flatterte, und nicht zum ersten Mal bereute sie, dass sie ihrer Mutter das Geschehen im Treppenhaus nicht gebeichtet hatte. Aber sie war sich so jämmerlich vorgekommen. Annie besaß Schneid, Annie traute sich, die Nachbarn anzuschreien, sie hatte sogar den Zwerg weggejagt. Und sicher wäre sie furchtbar enttäuscht gewesen, wenn sie gehört hätte, dass ihre Tochter sich mit geschlossenen Augen in einer Nische verkrochen hatte, während ein paar Stufen höher jemand in Todesangst um Hilfe schrie. Und, dachte Jette, dieser jemand hätte auch meine Mutter sein können. Ich hab *gedacht*, dass es Annie ist. Ich hab's gedacht und einfach die Augen zugemacht und die Finger in die Ohren gestopft. Ich hätte doch wenigstens jemanden holen können. Ihr war heiß vor Scham.

»… zieren?«, brabbelte Mariechen. Das hieß »spazieren gehen«, wusste Jette inzwischen. Sie versuchte, die entsetzliche Erinnerung zu verdrängen. Lieber mit Mariechen losziehen. Aber plötzlich kam ihr ein weiterer grässlicher Gedanke. Sie starrte mit aufgerissenen Augen erneut zur Nische. Und blickte dann die Stufen hinauf. Was, wenn …? O lieber Herr Jesus.

Niemand befand sich im Treppenhaus, weder über ihr

noch in den unteren Etagen. Jette zweifelte und zögerte, aber sie brauchte Gewissheit, sonst würde sie verrückt werden. Rasch trug sie Mariechen in die Nische, setzte sie ab und eilte zur Treppe. Die Kleine starrte ihr nach und überlegte, ob sie losheulen sollte, hielt aber zum Glück den Mund.

»Bin sofort wieder da.« Jette stieg die Stufen hinauf und dann langsam wieder hinab, den Blick auf Mariechens Versteck geheftet. Sie sang leise, damit ihr Schützling still blieb. Eigentlich wusste sie schon, was bei ihrem Experiment herauskommen würde. Und wirklich: Bei der viertletzten Stufe wurde Mariechens blonder Lockenschopf sichtbar.

Und damit stand fest, dass der Mörder der Tänzerin sie selbst ebenfalls bemerkt haben musste.

5. Kapitel

Der Morgen war diesig, der Boden matschig und von einer dünnen Schicht Neuschnee bedeckt, der aber bald wieder tauen würde. Es war in den vergangenen Tagen wärmer geworden. Im Westen zogen Regenwolken auf, die von einem steifen Wind Richtung Friedhof getrieben wurden. Genau das richtige Wetter für eine Beerdigung.

Daniel ließ sich auf einer Bank zwischen den Gräbern nieder. Serafina Bischof sollte hier auf dem Trinitatisfriedhof beigesetzt werden, in einer gutbürgerlichen Ecke, sogar ein Grabstein war für sie bezahlt worden. Granit, beste Qualität, die Aufschrift: *Niemals vergessen.* Die beiden Worte hatten ihn bewegt. *Auf ewig unvergessen* war eine Floskel, die ihn der Übertreibung wegen abstieß. Die Ewigkeit war lang. *Niemals vergessen* bezog sich auf das Leben des Menschen, der sich für die beiden Wörter entschieden hatte. Es gab jemanden, der Serafina Bischof geliebt hatte und sie nicht aus dem Herzen bekam.

Daniel hatte den Steinmetz nach dem Auftraggeber befragt. Der hatte ihm, durch ein paar Groschen zugänglich geworden, die Zeichnung mit der Inschrift gezeigt, die er in den Grabstein meißeln sollte. Mit dem Namen des Kunden hatte er sich aber ähnlich wie Annie Troll angestellt. Und Daniel hatte ihn auch nicht nötigen können. Das war der Nachteil, wenn man Inhaber einer Detektei und kein Staatsdiener mehr war. Und deshalb saß er nun hier. Er war sicher, dass der Liebhaber zur Beerdigung erscheinen würde.

Daniel blickte zu einem steinernen Engel, der an einer Weggablung auf seinem Podest fror. Die roten Blätter einer im Gewächshaus gezogenen Rose, die auf einem der Gräber gelegen hatte, wehten gegen den Marmorsockel. Die Liebe ist ein ebenso häufiger Grund zum Töten wie der Hass, dachte er, und einen Moment schmeckte die Spucke in seinem Mund bitter.

Die Grube für den Sarg lag in der Nähe einer Sandsteinmauer. Zwischen dem Grab und Daniels Bank boten ein Kirschlorbeer und ein Familiengrabmal mit eingemeißelten bärtigen Gesichtern Sichtschutz. Daniels Blick ging weiter zur Leichenhalle, in der sich die Trauergäste versammelt hatten. Es würde wohl noch eine Weile dauern, ehe der Sarg hinausgetragen wurde. Ihm war kalt, er versenkte die Hände in den Manteltaschen und rieb die Finger am Stoff.

Plötzlich fühlte er eine Hand, die sich schwer auf seine Schulter legte. Er brauchte sich nicht umzudrehen, um zu wissen, wem sie gehörte. Max Keller ging um die Bank herum und ließ sich neben ihm auf das feuchte Holz sinken. »Klar, dass du hier bist.«

Daniel zog seine Taschenuhr heraus. Er hätte ebenfalls in die Leichenhalle gehen sollen, um zu sehen, ob sich jemand auffällig benahm. Aber seit Claras Tod verabscheute er solche Gottesdienste, da war nichts zu machen. Hier zu sitzen, war das Äußerste gewesen, was er sich abringen konnte.

»Warum kümmerst du dich um Annie Troll? Ich hab ihre Verhältnisse überprüft, sie ist arm wie eine Kirchenmaus. Sie kann dich nicht bezahlen.«

»Tut sie aber«, sagte Daniel.

»Ah ja?«

»Die Währung heißt Ruhe. Sie hat mir einen Schreihals vom Hals geschafft, das Kind einer Dienstbotin.«

Jemand trat aus der Totengräberwohnung neben dem Tor und versuchte, mit dem Spaten ein weiteres Grab auszuheben. Der Frost saß aber noch zu tief. Er schulterte frustriert sein Gartengerät und kehrte ins Haus zurück.

»Was hast du rausgefunden?«, fragte Max.

»Eins fürs andere: Ich wüsste gern, wer Serafinas Beerdigung bezahlt hat. Das steht doch sicher schon in deinen Akten.«

Der Mann an seiner Seite lachte. »Eins fürs andere, ganz recht. Nachdem du mich mit Broyhahn dermaßen blamiert hast, bist du der Erste, der mit etwas rausrücken muss.«

Daniel nickte. Es gab tatsächlich eine Sache, die enorm zur Aufklärung des Falls beitragen konnte. Er hatte das Messer, mit dem Serafina umgebracht worden war, noch einmal unters Mikroskop gelegt und eine Entdeckung gemacht: Annie hatte zwar den Griff abgewischt, ihn ins Blut getaucht und jemanden seine Pranken hineindrücken lassen. Aber was sie übersehen hatte: Das Messer besaß am Ende eine abgeplattete Kuppe aus Edelstahl. Dort war kein Blut hingelangt, doch jemand, hoffentlich der Mörder, hatte einen fast unsichtbaren Daumenabdruck hinterlassen, vermutlich, als er das Messer in den Körper der Toten rammte. Und dieser Daumenabdruck war nicht identisch mit dem auf dem blutigen Griff.

Max davon zu erzählen, würde allerdings wenig Sinn haben. Der Leiter der Kriminalpolizei war ein kluger Kopf, er dachte rascher und gründlicher als alle Menschen, die Daniel kannte. Aber das Revolutionäre der Fingerabdrücke wollte er einfach nicht anerkennen. Wahrscheinlich, weil Daniel es gewesen war, der ihm die Sache hatte schmackhaft machen wollen. Max war schon Monate vor Dorotheas Tod seltsam geworden. Er hatte sich in sie verliebt, davon war Daniel überzeugt. Sicher hatte er sich deswegen geschämt – die Frau des besten Freundes et cetera. Aber dass er deshalb etwas so Sensationelles wie die Einzigartigkeit menschlicher Fingerabdrücke ignorierte … Es lag doch auf der Hand, welchen Nutzen die Kriminalpolizei aus diesem Wissen ziehen konnte. »Die Ermordete besaß Liebhaber«, sagte er schließlich lahm.

»Das ist keine Neuigkeit. Sie war berühmt, ihre Eskapaden haben die Zeitungen gefüllt.«

»Offenbar befand sie sich trotzdem ständig in Geldnot.«

»Auch das ist bekannt.«

»Dann überrasch mich mit etwas Neuem.«

»Sie war mit einem russischen Sänger verheiratet, der sie vor Jahren verlassen hat, weil er angeblich ihre Untreue nicht ertrug.«

»Nur hat er momentan ein Engagement drüben in Amerika und kommt für nichts infrage. Ich war ebenfalls beim Ballettmeister. Weißt du sonst noch was?«

»Römer hat sich auf den Hausbesitzer in der Struvestraße eingeschossen«, sagte Max Keller. »Er wollte ihn festnehmen.«

»Warum?«

»Weil ich den Mann für unschuldig halte, nehme ich an.« Der Inspektor lächelte schmal. Die Rivalität zwischen ihm und dem Major der Gendarmen war kein Geheimnis.

»Aber?«

»Das Profil seiner Schuhsohlen – er besitzt nur ein einziges Paar Schuhe – stimmt nicht mit den Abdrücken im Blut überein. Der Richter hat Römer abblitzen lassen. Auch weil ich ihm erklärt habe, dass Annie Troll die Person ist, die am stärksten unter Verdacht steht.«

»Und nun spuckt Römer Galle?«

»Er mag dich noch weniger als mich. Wenn er hört, dass du die Troll vertrittst, wird er sich sie als Nächste vorknöpfen.«

»Wogegen du nichts einzuwenden hättest.«

Eine Krähe ließ sich auf dem steinernen Engel nieder und wetzte den Schnabel an der Lockenpracht. Der Engel ertrug's gelassen. »Wer zahlt die Beerdigung?«, fragte Daniel.

»Glaubst du im Ernst, dass deine Fechtlehrerin unschuldig ist?«

»Immerhin hast du sie laufen lassen.«

»Weil ich eine Schmierenkomödie wie bei Broyhahn vermeiden will. Du hättest mir sagen können, dass es einen Topf mit Scheiße gibt.«

»Hättest du's gewusst, hättest du mir den Auftritt bei der Gerichtsverhandlung verdorben. Der Arseniktest ist umstritten.«

»Das weiß ich. Und es wundert mich überhaupt nicht, dass du ihn trotzdem benutzt hast.« Bei der Leichenhalle begann eine Glocke zu läuten. Sie blickten beide zu dem schlichten Gebäude, aber noch rührte sich nichts. »Annie Troll ist durchgedreht, weil sie ihr Geld nicht bekam, und hat die Tänzerin erstochen. Die Nachbarn haben bestätigt, dass sie jähzornig ist.«

»Die Messerstöße gingen tief, der Mörder war ein Mann«, wandte Daniel ein.

»Wut verleiht Kräfte.«

»Was sagt der Pathologe?«

»Dass die Stöße von oben herab geführt wurden.«

»Also doch von einem Mann.«

»Oder von einer Frau, die größer als die Tänzerin ist. Annie Troll ist kein Riese, aber die Tänzerin war eine zierliche Person. Raub mir nicht den Nerv, Daniel. Du weißt das alles selbst. Ich bin nicht das Gericht, dem du Sand in die Augen streuen musst. Hast du etwas Wichtiges erfahren?«

»Leider nicht.«

»Und das ist die Wahrheit?«

Daniel zuckte mit den Schultern, und Max schlug mit der

Faust auf die Banklehne. »Wenn ich dich bei einer krummen Tour erwische, bist du dran. Wäre mir ein Vergnügen, dich wegen Täuschung der Justizorgane hinter Gitter zu bringen. Aber das weißt du sicher, ja?«

Die Tür der Leichenhalle öffnete sich. Daniel erhob sich und ließ den Inspektor stehen.

Der Trauerzug, der sich aus der Halle ergoss, war erstaunlich lang. Daniel, der jetzt hinter dem Familiengrab stand, versuchte die Menschen einzuordnen. Die ganz vorn bildeten eine kleine, geschlossene Einheit. Sie waren verschwenderisch gekleidet, in verstaubter Pracht mit übertriebenem Glitter. Serafinas Zunftgenossen, dachte Daniel – Schauspieler, Musiker, Tänzer ... Nur der Theaterdirektor und der Intendant trugen Frack und Zylinder. Hinter ihnen gingen einige unscheinbare Frauen, vermutlich Garderobieren, die vielleicht gern zu den Pfauen gehört hätten, aber zu den Berühmtheiten respektvollen Abstand hielten. Verwundert nahm Daniel zur Kenntnis, dass viele Augen gerötet waren.

Den Theaterleuten folgte der lockerere Trupp der Dresdener Ballettliebhaber, unter ihnen sicher auch sensationslüsterne Neugierige. Hier hielt sich die Trauer in Grenzen. Manche mochten den Verlust bedauern, den die Kunst mit Serafinas Tod erlitten hatte, aber die Leute würden nach dem Gebet am Grab rasch in ihr eigenes Leben zurückkehren und die Tote vergessen.

Gab es jemanden, der aus der Gruppe herausstach? Oh ja! Daniels Laune verdüsterte sich. Annie Troll. Das unmögliche Weib marschierte in ihrem abgeschabten karierten Mantel mittendrin und versuchte zu verbergen, dass sie mit flinken Augen die anderen Trauergäste musterte. So eine Närrin. Warum verließ sie sich nicht auf ihn, wenn sie ihn schon bezahlte?

Er versuchte sie zu ignorieren und vielleicht jemanden zu

entdecken, der sich auffällig verhielt. Zwischen den Theaterleuten lief eine schmale Frau mit ungewöhnlich ausladenden Brüsten. Unter dem offenstehenden Mantel blitzte ein Kleid aus violettem Seidentaft. Sie zitterte. In den Fäusten hielt sie zerknüllte Taschentücher, die sie abwechselnd benutzte, Schluchzer schüttelten sie. War das verdächtig? Vielleicht war sie eine Schauspielerin, die ihr Repertoire an Trauer automatisch und übertrieben abspulte, so wie es auf der Bühne nötig war, damit man auch in der letzten Stuhlreihe die Gefühle erkennen konnte. Vielleicht aber auch eine echte Freundin der Verstorbenen. Er würde sie in jedem Fall aufsuchen.

Der Mann, der neben ihr ging, wirkte dagegen wie versteinert. Jean Moreau, der Leiter des Balletts, der ihm von dem amerikanischen Ehemann erzählt hatte. Er hatte sich nur ungern bei der Probe stören lassen, als Daniel ihn vor einigen Tagen aufsuchte. Aber weil er annahm, dass sein Besucher von der Kriminalpolizei käme, hatte er die Tänzer dann doch hinausgescheucht. Seine Beziehung zu Serafina hatte er mit einem Wedeln der Hand heruntergespielt. Man habe beruflich miteinander zu tun gehabt, natürlich, auch viel gesprochen, das gehörte ja dazu, aber gemocht … Tänzerinnen seien extravagant, anstrengend, fordernd. »Je höher sie steigen, umso schwerer erträglich sind sie«, hatte er erklärt. Er besaß eine Frau und zwei Söhne, seine Frau hatte früher ebenfalls getanzt und war eine Schönheit, da konnte Serafina sich verstecken.

Von der schönen Gattin war allerdings im Moment nichts zu sehen. Die Weinende mit den Taschentüchern war es bestimmt nicht. Daniel trat hinter dem Grabstein hervor und ging ein Stückchen näher bis zu dem steinernen Engel, der ihn nur noch dürftig vor den Trauergästen verbarg.

Man versammelte sich um die leere Grube. Der erste Sprecher war der Intendant des Theaters. Er nudelte Floskeln herunter und bemühte sich kaum, seine mangelnde Anteilnahme zu verbergen. Daniel verlor rasch das Interesse. Nun trat Jean Moreau an den Grubenrand. Er war das pure Gegenteil. Ein überschwänglicher Lobpreis wehte zu Daniel herüber: Serafinas Geduld, ihre Hingabe an den Tanz, ihr Talent, sie sei eine Meisterin gewesen … Der Mann verzog mehrmals das Gesicht wie jemand, der mit starken Gefühlen zu kämpfen hat. Die Würde, die er demonstrieren wollte, bekam Risse. »Sie war uns gewöhnlichen Sterblichen überlegen, sie war so … lebendig«, sagte er und winkte dem nächsten Trauergast, während er sich mit einem Tüchlein über die Augen wischte. Der Redner, der ihm folgte, las eine vorgefertigte Ansprache vom Papier ab. Die Erregung ebbte wieder ab.

Ein Mann weckte Daniels Aufmerksamkeit, weil er sich etwas abseits hielt. Er trug einen Pelzmantel, wahrscheinlich war er der Einzige, der nicht fror, und dazu einen Hut, der von einem anspruchsvollen Hutmacher gefertigt worden war. Ein gewichster Schnauzer zierte sein noch junges, hageres Gesicht. Daniel schätzte ihn auf etwa dreißig Jahre. Was ihn stutzig machte, war der Spazierstock, auf den der Fremde sich stützte. Die Mode hatte in den letzten Jahren, was deren Zierrat anging, einige Kapriolen geschlagen. Löwen, Fische, nackte Göttinnen, Wappen, Meerjungfrauen … Aber der Griff dieses Exemplars stach noch einmal besonders heraus: Er bestand aus einem elfenbeinernen Totenschädel. Hatte der Mann einen seltsamen Hang zum Morbiden? Oder war der Schädel ein Hinweis auf …

Daniel starrte das makabre Schmuckstück unwillig an. Es erinnerte ihn an etwas aus seiner Vergangenheit, mit der er eigentlich schon abgeschlossen hatte: die Freimaurerei. Dresden besaß eine eigene Loge, *Zu den drei Schwertern und Asträa zur grünenden Raute,* und er war Mitglied gewesen. Wahrscheinlich war er es immer noch, er war ja nie ausgetreten. Aber die Sache war ihm nach dem Tod von Dorothea und Clara gleichgültig … nein, nicht gleichgültig, sondern unangenehm geworden. Vielleicht würden die beiden noch leben, wenn er nicht ausgerechnet in der Nacht, als sie starben … Er biss sich auf die Lippen und zwang sich, den Gedanken zu verscheuchen und sich wieder auf den Fremden zu konzentrieren.

Der Totenschädel war eines der Symbole der Freimaurer. Sie wurden vor der Öffentlichkeit geheim gehalten, aber viele Brüder trugen sie in Form von Krawattennadeln oder Manschettenknöpfen bei sich, um sich fremden Freimaurern dezent zu erkennen zu geben. Gehörte der Mann ebenfalls zum exklusiven Zirkel? Kannten sie einander womöglich? Bilder arbeiteten sich hoch, verblassten aber wieder, bevor Daniel sie packen konnte. Jean Moreau begann mit dem Fremden zu sprechen, es wirkte vertraulich. Arbeitete der Mann ebenfalls im Theater?

Der Pastor trat vor, um das letzte Gebet zu sprechen, Seile wurden gepackt, die Bretter, auf denen der Sarg stand, beiseitegezogen … Doch da kam plötzlich Unruhe auf. Einige der Trauergäste drehten die Köpfe, andere reckten sich, um zu sehen, was los war. Offenbar hatte jemand die Fechtlehrerin, die im Verdacht stand, Serafina umgebracht zu haben, erkannt. Es wurde gezischelt, Hüte neigten sich einander zu, die Frau mit dem flinken Degen stand plötzlich im Mittelpunkt eines ungnädigen Interesses. Der Sarg, der gerade herabgelassen wurde, wurde kaum noch beachtet.

Dann schob sich lächerlicherweise auch noch eine Wolke vor die Sonne, als hätte Gott ein Zugeständnis an den Sinn der Trauergäste fürs Theatralische gemacht. Der Ballettmeister rief etwas, das Daniel nicht verstand, und zeigte anklagend auf Annie Troll. Beschimpfungen drangen über den Friedhof. Das Ö von Mörderin stach dabei wie ein Martellato heraus.

Annie ergriff die Flucht. Aber nicht Richtung Blasewitzer Straße, was vernünftig gewesen wäre, sondern an einem Brunnen vorbei zum östlichen Teil des Friedhofs, wo eine Mauer aufragte. Dahinter befand sich ein Stück Boden, das die jüdische Gemeinde kürzlich erworben hatte, weil ihr Friedhof in der Neustadt zu klein geworden war. Kurz sah es so aus, als wollten einige Männer ihr folgen, doch der Pastor hob die Hände und lenkte die Aufmerksamkeit auf sich. Er forderte Respekt vor der Toten und der heiligen Stunde des Abschiednehmens. Daniel sah, wie der Mann mit dem Spazierstock sich abwandte und den Friedhof Richtung Haupttor verließ.

Er drehte sich wieder um. Annie Troll war bei einem Gittertor angelangt, das die Mauer zum jüdischen Friedhof hin durchbrach. Verwirrt fasste sie sich an den Kopf. Als sie die Hand wieder fortnahm, war ihre Wange blutverschmiert. Offenbar hatte jemand einen Stein nach ihr geworfen. Sie starrte ungläubig auf ihre Finger, warf einen letzten gehetzten Blick zur Trauergesellschaft und verschwand durch das offene Tor. Dumm, dachte Daniel nervös. Der Steinewerfer musste vom jüdischen Friedhof aus gezielt haben, sonst hätte er ihn bemerkt.

Wieder blickte er zu dem Mann mit dem Totenschädel-Stock. Zu ihm gehen und mit ihm reden? Hätte er gern getan, aber dann folgte er seiner Klientin, getrieben von einer ärgerlichen Unruhe. Hinter dem Törchen begann das erst spärlich mit Gräbern besetzte jüdische Friedhofsgelände. Die neu errichtete Trauerhalle erhob sich wie ein einsamer Leuchtturm zwischen den Grabsteinen. Kein Mensch war zu sehen. Dafür entdeckte er Blutspritzer auf der hier noch jungfräulichen Schneedecke. Und Fußspuren. Mehrere größere, die sicher von Männern stammten, und die kleineren von Annie Troll, die durch das Loch im linken Oval auffielen, wo ihre Schuhsohle kaputt war.

Annie Trolls Widersacher waren vom Eingang des jüdischen Friedhofs zum Törchen gelaufen, dann ein Stück zurückgewichen. Sie hatten vermutlich den Stein geworfen, waren in Richtung Totenhalle geflohen, plötzlich aber umgekehrt. Seine Klientin war offenbar schon zu weit vom Tor entfernt gewesen, als sie die Männer entdeckte. Sie war zu einem Wald geflüchtet, der hinter dem Friedhof begann. Schlechte Idee. Das Blasewitzer Tännicht war ein einsamer Ort.

Daniel rannte los. Wer bewarf seine Mandantin mit Steinen? Hatte sie irgendwelche Rechnungen offen, unabhängig vom Tod der Tänzerin?

Das Tännicht duckte sich unter dem wolkenverhangenen Himmel. Direkt hinter der frisch gepflanzten Friedhofshecke lag ein Futterplatz für Rotwild. Die Spuren, die von dort durch die Tannen führten, waren im Schnee fast vollständig verweht. Daniel zwängte sich zwischen den jungen Bäumen hindurch und eilte den Waldweg entlang. Kein Laut war zu hören. Nach einigen Minuten lichteten sich die Tannen wieder, vor ihm lagen Felder, links stand ein vom Rost zerfressener Zaun, der sich unregelmäßig um ein Grundstück zog, wo … Er musste sich kurz besinnen. Wo sich die städtische Düngeranstalt befand, wenn er sich recht erinnerte. Im Sommer wehten die Gerüche, die von den Güllegruben aufstiegen, über die Gräber des Trinitatisfriedhofs – ein Umstand, der immer wieder zu Protesten führte, die in der Zeitung ihren Niederschlag fanden.

Noch ein paar Schritte und er hatte den letzten Baum hinter sich gelassen. Und sah gerade noch drei junge Burschen, allesamt in abgewetzter Kleidung, den Zaun entlangflitzen. Als sie ihn bemerkten, änderten sie die Richtung und liefen zu den Wiesen, hinter denen die Elbe floss. Gleich darauf waren sie verschwunden.

Und wo steckte Annie Troll?

Die Spuren, die sich hier nicht mehr mit denen des Wilds mischten, machten es ihm leicht. Annie war, verfolgt von den Burschen, zum Zaun gelaufen und darüber geklettert, die Männer hinterdrein. Aber nur ihre Verfolger waren zurückgekehrt.

Daniel erreichte das schäbige Hindernis und überwand es ebenfalls. Die Spuren führten ihn zwischen flachen, schmucklosen Gebäuden hindurch zu einem eisbedeckten Teich mit einem kleinen Holzsteg. Eine breite Holzrinne zeigte, dass hier wohl die Gülleladungen eingelassen wurden. Am Rand des Gewässers stand eine Hebekonstruktion, mittels der die Gülle im Frühjahr entnommen und auf Pferdefuhrwerke verladen wurde. Ein Steg führte auf den trotz der Eisschicht stinkenden Teich. Neben den Holzbrettern befand sich ein Loch – ein schwarzes Auge in dem mit Pulverschnee bedeckten Eis. Er blieb stehen.

Zu spät, dachte er. Zu spät.

6. Kapitel

Die Hölle ist heiß. So hatte sie es gelernt und auch geglaubt, damals als sie noch den heuchlerischen Dreckskerl Egon Timmler angehimmelt hatte, der auf seiner Kanzel wie der liebe Gott aussah, nur besser, ohne Bart und mit Muskeln, die er sich durch Liegestütze erworben hatte. Er hatte ihr die Jette angehext, wofür sie inzwischen dankbar war, aber sie auch mitsamt dem Säugling im Stich gelassen, und dafür hasste sie ihn. Und jetzt stellte sich auch noch raus, dass er gelogen hatte.

Die Hölle war nämlich eisig kalt – und vor allem ohne Luft.

Annie strampelte um ihr Leben. Sie konnte schwimmen, hatte es auch immer wieder bis zum Eisloch geschafft, wo sie nach Luft schnappte. Aber sie war dort nicht rausgekommen, weil der Boden schlammig und die Kanten zu scharf und glatt waren. Und jetzt rammte sie sich den Kopf an der gefrorenen Wasserschicht, weil sie das Loch nicht mehr fand, sie verlor die Orientierung und wusste, dass sie sterben würde. Um sie trieb die Pissebrühe, ekelhaft, nur nicht den Mund öffnen! Jette, was würde Jette ohne sie tun? … und die Kuhpisse … und der Drang, doch den Mund aufzureißen … oben war es heller, sie musste zum Licht … O Jette …

Etwas schrappte über ihre Wange. Sie griff blindlings zu, fast fehlte ihr die Kraft, es zu packen. Ein Stock! Sie umklammerte ihn in Todesangst. Bestimmt war das ein böser Witz, ihr noch mal Hoffnung zu machen, bevor sie …

Plötzlich wurde es hell, es gab wieder Luft. Sie schnappte, sie hustete … sie konnte atmen. Gott im Himmel, danke, Luft …

Eine Hand griff nach ihr. Sie blickte in das Gesicht des Detektivs. Dieser verfluchte, geschleckte Hund, er war ihr gefolgt und hatte sie gefunden. Bäuchlings auf dem Steg liegend, fischte er mit der freien Hand nach ihrem Mantelkragen. Der Stock wurde zum Hindernis, weil sie ihn nicht loslassen konnte, es ging partout nicht, sie hatte zu viel Angst, aber er schaffte es trotzdem, sie zu sich raufzuhieven. Sie ratschte sich dabei den Schorf am Arm auf – geschenkt. Hauptsache wieder atmen können.

Und heulen. Sie heulte Rotz und Wasser und klammerte sich an ihren Retter. Natürlich stank sie wie die Pisse, in der sie gezappelt hatte, und natürlich fand er das ekelhaft, aber das musste er aushalten, ging nicht anders. Er half ihr auf die Füße und zog sie vom Steg. Dort nötigte er ihr seinen Mantel auf. Nee, zu nötigen brauchte er nicht. Sie riss ihm das Ding aus den Händen. Die Wärme seines Körpers hing noch in der Wolle, sie war wie ein Geschenk Gottes. Jette, ich lebe, ich komme heim, ich pass auf dich auf, keine Sorge!

Raabe packte sie am Ellbogen, er fror jetzt selbst und verfluchte seine Hilfsbereitschaft wahrscheinlich schon. Ihr fiel ein, dass ein Dankeschön angebracht wäre. Sie bedankte sich nicht gern. »Danke«, stammelte sie trotzdem. Er nickte, dann waren sie an einem Tor, und gleich darauf auf einem breiten Weg. Ihr Blick fiel auf ein Schild, das an einen Stamm genagelt war. *Städtische Düngeranstalt*. Aha, daher die riesigen Drecksgruben.

»Sie wollten mich ertränken.« Nicht mehr heulen. Sie war Annie Troll, sie lebte und würde sich nicht unterkriegen lassen. Schon gar nicht von den halbgaren Burschen, die der Zwerg ihr auf den Hals gehetzt hatte und die zu dämlich gewesen waren, zu kapieren, dass ein Bad in einem zugefrorenen Teich mehr als ein Denkzettel war. Wenn sie nur ihren Degen dabei gehabt hätte! Sie besaß einen Spazierstock, in dessen Schaft eine Waffe verborgen war. Dafür hatte sie viel Geld bezahlt. Aber Spazierstöcke wurden nur von Männern benutzt, deshalb hatte sie ihren nicht mit zur Beerdigung nehmen wollen. Scheißdreck, verfluchter!

Das Zittern wollte kein Ende nehmen, trotz des Mantels und obwohl sie rasch voranschritten. Annie rubbelte mit den Händen über ihre Arme. Aber sie würde auf keinen Fall den abkürzenden Querweg an der Friedhofsmauer nehmen, in den Raabe abbiegen wollte. Dort würde sie nämlich totsicher den gehässigen Schweinen vom Theater begegnen, und das könnte sie in ihrem Zustand, stinkend, tropfend, nicht ertragen. *Möööörderin* … Keine Ahnung hatten die …

Jetzt musste sie doch noch mal heulen.

Auch Willi Kubiak war bei der Beerdigung gewesen, fiel ihr plötzlich ein. Er hatte sie bei der Polizei angeschwärzt. Ob er ihr auch kündigen würde? Falls er sie rauswarf, müsste sie ein Zimmerchen für sich und Jette finden, und wenn es eine der feuchten Kellerwohnungen wäre, in der man sich die Schwindsucht holte. Aber einen Fechtboden hatte sie damit noch lange nicht. Und daran hing ihre Existenz, ihr ganzes Leben.

»Es hilft nichts, zu weinen«, sagte Raabe.

Der hatte gut reden. Der lebte in einem protzigen Haus und könnte den Rest seiner Tage auf seinem hässlichen Sofa liegen, ohne Hunger leiden zu müssen.

Sie hatten eine Straßenecke erreicht. Glücklicherweise waren nur wenige Menschen unterwegs. Es hatte zu nieseln begonnen. Bald wurde daraus ein Regenguss. Annie lief so schnell, dass sie fast rannte. Eine Droschke überholte sie. Raabe hob den Arm. Leider wollte der Droschkenfahrer sie nicht mitnehmen, zumindest nicht die stinkende Frau. Der Detektiv drückte ihm Münzen in die Hand, die Bedenken des Mannes schmolzen dahin. Er hielt ihnen nun sogar die Droschkentür auf. Es war kalt, so kalt.

Raabe nannte seine Adresse, die Jacobsgasse. Annie protestierte. Sie wollte in ihre eigene Wohnung, wo ein Feuer im Ofen brannte und man sich im warmen Bett die Seele aus dem Leib heulen konnte, bis alles wieder gut war.

»Nein«, sagte er. »Wir müssen Sie erst wieder in einen passablen Zustand versetzen.«

»Was?«

»Serafina Bischof war eine berühmte Frau, Sie haben ja den langen Zug der Trauergäste gesehen. Es wird also mit Sicherheit zu einer spektakulären Verhandlung vor dem Kriminalgericht kommen. Wir können nur hoffen, dass nicht Sie es sein werden, die dann auf der Sünderbank sitzt. Aber auszuschließen ist es auch nicht. Und für diesen Fall müssen wir auf Ihren untadeligen Leumund verweisen können. Dazu passt es aber nicht, wenn Sie in diesem Zustand den Leuten aus Ihrem Haus begegnen.«

Jeder Satz saß wie ein Schlag in den Magen. Raabe hatte früher für den Staat gearbeitet, als Ankläger, das wusste sie. Wenn er ihre Lage so einschätzte …

Kaum hatte er die Haustür geöffnet, rief er schon nach seinem Hausdiener, doch alles blieb still – was auch kein Wunder war. »Link ist zur Hochzeit, alle sind da hin«, sagte Annie.

Raabe starrte sie an.

»Die Hochzeit von seiner Nichte, von Elli. Die heiratet heute den Dings aus Pieschen, den Billettverkäufer …« Warum versuchte sie es zu erklären? Als sie Mariechens Mutter besucht hatte, hatte ihr Isabelle mit dem Hinkefuß bei einem heißen Kaffee auseinandergesetzt, dass der Doktor Raabe in eigenen Welten lebe. Der wusste gar nicht, wer sich für ihn abrackerte. Wenn er seinen Dienstboten zufällig im Haus begegnete, schaute er immer, als hätte er einen Dieb ertappt. Komisch nur, dass sie vergessen hatten, ihn wegen der Hochzeit um Urlaub zu fragen. Wahrscheinlich hatten sie drauf spekuliert, dass er nicht nach ihnen rief. Er war gern für sich allein. Nicht mal seinen Kammerdiener konnte er lange um sich haben.

Raabe führte sie durch die Halle und über einen verwinkelten Flur in eine Schlafkammer. Er öffnete einen Schrank und holte ein Kleid heraus – ein blaues Ungetüm aus Seide und Wolle, so lang, dass es sicher mit Krinoline getragen werden musste. Ein Feine-Leute-Luxusding. »Ziehen Sie's nachher an, bis Ihre eigenen Sachen trocken sind. Ich hole Wasser. Nebenan ist eine Wanne.«

Er warf das Ding aufs Bett, und schon war er fort. Annie starrte auf die Kostbarkeit. Das Kleid besaß nicht viel Bling-Bling, nur ein paar Rüschen am Ärmel, aber trotzdem war es schöner als alles, was sie je getragen hatte. Hatte es seiner Frau gehört, die vor Jahren bei einem Brand ums Leben gekommen war? Das Unglück hatte Dresden damals wochenlang beschäftigt, überall kursierten Gerüchte. Warum hatte er selbst überlebt, seine Frau und das Kind aber nicht? Wo war die Dienerschaft gewesen, als der Brand ausbrach? Sie hatte vergessen, was genau die Leute vermuteten. Jette hatte damals die Masern gehabt, fremder Leute Sorgen waren ihr egal gewesen. Sie hatte auch jetzt keine Lust, sich damit zu beschäftigen.

Im Nebenzimmer rumorte es. Als sie die Tür öffnete, sah sie Raabe Wasser in eine Kupferwanne gießen. Er verschwand wieder, kehrte zurück ... Offenbar führte eine Wasserleitung ins Haus, vielleicht unten in die Küche. Annie hatte noch nie in einer Wanne gebadet. Sie war auch nicht sicher, ob sie es wollte. Ihr war kalt, und das Wasser totsicher nicht erhitzt. Aber als Raabe die Wanne zur Hälfte gefüllt und ihr eine Schale mit Seifenstückchen gezeigt und die Tür geschlossen hatte, stieg sie doch rein. Sie wusch die Pisse aus den Haaren und schrubbte sie sich mit der Seife, die roch, als wäre sie mit Parfüm getränkt, vom Leib. Nach dem Abtrocknen tauchte sie ihr Kleid, den Mantel und die Unterwäsche ins Wasser, wusch die Sachen aus und hängte sie über den Kachelofen, der den Schlafraum wärmte.

Widerwillig stieg sie in das blaue Prachtgewand. Ohne die dazugehörige Krinoline schlabberte es unförmig um ihre Füße. Ein Blick in den Spiegel zeigte, wie albern sie aussah. Egal. Sie raffte den Stoff und suchte nach dem Hausherrn.

Raabe saß in dem Salon, in dem er sie bereits beim ersten Besuch empfangen hatte. Sie nahm auf einem Sessel Platz, der möglichst weit von seinem entfernt stand, zog die nackten Füße hoch und wickelte sie in den Stoffsaum. Er hatte ihr das Leben gerettet, aber sie konnte mit ihm nichts anfangen. Zwischen ihrem und seinem Leben lagen Welten.

»Haben Sie die Männer erkannt, die Sie ins Wasser gestoßen haben?«, wollte er wissen.

»Nein.«

»Meine erste Annahme war, dass Serafinas Mörder sie geschickt hat. Wenn Sie nach der Beerdigung spurlos verschwunden wären, hätte man allgemein angenommen, dass Sie sich, von Schuldgefühlen übermannt, das Leben genommen haben. Durch den Fund Ihrer Leiche im Abwasser wäre diese These, falls man Sie überhaupt hätte identifizieren können, bestätigt worden.«

»Kein Mensch ertränkt sich in einem Pisseteich. Das ist widerlich.« Und außerdem war ihr ja gar nicht Serafinas Mörder auf den Fersen gewesen, da war sie sicher. Anfangs hatten die Kerle sie nur mit Steinen beworfen. Wäre sie auf den Trinitatisfriedhof zurückgekehrt, hätten sie sich davongemacht. Das mit dem Teich war ihnen erst gekommen, als sie ihr über den Judenfriedhof in den Wald und auf das Gelände der Düngeranstalt gefolgt waren. Nee, sie war überzeugt, dass hinter dieser Sauerei der Zwerg steckte! Er war wütend, weil sie ihn zum Teufel gejagt hatte, und wollte ihr mit den Steinewerfern klarmachen, dass er sich so was nicht bieten ließ. Genau das war seine Art!

»Die Steinwürfe passen allerdings nicht zu dieser Theorie«, sagte Raabe.

Kurz überlegte sie, ihm doch von Casimir Schmitt zu erzählen. Aber sie besaß ja kein Geld mehr, um ihn für weitere Dienste zu bezahlen. Und was könnte er auch gegen den Kotzbrocken unternehmen? Schmitt war glitschig wie die Seife drüben im Bad. Raabe sollte Serafinas Mörder finden, das war das Wichtigste.

Der Detektiv hatte sich zurückgelehnt und starrte zum Fenster hinaus, und auch Annie versank in Grübeleien. Wie sollte sie auf die Attacke reagieren? Schmitt war vor drei Jahren von Bayern nach Dresden gekommen. Es hatte schon vorher jede Menge Gesocks in den ärmeren Vierteln der Stadt gegeben. Leute wie den Kober-Ede, der ein Bordell eröffnete und arme Häschen vom Land reinlockte. Oder den Schofel-Franz, der mit seiner Bande auf Einbruchstour ging. Aber der Zwerg hatte Größeres im Sinn gehabt. Er hatte sich zum König der Altstadt aufgeschwungen und angefangen, einen Viertelzins zu erheben, so nannte er das. Er verlangte von jedem, der ein Lokal betrieb oder auf ähnliche Weise Geld verdiente, ein Viertel des Gewinns. Wer nicht spurte, dem vergraulte er die Kunden, indem er sie bedrohte oder von seinen Männern verprügeln ließ.

Annie hatte ihm, als er sie auf dem Dachboden aufsuchte, ihren Degen auf die Brust gesetzt. Da war er gerannt, und sie hatte gelacht und gedacht, dass sie ihn los wäre. Auch als er Jette auflauerte, war sie davon ausgegangen, dass er nur drohte. Aber heute die Sache beim Friedhof … Er wurde gefährlich. Sie zitterte, obwohl sie inzwischen gar nicht mehr fror. Und wenn sie den Viertelzins einfach zahlte? Nur hatte sie dafür kein Geld. Sie kam ja so schon kaum über die Runden. Die Miete, das Essen … Verflucht, verdammter Dreck, alles war schwer …

»Haben Sie auf der Beerdigung jemanden gesehen, mit dem Serafina enger bekannt gewesen war?«, unterbrach Raabe ihre Gedanken.

»Sie wurde öfter mal von Mannsleuten zum Fechtunterricht begleitet. Aber ich hab die meist nur reden hören. Die sind nicht mit reingekommen. Außerdem hab ich kein gutes Gedächtnis für Gesichter.«

Er fragte sie nach einem Mann, etwa dreißig Jahre alt, schwarzer Schnäuzer, Pelzmantel, ein Spazierstock mit einem Totenschädel als Griff, vermutlich ein Bekannter von Jean Moreau.

»Wer ist Moreau?«

»Der Mann, der die Rede gehalten und mit den Tränen gekämpft hat. Er ist Ballettmeister am Königlichen Hoftheater.«

»Ah! Also der hat Serafina auf jeden Fall mal zu mir gebracht. Genau, den kenne ich. Halten Sie ihn für den Mörder?«

Raabe zuckte mit den Schultern.

»Na, da hat man doch auf jeden Fall schon einen Hinweis. Aber an einen Spazierstock mit Totenschädel kann ich mich nicht erinnern.«

»Warum sind Sie zur Beerdigung gegangen?«, fragte Raabe.

Na, weil sie sich nicht auf ihn verlassen wollte. Weil sie sich auf niemanden verließ, seit Egon Timmler sie mit Jette sitzen gelassen hatte. Sie sprach's nicht aus, aber er kapierte auch so. Er lachte darüber, was sie ärgerte. Der sollte sich sein Lachen sonst wohin stecken.

»Ich bräuchte noch etwas.«

Annie sank das Herz in die Hose. Er hatte ihr Leben gerettet und war sicher der Ansicht, dass er jetzt noch mehr Geld aus ihr rauskitzeln könnte. Das hatte sie erwartet. Nur war sie ja pleite. Aber er stand auf und ging zu einem Sekretär. Sie sah, wie er den Deckel aufklappte, ein Tintenfässchen herausnahm und die Tinte auf einen Teller goss. Hä? Dann holte er einen Bogen Papier, trug beides zu ihrem Tisch und bat sie, den Daumen in die Tinte zu tunken. Verdutzt gehorchte sie. Er nahm ihr Handgelenk, schüttelte die Tinte ein wenig ab und wies sie an, den Daumen auf das Papier zu drücken.

»Warum?«

»Es könnte hilfreich sein.«

Ihr Daumen hinterließ kreisförmige Rillen auf dem Papier. Sie erinnerten an die Abdrücke auf dem blutigen Messergriff. Was zur Hölle sollte das? Es war doch klar, dass ihre Hand kleiner als die Pranke auf der Mordwaffe war. »Was …?«

»Ich möchte sichergehen, dass Sie keine Mörderin sind.«

So schätzte er sie also ein? Einen Moment war Annie wie gelähmt. Dann stand sie auf und kehrte wortlos in das Schlafzimmer zurück. Ihre Anziehsachen waren immer noch nass, aber sie zog sich um und verließ stolz und erhobenen Hauptes das Haus. Raabe ließ sich nicht mehr blicken.

In der Struvestraße war die Hölle los. So wie immer, dachte Annie, die rasch in ihrer Wohnung verschwinden wollte, mürrisch. Der Weg nach Hause hatte ihr den Rest gegeben, sie bibberte, dass ihr die Kiefer wehtaten. Als sie an Willi Kubiaks Wohnung vorbeikam, zögerte sie kurz. Dem würde sie gern die Meinung sagen. Zu verbreiten, dass sie mit dem Mietzins nicht nachkam! Aber nicht in den feuchten Kleidern. Erst mal musste sie …

»… bist du ihr nachgestiegen«, hörte sie Else Kubiak durch die geschlossene Wohnungstür kreischen. »Steigst doch jeder nach!« Etwas klatschte. Willi haute seiner Frau eine runter. Sie kreischte noch lauter. »… da hat die Henni auch keine Schwindsucht mehr. Da kann sie plötzlich wieder …« Noch ein Klatschen. Nur weg!

Annie war auf halber Treppenhöhe, als die Tür der Kubiaks aufgerissen wurde. Else kam rausgeschossen, verheult, mit einer knallroten Wange. Die Tür flog hinter ihr ins Schloss. Ausgesperrt. Als sie Annie erblickte, stockte ihr Weinen. Man war ja nicht gerade befreundet. Annie, die sogar eine heftige Abneigung gegen sie hegte, wollte weiter, hoch in ihre Wohnung. Aber plötzlich fiel ihr wieder ein, dass Willi, der Schwerenöter, auch auf dem Friedhof gewesen war, und vielleicht hatte ihn ja mehr als die pure Neugierde an Serafinas Grab getrieben. Hatte Else nicht eben was in diese Richtung angedeutet? Jedenfalls könnte man ihre Worte so verstehen. Angestachelt von dem bösen Verdacht kehrte Annie zum Treppenabsatz zurück. »Na?«

Else war zu wütend, um ihren Zorn zu bändigen. Sie platzte mit allem raus. Willi war mit Henni ins Bett gestiegen, sie hatte die beiden so gut wie ertappt. Willi besaß kein Herz, der merkte gar nicht, wie ihr immer ein Messer direkt ins Herz fuhr, wenn er sich mit anderen Weibsleuten einließ.

»Und dann auch noch die Tänzerin«, soufflierte Annie und wartete gespannt.

Else wurde steif. »Was meinst du damit?«

Annies Hoffnungen fielen in sich zusammen. Willi und Serafina – das wäre ja auch zu merkwürdig gewesen. Die Tänzerin hatte Klasse besessen, die wäre auf jemanden wie den krummnackigen Willi mit der rotgeäderten Haut nie und nimmer reingefallen. Andererseits: Was, wenn Willi die Tänzerin auf dem Dachboden überfallen hatte, um sich mit Gewalt zu nehmen, was sie ihm freiwillig nicht geben wollte?

Else begann zu dämmern, was hinter ihrer Frage gesteckt hatte. »Mit der also auch«, keuchte sie. »Ich hab's gewusst. Ich geh zum Pfarrer! Weißt du was, Annie? Ich werde dem sagen, der soll sich den Willi vorknöpfen! Dieser Obergendarm hatte doch denselben Verdacht. Und da hab ich noch gedacht: Das ist unmöglich. Mein Willi und eine Tänzerin. Ich hab mich noch aufgeregt und dem ins Gesicht gelogen, dass Willi den ganzen Tag und auch den Abend bei mir war. Ich hätte doch nicht gedacht …«

Die Tür flog auf. Willi hatte Ohren wie ein Luchs. »Ich *war* auch hier in der Wohnung!«, brüllte er. »Reiß mich nicht rein, du eifersüchtige Schreckschraube! Und? Was gibt's hier für Maulaffen feilzuhalten?«, donnerte er Annie an. »Du fliegst als Nächste raus, das steht sowieso fest. Immer mit der Miete hintendran, und dann bringst du uns auch noch die Polizei ins Haus. *Du* hast das Theaterweib da oben umgebracht, darauf verwette ich …!«

»Also Willi, jetzt mach mal halblang …!«

»Ich hab euer Keifen bis hier unten gehört. Und das hab ich den Gendarmen auch erzählt – dass ihr euch in den Haaren hattet wie Fischweiber. Und nun setzt du Else einen Floh ins Ohr, um dich reinzuwaschen, du verludertes …«

Annie machte sich davon.

»Ich schmeiß dich raus, verdammtes Weib!«

Aber der Willi würde sie *nicht* rausschmeißen. Wenn er sich erst wieder beruhigt hatte, musste ihm klar werden, dass ihm niemand sonst doppelt Miete zahlen würde, um den staubigen Dachboden zu nutzen, mit dem er sonst nichts anfangen könnte. Andere Leute brauchten doch so was nicht.

Vor ihrer Wohnungstür nestelte Annie den Schlüssel aus der nassen Manteltasche. Erleichtert betrat sie ihre Wohnung. Jette spielte mit Mariechen auf dem Sofa. Annie lief an den beiden vorbei in ihre Schlafkammer und riss die Tür des Kleiderschranks auf. Drinnen war luftig Platz, jedenfalls was die Garderobe anging. Jette besaß zwei Kleider, sie selbst drei. Aber nachdem der Detektiv das blutverschmierte mitgenommen hatte, waren es auch nur noch zwei, und dass es immer noch zwei waren, musste man als Glücksfall bezeichnen, weil der Kriminalinspektor, dieser Keller, ihr Ersatzkleid ja auch hätte einbehalten können, aber er hatte es, dem Himmel sei Dank, zurückbringen lassen.

Rasch zog sie sich um. Jette fragte zum Glück nicht viel. Sie spielte weiter mit dem kleinen Fratz. Mariechen lachte. Die war ein putziges Kind, plapperte schon erste Wörter und kam ganz nach ihrer Mutter, der armen Dora Link, die sie fast jeden Tag besuchte, wenn ihr Dienst vorbei war, und immer in Tränen ausbrach, wenn sie ihre Kleine wieder zurücklassen musste. Verfluchter Raabe! Annie goss Wasser in eine Schüssel und rieb die Tinte ab, so gut es ging. »Zieh Mariechen ihren Mantel an. Wir müssen noch mal raus.«

»Wohin denn?«

»Zum Alois.«

»Aber warum …?«

»Ich erklär's dir, wenn wir da sind.«

Jette stand auf. Sie griff nach Mariechens Mäntelchen, das auf der Sofalehne lag. Dann drehte sie sich plötzlich wieder um. »Annie«, flüsterte sie. »Ich muss dir noch was sagen. Als ich damals vom Schlittschuhlaufen zurückkam …«

Annie verlor die Geduld. »Nun zieh dir und dem Mädel endlich den Mantel über«, herrschte sie ihre Tochter an.

Der Alois Blank, ja. Das war ein Guter. Meist angesäuselt, aber das lag nur daran, dass er verliebt war und die Evalinde, der das *Haus der Herzen* beim Böhmischen Bahnhof gehörte und die der Liebe schon von Berufs wegen skeptisch gegenüberstand, ihn nicht erhören wollte. »Aber sie wird schon weich werden, sie muss nur erst verstehen, dass ich es ehrlich mit ihr meine«, sagte Alois, nachdem sie auf seinem Sofa mit der herausquellenden Füllung Platz genommen hatten. So war das bei ihm. Wenn man ihn besuchte, musste man erst mal anhören, wie es in Sachen Evalinde stand. Er hatte ihr ein Praliné vorbeigebracht, vor ein paar Tagen, da hatte sie kurz gelächelt, aber dann hatte sie ihn rausgeschmissen, weil die erste Kundschaft ja schon am Nachmittag kam und sie dafür sorgen musste, dass ihre Mädchen sich für die Arbeit bereit machten. Die Konkurrenz war groß. Aber vorher hatte sie gelächelt.

Alois zog eine Kiste unter dem Sofa hervor und schenkte Jette und Mariechen je eine schrumpelige Möhre, obwohl er selbst kaum was zu beißen hatte. Ach, der Alois. Auch wenn sein Kellerzimmer stickig war und vom Schimmel schwarze Wände hatte, war es doch eine Erholung, bei ihm auf dem Sofa zu sitzen. Er war der einzige wahrhaft gute Mensch, den Annie kannte.

»Ist hier seit der Sache – du weißt schon, im Fechtraum – ein Gendarm vorbeigekommen?«, fragte sie bang in den ersten Moment des Schweigens hinein.

Alois lachte. »Wieso denn? Die wissen doch gar nichts von mir.«

Natürlich. Und ihr war auch niemand gefolgt, als sie die Straße runter zu ihm gegangen war, darauf hatte Annie geachtet. »Sie haben Skizzen von deinen Sohlenabdrücken gemacht, und der Detektiv verwahrt das Messer mit dem Abdruck deiner Hand bei sich in einem Labor auf«, warnte sie ihren Freund trotzdem. »Deshalb dürfen sie niemals von dir erfahren. Nicht, dass du meinetwegen ins Unglück gerätst!«

»Warum kann Alois denn wegen seiner Schuhe ins Unglück kommen?«, fragte Jette.

Überrascht blickte Annie sie an. Ihre Tochter wurde größer, sie war jetzt schon bald dreizehn. Es war nicht mehr leicht, ihr was vorzumachen. Sie musste anfangen, sie wie eine Erwachsene zu behandeln, ging ihr auf. Vorsichtig sein mit dem, was sie sagte.

Ein abendlicher Lichtstrahl bohrte sich durch das Kellerfenster und fiel auf einen Pallasch, ein Schwert mit einschneidiger Klinge und Hohlrinne, das an der Wand hing – Alois' Erinnerungsstück an die besseren Zeiten, bevor ihn das Reißen gepackt hatte, sodass er nicht mehr in seinem Beruf als Fechtlehrer arbeiten konnte. Er hatte seine eingeschränkten Kräfte damals genutzt, um ihr seine Kunst beizubringen, aus lauter Gutmütigkeit und Zuneigung. Und nun war er stolz auf sie, weil sie sein Handwerk weiterführte und weil sie das sogar schaffte, obwohl sie eine Frau war.

Annie wischte sich verstohlen eine Träne weg. Alois hatte sie aufgenommen, als sie mit ihrem Säugling im Arm durch die Straßen geirrt war. Er hatte ihr sein Sofa, bei dem schon damals der Polsterstoff riss, zum Schlafen angeboten und die weinende kleine Jette rumgetragen. Und nichts dafür erwartet, nicht einmal insgeheim. Gott hatte ihr den dämlichen Pfarrer Timmler genommen und ihr dafür den goldenen Schatz Alois geschenkt. Und das war kein schlechter Tausch gewesen.

»Denkst du, ich sollte Evalinde mit einer Zigarre überraschen? Sie hat gestern gesagt, bevor sie stirbt, will sie mal eins von den verdammten Dingern ausprobieren. Sie ist schon eine verrückte Person«, meinte er zärtlich. »Die hätt als Mann geboren werden sollen.«

»Ich besorg dir eine«, versprach Annie. Dann begann sie vom Zwerg zu erzählen, von Casimir Schmitt, der Jette bedroht und ihr selbst ein paar Kerle auf den Hals gehetzt hatte, um sie einzuschüchtern. Dass sie dabei fast gestorben wäre, verschwieg sie. Panik half ja niemandem weiter.

»Dann wohnt ihr jetzt lieber bei mir«, meinte Alois, als wäre es das leichteste der Welt, sein Zimmerchen und sein weniges Essen plötzlich mit drei anderen Leuten zu teilen.

»Nur die Kinder, und nur für ein kurzes Weilchen. Aber wenn du das erlauben würdest, wär ich dir teuflisch dankbar.« Annie umarmte den stinkenden alten Bären, bis er Aua schrie, weil sie ihm die schmerzenden Gelenke quetschte.

»Annie«, wisperte Jette, als sie gehen wollte. Es war schon komisch, dass sie niemals Mutter oder etwas Derartiges zu ihr sagte wie andere Kinder. Aus irgendeinem Grund hatte sie sie immer mit ihrem Vornamen angeredet. Viele Leute hatten deshalb geglaubt, sie wären Schwestern, und Annie hatte das Missverständnis nie aufgeklärt, wohl auch, weil dadurch weniger Fragen wegen Egon Timmler aufkamen. »Annie, ich glaube …«

»Was denn?«

»Du bist ein braves Mädchen, ein Sonnenschein«, schwärmte Alois und strubbelte Jettes Haar. »Du schläfst mit der Kleinen in meinem Bett, keine Widerrede. Ich lieg auch auf dem Sofa gut.«

»Genau. Sei ein braves Mädchen«, flüsterte Annie ihrer Tochter zu und gab ihr einen Kuss. »Bald ist alles wieder in Ordnung, ich schwöre es dir.«

7. Kapitel

Das Haus der Freimauerloge *Zu den drei Schwertern und Asträa zur grünenden Raute* befand sich in der Ostra-Allee, dem Zwinger schräg gegenüber, rechts vom Herzogin Garten. In exklusiver Lage also, dem gesellschaftlichen Rang der Logenbrüder entsprechend, die das Haus vor dreißig Jahren hatten errichten lassen. Der Architekt hatte auf Symmetrie und Schlichtheit gesetzt: Das Haus wurde durch den Mittelrisalit dreigeteilt, und es besaß auch drei Etagen mit Bogenfenstern. Ein geräumiges, aber unauffälliges Gebäude. Das Einzige, was aus dem Rahmen fiel, waren die unter dem Dach des Risalits angebrachten Nischen, in denen sich drei Büsten befanden: Lehrling, Geselle und Meister, entsprechend den Graden, zu denen man in der Loge aufsteigen konnte.

Daniel hatte es bis zum Meister gebracht. Er war vor acht Jahren zu den Freimaurern gekommen, kurz nach seinem Umzug nach Dresden. Erst waren es Neugierde und kühle Erwägungen gewesen, die ihn die Einladung eines Kollegen annehmen ließen. Wer dazugehörte, konnte sich auf die Loyalität der Brüder verlassen, auch in geschäftlichen Dingen. Aber bald hatte er sich zwischen den Männern, die mit Verve und heißem Blut die fünf Säulen der Freimaurerei – brüderliche Liebe, Fürsorge, Wahrheit, Toleranz und Humanität – diskutierten, wohlgefühlt. Ihre Ideale brachten etwas in ihm zum Klingen.

Die Rituale, die im sogenannten Tempel durchgeführt wurden, waren ihm allerdings bizarr vorgekommen. Die dunkle Kammer mit Kerze, Stundenglas und Totenschädel und dem gruselerregenden Skelett, in die man ihn zur Initiation gebracht hatte … die Schwerter, die sich auf ihn richteten, als man ihm im Tempel die Binde abnahm … später die Sache mit dem Sarg, in den er sich hatte legen müssen … Das war keine Dramatik, die ihn hätte begeistern können. Obwohl er zugeben musste, dass die Zeremonien nicht ohne Wirkung auf seinen Geist geblieben waren. In einem geschlossenen Sarg zu liegen, war ein Erlebnis, das sich einprägte. Wie auch immer: Er hatte in der Loge Freunde gefunden und sich wohlgefühlt.

Dorothea hatte seine Besuche dort natürlich gehasst, wie sie alles gehasst hatte, was er, abgesehen von seiner Kanzleiarbeit, ohne sie unternahm. Er war trotzdem gegangen, vielleicht gerade wegen ihrer Eifersucht. Anfangs war es ein bisschen wie ein Spiel gewesen. Sie hatte lachend gegen seine Brust getrommelt, wenn er das Haus verließ, und sich geärgert, wenn er sich weigerte, von dem zu reden, was innerhalb der Mauern des Logenhauses geschah. »Ich habe versprochen, darüber zu schweigen«, erklärte er. Er glaubte nicht, dass sich sämtliche Brüder an diese Verpflichtung hielten, aber es hatte ihn geärgert, dass sie keine Ruhe gab. In einer dieser Nächte hatte sie schmollend das Ehebett geräumt und war nur mit viel Zureden zurückgekehrt. Hatte ihre Liebe damals zum ersten Mal einen ernsthaften Kratzer bekommen?

Die Zeiten wurden schwieriger, der Loge war er treu geblieben. Aber mit Dorotheas und Claras Tod war sie ihm entglitten. Sie hatte ihre Bedeutung verloren, so wie alles bedeutungslos geworden war. Und nun stand er zum ersten Mal seit knapp drei Jahren wieder vor dem Tor. Es war ein seltsames Gefühl, so als würde man nach einer langen Wanderschaft heimkommen und sein Elternhaus fremd finden.

Er musste sich überwinden zu klopfen und war völlig perplex, als der Aufseher, der ihm öffnete, ihn nicht erkannte, sondern nach dem Losungswort fragte. Er hatte es vergessen. Zu viel war in der vergangenen Zeit in seinem Kopf durcheinandergewirbelt. Daniel sah den misstrauischen Blick des Mannes. Also kehrtmachen und einen der Brüder privat aufsuchen?

Ihm wurde die Entscheidung abgenommen. Karl Bundschuh, der Meister vom Stuhl – oder der ehemalige Meister vom Stuhl? Leitete er die Loge immer noch? –, kam zur Tür. Seine breite Gestalt verbarg, was hinter ihm lag. Der kahle Schädel glänzte vom Licht einer Gaslampe, die in seinem Rücken flackerte. Er schob den Aufseher beiseite, auf seinem Gesicht breitete sich ein Lächeln aus. »Bruder Daniel …«

Das Logenhaus stand offen.

Sie setzten sich in den Leseraum der kleinen Bibliothek, und einer der dienenden Brüder brachte eine Flasche Wein aus dem Weinkeller, über den die Loge dank der Großzügigkeit eines wohlhabenden Logenbruders verfügen durfte.

»Ich bin erfreut, so sehr erfreut. Wie lange ist es her? *Zu* lang auf jeden Fall. Ich habe dich vermisst, Daniel …«

Die Worte waren mehr als Floskeln. Karl Bundschuh hatte ihn mehrere Male aufgesucht, nachdem er herausgefunden hatte, in welches Haus Link seinen von Melancholie gelähmten Herrn gebracht hatte. Daniel hatte damals niemanden sehen wollen, Link hatte ihn also abgewiesen, so oft, bis er aufgab. Eine sonderbare Zeit.

Karl fasste zusammen, was seit Daniels Abwesenheit geschehen war. Er redete von wollenen Hosen, die die Freimaurer im städtischen Waisenhaus abgegeben hatten. »Im Rahmen eines Festes, mein Lieber, denn Spielen ist für Kinder wichtiger als ein warmer Hintern, man kennt das ja aus der eigenen Kindheit …« Von dem Begräbnis, das sie für Bruder Fritz – »du weißt schon, Fritz Hammer« – bezahlt hatten, als der Arme unversehens krank wurde und starb. »Die Witwe braucht jeden Pfennig. Wir sammeln immer noch. Fritz hatte ja ein Dutzend Bengel, und jeder braucht eine Ausbildung …« Sein eigener Kummer. »… meine Kinder erfuhren beim Tod meiner Frau großes Leid, aber zumindest mussten sie nicht hungern …« War Karls Frau erst vor Kurzem verstorben oder schon vor längerer Zeit? Daniel murmelte etwas.

Hinter dem Logenbruder hing ein Bild von Johannes dem Täufer, dem Schutzpatron der Freimaurer. Der Kopf des heiligen Mannes blickte von dem Tablett, auf das ihn seine Feindschaft mit Salome befördert hatte, auf sie herab. Der Maler des Gemäldes – ebenfalls ein Bruder, Daniel wusste nicht mehr, welcher – hatte den schwarzen Augen auf raffinierte Weise Leben eingehaucht, sodass man sich von ihnen beobachtet fühlte, gleich in welcher Ecke des Raums man saß. Das war etwas, das Daniel in der Dresdener Loge schon immer gestört hatte – neben der Toleranz gab es auch eine Art Überwachung …

»… und dir? Ich habe gehört, du arbeitest jetzt als … wie nennt sich das?«, riss Karl ihn aus seinen Gedanken.

»Detektiv«, sagte Daniel ohne viel Lust, sich zu erklären.

Einer der Brüder steckte den Kopf zur Tür herein, mit einem Lächeln, das erlosch, als er die beiden Männer am Tisch sitzen sah.

»Detektiv also. Das ist etwas Amerikanisches, nicht wahr? Seltsames Wort. Es geht um eine Art private Polizeiermittlung, oder? Erstaunlich, was sich die Leute alles einfallen lassen. Ich hab natürlich von deinem Triumph gehört, was diesen Schandkerl Broyhahn angeht. Das eigene Weib vergiftet! Und wir wollten ihn schon in die Loge aufnehmen.

Er hatte sich von einem der Brüder, von Kurt Kramer, vorschlagen lassen. Wahrscheinlich hatte er gehofft, dass die Loge ihn unterstützen würde, wenn es brenzlig wird. Sich eingebildet, wir würden die Staatsanwaltschaft in seinem Sinn beeinflussen. Ich hatte von Anfang an ein schlechtes Gefühl bei ihm, ein ganz schlechtes ...«

Mahabon hieß das Losungswort für die Tür, fiel Daniel plötzlich ein. Es bedeutete so etwas wie »bis auf die Knochen verfault«, wenn er sich richtig erinnerte. Hebräisch? Wahrscheinlich, er kannte sich nicht aus. Karl Bundschuh, der munter weitergeplaudert hatte, legte eine Pause ein, und Daniel nutzte die Gelegenheit.

»Ich habe letztens einen Bruder aus der Loge getroffen.« Wahrscheinlich passte die Bemerkung nicht, aber er wollte endlich die Sache ansprechen, derentwegen er gekommen war. »Zumindest glaube ich, dass er zur Loge gehört. Er ist ungefähr dreißig, trägt einen Schnäuzer und hatte, was mir besonders aufgefallen ist, einen Spazierstock mit einem Elfenbeingriff in Form eines Totenschädels dabei.«

»Manfred Semper!« Bundschuh lachte. »Der und sein Stock! Nicht alle Brüder billigen dieses Gehabe übrigens, einige finden, dass er die Loge durch das Herzeigen des Schädels in ein schlechtes Licht setzt. Es ist ja bekannt, dass er zu uns gehört, und da heizt so etwas das Gerede an. Was willst du denn von ihm?«

Zwei weitere Männer waren in der Tür erschienen, die Daniel verstohlen musterten.

»Er war auf der Beerdigung dieser ermordeten Balletttänzerin.«

»Ach ja?« Karl Bundschuh sah aus, als wollte er etwas fragen, aber dann meinte er nur: »Ich habe zu den Brüdern gesagt, wir sollten nicht kleinlich sein, was Sempers Schrullen angeht. Sein Vater war viele Jahre ein rühmliches Mitglied der Loge. Wusstest du, dass Gottfried Semper jetzt in

Zürich arbeitet? Er hat dort eine Sternwarte gebaut. Ein Jammer, dass er nach der Mairevolution fliehen musste. Wir hätten ihn hier brauchen können. Ein bewundernswerter Mensch, eines der ganz großen Ausnahmetalente.« Er erhob sich. »Es ist Zeit für den Tempel. Hast du deinen Logenkoffer dabei? Machst du bei der Arbeit mit?«

»Nein, wird er nicht«, sagte einer der Männer an der Tür. »Raabe hat weder dort noch irgendwo sonst im Logenhaus etwas zu suchen. Er ist kein Ehrenmann, er ist eine Schande.«

Daniel drehte den Kopf und musterte den Mann, einen schmächtigen alten Herrn mit Brille und steifem Kragen. »Und warum bitte?«, fragte er mehr aus Reflex als aus Interesse.

Karl wollte sich einmischen, aber der alte Bruder ließ sich nicht aufhalten. »Weil wir keine Unwürdigen unter uns dulden werden.«

Etwas darauf erwidern? Überflüssig, dachte Daniel. Er würde dieses Haus kaum erneut aufsuchen müssen. Manfred Semper also. Der junge, talentierte Architekt der Stadt hatte sich bemüßigt gefühlt, an Serafinas Beerdigung teilzunehmen. Und er hatte keineswegs wie ein mäßig interessierter Beobachter gewirkt.

Annie Troll war bei der Arbeit. Sie tänzelte über ihren Dachboden, und ihre Schülerin, eine Frau mit breitem Kreuz, Damenbart und einem viel zu voluminösen Rock, war ihr nicht im Geringsten gewachsen. Sie sollte die Kreisdeckung lernen, aber Annie war wie eine Mücke, kaum zu erwischen. Die arme Frau versuchte sich vor der Degenspitze zu retten – sinnlos. Jeder einzelne Stoß hätte sie beim nötigen Willen und ohne die schützende Knospe auf der Spitze von Annies Florett getötet. Sie war so rot im Gesicht, dass man eine Herzattacke befürchten musste.

Daniel warf einen Blick zum Ende des Raums. Der Vorhang, hinter dem die Tote gelegen hatte, war entfernt worden, aber Reste der Blutlache waren immer noch zu erkennen. Warum blieben die Kundinnen nicht fern? Konnten sie die Flecken nicht deuten? Oder war der Skandal um die tote Tänzerin doch nicht so bekannt geworden, wie er angenommen hatte? Natürlich konnte es auch sein, dass Frauen, die sich für die unweibliche Kunst des Fechtens begeisterten, vom Temperament her mutiger als ihre Geschlechtsgenossinnen waren und sich um Gerüchte nicht scherten.

»Es wird, es wird. Und das nächste Mal geht es noch besser, vertrauen Sie mir«, munterte Annie Troll ihre Schülerin auf. Die Frau griff nach dem Mantel und machte sich eilig von dannen.

»Ihre Kundinnen lassen sich von Blutflecken am Boden nicht entmutigen?«, fragte Daniel, der hinter ihr die Tür schloss.

»Und schon wieder Sie«, brummelte Annie wenig begeistert.

»Sie bezahlen mich, ich fühle mich verpflichtet.«

»Obwohl Sie glauben, dass ich Serafina selbst umgebracht habe?«

»Haben Sie nicht. Es sei denn, Sie sind noch durchtriebener, als ich vermute.« Er hatte ihren Daumenabdruck mit dem auf der Kuppe des Messergriffs verglichen – und keinerlei Ähnlichkeit gefunden.

»Na besten Dank!«

»Wie geht es denn dem kleinen Mariechen?«

»Gut genug«, schnauzte sie.

»Das Bad im See schon verdaut?«

»Das Bad in der Pisse. Worum geht's denn jetzt? Ich hab zu tun.«

»Wer waren die Männer, die sie hineingeworfen haben?«

»Weiß ich nicht.«

»Sie erwarten nicht im Ernst, dass ich Ihnen das abnehme.«

»Warum arbeiten Sie dann für mich? Bitte umdrehen. Ich muss mich umziehen.« Annie Troll ging zu einem Schemel, auf dem ihr Kleid lag. Nicht das, in dem er sie aus dem Gülleteich gezogen hatte, sondern ein taubenblaues, das ihr kaum bis zu den Knöcheln reichte und vor allem das Attribut praktisch verdiente. Er kehrte ihr den Rücken zu.

Einen Moment war es still, er hörte sie rascheln.

»Sie werden verstehen, dass es mich nach dem unerquicklichen Ereignis hinter dem Friedhof beunruhigt, wenn Mariechen …«

»Ich hab sie woanders untergebracht, sie und Jette.«

»Darf ich wissen …«

»Nein.«

»Weil?«

»… ein Geheimnis nur dann ein Geheimnis ist, wenn's keiner kennt. Sie ist in Sicherheit, dabei muss es bleiben. Wenn Dora Link sie zurückhaben will, soll sie Bescheid geben. Und die hängt an ihrer Göre, damit Sie's nur wissen. Das Beste ist, wenn Sie möglichst bald rausfinden, wer Serafina das Messer in den Leib gestoßen hat, und für die Kleine ein neues Quartier suchen, oder noch besser … Ach, was red ich.«

»Wie werden Sie sich in Zukunft schützen? Nur aus Interesse?«

»Ich passe auf.«

»Hört sich wie eine ausgeklügelte Strategie an.«

»Noch mal übertölpeln die mich jedenfalls nicht, da können Sie Gift drauf nehmen. So, ich bin fertig. Warum sind Sie denn nun hier?«

Er verriet es ihr, und es war schön, Annie Troll endlich einmal sprachlos zu erleben.

Eine der Bewohnerinnen des Souterrains, die sich Elli nannte, kam hinauf in Daniels Schlafkammer und machte sich daran, Annie Troll in eine Dame zu verwandeln. »Wenigstens soweit in eine Dame, dass man sie am Theatereingang nicht abweist«, ordnete Daniel an und verzog sich in den Salon.

Durch die offenen Türen hörte er Elli, ein dralles Mädchen mit blondem Haar, in deren Gesicht die Link'sche Hakennase zwischen prallen Wangen verschwand, fröhlich Anweisungen geben. »Das Korsett muss sein, Annie, auch wenn eine so dürr ist wie Sie. Gehört sich eben … Ja, find ich auch, sieht aus wie ein Vogelkäfig, aber ohne das würde der Stoff ja über den Boden schleifen …« Sie beförderte Annie offenbar in die Krinoline, die sie aus den Untiefen des Souterrains ins Obergeschoss geschafft hatte. Annie fluchte wie ein Pferdeknecht.

Schließlich traten die beiden zu ihm ins Zimmer. »Na, sehen Sie das, gnädiger Herr? Sie passt ins Kleid, als hätte man's für sie genäht«, erklärte Elli zufrieden.

Es war unmöglich, aus Annie Troll eine Dame zu machen. Die Haare waren hochgesteckt, Schleifen und Nadeln, wohin man blickte, aber sie sah aus wie einer Schlacht entronnen. Das Kleid schlug Falten, wo es hätte straff sitzen müssen, das Korsett beulte sich. Gott, war sie dünn. Er dachte an Dorothea, die zu Rundungen geneigt und sich verbissen Tag für Tag in das Martergerät gezwängt hatte, obwohl er ihr immer wieder versichert hatte, dass magere Frauen auf ihn spitz wirkten, so als würde man sich an ihnen verletzen. »Ich werde Sie für den heutigen Abend Annie nennen«, erklärte er.

»Da komm ich mit klar«, meinte sie sarkastisch.

»Und Sie nennen mich bitte Daniel. Ich werde Sie, sollte es sich ergeben, als entfernte Cousine vorstellen.« Obwohl es wahrscheinlich kaum zu einem Gespräch kommen würde, dachte er in Erinnerung an die Bemerkung des Freimaurers an der Bibliothekstür. Der Mann hatte ausgesprochen, was wohl ganz Dresden dachte: dass er den Brand in seinem

Haus selbst gelegt hatte. Vieles ergab plötzlich einen Sinn – warum die Menschen auf der Straße grußlos an ihm vorübereilten, warum er keine Einladungen mehr bekam, selbst als er mit der Gründung der Detektei bewiesen hatte, dass er wieder unter den Lebenden weilte. Der Mangel an Gesellschaft hatte ihn nicht gestört, deshalb hatte er auch nie darüber nachgedacht.

»Und können wir dann vielleicht losgehen?«

Bonifaz Link war es gelungen, für die Abendvorstellung noch eine komplette Loge im Königlichen Hoftheater zu ergattern. »Robert le diable« wurde gegeben, eine Oper mit Ballett. Das Ballett war wichtig, es war der Grund für ihren Theaterbesuch.

Daniel besaß nur noch eine eigene Kutsche, einen Phaëton, der für einen Theaterbesuch ungeeignet war. Also fuhren sie mit einer Mietdroschke zum Elbufer. Gottfried Semper hatte hier, im Schatten des Zwingers, vor dreißig Jahren ein Wunderwerk geschaffen. Bei Sonnenschein strahlten die Mauern des Königlichen Hoftheaters golden, das Dach dunkelblau und die zahllosen Rundbogenfenster in einem märchenhaften Feengrün. Jetzt, in der Dunkelheit, waren Dach und Mauern natürlich grau, aber die Fenster, die von den Gaslampen im Inneren beleuchtet wurden, funkelten auch jetzt noch in einem verheißungsvollen Grün.

Er wollte Annie Troll aus der Droschke helfen, doch sie wusste mit seiner ausgestreckten Hand nichts anzufangen und schob sie beiseite, um auf das Pflaster zu kommen. »Was für eine Rumsbude, was für ein Deckswetter«, maulte sie. Es nieselte. Überall hielten Kutschen, dazwischen einige altmodische Sänften. Die Frauen, die den Gefährten entstiegen und sich unter die Regenschirme ihrer Begleiter oder Diener flüchteten, trugen prunkvolle Abendkleider aus Seidentaft mit Fransen, Perlenschmuck und Blumenstickereien, darüber gegen die Kälte wärmende Capes. Die Männer in ihren schmucklosen Fracks wirkten zwischen ihnen wie Raben, die unter Pfauen geraten waren.

»Ich gehöre hier nicht her. Ich falle auf«, beschwerte Annie sich. Sie hatte recht. Es war gar nicht Dorotheas Kleid, obwohl es für einen Theaterbesuch zu schlicht wirkte, sondern ihre muffige Miene, ihr Poltern, ihre Weigerung, sich in irgendeiner Weise anschmiegsam oder betörend zu geben.

Er nötigte sie gegen ihren Widerstand, die Hand in seine Armbeuge zu legen. So ließ sich zumindest verhindern, dass sie vorausstürmte. Sie erklommen die breite Mitteltreppe, er zeigte die Billetts vor, und sie begaben sich unter den verstohlenen Blicken der anderen Theaterbesucher im Schein der silbernen Leuchter zu ihrer Loge. Annie blieb in der Tür stehen und musterte die mit rotem Samt bezogenen Logenstühle und die mit dem gleichen Soff bespannte Brüstung, das dunkle Holz des Geländers, den golden bemalten Deckenstuck, die beiden Gaslampen, die die Loge in ein intimes Licht tauchten. »Verfluchte Sch …« Als sie sich setzte, verdrehte sie die Augen, wohl weil die Krinoline drückte.

Sie waren spät gekommen, viele der Theatergäste hatten bereits auf den Sperrsitzen im Parkett und den Sesseln in den gegenüberliegenden Logen Platz genommen. Das Orchester stimmte die Instrumente, es wurde geredet, die Luft summte nur so vor Geräuschen. Annies Blick irrte durch den Saal. »Das sind zu viele. Wie soll ich mir die alle ansehen?«

»Schauen Sie erst einmal in den Orchestergraben.« Er deutete in die entsprechende Richtung und reichte ihr ein Opernglas. Sie brauchte einen Moment, um zu verstehen, wie es zu benutzen war. Dann wandte sie ihre Aufmerksamkeit den Musikern zu. Aber schon nach wenigen Augenblicken meinte sie: »Ich sag doch, ich hab kein Gedächtnis für Gesichter.«

»Konzentrieren Sie sich.«

Wider Erwarten wurde sie doch noch fündig. »Die Frau am Klavier kommt mir bekannt vor. Kann sein, dass ich sie mal mit Serafina gesehen hab. Vielleicht auch …«

»Ja?«

»Ich werde manchmal von meinen Kundinnen nach Hause eingeladen, wo ich dann eine Vorführung mache. Als Unterhaltung. Ich glaub, an so einem Abend hab ich sie mal spielen sehen. Und war die nicht auch bei Serafinas Beerdigung?«

Sie hatte recht. Hinter dem Flügel saß die Frau, die am Grab in Tränen ausgebrochen war. Sie trug dasselbe violette Kleid wie damals, wahrscheinlich besaß sie kein anderes, das fein genug gewesen wäre. Ihr Gesicht wirkte unfreundlich, vielleicht auch konzentriert, das konnte er auf die Entfernung nicht ausmachen. In der Loge lag ein Programmheft, in dem auf der letzten Seite die Namen der Orchestermitglieder und des Theaterensembles verzeichnet waren. Daniel begann es durchzublättern. »Sie heißt Rosina Hauck.« Er nahm Annie das Opernglas ab, um einen Blick auf die Hände der Frau werfen zu können. Der Daumenabdruck oben auf dem Messer hatte auf kräftige Finger hingewiesen. Die Pianistin blätterte in den Noten, aber leider so, dass er nichts erkennen konnte.

»Die starren gar nicht mich an, sondern Sie.«

»Bitte?«

»Ich dachte, die meinen mich. Die Leute hier. Weil sie merken, dass ich nicht hierher gehöre. Ist aber ein Irrtum. Die glotzen nach *Ihnen*, Herr Raabe. Und die mögen Sie nicht, wenn ich mir die Bemerkung …«

Sie brach ab. Der Intendant war vor den Bühnenvorhang getreten, und die Leute begannen zu klatschen. Auch das Orchester. So konnte Daniel endlich Rosinas Hände in Augenschein nehmen. Ihre Finger waren überdurchschnittlich lang und wirkten tatsächlich kräftig für eine Frau. Hatte also die Pianistin den Abdruck auf der Kuppe des Mordmessers hinterlassen? Waren die Tränen ihrer Reue geschuldet gewesen? Daniel versuchte sich die Szene vorzustellen: Zwei Freundinnen geraten in Streit, die Sache eskaliert … Aber wie kam das Messer ins Spiel? Trug Rosina es zu ihrer Verteidigung bei sich? Oder hatte es Serafina gehört, und sie hatte es ihr entwunden? »Stammt das Messer, mit dem Serafina getötet wurde, aus *Ihrem* Besitz?«, fragte er Annie.

»Blödsinn. Ich lehre Schwertfechten.«

Na gut. Auf jeden Fall war Rosina groß genug, um von oben herab auf die zierliche Tänzerin eingestochen haben zu können. Was für ein Jammer, dass Annie die Fingerabdrücke am Griff verwischt hatte.

Der Intendant hob mit einem breiten Lächeln die Arme. Die Uhr, die über der Bühne hing und wegen einer seltsamen Marotte ihres Schöpfers nicht aus Zeigern, sondern aus zwei Rechtecken bestand, auf denen in römischen und arabischen Ziffern die Stunden und Minuten angezeigt wurden, bewegte sich. Klack, es war acht Uhr. Der Intendant begann zu reden. Die Vorstellung an diesem Abend war als Abschied für Serafina gedacht. Die auf so tragische Weise Dahingeschiedene hatte die führende Rolle im Nonnenballett des Teufels getanzt. Ihre Figur sollte heute auf der Bühne fehlen, als Zeichen des Respekts und der Trauer.

Daniel richtete das Opernglas auf die Gesichter der Zuschauer. Niemand wirkte sonderlich erschüttert.

»Das hilft doch alles nicht weiter«, brummte Annie. »Ich will gehen.«

»Erst schauen Sie sich noch die Tänzer an. Und nach der Vorstellung werfen wir einen Blick hinter die Bühne.«

»Ohne mich! Mann, was glauben Sie, was passiert, wenn ich da aufkreuze? Die Opernleute denken doch, dass ich es war, die Serafina umgebracht hat! Haben Sie das nicht mitgekriegt auf der Beerdigung?«

Der Intendant beendete seine Rede. Der goldumrandete, mit tanzenden Nymphen bestickte Vorhang hob sich, und das Bühnenbild eines Hafens wurde sichtbar. Eine von einer Gaslampe beleuchtete Scheibe imitierte die Sonne. Ritter und Knappen bevölkerten die Szene, in ihrer Mitte der titelgebende Held der Oper, Robert le diable. Er begann zu singen: »*Gießt voll vom Rand die Becher/von diesem Feuerwein/und lasst den Sorgenbrecher …*

»Sauflieder«, spöttelte Annie. »Da bin ich ja beeindruckt.«

Mehrere Zigeuner erschienen mit bunten Wagen. In ihrem Geleit betrat eine hübsche junge Frau die Bühne, offenbar die weibliche Hauptfigur. Die Ritter wurden angesichts der Schönheit des Mädchens zudringlich.

»Dreckskerle!«

Robert le diable erwies sich als Kavalier, er half ihr aus der Not und entdeckte – große Aufregung –, dass es sich bei der Frau um die Tochter seiner eigenen Amme handelte. Er schloss sie in die Arme.

»Ich trau dem nicht«, kommentierte Annie düster.

Das Mädchen begann von Roberts Mutter zu singen, die ihrem Sohn verziehen habe. Robert vergoss Theatertränen.

»Die sollte abhau'n, so lange sie kann. Das merkt man doch, dass der's nicht ehrlich meint!«

Daniel reichte ihr wieder das Opernglas. »Serafinas Verehrer waren vermutlich reich. Schauen Sie in die Logen. Das sind die Balko …«

»Ich weiß, was eine Loge ist.« Annie riss sich vom Bühnengeschehen los. »Aber die Männer sind fast nie mit hoch in den Fechtraum gekommen.«

»Bitte!«

Unwillig starrte sie durch das Glas und sondierte die Reihen, schwenkte aber zwischendurch immer wieder zur

Bühne. Wer hätte das gedacht. Annie Troll besaß einen Sinn fürs Kulturelle. Robert würfelte mit seinen Freunden – und verlor sein Geld, weil der Teufel, der in Wirklichkeit sein Vater war, ihn verhext hatte. Er ließ seinem Leid in einer langen Arie freien Lauf.

»Jammerlappen!«

Der Teufel versuchte scheinheilig, Robert zu trösten.

»Junge, sei doch nicht blöd!«

Die Ritter spotteten.

»Mensch, zeig Haltung. Wenigstens das! Mannomann, ist der erbärmlich.«

Die Handlung schleppte sich dahin. Robert verlor nach und nach sein Vermögen, der Teufel feixte, die Ritter lachten. Annie hatte jegliches Interesse an Serafinas Liebhabern verloren. Einmal ballte sie die Fäuste. »Wie können sie ihn so ausnehmen? Hat da denn keiner Anstand? Der ist im Grunde doch noch ein Kind! Sehen Sie das? Die treiben den mit Absicht ins Unglück. Mistkerle!« Schließlich senkte sich der Vorhang.

»Was soll das denn?«, fragte Annie entgeistert. »Die können doch jetzt nicht aufhören. Das ist doch gar kein richtiger Schluss. Warum haben sie nicht wenigstens einen Blitz vom Himmel ... Was? Pause?« Ehrlich verblüfft fragte sie: »Wer wird denn vom Sitzen müde?«

Sie riss sich nur widerwillig los, um Daniel in den Wandelgang vor der Logentür zu folgen. »Soll ich Ihnen sagen, wie es weitergehen wird? Alice gibt ihrem – wie hieß der gleich? – den Laufpass und setzt auf Robert, und dann wird sie's bereuen. Wobei ich ehrlich nicht weiß, was sie an ihm findet. Wer verzockt sein ganzes Vermögen beim Spielen? Und sucht sich Freunde, die sich dann noch über ihn lustig machen! Der hätte beinahe geheult, haben Sie das gesehen? Der war kurz vorm Heulen. Mann, mich hat das Leben auch nicht auf Rosen gebettet, aber deshalb rumzuwimmern ...

Wenn dir einer eins draufgibt, dann tust du so, als macht es dir nichts aus, sag ich immer zu Jette …«

Sie trat zur Seite, um eine alte Dame durchzulassen, die mit ihrem jüngeren Kavalier kokettierte: »Was denken Sie, Verehrtester, kann ich mir noch ein Gläschen leisten? Ein kleines? Ein halbes? Sie werden doch gut auf mich aufpassen?« Er reichte ihr lachend über den schleppenreichen Rock die Hand, um sie zum Sektausschank zu führen. Annie Troll starrte ihnen mit offenem Mund hinterher. In diesem Moment öffnete sich die Tür der Nachbarloge.

Manfred Semper trat in den Wandelgang.

Der Sohn des Mannes, der Jahre zuvor das Theatergebäude erbaut hatte, blieb stehen, verloren, mit leeren Augen, als hielte ihn das Drama um *Robert le diable* immer noch gefangen. Einige Theaterbesucher drängten sich an ihm vorbei, er merkte kaum, dass er im Weg war.

Annie zupfte Daniel am Ärmel. »Der war da, der hat einmal unten auf Serafina gewartet«, hauchte sie. »Glaube ich jedenfalls. Ich weiß es nicht genau. Aber ich glaub's.«

Daniel trat auf Semper zu. Er sah, dass der Mann ihn nicht erkannte. Aber das war ja das Schöne an der Freimaurerei: Man gehörte zu einer Gemeinschaft von Brüdern und sich jemandem ungefragt zu nähern, war üblich und erwünscht. Manfred Semper war im ersten Moment verwirrt, als Daniel ihm die Hand entgegenstreckte. Aber als er den besonderen Griff spürte, bei dem die Daumen gegeneinander gelegt wurden, und als Daniel sein Handgelenk dreimal mit dem Zeigefinger am Puls berührte, begann er zu lächeln. Und dann kam doch noch eine Erinnerung.

»Bruder Daniel, nicht wahr? Wer hätte das gedacht. Es muss Jahre her sein, dass wir einander das letzte Mal gesehen haben. Bei einem Schwesternfest? War nicht eine von Karl Bundschuhs Schwiegertöchtern in den Tempel eingedrungen und hat dem … Sie wissen schon … ein Mützchen aufgesetzt?«

Er sprach von dem Totenschädel, der als Utensil für Rituale auch auf dem Altar im Tempel stand. Der Ärger war gewaltig gewesen. Sie hätte gar nicht dort hineingedurft und diese … war das eigentlich Blasphemie gewesen? Jedenfalls hatte Karl Bundschuh sich vor Verlegenheit gewunden. Nur Dorothea hatte herzlich gelacht – vielleicht, weil sie die Bundschuh-Schwiegertochter angestiftet hatte.

»Wie erfreulich. Wie außerordentlich erfreulich.« Semper ließ seine Hand los. »Und wer ist die reizende Dame an Ihrer Seite?«

Auch Annie reichte ihm die Hand. Er wollte sie küssen, sie schüttelte stattdessen seine eigene. Semper ließ es mit einem verblüfften Lächeln geschehen. Sie übernahm auch die Vorstellung selbst. »Annie Troll, Leiterin einer exzellenten Dresdener Fechtschule für Damen. Ich habe Serafina Bischof unterrichtet und will, dass ihr Mörder gefunden wird. Darum bin ich hier.«

»Oh!«

»Sie haben sie gelegentlich in meine Schule begleitet, nicht wahr?« Der Verdacht, der in dem Satz mitschwang, war unüberhörbar. Etikette und seidenweicher Charme waren Annies Stärke nicht.

Semper schüttelte überrumpelt den Kopf.

»Sie waren miteinander … na, befreundet, hat sie mir mal erzählt.«

Das war gelogen, aber Semper, immer noch außer Fassung, nickte. Schließlich bat er steif: »Wenn Sie mir vielleicht folgen könnten?« Eine gute Idee. Überall standen inzwischen die Theaterbegeisterten, und fast alle hatten die Ohren weit offen.

Sie gingen durch mehrere parfümgeschwängerte Räume, an deren Wänden Gewächshausblumen in üppigen Vasen mondänes Flair versprühten und Gemälde den Glanz vergangener Jahrzehnte demonstrierten. Daniel spürte die Blicke der anderen Besucher. Annie hatte recht, niemand wünschte, sich ihm zu nähern. Es war ihm angenehm.

Sie erreichten einen abgelegenen Raum, der von einem Kamin mit weißer Marmorumrandung und einem großen, runden Tisch beherrscht wurde. Ein alter Mann, der in sich gekehrt ins Feuer gestarrt hatte, stand auf, als sie eintraten, und überließ ihnen mit einem Nicken das Zimmer.

Handelte es sich um einen Privatraum des Theaters? Semper schien sich hier zu Hause zu fühlen. Er nahm eine Holzkiste vom Kaminsims, bot Daniel eine Zigarre an und genehmigte sich selbst eine, als der ablehnte. Würziger Rauch stieg auf, Sempers Brustkorb hob und senkte sich.

»Reden wir also frei heraus. Es ist richtig: Ich habe Serafina Bischof verehrt.« Er schnipste Asche zur Platte vor dem Kamin, verfehlte aber sein Ziel, sodass sie auf den kostbaren Holzboden fiel. »Sie war …« Er stockte. »Sie war göttlich, wenn man das von einem Menschen behaupten kann. Viel mehr als eine gewöhnliche Ballerina. Sie war eine Frau, umhüllt von Mysterien. Und fähig zu eiserner Beherrschung. Haben Sie sie tanzen sehen? In dem schwarzen Gaze-Röckchen, das sie im Nonnenballett trug? Sie tanzte auf den Fußspitzen. Das ist extrem schmerzhaft. Allein diese Haltung durchzustehen, erfordert ein großes Maß an Verleugnung, aber sie schaffte es sogar, dabei ihre Anmut zu bewahren. Sie schwebte auf den gequälten Zehen, bis die Zuschauer den Glauben an die Schwerkraft verloren. Dieser Körper, der sich mit der Musik vereinigte und sich in die Hände der Tänzer schmiegte und wieder löste, ohne auf körperliche Pein zu achten …« Er hatte aufgehört, an der Zigarre zu ziehen, hielt sie nur noch geistesabwesend zwischen den Fingern. Kurz herrschte Stille. Dann neigte er den Kopf. »Ich verehrte diese Frau, wie man eine Nachtigall in einem Käfig für ihren

Gesang verehrt … Mit Trauer, denn dass sie litt, und nicht nur an den Füßen, war ihr anzumerken.«

»Und das hat sie auf die Idee gebracht, ihr anzubieten, ihre finanzielle Lage zu verbessern, indem sie weniger anstrengende Dienste versah?«, fragte Annie Troll. Worte wie eine kalte Dusche.

Semper starrte sie an. »Sie missverstehen mich.« Er warf die Zigarre in die Glut, wo sie aufloderte und von den Flammen verzehrt wurde. »Meine Anteilnahme für Fräulein Bischof beruhte auf einer Bewunderung aus der Ferne«, erklärte er hölzern.

»Und trotzdem haben Sie sie in die Fechtschule begleitet.« Ein Schuss ins Blaue, der auch dieses Mal traf.

»Ich habe sie zufällig eines Abends in einer … delikaten Situation der Bedrängnis erlebt.« Sempers Tonfall war eisig geworden.

»Jemand wollte ihr an die Wäsche?«

»Sie wurde überfallen, wenn Sie das meinen. Ich schlug den Täter in die Flucht, und als sie mich bat, sie die letzten Schritte zu ihrem Ziel zu begleiten, habe ich natürlich nicht gezögert. Ich konnte sie kaum dort stehen lassen.«

»Aha«, sagte Daniel. »Konnten Sie den Unhold erkennen?«

»Darf ich fragen, was genau Sie mit dieser Dame und mit dem Tod von Serafina Bischof verbindet?« Nichts Brüderliches mehr in der Stimme, nur noch Kälte.

»Haben Sie den Mann erkannt?«

»Es geht Sie nichts an, aber: Nein.«

»Serafina war Ihnen dankbar, nehme ich an.«

Die Frage war nicht weniger unverschämt als die von Annie. »Jetzt erinnere ich mich wieder, wann wir uns das letzte Mal gesehen haben«, flüsterte Semper. »Es war gar nicht das Frauenfest gewesen. Wir hatten uns einige Tage später bei einer Versammlung getroffen, in der es um den Austritt von

Bundschuhs Sohn aus der Loge ging. In dieser Nacht kam es zu dem Brand in Ihrem Haus. Und danach wurde unsere Loge erstaunlicherweise mehrmals von einem Polizeiinspektor aufgesucht. Ich meine, er hieß Keller. Max Keller, der Leiter der Dresdener Kriminalabteilung, der Mann des Polizeidirektors fürs besonders Schändliche. Er fragte uns nach Ihnen aus, jeden Einzelnen, und wen er in der Loge nicht erwischte, den suchte er zu Hause auf. Er wollte wissen, wie Ihr Verhältnis zu Ihrer Frau gewesen war. Angespannt, haben die meisten gesagt. Er wollte etwas über den Streit erfahren, der kurz vor dem Brand …«

»Wie ärgerlich. Sie müssen gelitten haben.«

»Niemand hat sich danach gewundert, dass die Staatsanwaltschaft fortan auf Ihre Dienste verzicht …«

»Ah ja?«

»Sie haben überhaupt keine Berechtigung mehr, jemandem Fragen zu stellen, Doktor Raabe. Weder als Bruder der Loge noch als Vertreter der Justiz des sächsischen Königreichs. Und Sie haben schon gar kein moralisches Recht …« Semper hielt inne. Unter dem Adamsapfel pochte sein Puls.

Er stürmte aus dem Zimmer.

8. Kapitel

Der Kuttelhof in der Gerbergasse. Die Stadt hatte ihn schon halb aufgegeben, weil sie drüben am Leipziger Bahnhof einen modernen Schlachthof bauten, inklusive Ställen, Hallen, Schlachträumen und einem Viehmarkt. Aber noch waren sie dort nicht fertig. Noch brauchten sie das enge Gemäuer in der Altstadt mit dem holprigen Pflaster im Innenhof, den Hauswänden, über die sich Dächer mit verwitterten Schindeln zogen, den vergitterten Fenstern, dem großen Eingangstunnel, durch den das Vieh getrieben wurde, und den Räumen mit den Bottichen, Tischen und Fleischerhaken.

Casimir Schmitt hatte die Tür, die in den Raum mit den Fleischerhaken führte, aufbrechen und seine Leute ihren Auftrag ausführen lassen. Er selbst kam erst hinzu, als das Gröbste erledigt war. Viel sehen konnte er nicht. Schweine hingen zum Ausbluten von der Decke. Es stank nach Blut und totem Fleisch. Er hasste Gestank.

Einer seiner Jungs, Jochen mit dem Schmiss, hatte sich gebückt und hielt eine Laterne vor das Gesicht des Tschechen. Der Dreckskerl hing ebenfalls an den Haken, in einer Reihe mit den Schweinen, sodass er sich auf den ersten Blick kaum von ihnen unterschied. Der Mann schrie wie am Spieß. Die Haken durchbohrten seine Knöchel, er baumelte kopfüber von der Decke, sein Gesicht war puterrot angelaufen. Die Schmerzen mussten höllisch sein. Selbst schuld, dachte Schmitt ohne Mitleid. Er hatte sich geweigert, den Viertelzins zu zahlen, und jetzt musste er die Lektion über sich ergehen lassen, die nicht nur ihm galt, sondern auch all den anderen Fettsäcken, die glaubten, ihm die Steuer vorenthalten zu können.

»Stopft ihm das Maul«, befahl er, damit das Schreien aufhörte. Die Mauern hier waren dick, aber es könnte doch etwas nach außen dringen. Einer der Jungs drückte dem Tschechen einen Lappen in den Mund. Und schon war's ruhig. Gut so. Er trat zu dem Mann. Es war komisch, sich zu jemandem bücken zu müssen, um mit ihm zu reden – und doppelt komisch, wenn dabei dessen Mund über den Augen lag. »Petr«, flüsterte er, »ich hab dich gewarnt, du wolltest nicht hören. Und das hier ist die Strafe.«

Der Idiot nickte so heftig, dass sein Kinn den Hals berührte.

»Wenn du die Nacht überlebst«, sagte Schmitt, »dann kommst du zu mir und zahlst, und zwar das Doppelte.«

Petr nickte weiter, er nickte wie verrückt, sein Körper geriet davon ins Schaukeln, was die Schmerzen nur noch steigerte.

»Es wäre mir lieb, wenn die Leute im Viertel erfahren, wie es dir ergangen ist. Aber kein Wort davon zu den Gendarmen – wir verstehen uns? Wenn die dich fragen, dann haben dich Zigeuner in einen Baum gehängt.«

Petr hörte auf zu nicken. Die Farbe strömte aus seinem Gesicht. Wurde er bewusstlos? Egal, die Sache war geregelt. Von nun an ging alles seinen Gang. Schmitt selbst musste in die *Schabe* zurück. Das war eine Winkelkneipe am Fischhofplatz. Dort gab es einen erstklassigen Zwetschgensaft. Aber nicht deshalb musste er sich sputen. Er hatte mit einem der Gendarmen, die sich schmieren ließen, abgemacht, dass dort Punkt Mitternacht eine Razzia stattfinden sollte. Dabei würden ihn die anderen Gendarmen am Pokertisch entdecken. Falls Petr doch das Maul nicht halten konnte und es zu einer Verhaftung käme, hätte er auf diese Weise Zeugen. Und bessere Zeugen als die Gendarmen gab es ja nicht.

Der Zwerg verließ den Schlachthof in gehobener Stimmung. Nach der Sache mit Petr würde der letzte Widerstand gegen seine Viertelsteuer zusammenbrechen, und dann herrschte endlich die Ordnung, die er anstrebte.

Plötzlich fiel ihm das kleine Dreckstück ein, das ihm in der Struvestraße unterm Dach die Degenspitze gegen die Kehle gedrückt hatte. Würde Annie Troll sich von Petrs Unannehmlichkeiten ebenfalls einschüchtern lassen? Es schüttelte ihn, als er an sie dachte. Seit wann hantierten Weiber mit Waffen, als wären sie Männer? Er hasste Leute, die aus der Reihe tanzten, aber wenn es sich um Frauen handelte, kriegte er sich kaum noch ein vor Wut. Sollte durchsickern, dass ihm ein Weib den Schneid abkaufte …

Schmitt hielt inne. Ärgerlich winkte er seinen Jungs, weiterzugehen. Er klopfte mit einem Spazierstock auf das Pflaster, um sich zu beruhigen.

Ihm ging auf, dass er sich auch in dieser Hinsicht noch einiges mehr einfallen lassen musste.

9. Kapitel

Das rechte Bein hing noch an dem Fleischerhaken, an dem der Mann gestorben war, das linke hatte sich gelöst und baumelte verrenkt am Körper. Die grässliche Wunde am Fußgelenk zeugte von dem Bemühen des Sterbenden, sich aus seiner verzweifelten Lage zu befreien. Sein Gesicht war verzerrt, was merkwürdig war, weil sich Muskeln im Tod normalerweise entspannten.

Max Keller hatte die Leiche mehrere Male umkreist. Er registrierte, dass die Haut an den Handgelenken blutunterlaufen war, ebenso wie das linke Auge und die linke Hälfte der Nase. Flecken auf der Hose zeigten, dass sich Darm und Blase im Tod oder schon vorher entleert hatten. Die Mörder – es musste mehr als einer zugepackt haben, um Petr an die Haken zu bekommen – hatten ihrem Opfer die Schuhe gestohlen. Sicher aus Gier, sonst hätten sie irgendwo in der Ausblutungshalle herumliegen müssen. Es handelte sich also offensichtlich um ärmliche Halunken. Oder einfach um Dummköpfe. »Abhängen und in die Anatomie«, ordnete er an.

»Sie wollen ihn aufschneiden lassen?«, höhnte Major von Römer. »Vielleicht sollte jemand dem Herrn Kriminalinspektor verraten, wie der Mann gestorben ist?« Seine Gendarmen waren als Erste von den Schlachtern geholt worden – man war daran gewöhnt, zu den Wachen zu laufen, wenn etwas passierte. Die Männer hatten ihren Major verständigt, und der hatte dann, ungern, ganz sicher ungern, die Kriminalpolizei hinzugezogen.

Max ignorierte Römers Sticheleien.

Einer der Schlachter hatte den Toten erkannt. Es handelte sich um einen Tschechen, Petr Svoboda, der in der Wettiner Straße einen Kolonialwarenladen betrieben hatte. Ein Mann, der durch Fleiß zu bescheidenem Wohlstand gekommen war. Der Mord besaß keinen privaten Hintergrund, davon war Max überzeugt. Jemand hatte gewollt, dass die Leiche gefunden wurde und ihr Zustand für Schrecken sorgte.

Es gab mehrere rivalisierende Banden in Dresden, die eine Art Unterweltherrschaft anstrebten, und er tippte in diese Richtung. Die Gendarmen beschäftigten Spitzel, die sie erfolgreich bei ihnen eingeschleust hatten. Wenn sie etwas zum Fund hätten sagen können, behielt Römer das allerdings für sich.

»Dreck gehört in den Müll«, sagte der Major leise, als die Leiche an ihm vorbei zu einem Karren getragen wurde.

Max drehte sich zu ihm um. »Petr Svoboda ist Dreck?«

»Nicht Svoboda. Aber der Zimmervermieter in der Struvestraße. Ihnen fehlt der Blick fürs ordinäre Gesindel, Keller. Der Mann war hinter der Tänzerin her, und als er sie allein auf dem Dachboden erwischt hat und sie ihn nicht wollte, hat er sie abgemurkst. Er würde längst einsitzen, wenn Sie meiner Erfahrung …«

Max ließ den Mann stehen. Erst als er im Freien war, vermochte er wieder bis in den Brustkorb zu atmen. Gott, war das da drinnen ein Gestank! Er trat zur Seite, als der Tote hinausgeschoben wurde. Stumm blickte er dem Karren mit dem zugedeckten Leichnam nach, bis er hinter einer Ecke verschwand. Römer und seine Gendarmen verließen ebenfalls das Schlachthaus. Als Letztes zerstreuten sich die Schaulustigen.

Max wartete, und richtig: Als sich der Platz geleert hatte, trat Quentin Horn aus dem Schlachthaus, ein kräftig gebauter Gendarm mit einer stramm über dem Bauch sitzenden Uniform und einem gemütvollen Lächeln. Max ging einige Schritte, ohne sich nach ihm umzusehen, und bog in einen vom Sonnenlicht gewärmten Hinterhof ein. Dort verschwand er hinter einer großen Treppe, unter der sich ein vergitterter Zugang zu einem Keller befand. Er musste kaum warten, dann trat Horn neben ihn.

Max hatte bereits einige Münzen herausgekramt, die er nun diskret in Horns offene Hand gleiten ließ. Man mochte einander, aber Spitzeldienste waren doppelt erfolgreich, wenn sie auch durch eine versilberte Anerkennung honoriert wurden.

»Ich habe mich mal umgehört.«

Horn liebte es, wenn man ihm die Informationen aus der Nase zog, und Max tat ihm den Gefallen. »Bei wem denn?«

»Annie Troll, die war doch Ihr Anliegen, oder? Ich war natürlich nicht bei ihr selbst, das hätte ja keinen Zweck, sondern beim Gesinde von Doktor Raabe. Das Souterrain wird von einer Familie Link bewohnt – Gauner, sag ich mal, lebenslustige Rumtreiber, eine weitverzweigte Sippe, die immer wieder polizeilich auffällt.«

»Warum umgibt sich Raabe mit solchen Leuten?«

Horn zuckte mit den Achseln. »Er hat vor einigen Jahren, kurz bevor sein Haus niederbrannte, einen der älteren Links eingestellt. Hat sich wahrscheinlich von ihm einwickeln lassen. Bonifaz Link sieht nämlich aus wie … Na, dem vertrauste deinen Koffer an, wenn du mal auf den Bahnsteig musst, wenn Sie mich verstehen. Plappert wie ein Englein. Vielleicht hat er ihn aber auch mit Bedacht ausgesucht, weil er jemanden für was brauchte, das, ich sag mal, nicht ganz legal war. Aber da fang ich an zu spekulieren. Jedenfalls hat der Link jede Menge Dreck am Stecken. Auch schon eingesessen. Zwei Jahre in Torgau und drei in Waldheim.

Nach dem Brand hat der Mann dafür gesorgt, dass Raabe eine Weile untertauchen konnte und dass er schließlich ein neues Haus bekam. In dieser Zeit ist niemand zum Staatsanwalt vorgedrungen. Also wirklich niemand. Er hat ihn perfekt abgeschirmt. Wir haben mehrere Male Anzeigen gekriegt, weil Link Reportern die Nase blutig gehau'n hat. Die waren ja ganz wild drauf, rauszubekommen, ob Raabe nun wirklich ein trauernder Witwer war oder ... Sie wissen schon. Nachdem das Haus niedergebrannt war ...«

»Ja?«, fragte Max wortkarg.

»... hat Link jedenfalls praktisch die Herrschaft angetreten. Es heißt, dass Raabe die halbe Zeit besoffen war und ...« Er hielt inne. »Wollen Sie meine Meinung wissen?«

»Bitte.«

»Link hat Raabe in der Hand.«

»Gibt es dafür Belege?«

»Nichts Handfestes, sonst hätte wohl jemand was unternommen, aber anders lässt sich doch nicht erklären, wie ein Gauner eine dermaßen große Macht über einen ehemaligen Staatsanwalt bekommen kann. Der hat sogar den Kaufvertrag für das Haus von der Kanzlei zu seinem Herrn getragen.«

Max trat innerlich von einem Fuß auf den anderen. Er hasste Umständlichkeit.

Horn schien es zu merken. »Ich nenne jetzt mal die Fakten. Also: Link hat nach und nach seine Schwester, seinen Bruder und mindestens zwei Nichten und vorher noch einen Neffen und einen Onkel, dem ein Bein fehlt, in das Haus von Raabe geholt. Einige sind schon wieder weg, aber keiner von denen hat gearbeitet, darauf würde ich mein Bajonett verwetten. Der Neffe hat Wochen bei uns im Untersuchungsgefängnis eingesessen, ohne dass jemand nach ihm gefragt hätte. Raabe ist entweder blöd oder ...«

»… erpressbar.« Das hatte Max nun verstanden. »Und was hat das Ganze mit Annie Troll zu tun?«

»Das ist es ja.« Horn lächelte fein. »Eine der Links, Dora, gießt sich gern was hinter die Binde, im *Italienischen Dörfchen,* wo die Raddampfer anlegen. Ich hab mich mal zu ihr gesetzt und ihr was spendiert und so ihre Zunge gelöst.« Horn zögerte, es war klar, worauf er hinauswollte, und Max angelte eine weitere Münze aus der Tasche.

»Herr Inspektor, nicht dass Sie denken …«

»Sie haben nach Dienstschluss gearbeitet, natürlich wird das entgolten.«

Horn lächelte. Dann berichtete er, was ihm die betrunkene Dora anvertraut hatte.

Max ließ einen seiner Leute unter einem Vorwand in der Jacobsgasse klingeln und ihn, nachdem sich herausgestellt hatte, dass niemand daheim war, in der Nähe diskret Position beziehen. Das Warten wurde zur Geduldsprobe. Die Dienerschaft trudelte nach und nach ein, aber es schlug neun, ehe Daniel Raabe heimkehrte.

Als Max, der die Zeit im Coselpalais verbracht hatte, die entsprechende Nachricht erhielt, rief er seine Leute zusammen. Er hatte zehn Männer nach Dienstschluss im Haus behalten, die Hälfte seiner Mannschaft. Das waren handverlesene Leute, Kerle mit Biss, die sich von niemandem einschüchtern ließen. In den meisten Gesichtern saß ein Lächeln. Der ehemalige Staatsanwalt und jetzige Privatier Raabe hatte sie bei dem Broyhahn-Mord blamiert. Der Topf Scheiße saß noch in ihren Köpfen. Was hatte man über sie gelacht. Besonders drüben bei den Gendarmen. Sie freuten sich auf die Durchsuchung, die der Richter ihnen genehmigt hatte. Und wenn es bei Raabe etwas gab, mit dem sie ihm eins reinwürgen könnten, würden sie es finden!

Max beschloss, den Hausherrn erst einmal mit einem Wachmann an der Seite im Salon schmoren zu lassen. Während seine Leute durchs Haus lärmten, nahm er sich in der Küche des Souterrains die Link-Sippe vor. Bonifaz Link war exakt der ausgekochte Halunke, als den Quentin Horn ihn beschrieben hatte. Ein einnehmendes Äußeres, eine Sprache wie mit Tran getränkt. Schleimig entwand er sich Max' Fragen. Wann war Annie Troll zum ersten Mal bei Raabe erschienen? Wusste er nicht. Was hatte sie mit dem Anwalt besprochen? Wusste er ebenfalls nicht, war er ja gar nicht dabei gewesen. Was gab es in Raabes Laboratorium zu finden? Hatte er keine Ahnung, er durfte den Raum nicht betreten.

Max' Männer hatten zwei Kammern im Souterrain gefunden, in denen Betten und Schränke standen. Wer schlief in den Betten? Seine Nichte Elli, die das Haus putzte, ihre Cousine Dora, die als Küchenmädchen arbeitete, Bonifaz' Schwester Isabelle, die ihr Geld als Köchin verdiente, und natürlich Bonifaz selbst. Außerdem ein Mann namens Karl. Er war Bonifaz' Bruder und nur zu Besuch da.

»Hat Raabe nichts dagegen, wenn sein Personal privaten Besuch beherbergt?«

»Aber i wo, der Herr Dr. Raabe ist ein Mensch mit dem Herzen eines Heiligen«, lächelte Bonifaz Link.

»Tatsächlich?«

»Der beste Mensch, den ich kenne.«

Max bezwang seinen Ärger. »Was für Kleidung hat Annie Troll eigentlich an dem Abend getragen, als die Balletttänzerin ermordet wurde?«

»Kleidung? Herr Inspektor, seien Sie gnädig, ich bin ein Mann – was weiß ich schon von Kleidern?« Bonifaz lachte. »Außerdem kann ich dazu gar nichts sagen, weil ich Frau Troll an besagtem Abend überhaupt nicht gesehen habe. Das weiß ich gewiss. Ich litt an einem rasenden Kopfweh, jedes noch so leise Schellen hätte mich getötet. Erst am nächsten Tag ist jemand gekommen, aber nicht die Frau Troll, sondern ihre Tochter, dieses magere junge Ding. Sie wollte den Herrn Doktor sprechen, war völlig aufgelöst. Ich musste ihr erst mal ein Schnupftuch reichen. Frau Troll selbst …« Er wiegte den Kopf. »Ich meine, sie kam auch an diesem Tag, aber erst Stunden später.«

Max rückte eine Schüssel mit schrumpeligen Äpfeln zurecht, die in der Mitte des Tisches stand. »Wo hat es Ihnen eigentlich besser gefallen, Herr Link? In Torgau oder in Waldheim?«

Endlich, das verfluchte Lächeln auf dem Gesicht des Lakaien erlosch. »Ich habe gesagt, was ich weiß«, erklärte er steif.

»Sie haben gesagt, worum der feine Herr Doktor Sie gebeten hat.«

Schweigen.

Max ließ den Mann von einem seiner Leute in einen Nebenraum bringen und dort bewachen. Dann drehte er den Rest der Familie durch die Mangel. Elli war seit Kurzem verheiratet. Das interessierte nicht. Isabelle hatte Probleme mit dem Fuß. Auch egal. »Wie arbeitet es sich denn bei dem Herr Raabe?«, fragte er die hinkende Köchin.

»Der is'n guter Dienstherr. Macht kein Hickhack mit dem Essen, wie man das von anderen Herrschaften kennt. Da kannste ja auftischen, egal was, immer isses nicht richtig, und wenn es doch richtig is, isses zu kalt oder …«

»Er ist also sehr großzügig, der Herr Doktor? Er lässt Ihnen allerlei durchgehen?«

»Wie meinen Sie das?«

Max lächelte, bis die Frau vor Nervosität zu zwinkern begann. »Dass mein Bruder hier wohnt …«

»Ich dachte, der ist nur zu Besuch.«

»Ist er ja auch. Das wollte ich doch sagen. Dass der Herr

Doktor nichts dagegen hat, wenn mal jemand aus der Familie kurz hier übernachtet. Der Herr Doktor hat ein gutes Herz.«

Max lachte laut auf, er ließ sie ebenfalls gehen.

Dora, deren Aussage ihn am meisten interessierte, hatte er sich für den Schluss aufgespart. Sie kam mit blassem Gesicht in die Küche. Max erklärte, was er von Quentin Horn erfahren hatte.

»Aber … ich trink doch nich mit einem Gendarm. Ich trink überhaupt nich mit fremde Leute«, flüsterte Dora entgeistert. Sie drückte sich mit dem Rücken gegen die Latten ihres Stuhls, als wollte sie zwischen ihnen verschwinden, und wurde womöglich noch bleicher. »Woher sollte ich denn überhaupt wissen, wer da oben schellt? Es ist mein Onkel, der immer aufmacht. Ich darf doch gar nich nach oben, wenn der Herr Doktor …«

»Ihr Onkel könnte es Ihnen erzählt haben. Das ist sogar sehr wahrscheinlich, nicht wahr? Hier unten ist ja tote Hose. Da redet man über jede Unterbrechung, sonst würde man vor Langeweile eingehen. Hat er auch das Blut am Kleid der Frau erwähnt?«

»Was für Blut? Was für ein Kleid?«

Max erinnerte sich an das Kind der Dienstbotin, das die Troll Daniel angeblich als Bezahlung für ihren Auftrag vom Halse hielt. »Wo steckt eigentlich Ihr Kind?«

Dora Link schüttelte den Kopf. Max beugte sich vor und nahm ihre Hände. »Liebe Frau Link, es ist nicht schön, wenn man nach Waldheim muss. Wissen Sie, wie es dort zugeht? Wolle! Überall ist Wolle. Die Gefangenen müssen die Wolle kämmen, sie müssen sie reißen, krempeln, spinnen … Von der Morgendämmerung bis Sonnenuntergang sitzen die Gefängnisinsassinnen in einem großen Raum und beschäftigen sich mit Wolle. Beim Essen wird aus einem Andachtsbüchlein gelesen, damit die Frauen nicht miteinander reden. Wer nicht lesen und schreiben kann, kriegt eine Stunde Unterricht, das ist die ganze Abwechslung. Danach kommt wieder die Wolle. Tag für Tag. Und weil das Essen so schlecht ist, sagt man, bleibt keiner länger als zehn Jahre in Waldheim. Wer dann nicht raus ist, ist tot. Es könnte sein, dass Sie Ihr Kind niemals wiedersehen, wenn Sie jetzt eine Mörderin decken.«

Dora zitterte.

»Was wollen Sie mir denn sagen?«

»Der Gendarm …«

»Bitte sprechen Sie lauter.«

»… muss gelogen haben«, stammelte Dora. »Oder ich war besoffen und hab dummes Zeug geredet.«

Hans Breuer, Max' Stellvertreter, der im oberen Geschoss die Durchsuchung leitete, erschien in der Tür und winkte knapp. Max zögerte, dann ließ er die Hände der Bediensteten fahren, sie würde nichts ausplaudern, jedenfalls nicht, bevor sie sich mit ihrem Onkel beraten hatte.

Sein Kommissar führte ihn in einen leer stehenden, unglaublich altmodisch und hässlich eingerichteten Salon und schloss die Tür. »Nichts, tut mir leid.«

»Kein blutiges Kleid?«

»Nein, nur zwei, die sauber in einem Schrank hängen. Aber die können unmöglich dieser Fechterin gehören. Annie Troll lebt von der Hand in den Mund, was die trägt, ist billig, praktisch und alt. Die Kleider, die wir hier gefunden haben, stinken nach Geld.«

»Und die Tatwaffe? Die verfluchten Schuhe?«

»Keine Spur. Aber das Laboratorium ist erstklassig ausgestattet, so viel steht fest.« Sein Seufzer klang nach Neid. Der Polizeidirektor liebte seine Kriminalabteilung, aber er knauserte bei ihr genauso wie bei den Gendarmen und der Verwaltung. Sie mussten um jedes Mikroskop für ihr Behelfslaboratorium betteln.

»In Ordnung, dann trommle die Männer zusammen und macht Schluss.«

Max fand Daniel in dessen Schlafkammer auf dem Bett liegend, und weil er ein misstrauischer Mensch war, befahl er ihm als Erstes aufzustehen. Er schüttelte die Kissen und das Plumeau aus und wendete die Matratze. Kein Messer, kein Kleid, keine blutbefleckten Schuhe. Die Jacke musste Daniel ebenfalls hergeben, aber auch in ihren Taschen ließ sich nichts von Bedeutung auftreiben. Max hatte auch nicht wirklich dran geglaubt.

»Die Troll ist bereits in der Mordnacht hier aufgetaucht. Es gibt dafür Zeugen.«

»Glaub ich dir nicht. Dann würdest du glücklicher aussehen.« Daniel ließ sich aufs Bett zurückfallen.

Er war ein gut aussehender Kerl. Symmetrisch geformter Schädel, der Körper drahtig, lockige Haare, akkurat rasierter Bart, Lachfältchen in den Augenwinkeln, die früher seine Zeugen zum Plaudern verleitet hatten ... Äußerlich sah er aus wie früher, ansonsten erinnerte allerdings nichts mehr an den alten Daniel. Der Mann auf dem Bett wirkte angespannt und misstrauisch. Über den Pupillen schien ein Schleier zu liegen. Nicht nur heute Nacht bei dem schlechten Licht, Max hatte das schon früher beobachtet. Ein Schleier, der wie ein Wächter fungierte. Daniel entschied bewusst, welches seiner Gefühle er nach außen dringen lassen wollte. Das war abstoßend, gerade einem Freund gegenüber. Und das waren sie ja einmal gewesen: Freunde.

Seine scheinbare Selbstbeherrschung war allerdings nur ein dünner Firnis über brodelnden Emotionen. Er kam Max wie ein Pulverfass mit schwelender Lunte vor. Was auch kein Wunder war, nach all den grauenhaften Geschehnissen.

Angefangen hatte es schon kurz nach seiner Hochzeit mit Dorothea ... Zuerst hatten die beiden wenig von ihrem Streit nach außen dringen lassen, aber einem aufmerksamen Beobachter konnte nicht entgehen, wie Daniel immer verkniffener wurde und Dorothea allmählich in Kummer und Angst vor ihrem Ehemann lebte. Später wurde getuschelt, erst beim Personal, dann bei den Nachbarn, schließlich sogar im Coselpalais, dass dem Staatsanwalt gelegentlich die Hand ausrutschte. Und am Ende kam es zu dem furchtbaren Verbrechen. Max vermutete, dass Daniel es in einem Wutanfall begangen hatte. Ein letzter Streit, bei dem die Pferde mit ihm durchgegangen waren. Doch als er entdeckte, dass nicht nur Dorothea, sondern auch seine Tochter Clara in dem Rauch des grässlichen Feuers, das er gelegt hatte, erstickt war, hatte ihn das in den Abgrund gestoßen.

Wenn er es damals nur gestanden hätte, dachte Max. Sie waren befreundet gewesen, eine echte Freundschaft, die nichts mit Gefälligkeiten zu tun hatte, eine Art geistige Verwandtschaft. Vielleicht hätte er Verständnis aufbringen können. Aber nach Dorotheas Tod kamen nur Lügen und schäbiges Ausweichen, danach die Sauferei … Man stirbt an seiner eigenen Erbärmlichkeit nicht sofort, dachte Max, man verrottet innerlich. Und so war es mit Daniel passiert. Ein Geständnis wäre auch für ihn selbst barmherziger gewesen. Aber dazu hatte er nicht die Größe besessen.

»Und?«

Max blinzelte und konzentrierte sich wieder auf die Gegenwart. »Jemand von deinem Personal hat Annie Troll gesehen und sich einem Gendarmen anvertraut.«

»Das ist Blödsinn.«

»Weil du dir nicht vorstellen kannst, dass die Links dir die Loyalität aufkündigen?«

»Treue Seelen, allesamt.«

»Wo steckt das Kleid?«

»Was meinst du jetzt?«

»Annie Troll besaß ein Kleid mit breitem Kragen, das wissen wir von ihren Nachbarn. Dieses Kleid ist verschwunden. Da muss man nicht viel raten. Die Troll hat Serafina ermordet, und du hast ihr Kleid an dich genommen, damit es nicht als Beweismittel dienen kann.«

»Ich kenne mich mit der Garderobe der Frau nicht aus. Tut mir leid. Was sagt sie denn selbst?«

Sie hatte behauptet, ihr Kleid sei fadenscheinig geworden und bei der Hausarbeit zerrissen. Sie habe es fortgeworfen. Nein, sie habe den Stoff auch nicht für Putzlappen aufbewahrt. Das war lächerlich in einem derart ärmlichen Haushalt, aber Max hatte ihr auch nicht das Gegenteil nachweisen können. Doch das behielt er für sich. »Von dem Messer weißt du natürlich auch nichts?«

»Bitte?«

»Komisch, dass ich dich mal gemocht habe.«

Daniel grinste. Manchmal verspürte Max den Wunsch, ihm die Faust ins Gesicht zu schlagen, gerade jetzt war das Bedürfnis schier übermenschlich. Er versenkte die Hände in den Taschen.

»Hast du rausgefunden, wer die Beerdigung von Serafina bezahlt hat?«, fragte der Mann, den er so inbrünstig verachtete.

»Hab ich.«

»Verrätst du mir aber nicht.«

»Ich spiele keine dämlichen Spiele. Annie Troll ist die Mörderin von Serafina Bonifaz. Ich weiß es, und du weißt es auch.« Außerdem gab es nichts zu berichten. Der Steinmetz, der den Auftrag für den Grabstein erhalten hatte, hatte das Geld und eine Beschreibung des Steins mitsamt Inschrift auf seinem Verkaufstisch gefunden, nachdem er mit einem anderen Kunden aus seiner Werkstatt gekommen war. Die Grabstätte war ebenfalls anonym gekauft worden – dieses Mal hatte ein Umschlag mit Geld und einem Zettel, auf dem der Zweck genannt wurde, in einem Lederbeutel an der

Klinke des Hauses gehangen, in dem die Friedhofsbediensteten untergebracht waren. Diese Anonymität war aber kein Beweis, für was auch immer. Max vermutete, dass ein Mann, der Serafina verehrt hatte, ihr noch einen letzten Gefallen hatte tun wollen, ohne sich dabei zur Schau zu stellen. Umgebracht worden war sie aber aus Wut, das bewiesen die Messerstiche. Und ihre Mörderin hieß Annie Troll, der sie das Honorar für den Fechtunterricht vorenthalten hatte.

Max ging zur Tür. Mit der Hand an der Klinke drehte er sich noch einmal um. »Wenn ich dir nachweisen kann, dass du eine Mörderin schützt, sorg ich dafür, dass du hinter Gitter kommst, das weißt du, ja? Ich war damals, als es um Clara und Dorothea ging, zu zaghaft, sentimentale Entlastungsversuche, aber das wird mir kein zweites Mal passieren.«

»Sie haben kein Herz, Keller«, pflegte Polizeidirektor Schwauß gern zu scherzen, wenn er seinen obersten Kriminalinspektor zum Rapport bestellte. »Wo bei anderen Menschen das Herz sitzt, da hat der Herrgott Ihnen ein zweites Gehirn eingepflanzt.«

Er meinte das nicht böse, sondern als Kompliment. Natürlich wünschte er sich vom Leiter seiner Kriminalabteilung einen messerscharfen Verstand. Max fühlte sich trotzdem immer ein wenig verletzt. Er besaß ein Herz, so gut wie jeder andere. Nur hielt ihn das nicht davon ab, gründlich nachzudenken. Er betrachtete Ereignisse gern von allen Seiten, spielte Szenarien durch. Aber deshalb war er kein harter Hund, den das Unglück, das er täglich zu sehen bekam, kalt ließ. Im Gegenteil: Bilder wie die von Petr setzten sich in seinem Kopf fest und machten ihm, besonders nachts, zu schaffen. Da träumte er von gequälten Menschen und fühlte sich hilflos und zornig.

Weil er von seiner Schwäche wusste, hatte er sich bei Antritt seiner neuen Stelle vor acht Jahren ein Kurbelveloziped gekauft. Dieses neuartige Gefährt – eigentlich für jüngere Männer als ihn gedacht – besaß zwei unterschiedlich große Räder und wurde durch Pedale, die am Vorderrad befestigt waren, angetrieben. Stahlspeichen verliehen ihm Stabilität, eine Bremse Sicherheit und Vollgummireifen und ein drehbarer Lenker Komfort. Der Aufstieg war ein bisschen kompliziert – man musste Anlauf nehmen und in den Sattel grätschen. Aber er hatte den Dreh rasch rausgehabt. Die Fahrt auf dem Vehikel, mit dem er selbst im Winter den Weg zur Arbeit zurücklegte, blies ihm den Kopf frei.

Um diesen Effekt zu verstärken, hatte er ein kleines Haus vor den Toren der Stadt gemietet. Es handelte sich um ein verwittertes, ehemals grün gestrichenes Gebäude mit schmiedeeisernen Balkonen, das inmitten von Feldern lag. Aus den unteren Fenstern konnte er zwei der vier königlichen Pulvermagazine sehen und aus den oberen, nach Westen gerichteten, die Senkgrube der Gasanstalt, außerdem ein Sumpfgebiet und das blaue Band der Elbe. Das Haus war seine Fluchtburg, der Ort, an dem ihn niemand störte. Er lud niemals Besuch hierher ein, die Adresse kannten nur zwei seiner Untergebenen und der Pförtner des Coselpalais.

Auch in dieser Nacht radelte er aus der Stadt hinaus. Der Schneematsch auf dem Straßenpflaster war getaut, er musste achtgeben, dass er nicht ins Rutschen kam, aber die Nachtluft kam ihm vor wie eine kühlende Hand, die die Kopfschmerzen vertreibt. Der Mond stand bereits hoch über dem nördlichen Pulvermagazin, als er sein Haus erreichte. Er schob das Veloziped durch den verwilderten Garten, schloss die Tür auf, lehnte sein Gefährt an die Wand der Diele, warf den Mantel ab und ging in die Stube, wo er sich in seinen Ohrensessel fallen ließ. Feierabend. Die Ordnung, die herrschte, zeigte, dass die Meier'sche vorbeigekommen war, der einzige Mensch, der Zutritt zu seinem Haus hatte, eine

Bedienstete, die er bezahlte, die aber zum Glück nicht unter seinem Dach lebte. Er war anders groß geworden als Daniel. Dienerschaft hatte nicht zu seiner Kindheit gehört. Er fand es scheußlich, wenn jemand um ihn herumwuselte.

Kurz blickte Max zum Kamin, hatte aber keine Lust, Feuer zu machen. Eine Decke reichte völlig aus. Der Mord an Serafina Bonifaz holte ihn wieder ein. Das von Ratten zerbissene Gesicht der Toten schob sich vor seine Augen. Daniel Raabe, dieser gottverdammte Hund, der Störenfried, der Querulant. Was ging in seinem verlotterten Hirn vor sich? Warum half er der Troll? Das mit der gekauften Ruhe war doch Firlefanz. Was sollte das überhaupt heißen: Sie hat mir das Kind einer Dienstbotin vom Hals geschafft? War er der Vater des Kindes? Man konnte ja auf die seltsamsten Gedanken kommen. Max verscheuchte sie. Sein ehemals bester Freund hatte sich um den Verstand gesoffen und die leere Stelle mit Sturheit gefüllt. So sah's aus. Er half der Troll, weil es ihm Spaß machte, den Behörden, konkret: ihm selbst, Knüppel zwischen die Beine zu werfen.

Max stemmte sich aus seinem Sessel hoch und öffnete die unterste Schublade einer verschrammten Kommode. Er kramte ein bisschen darin herum und zog zwischen Heften, einem Lexikon und veralteten Fahrplänen eine goldene Taschenuhr heraus, die in ein blassblaues Tuch eingeschlagen war. Mit Tuch und Uhr in der Hand kehrte er zu seinem Sessel zurück. Es handelte sich bei dem Zeitmesser um eine Savonnette, ein kostbares Stück. Sie besaß drei Deckel: vorn einen aus Glas, hinter dem die Zeiger rotierten, wenn sie denn aufgezogen war, auf der Rückseite zwei weitere aus Gold, von denen der innere das Uhrwerk und der darüber liegende das verblichene Miniaturgemälde eines Frauengesichts verbarg.

Er öffnete diesen Deckel und fuhr behutsam mit dem Finger über die Pinselstriche. Das Besondere an dem Gesicht lag nicht so sehr in seiner Schönheit, auch wenn es durchaus hübsch zu nennen war, sondern in der Tatsache, dass es sekündlich seinen Ausdruck zu wechseln schien. Rastlosigkeit, Liebe, Temperament, Heiterkeit, Furcht … Er hatte es schon oft angestarrt, sich aber nie festlegen können, was genau es ausdrücken wollte. Und genau das war es, was ihn an dem Porträt faszinierte, denn so war Dorothea auch zu Lebzeiten gewesen. In einem Moment von rührender Warmherzigkeit, dann wieder quirlig, mit scharfem Witz, gelegentlich auch boshaft, das musste man zugeben, und im nächsten Augenblick von umarmender Liebe, die sich besonders Clara gegenüber ausdrückte.

Max drehte die Uhr zwischen den Fingern. Die Kette, an der sie hing, war zerrissen. In den feinen Rillen des Gehäuses hatte sich Ruß festgesetzt, den er nie entfernt hatte. Das Schmuckstück warf tausend Fragen auf, ohne eine einzige zu beantworten. Ermüdet legte er es neben sich auf den Tisch.

10. Kapitel

Der Mord an dem Kolonialwarenhändler hatte Wellen geschlagen. Dass Gesindel einander umbrachte, nahm man in Dresden hin. Der Tod solchen Packs wurde in der Regel als Gewinn empfunden. Aber das Gemetzel an Petr Svoboda fiel aus dem Rahmen. Nicht nur, weil er ein angesehener Bürger mit Mitgliedschaft in der *Freiwilligen Altstädter Feuerwehr* und zudem sämtlichen Nachbarn freundschaftlich verbunden gewesen war – es war vor allem die Art, wie man ihn im Schlachthof zur Schau gestellt hatte, die die Bürger aufwühlte. Jedem war klar, dass sein hingemetzelter Leichnam eine Botschaft darstellte. Aber an wen war sie gerichtet? Und was sollte sie verkünden?

Der Oberstaatsanwalt wurde zum Generalstaatsanwalt zitiert, Polizeidirektor Schwauß verlangte von seiner geliebten Kriminalabteilung Ergebnisse. Max als deren Leiter war also beschäftigt, zum Glück. Er ging Daniel allmählich mit seiner kleinkarierten Schnüffelei, die sich offenbar ausschließlich auf Annie Troll richtete, auf die Nerven. Teufel, was hatten seine Leute für ein Chaos angerichtet! Die Wohn- und Schlafräume waren nicht das Problem, die hatte Link ruckzuck wieder hergerichtet, aber das Laboratorium …

Max hatte den Raum mit den empfindlichen Instrumenten zuerst von seinem Kettenhund Breuer auf den Kopf stellen lassen, dann noch einmal selbst das Unterste zuoberst gekehrt und ihn schließlich mit Scherben auf dem Boden, mit verbogenen Pinzetten und demolierten Bunsenbrennern zurückgelassen. Und hier konnte Daniel nur selbst Hand anlegen, was ihn einen Tag voller Flüche und eine Stange Geld kostete.

Aber ein Triumph blieb: Annie Trolls Kleid war trotz gründlichster Suche verschwunden geblieben, genau wie die Schuhe und das Mordmesser. Natürlich. Als Daniel seine Detektei ins Leben rief, war ihm klar gewesen, dass er die Seiten wechselte. Er war vom staatlich bezahlten Hüter über Recht und Gesetz zu … tja, zu was geworden? Zu einer Art Desperado, jemandem, der der Justiz ins Handwerk pfuschte und sich ausschließlich der Kundschaft verpflichtet fühlte, wenn überhaupt. Und deshalb hatte er Vorkehrungen getroffen, um sich abzusichern. Er hatte südöstlich von Dresden in dem einsam gelegenen Örtchen Zschertnitz ein Häuschen gekauft.

Schwungvoll zog Daniel den Klingelzug, der ins Souterrain führte. Link erschien mit der gewohnten Geräuschlosigkeit im Schlafraum, und Daniel stellte sich vor den Spiegel. »Die Fliege, bitte.«

»Sie wollen ausgehen, Herr Doktor?« Link schlich um ihn herum und kontrollierte mit kritischem Blick, ob der Rest der Kleidung akkurat saß. Daniel war sicher, dass er nie eine Ausbildung zum Kammerdiener gemacht hatte. Er war ihm ins Haus geschneit, nachdem Dorothea in einem Wutausbruch seinen Vorgänger rausgeworfen hatte. Daniel war zu dieser Zeit egal gewesen, wer ihn versorgte. Link hatte rasch gelernt, worin seine Arbeit bestand, allein das war wichtig. Und dann kam auch schon der Brand.

»Wie viele Dienstboten bezahle ich eigentlich?«, fragte er, während Link mit der Fliege hantierte.

»Zwei, Herr Doktor, mich und die großartige Isabelle, die über die Küche herrscht.« Link faltete die Fliege.

»Merkwürdig, mir kommt es vor, als würde ich ständig über fremde Leute stolpern.«

»Lieferanten, Handwerker …«

»Und als würden sie alle unten in der Küche speisen.«

»Den Handwerkern muss man gefällig sein, Herr Doktor, auch wenn es schmerzt. Behandelt man das Pack nicht wie Könige, ziehen sich die Termine, sie arbeiten schlampig …«

Daniel verdrehte die Augen. »Komm schon! Wie viele seid ihr?«

Er konnte im Spiegel sehen, wie Link fieberhaft überlegte. »Nun, wie Sie wissen, schaut gelegentlich auch Dora vorbei und hilft ihrer Tante, und …«

»Die Zahl!«

»Man könnte sagen: vier, ja, vier. Das Haus ist groß und schwer zu putzen.« Link zog das Band durch die Schlaufe.

»Und wer von denen hat gequatscht?«

»Bitte um Verzeihung?«

»Mit dem Gendarmen.«

»Oh, Sie meinen dieses unglückselige … Frauen sind so arglos. Und so leicht einzuschüchtern, wenn jemand in Uniform sie scharf angeht.«

»Wer war es?«

Betretenes Schweigen. »Möglicherweise … am ehesten … Dora vielleicht?«

Daniel grunzte ärgerlich. »Sie kann hier bleiben, bis die Sache mit der Tänzerin ausgestanden ist, aber sie hält sich bis dahin nur im Haus auf. Kann ich hoffen, dass Sie das hinkriegen?«

»Sie wird in Ketten gelegt, natürlich in lange Ketten, sie muss ja noch zwischen Tisch und Herd hin und her laufen, um ihre köstlichen Soufflés zu schlagen.« Link versuchte ein Lächeln, das sofort wieder erlosch. Er gab der Fliege den letzten Schliff. »Sollte die Polizei noch einmal läuten, wird sie irgendwohin verzogen sein, Herr Doktor. Und wo das ist, wird keiner von uns wissen, sondern allein der liebe Gott.«

Daniel Raabe hatte seine Detektei ursprünglich gegründet, um sein Gehirn zu beschäftigen. Wer an einem komplizierten kriminalistischen Problem arbeitete, konnte sich mit nichts anderem befassen – das war seine Hoffnung gewesen. Natürlich hatte er vorher bei der Dresdener Staatsanwaltschaft nach seiner alten Stelle gefragt, aber die war längst mit einem Kollegen besetzt worden. Er hatte kurz geschwankt, ob er sich in einer anderen Stadt bewerben sollte. Doch dann war ihm ein Zeitungsartikel über eine Stettiner Detektei in die Hände gekommen, die für ihre Mandanten geschäftliche Erkundigungen einzog. Er hatte den Mann besucht, und seine Art zu arbeiten hatte ihm gefallen. Bei einem Kaffee kamen sie auf den legendären Allan Pinkerton zu sprechen, der zwanzig Jahre zuvor in Chicago seine *National Detective Agency* gegründet und sich auf Verbrechen spezialisiert hatte. Angeblich hatte er sogar ein Mordkomplott auf Abraham Lincoln vereitelt. »Wäre das nicht etwas für Sie?«, hatte der Mann gefragt.

Daniel hatte also beschlossen, Pinkerton nachzueifern – und es nie bereut. Die Arbeit hielt ihn auf Trab. Manchmal dachte er tagelang nicht an den Brand.

Normalerweise wurde er von Personen engagiert, die bereits einen Verdacht hatten, wer für ein Verbrechen verantwortlich war. Oft Familienangehörige des Opfers. Sie lieferten ihm die Informationen, die er brauchte, und dann schälte sich in der Regel rasch heraus, wie und von wem die Untat begangen worden war. Hedwig Broyhahn hatte ihn auf die Geliebte ihres Vaters aufmerksam gemacht, weil sie von ihr ein gebrauchtes Schnupftuch in der Schmutzwäsche gefunden hatte.

Seine jetzige Auftraggeberin kannte das Opfer aber kaum

besser als er selbst. Und Serafina besaß einen für seine Zwecke bedauerlich großen Bekanntenkreis. Dadurch vervielfachte sich die Zahl der Verdächtigen und Motive. Ihn regten seine eingeschränkten Möglichkeiten plötzlich auf. Als Staatsanwalt hätte er die Männer und Frauen, die unter Verdacht standen, verhört, stundenlang, wenn es sein musste. Er hätte jedes Detail, das er erfuhr, durch Max und seine Leute überprüfen lassen. Und am Ende wären Ergebnisse herausgekommen. Sich jetzt mühevoll an die Leute heranzupirschen, sie zu umgarnen, oft zu bedrohen oder ihre Arglosigkeit oder Begriffsstutzigkeit auszunutzen, schlug ihm auf die Stimmung. Aber was half's? Er riss sich zusammen und machte sich an die Arbeit.

Sein erster Gang an diesem nebligen Wintertag sollte ihn zu Rosina Hauck führen, der Pianistin, die an Serafinas Grab so bitterlich geweint hatte. Was war von ihr zu halten? War sie ihre Freundin gewesen? Oder – man sollte ja nichts ausschließen – hatte es zwischen den beiden Frauen gar eine *Amour fou* gegeben, eine verrückte Leidenschaft, wie man sie am Theater wesentlich häufiger als in der etablierten Gesellschaft fand, vielleicht, weil Künstler es gewohnt waren, sich in exzentrischen Rollen auszuleben? War der Mord aus enttäuschter Liebe verübt worden? Oder aus verletzter Eitelkeit, weil Rosinas Werben bei Serafina nicht auf Gegenliebe stieß? Aus Selbsthass, der sich im Hass auf die Gespielin entlud, weil man eben doch nicht so souverän mit den verschleierten Wünschen umging?

Daniel dachte an einen Mann, der sich nach einer Liebesnacht mit einem Kellner selbst verstümmelt hatte, dabei verblutete und eine Zeitlang als Mordopfer durch die Ermittlungen der Dresdener Staatsanwaltschaft gegeistert war.

Es war früher Nachmittag, als er das Hoftheater erreichte. Er setzte darauf, die Pianistin bei einer Probe anzutreffen.

Über dem Theaterplatz wölbte sich ein grauer Winterhimmel, der aussah wie ein in der Wäsche verfärbter Lappen. Auch aus dem stolzen Theaterbau drang um diese Tageszeit kein Leuchten. Der Trübsinn zog sich bis hinunter zur Elbe, wo die Raddampfer der Weißen Flotte zwischen leeren Blumenkästen an den Anlegestegen dümpelten.

Ein Gendarm verließ die nahe Wache und warf Daniel einen prüfenden, wenig freundlichen Blick zu. Daniel hatte mit Römer und seinen Männern schon in seiner Zeit als Staatsanwalt oft Differenzen gehabt. Dumm und brutal, war sein Urteil über sie gewesen. In ihren eigenen Augen war ihr Verhalten vermutlich angemessen gegenüber einer Klientel, die selbst gern zuschlug, aber Daniel war oft die Galle übergelaufen. Einmal hatte er sie genötigt, einen ihrer Kollegen zu verhaften, der einen Taschendieb halbtot geschlagen hatte. Und fast hätte er sogar Römer selbst am Wickel gehabt, als in dessen Haus die nur dürftig bekleidete Zofe seiner Frau unter merkwürdigen Begleitumständen eine Treppe hinabstürzte. Dem hätte nachgegangen werden müssen, und es hatte ihn auf die Palme gebracht, als Römer damals seine Ermittlungen behinderte.

Daniel hatte das Hoftheater erreicht und pochte gegen eine der Seitentüren, hinter der tagsüber die Eintrittskarten verkauft wurden. Der Mann an der Theaterkasse schätzte seine Kleidung ein und ließ ihn zögernd passieren. Schon im Gang konnte Daniel das Orchester hören. Es spielte etwas Träges, nicht sein Geschmack. Vorsichtig öffnete er eine mit goldener und roter Farbe bemalte Tür und ließ sich auf einen der Sperrsitze sinken, den man vergessen hatte hochzuklappen und abzuschließen.

»Seidige Melancholie!«, stöhnte der Dirigent mit russischem Akzent. »Seid ihr Elefanten oder Elfen? Ich brauche einen Schmerz, warm, nicht zu feurig, niedergeschlagen, aber süß ... Bljad! Ihr seid Deutsche! Ist der Schmerz nicht euer Nationalgefühl? Franz, zeig es ihnen, brich ihre Herzen!« Seine Arme landeten pathetisch auf der Brust, während der erste Geiger lustlos versuchte, den Saiten seiner Violine die gewünschte Emotion abzuringen.

Rosina saß dieses Mal nicht am Flügel, sondern zwischen den Violen. Sie schien beide Instrumente zu beherrschen. Die Bitten des Dirigenten ließen sie kalt – ihr Gesicht war versteinert, ihr Blick ging ins Leere. Weil sie bis ins Mark erschüttert war von dem Wissen, einen Menschen ermordet zu haben? Blödsinn. So lief es in einem Theaterstück. Wahrscheinlich fiel ihr schlicht der Russe auf die Nerven.

Daniel lehnte sich zurück. Moreau ging ihm durch den Kopf. Warum hatte er seine Gefühle für Serafina vor ihm verheimlicht? Aus Angst verdächtig zu wirken? Aber hätte er sich bei dem Begräbnis dann nicht stärker zurückgehalten? Und was war mit Semper? Hatte er nicht zu barsch auf seine und Annies Fragen reagiert? Na gut, sie waren dreist gewesen, wahrscheinlich wäre jeder in dieser Situation aus der Haut gefahren.

Natürlich kam ihm auch seine seltsame Mandantin in den Sinn, die durchs Leben spazierte, als hätte der liebe Gott niemals seine Vorstellungen über das rechte Betragen seiner Töchter in die Bibel diktiert. Annie hatte die Mordwaffe abgewischt und versucht, ihn und die Polizei hinters Licht zu führen. Warum machte ihn das nicht misstrauischer? Weil ihre Erklärung ihm stimmig erschien? Sie war kein Mensch, der abwartete, was das Schicksal ihr bringen würde, natürlich würde sie handeln, wenn ihr etwas einfiel, das ihr helfen könnte. Aber er hätte überprüfen müssen, ob ihre Schnittwunde tatsächlich von einer Kundin stammte. Das musste er nachholen.

Daniel schreckte auf. Instrumentenkästen klapperten und Stühle scharrten. Ohne dass er es bemerkt hatte, war die Probe zu Ende gegangen.

Er fand Rosina in einem engen, länglichen Raum, dessen Decke durch eine darüber liegende Treppe abgeschrägt war und der den Musikern offenbar als Aufenthaltsraum diente. Sie packte gerade ihre Viola in einen mit Vogelaugenahorn furnierten Instrumentenkasten. Ihre Kollegen waren Daniel im Weg, er zog sich wieder in den Flur zurück. Als sie den Raum verließ, folgte er ihr, aber erst, als sie die Außentreppe des Hoftheaters erreicht hatte, sprach er sie an. Könne er sich mit ihr über Serafina Bischof unterhalten?

Was hatte er erwartet? Kummer? Geschwätzigkeit? Argwohn? Rosina brauchte einen Moment, ehe sie sich zu ihm wandte. »Verzeihung, was bitte? Serafina Bischof? Bedaure, die tanzt nicht mehr hier, sie tanzt nirgendwo mehr, sie ist verstorben«, erklärte sie abweisend. Ihre Stimme war fest, aber ihre Haut verriet sie. Das Gesicht war bis zu den schwarzen Haaren, die ihr in die Stirn fielen, blass geworden, was ihrer braunen Haut eine ungesunde gelbliche Färbung verlieh. Sie verbarg die Hände in den Falten ihres Rocks. Die Lider flatterten.

»Ich weiß.«

»Wer sind Sie?«

»Ich bin damit beauftragt worden, ihren Tod zu untersuchen. Würde es Ihnen etwas ausmachen, mich auf einen Kaffee ins *Italienische Dörfchen* zu begleiten?«

»Reden Sie mit den anderen hier, mit denen vom Ballett, ich hab die Frau ja kaum gekannt.« Sie packte den Koffer mit der Viola fester und stürmte die letzten Stufen hinab.

Er eilte ihr nach. »Sie würden mir helfen, Fräulein Hauck. Ich versuche, die Tote kennenzulernen, ihr Wesen, ihre Eigenarten, und das kann ich nur durch Menschen, die ihr nahe waren. Ihr Tod soll doch nicht ungesühnt bleiben, oder?«

Abrupt blieb sie stehen. Ihr Blick war über den Platz auf die *Alte Wache* gefallen, den Sitz der Gendarmerie. Sicher nahm sie an, dass er ebenfalls zur Polizei gehörte, und wahrscheinlich fürchtete sie, er würde sie auf der Stelle festnehmen, wenn sie sich weigerte, mit ihm zu reden. »Also gut«, meinte sie gepresst.

Das *Italienische Dörfchen* war ein Relikt aus der Zeit, als die Katholische Hofkirche gebaut wurde. Damals hatten sich italienische Bauarbeiter am Elbufer niedergelassen. Ihre Hütten waren längst verschwunden, aber geblieben war eine Gaststätte, die den Namen der Siedlung übernommen hatte.

Daniel hielt der Musikerin die Tür auf. Die Luft war stickig vom Rauch der beiden Kamine. Auf einem weißen Marmorboden lagen dicke graue Teppiche, Spiegel und Palisandermöbel atmeten Eleganz. Rosina Hauck kannte den Glanz des Theaters, aber in ihrem privaten Leben ging es mit Sicherheit schlicht zu. Die große Masse der Künstler wurde ja mit Hungerlöhnen abgespeist. Entsprechend eingeschüchtert folgte sie Daniel zwischen den Tischen hindurch. Er winkte dem Ober, bestellte Eierschecken und Kaffee und rückte eine Vase mit Seidenblumen beiseite, um sie besser beobachten zu können. Rosina trug an diesem Tag nicht ihr gutes violettes Kleid, sondern ein grünes mit grauen Streifen, das an vielen Stellen geflickt war.

Der Ober brachte den Kuchen, vergaß allerdings die Gabeln. Rosina wartete kurz, dass er ihn wieder herbeirief. Als das nicht geschah, packte sie ihre Eierschecke mit den Händen und begann gierig zu essen. Sie musste einen Mordshunger haben. Er blickte dezent zum Fenster hinaus. Während Rosina sich bemühte, das Gebäck nicht gar zu hastig in sich hineinzustopfen, studierte er die Plakate an einer Annonciersäule. Jemand namens Clemens Müller pries Tischnähmaschinen an. Dunkel erinnerte Daniel sich, dass Dorothea so ein Gerät hatte kaufen wollen. Sie war sogar in die Werkstatt des Mannes in der Schössergasse gegangen, um sich von der Qualität der Maschinen überzeugen zu lassen. Hatte sie eine erstanden? Er wusste es nicht mehr. Dorothea begeisterte sich rasch und verlor ebenso schnell wieder das Interesse.

Rosina hatte das Kuchenstück vertilgt. Sie trank von ihrem Kaffee und verzog das Gesicht, weil er bitter schmeckte. Er reichte ihr die Zuckerdose. Sie löffelte die braunen Körner in den Kaffee, nahm einen Schluck und stieß hervor: »Ich kannte Serafina kaum. Sie tanzte oben, ich habe unten gespielt. Da hat man nichts miteinander zu tun. Ich hab sie nur manchmal auf dem Flur getroffen und ein- oder zweimal bei einem kleinen Fest, das die Theaterleitung für uns gegeben hat.«

»Und außerdem haben Sie sie zu ihrer Fechtstunde begleitet, das auch, nicht wahr?« Daniel schaute genau hin. Dieses Mal erblasste Rosina nicht, aber es war deutlich zu erkennen, dass sie sich ertappt fühlte. Es war ein Schuss ins Blaue gewesen, Annie hatte sich ja nur eingebildet, die beiden Frauen zusammen gesehen zu haben, aber er hatte getroffen.

»Ein einziges Mal.«

»Warum?«

»Wir trafen uns zufällig vor dem Theater. Serafina wirkte verstört, als würde sie etwas bedrücken. Das kam öfter vor. Sie war ja schön und berühmt, nach jeder Vorstellung standen Männer vor ihrer Garderobentür, und einige waren hartnäckig. Die kommen auch zu meiner Wohnung, hat sie einmal zu mir gesagt. Sie hatte mich jedenfalls angesprochen und gebeten, sie ein Stück zu begleiten. Dabei erzählte sie von dem Fechtunterricht, zu dem sie gerade wollte, und ich habe sie ausgelacht, weil Fechten schließlich Männersache ist. Das hat sie wohl gewurmt, jedenfalls hat sie darauf bestanden, dass ich mit ihr nach oben in dieses hässliche Haus ging …« Rosina kaute nervös auf ihrer Lippe.

»War sie talentiert?«

»Aber sicher. Sie wusste sich rasch und elegant zu bewegen, sie beherrschte ihren Körper, und dass sie dabei einen Degen führte, schien völlig natürlich, es passte zu ihr. Sie war ja auch so wild.«

»Und das mochten Sie?«

»Ja.« Das Wort rutschte ihr heraus, sie bereute es sofort und lief glutrot an.

»Erwiderte sie Ihre Zuneigung?«

»Bitte?«

»Nun, Sie haben sie verehrt, und es wäre ja nur natürlich, wenn Serafina ihrerseits Ihren Klavierkünsten Bewunderung entgegengebracht hätte. Ich habe Sie letztens spielen hören. Brillant, Fräulein Hauck, wenn ich Sie mit meinem laienhaften Urteil nicht brüskiere. Was Serafina mit dem Körper ausdrückte, leben Sie auf Ihren Tasten aus. Gefühl, Leidenschaft …«

»Es war ihr egal, wie ich spiele. Sie hat mich gar nicht wahrgenommen, bis auf dieses eine Mal.«

»Dann müssen Sie enttäuscht gewesen sein.«

»Warum? Ich hatte doch nichts mit ihr zu tun. Kann ich Ihnen sonst noch helfen?«

Daniel schob ihr seine Eierschecke hin, sie ignorierte es, obwohl sie sicher noch hungrig war. Er fragte nach eventuellen Freunden der Tänzerin, nach Verehrern, nach einem möglichen Mordmotiv, aber Rosina zuckte mit den Achseln. »Serafina war nicht wählerisch. Sie gab sich jedem hin, der ihr etwas geboten hat. Und genau das hat sie am Ende mit dem Leben bezahlt.« Sie schob den Stuhl zurück und erhob sich.

Daniel blickte ihr nach, während sie mit festen Schritten das *Italienische Dörfchen* verließ. Als der Ober kam, um abzudecken, drückte er ihm zwei Taler in die Hand. Der Mann lächelte, reichte ihm eine saubere Gebäckschachtel und sah zu, wie er die Zuckerdose hineinpackte.

Zschertnitz war ein winziges Dorf. Vor knapp sechzig Jahren hatte hier die berühmte Schlacht gegen Napoleon stattgefunden, eine der letzten, in denen der Franzose siegreich geblieben war. Inzwischen war der Ort in die Bedeutungslosigkeit zurückgefallen. Nur ein Denkmal erinnert noch an einen Schlachtenführer, der hier im Kampf um die Heimat gefallen war.

Daniel hatte einen Steinwurf vom Denkmal entfernt sein Häuschen gekauft, ein unauffälliges Gebäude mit einem schwarzen Ziegeldach, dessen größter Vorzug in der fast drei Meter hohen immergrünen Ligusterhecke lag, die es umgab. Er hatte mit eigenen Händen die Wände geweißt und die Fensterrahmen gestrichen. Er hatte geschrubbt und Tische und Schränke gekauft, die er diskret an einem frühen Wintermorgen anliefern ließ, und innerhalb eines halben Jahres besaß er einen zweiten Wohnsitz, von dem niemand etwas wusste.

Er lenkte den Phaëton, den er für seine Fahrten hierher benutzte, in den hinteren Bereich des Gartens, versorgte das Pferd und öffnete die Haustür. Hinter der karg eingerichteten Wohnstube ging es über einen kleinen Flur direkt in das Laboratorium, das wie eine Kopie seines heimischen Labors aussah. Es war eisig kalt, aber hell.

Daniel streifte ein Paar weiche Leinenhandschuhe über und nahm das Messer, mit dem Serafina getötet worden war, aus einer Porzellanschüssel mit einem Deckel, der Schmutz und Staub fernhalten sollte. Er trug es zu einem Tisch am Fenster und legte es so, dass Sonnenlicht auf die blutigen Fingerabdrücke fiel. Dann hob er vorsichtig die Zuckerdose aus dem Pappkarton und platzierte sie neben dem Messer.

Nun musste Herschel helfen.

William Herschel war ein Engländer, den es vor einem halben Jahrhundert nach Indien verschlagen hatte. Dort hatte er entdeckt, dass sich die Rillen in menschlichen Fingerspitzen voneinander unterscheiden, zwar geringfügig, aber sie waren eindeutig zuordenbar. Und nicht nur das: Er hatte außerdem festgestellt, dass sie sich im Lauf eines Lebens niemals verändern. Als er zum Sekretär der britischen Finanzkammer ernannt wurde, erkannte er den Nutzen seiner Entdeckung – fortan hatte er von den indischen Analphabeten, die von den Engländern oft gleich mehrfach Pensionen kassierten, Fingerabdrücke verlangt, die künftig erfolgreich verhinderten, dass die britische Staatskasse bestohlen wurde.

Seine Entdeckung war wie ein Geschenk Gottes, geeignet, die Arbeit der Polizei zu revolutionieren. Nur, leider Gottes, war es schwer, Dickschädel wie Max Keller davon zu überzeugen.

Daniel holte einen Becher mit Graphit von einem Regal. Er siebte das schwarze Pulver über die Stellen, an denen Rosina die Zuckerdose mit ihren von der Eierschecke fettigen Fingern berührt hatte. Gespannt drehte er die mit blauen Blumen verzierte Dose im Sonnenlicht – und verzog das Gesicht. Rosina war mit ihrem Daumen am glatten Porzellan abgerutscht. Die Rillen waren verwischt, sie besaßen keinen Wert. Er hätte frech sein und sie einfach im Theater nötigen sollen, ihre Fingerabdrücke mit Tinte auf Papier zu pressen. Wahrscheinlich hätte sie es vor Schreck zugelassen.

Und nun?

Nachdenklich presste er die Lippen zusammen.

11. Kapitel

Der Zwerg hatte Petr Svoboda erledigt. Das Gerücht war inzwischen durch jede Dresdener Gasse gegangen, und die Stadt summte vor Entsetzen und Angst. Man war ja Kummer gewöhnt. Der Schofel-Franz sammelte Schläger um sich und verübte mit seiner Bande Einbrüche. Und was der Kober-Ede in den Bordellen trieb, die armen Mädchen und so …

Aber das alles war nichts, verglichen mit dem Verbrechen an Svoboda. Einmal wegen der unfassbaren Grausamkeit. Und dann, weil er ein ehrbarer Kaufmann gewesen war, einer, den man auf der Straße grüßte, ein Kirchgänger, der sich niemals mit zwielichtigen Gesellen eingelassen hätte. Wer kann sich noch sicher fühlen, wenn es einen wie Svoboda erwischt?, fragten sich die Menschen.

Jeden von uns, dachte Annie bitter. Sie kannte sich aus. Ihr Vater, der bei der Dampfschifffahrtsgesellschaft als Kohlentrimmer gearbeitet hatte, war früh gestorben, und als ihre Mutter sich anschließend in einen halbseidenen Burschen verliebte, hatte sie – damals noch ein kleines Mädchen – hautnah mitbekommen, wie es in der Dresdener Unterwelt zuging. Sie hatte in den Winkelkneipen unter den Tischen gesessen und Ausdrücke wie *kalt machen* und *über den Jordan schicken* gehört, die ihr eine Heidenangst einjagten, obwohl sie nicht genau begriff, was damit gemeint sein könnte. Mehrere Male hatte sie furchtbare Wunden gesehen. Sie hatte Huren getroffen, denen die Gesichter blau geschlagen worden waren, und einmal war ihr ein Sterbender vor die Füße gerollt.

In jener Nacht, mit dem Sterbenden vor Augen, hatte sie sich geschworen, aus dem Milieu rauszukommen und ehrbar zu werden. Und als ihr Jahre später der Egon über den Weg lief, dachte sie, sie hätte es geschafft. Aber der hatte sie ja mit ihrer Kleinen sitzen lassen, und sie hatte ziemlich dumm dagestanden. Ein Glück, dass sie Alois begegnet war und die Sache mit der Fechtschule aufziehen konnte. Das Milieu war sie aber trotzdem nicht losgeworden. Wer im Mist geboren wird, wird nicht im Goldsarg begraben, wie man so schön sagte.

Als Schmitt in die Stadt kam und Anstalten machte, mitzumischen, hatten ihre Nachbarn zunächst gelacht. Es war ja auch zu ulkig gewesen, wie er auf seinen kurzen Beinchen in Frack und Melone durch die Gassen schlenderte. Das Lachen war ihnen vergangen, als sie sahen, dass er, genau wie der Schofel-Franz, Schläger um sich zu sammeln begann.

Annie selbst hatte keine Angst gehabt. Sie verkaufte ja nichts, sondern brachte nur ein paar Frauen das Fechten bei. Als er dann doch zu ihr kam, war ihr ein bisschen flau im Magen gewesen, auch wegen der Sache mit dem Degen, aber gefürchtet hatte sie sich immer noch nicht. Und das mit dem Pisseteich konnte sie auf die Blödheit seiner Männer schieben. Aber mit Petr Svoboda, den Schmitt an den Haxen aufgehängt hatte, hatte sich alles geändert. Diese Grausamkeit war eine Kampfansage an jeden, der sich mit dem Zins noch zierte. Eine Kampfansage auch an sie. Wer nicht spurte, würde wie Petr enden. So simpel war das.

Und die Leute reagierten. Der Zigarrenhändler vom Postplatz schickte seinen Ältesten mit zwanzig Talern zum Zwerg, wo die Münzen abgezählt und in eine mit Samt ausgekleidete Zigarrenkiste gelegt wurden. Auch der Quacksalber, der seine schlecht laufende Praxis gegenüber der Infanteriekaserne hatte, ließ den ausstehenden Zins überbringen. Die Damenschneiderin mit dem feinen Laden am Alten Markt ging selbst. Sie bat nicht um Aufschub, wie sie es schon mal getan hatte, erzählte Willi von unten, sondern gab dem Zwerg den silbernen Siegelring ihres verstorbenen Mannes, der viel kostbarer war als die sieben Taler, die sie ihm schuldete.

Annie Troll hätte ebenfalls gern etwas gegeben. Nur besaß sie nichts als ihre Möbel, und die waren zu schwer, um sie durch die Gassen zu schleppen. Das Herz schlug ihr bis zum Hals, als sie zwei Tage nach Petrs Tod am Fenster zum Hinterhof hing und hörte, wie Ernst Schlosser aus der Zeitung von einem weiteren furchtbaren Verbrechen vorlas. »Es hat den Droschkenverleiher erwischt. Gustav Krake. Den hat der Dreckskerl aber nicht aufgehängt, sondern in einem Eimer mit Pferdeäpfeln erstickt«, tönte die entsetzte Stimme zu ihr hinauf.

»Und wenn es gar nicht der Zwerg gewesen ist?«, fragte Henni Walter mit piepsiger Stimme.

Raues Gelächter antwortete ihr.

Annie schloss das Fenster und setzte sich auf ihr Sofa. Ruhe bewahren! Jette und das kleine Scheißerchen von Dora waren in Sicherheit, denen konnte nichts geschehen, und das war erst mal das Wichtigste. Ich darf sie nicht mehr aufsuchen, dachte sie, für den Fall, dass einer von Schmitts Männern mir nachschleicht. Ihr wurde schlecht vor Angst, als sie sich vorstellte, was der Zwerg … Nur nicht dran denken, weg damit aus dem Kopf!

Und wenn sie die Stadt verließ? Vielleicht mit Jette nach Leipzig ging?

Aber es war so schwer, sich was aufzubauen. Lehrerin fürs Degenfechten … Sie hatte Wochen gebraucht, bis die erste zahlungskräftige Kundin auf ihrem Dachboden erschienen war. Inzwischen hatte sie ihr Auskommen. Das konnte man doch nicht einfach wegschmeißen. Aber vielleicht müsste sie's doch tun.

Und wenn sie in Leipzig zusammen mit Jette, die ja schon arbeiten konnte, in einer Fabrik anheuerte? Ihre Hoffnung erlosch so rasch, wie sie aufgeflackert war. Die Arbeiterinnen wurden wie die Fliegen dahingerafft. Fabrikarbeit ist Sterben auf Raten, hieß es. Und die ganz Jungen und die Alten erwischt es zuerst.

Annie zog ihre schmuddelige, blumenbestickte Geldbörse aus einem der hohlen Beine des Bettes hervor und ließ den Inhalt in die Hand gleiten. Sie schuldete dem Zwerg mindestens fünf Taler, vielleicht auch mehr. Sie wusste ja nicht, von welcher Woche an er rechnete und ob er einen Verzugszins draufschlug. War aber auch gleich. Nachdem sie den Detektiv bezahlt hatte, waren ihr nur noch ein einziger Taler und zehn Groschen geblieben. Wenn sie mit diesem kümmerlichen Betrag zu Schmitt ginge, würde der ihr eigenhändig und auf der Stelle den Hals umdrehen.

Sie schob die Börse zurück in den Bettpfosten. Nicht in Panik verfallen, beschwor sie sich, während sich in ihrem Magen Mühlsteine drehten. Sie musste sich von Jette fernhalten. Das war das Wichtigste.

Und zugleich war es unmöglich, denn Jette musste ja was essen. Und der Fratz, den sie hütete, auch. Alois besaß zwar eine Marke für die Dresdener Suppenküche, aber das Essen, das er einmal täglich in seiner alten Blechdose abholen durfte, reichte kaum für ihn selbst.

Sie befand sich in einer Zwangslage. Es gab keinen Ausweg. Es gab einfach keinen Ausweg.

Am nächsten Tag kaufte Annie von zwei Groschen ein Brot und ein wenig Käse. Als sie beides zu Alois trug, nahm sie ein Dutzend Umwege, bis sie hoffen konnte, dass ihr niemand auf den Fersen war. Den Kindern ging es gut. Alois lachte und freute sich und erzählte von seiner Evalinde, die jetzt immer eine Papierblume im Haar trug, weshalb er Annie ebenfalls eine kaufen würde. Aber nicht in Gelb, sondern in Grün, was die Farbe der Hoffnung war. Annie küsste Jette und verließ den kleinen Kellerraum wieder.

Eine weitere Nacht verstrich. Bei jedem Geräusch aus dem Treppenhaus fuhr sie ängstlich auf. In einem ihrer Wachträume kam ihr ein Gedanke, völlig verrückt, aus Verzweiflung geboren. Sie rang fast den ganzen folgenden Tag mit sich. Dann machte sie sich auf den Weg zu Daniel Raabes Haus. Es war der 21. Januar, der Frost war noch einmal zurückgekehrt, und sie fror in ihrem Mantel, der, obwohl sie ihn gewaschen hatte, immer noch nach Pisse stank. Ständig schaute sie sich um, aber niemand schien sich für sie zu interessieren. Vielleicht hatte Schmitt eine Liste gemacht, in welcher Reihenfolge er seine Opfer umbrachte? Wenn er nach dem Alphabet vorging, käme sie erst am Ende. Haha …

Raabes Wohnräume im oberen Stockwerk lagen im Dunkeln. Das war ihr recht. Sie wollte nämlich gar nicht zu ihm selbst. Inzwischen hatte sie sich eine Meinung über den Detektiv gebildet. Er hatte ihr das Leben gerettet, weil es sich so ergeben hatte, aber in Wirklichkeit kümmerten ihn die Sorgen kleiner Leute einen Dreck. Nicht, weil er hartherzig gewesen wäre. Er gehörte einfach in eine andere Klasse, er wusste nicht, was es hieß, wenn man mit jedem Pfennig knausern musste und der Hunger zum Abendgebet gehörte. Deshalb hatte es auch keinen Sinn, ihn anzubetteln. Er würde es nicht verstehen, und ihr selbst ging es gegen den Stolz. Also würde sie von dem feinen Pinkel Abstand halten und sich an die Menschen wenden, die sie verstanden – an die Links.

Annie warf noch einmal einen Blick die Straße hinauf und hinab, kein Mensch war zu sehen. Mäuschengleich huschte sie um die Villa in den verwilderten Garten auf der Rückseite des Gebäudes. Vor dem Fenster neben der Treppe, die in die Dienstbotenräume führte, ging sie in die Knie und klopfte an das einzige erleuchtete Fenster.

Bonifaz Links Gesicht tauchte hinter der Scheibe auf, gleich darauf öffnete er die Tür. Er trug eine Petroleumlampe und war in einen seidig schimmernden Morgenmantel gehüllt, den er totsicher nicht von seinem eigenen Geld gekauft hatte, der Gauner. Na gut, vielleicht hatte er ihn auch von Raabe, der ihn nicht mehr brauchte, geschenkt bekommen.

»Kommen Sie rein, beste Dame«, begrüßte er sie überschwänglich. Seit sie seine Großnichte hütete, hatte er sein Benehmen geändert. Sie war nicht mehr die lästige Bittstellerin, der die Armut aus den Knopflöchern starrte, sondern die liebe Annie … die bezaubernde Annie … die hochverehrte Annie … Konnte sie drauf scheißen, aber egal. Jetzt brauchte sie ihn, und deshalb erwiderte sie seine Begrüßung mit ebenso breiter Freundlichkeit.

In der Küche brannte ein Feuerchen. Links Sippe saß am Tisch und ließ sich eine Suppe schmecken, die so umwerfend duftete, dass Annies Magen sich zusammenzog. Mariechens Mutter mit den hübschen blauen Augen füllte ihr großzügig ebenfalls einen Teller, und Annie stellte ihr Anliegen erst einmal zurück und schlürfte die wunderbare Rosenkohlsuppe, in der leckere kleine Würstchen schwammen. Die führten schon ein Leben, die Links, die sich so listig im Souterrain des Detektivs eingenistet hatten!

Verstohlen musterte Annie die Familie. Neben Bonifaz saß seine Schwester Isabelle mit dem Krüppelfuß und der scharfen Zunge. An der Querseite des Tisches der Bruder der beiden, ein finster blickender Geselle, dem Unmengen Haare auf den Fingern wuchsen und von dessen Existenz Raabe nichts ahnte, wenn sie es richtig verstanden hatte. Links von ihm kam die mollige Elli, an deren Seite wiederum ein Fremder saß, den sie für ihren Ehemann hielt, den Billettverkäufer, weil er anstelle der Hakennase eine rundliche, nach oben gebogene Schweinchennase besaß. Schließlich Dora, die dem kleinen Mariechen die anbetungswürdigen blauen Augen und das seidige Lockenhaar vererbt hatte.

Eine saubere Bande war das, Gauner, die den Hausherrn nach Strich und Faden ausnahmen. Insgeheim stand sie aber auf ihrer Seite. Der Mensch musste sehen, wo er blieb, und die Links handelten mit einem Witz und einer Schläue, vor denen sie Respekt hatte. Wenn sich ein Detektiv im eigenen Haus wie der letzte Trottel betrügen ließ, war das schließlich nicht ihre Schuld.

»Wollen Sie uns nun verraten, meine beste Annie, was Sie zu uns geführt hat?«

Sie holte Luft. Dann erklärte sie der Familie ihren Ärger mit Casimir Schmitt und was sie getan hatte, um die beiden Mädchen aus der Schusslinie zu bringen. Dora war die Erste, die reagierte. Sie brach in Tränen aus. »Mariechen muss sofort hierher zurück. Mein Häschen, mein armes ... Scheiße, habt ihr kapiert? Was die Frau gesagt hat? Mein Herz ...« Sie wummerte mit der kleinen Faust auf ihre Brust. »Mir geht das Herz kaputt. Wenn meinem Mariechen ein Unglück passiert, geht mir das Herz ...«

»Das glaub ich dir, aber jetzt musst du mal das Maul halten«, unterbrach Bonifaz sie. »Ich denke nach.«

»Mariechen ...«

»Du hättest dir zum Balg den Vater krallen müssen«, fiel ihr jetzt auch der andere Onkel ins Wort, »dann hättest du einen eigenen Haushalt und bräuchtest nicht ...«

»Das muss mir einer wie du gerade sagen!«

»Bitte, Leute, ich denke!«

Ein paar Sekunden war es still. Dann fragte Annie: »Wer ist denn jetzt der Vater von Mariechen? Ich hab gedacht ...«

»Hat Gott mir die Stimme genommen, und ich hab's als Einziger nicht gemerkt?«, donnerte Bonifaz. »Ich brauche Ruhe, um einen Weg aus der Scheiße zu finden!«

Nun schwiegen sie wirklich. Bonifaz grübelte und kaute auf den Fingernägeln. Aber es war klar, dass dabei nichts rauskommen würde. Es gab nur eine einzige Möglichkeit, die Kinder vor dem Zwerg zu schützen, und das musste man ihm und seiner Familie verklickern. Erneut öffnete Annie den Mund, doch Elli war schneller.

»Der Zwerg is verrufen, der kennt keine Skrupel und Barmherzigkeit«, jammerte sie. »Der mordet mit Vergnügen. Das is was anderes wie aus Not, das is gefährlicher. Ich hab auf dem Markt gehört, wie einer ...«

»Ich glaube ...«, versuchte Annie es erneut.

»Du warst auf dem Markt?«, unterbrach sie der Billettverkäufer.

»Ich musste doch eine Flasche Pomeranzenlikör ...«

»Du hat versprochen, dich vom Hermann fernzuhalten. Du hast gesagt, dass du für deine Einkäufe jetzt immer auf den Neumarkt ...«

»Aber da war ich doch, beim Neumarkt! Hör auf mit deiner Eifersucht. Der Zwerg ...«

»Ich will, dass Marie wieder hierher nach Hause kommt«, jammerte Dora.

»Verflucht, das geht aber nicht.« Die Stimme von Isabelle brachte alle zum Verstummen. »Der Herr Raabe kann Kinder nicht ertragen«, erklärte sie nüchtern, »da müssen wir mit zurechtkommen, da können wir nichts dran drehen. Und deshalb muss die Kleine ...«

»Ist sie denn gar nicht sein Kind?«, fragte Annie.

»Nein«, meinte Dora steif, »ich bin Witwe, Mariechen ist die Tochter von Anton ...«

»Von Arnold«, korrigierte Elli.

»Jedenfalls von meinem verstorbenen ...«

»Von wem das Kind is, geht niemand was an«, wies Isabelle Tochter und Nichte zurecht. »Der Raabe mag ihr Geschrei nicht, und das Mariechen schreit leider immer, weil sie ihren Kopf durchsetzen will. Da is sie wie alle Frauen in unserer Familie«, meinte sie mit leisem Stolz. »In zwei Jahren ändert sich das, dann hat sie Verstand, da begreift sie, dass sie still sein muss, und dann kann sie auch wieder hier wohnen.«

»Warum mag der Raabe keine Kinder?«, fragte Annie.

»Das geht auch niemand …«

»Er hasst nicht die Kinder, er hasst sich selbst«, erklärte Bonifaz ungewöhnlich düster. »An Kindern mag er nur nicht, dass sie ihn daran erinnern, wie er war, in seiner schwärzesten Stunde.«

»Als sein Haus niederbrannte?«

»Da red ich nicht drüber.«

»Seine Frau hat ihm die Hölle bereitet, schon die ganze Zeit, aber am Tag vor dem Brand war es besonders schlimm«, murmelte Isabelle.

»Das weiß du gar nicht, du warst da nämlich überhaupt noch nicht bei ihm im Dienst. Es stimmt allerdings, dass sie ein Biest war an diesem Tag.«

»Vielleicht hatte sie ihre Gründe«, meinte Dora.

»Kann sein, ich will es nicht abstreiten. Aber dazu hatte sie 'ne Zunge wie eine Schlange. Immer nörgeln, nichts hat der Raabe ihr recht gemacht. Was hat die ihn runtergeputzt. Einen leichtgläubigen Trottel hat sie ihn geschimpft, und dass sie sich nicht bieten lässt … Ach, was weiß ich. Außerdem hat sie das Geld mit vollen Händen aus dem Fenster geworfen.«

»Er wird ja wohl genug davon gehabt haben«, meinte Isabelle ironisch.

»Ich red da nicht drüber.«

»Aber ich. Und ich sag dir was: Er hat das Haus aus Wut über seine Frau selbst angezündet.«

Annie starrte Isabelle ungläubig an. »Der Raabe hat sein Haus angezündet, obwohl er wusste, dass sein Kind drin schläft?«

»Das wusste er keinesfalls«, verteidigte Bonifaz seinen Arbeitgeber. »Clara war an dem Nachmittag bei ihrer Großmutter gewesen. Sicher hat er gedacht, dass sie bei ihr schläft. So war es ja oft.«

»Aber die Dienerschaft. Musste er nicht befürchten …?«

»Er hatte uns allen freigegeben, als es laut wurde. Ich glaub, es ging ihm gegen den Strich, dass wir das Theater mitkriegten. Vor dem Brand hat es ihm nämlich noch was ausgemacht, wie andere über ihn dachten. Wir haben uns natürlich gefreut, wir hatten ja alle unsere Familien in der Stadt. Ich auch. Ich hatte 'ne Freundin.«

»Und da hat er sich gedacht, jetzt is die Gelegenheit, jetzt bring ich meine Alte um«, triumphierte Isabelle. »Wetten, als er das Hauspersonal weggeschickt hat, hatte er den ganzen Plan schon im Kopf?«

»Und warum ist er dann ins Haus gerannt, als er zurückkam?«, fragte Bonifaz.

»War das so?«

Bonifaz brummte etwas.

»Also ist er nicht ins Haus. Wohin dann?«

»Hinten in den Garten. Er ist von dort ins Haus gegangen.«

»Ja, das glaubst du. Hatte er später Brandwunden? Man kriegt doch Brandwunden, wenn man versucht, jemand aus einem brennenden Haus zu retten.«

»Jetzt ist Schluss mit dem Gequatsche.« Bonifaz stand auf und holte eine Flasche Likör aus einem Schränkchen. Der Seidenmantel flatterte um seine haarigen Beine. Er sah niedergeschlagen aus, während er ihnen hübsch geschliffene Gläser füllte.

Hatte Daniel Raabe also seine Frau und seine Tochter ermordet? Annie sank in sich zusammen. Die Sache ging sie nichts an. Sie unterhielt ja nur eine geschäftliche Beziehung zu ihm. Und da die Polizei sie seit Tagen nicht mehr behelligte, würde sie die vielleicht auch bald auflösen.

Aber so einfach war es doch nicht. Raabe war ihr beim Friedhof gefolgt, als ihm aufging, dass man sie verfolgte. Er hatte für sie in die Pisse gegriffen, und er hatte bei der Polizei für sie gelogen. Sie befand sich also in einem Zwiespalt. Ein Retter und gleichzeitig ein Kindermörder. Wie sollte man sich da verhalten? Während sie drüber nachdachte, ging ihr auf, dass sie sein Lächeln nicht mochte. Eines davon, denn er besaß mehrere Arten zu lächeln. Aber dieses eine wirkte verlogen. Die Mundwinkel gehorchten, aber in den Augen funkelten Überheblichkeit und oft auch eine Portion Bosheit. Er hielt es für Leute wie den Kriminalinspektor oder Semper parat. War das Lächeln, als er ihr nach dem Pissebad seinen Mantel geliehen oder mit dem er sie in dem Theaterkleid gemustert hatte, in dem sie sich so bescheuert fühlte, genauso gewesen? Sie konnte sich nicht mehr dran erinnern.

Dora hatte ihr Glas leer getrunken und einen Entschluss gefasst. »Ich geh zu dem Herr Doktor. Ich sag ihm frei raus, was meinem armen Herzchen droht, und dann fordere ich …«

»Bist du meschugge?«, fauchte ihre Mutter. »Der Kriminale hat ihm doch totsicher auf die Nase gebunden, was du seinem Gendarm verraten hast. Du weißt schon …« Sie nickte in Annies Richtung. »Du darfst dem Raabe die nächsten Wochen auf keinen Fall unter die Augen kommen.« Sie lieferte Annie die Erklärung gleich hinterher. »Einer der Gendarmen hat Dora betrunken gemacht und aus ihr rausgekitzelt, dass Sie schon in der Nacht, in der die Tänzerin ermordet wurde, hier gewesen sind.«

Annie schluckte. Verfluchter Mist. Half aber nichts zu meckern, sie brauchte die Links. Also erklärte sie knapp, wie sie sich Mariechens Rettung – und die von Jette und ihre eigene – vorstellte. »Ihr müsst mir die fünf Taler borgen, die ich dem Zwerg schulde. Den nächsten Zins zahl ich selbst, das kratz ich zusammen. Aber die fünf Taler brauch ich sofort. Ihr kriegt sie natürlich zurück. Wenn der Zwerg sein Geld hat, kann Mariechen ohne Gefahr bei mir bleiben.«

»Verborgen bringt Sorgen«, sagte Isabelle.

»Und wir haben das Geld auch gar nicht«, meinte ihr Bruder, nicht Bonifaz, sondern der andere, von dem Annie immer noch nicht den Namen wusste.

»Gut. Dann bring ich Mariechen vorbei und hau mit meiner Tochter ab.«

Bonifaz zupfte sich ein Härchen aus der hässlichen, gebogenen Nase. »Immer mit der Ruhe …« Er verließ die Küche. In den zehn Minuten, in denen er fort war, starrte Annie auf den Küchentisch und sagte kein Wort. Als er zurückkehrte, lagen die fünf Silbertaler in seiner Hand. Zwei alte mit dem Sachsenwappen, über dem wie im Theater ein Vorhang schwebte, und drei neuere mit dem Kopf von König Johann drauf.

»Wo hast du die jetzt hergeholt?«, fragte Annie misstrauisch.

Bonifaz lächelte schmal. »Ist ja nur geliehen«, meinte er und drückte ihr die Taler in die Hand.

Liebes bisschen, liebes bisschen, sie machte mit Dieben gemeinsame Sache. Annie glühte, als sie auf die Straße zurückkehrte. Sie schwor sich, dass sie Link die Taler mit den nächsten Honoraren zurückbringen würde, und sie würde höchstpersönlich überwachen, dass er sie an ihren Platz zurücklegte. Wie war er überhaupt an das Geld rangekommen? Bewahrte Raabe es einfach so in einer Schublade auf? Der war schon ein leichtsinniger Hund!

Aber das war jetzt zweitrangig. Sie musste zu Schmitt, den Viertelzins rüberrücken, damit sie wieder ruhig schlafen und morgen die Kinder holen konnte. Und sie musste rausfinden, was sich in Sachen Serafina bei der Polizei getan hatte. Mariechen war ein niedliches Ding, aber es wäre auch nett, die Bude mal wieder für sich allein zu haben, also für sich und Jette. Inzwischen war sie fast sicher, dass die Polizei sie längst aus dem Blick verloren hatte und Raabe sich darüber in Schweigen hüllte, weil er sein Kinderlärmproblem gerade so schön gelöst hatte.

Annie war frohgemut. Sie wusste, wo Casimir Schmitt hauste, nämlich in der Pirnaischen Straße. Es war gar nicht weit.

Der Zwerg hatte sich ausgebreitet. Er lebte zwar immer noch in dem schmalen, in die Jahre gekommenen Haus mit der Dachfassade, die wie ein Hut mit zu viel Firlefanz aussah, aber offenbar hatte er inzwischen sämtliche Etagen angemietet. Überall standen Fenster offen, und es drang ein Grölen ins Freie, das zeigte, dass dort ausgelassen gebechert wurde.

Annies Hochstimmung verflog. Plötzlich war sie besorgt. Wollte sie tatsächlich allein in das Haus, in dem die besoffenen Kerle rumkrakeelten? Was, wenn der Zwerg ihr die Taler einfach abnahm und sie wieder rauswarf? Sie hatte sich vorgemacht, Schmitt wäre durch eine Art Ganovenehre gebunden. Wer zahlte, war aus dem Schneider, oder so ähnlich. Aber vielleicht stimmte das gar nicht?

Blödsinn, beruhigte sie sich selbst, Unkorrektheit konnte Schmitt sich nicht leisten. Wenn rauskam, dass er jemandem was antat, obwohl der seinen Viertelzins entrichtet hatte, würde ihm doch niemand mehr was geben. Das wäre dann ja sinnlos. Und er würde ihr auch nicht heimlich was antun und ihre Leiche verschwinden lassen, weil er sie doch weiter melken wollte.

Kalten Kopf und kaltes Herz bewahren!

Sie klopfte. Die Frau, die ihr öffnete, trug ein grellrotes, mit Glitter besticktes Kleid, dessen Oberteil ihr über Schultern und Arme gerutscht und auf den Hüften gelandet war.

Kleine weiße Brüste ragten wie spitze Hütchen in die Luft. Sie war so betrunken, dass sie sich an einem Kerl festhalten musste. Der Blödel machte sich einen Spaß daraus, sie zu schütteln, um die Brüste tanzen zu sehen. Wie alt mochten die beiden sein? Fünfzehn? Noch jünger? Der Bursche hatte kaum Flaum am Kinn, und das Mädchen … Annie drehte sich der Magen um.

Aber das ging sie nichts an. Sie war die Mutter von Jette und im Moment ein winziges bisschen die von Mariechen. Mit den Betrunkenen hatte sie nichts zu schaffen. »Ich will zu Schmitt.«

»Sie will zum König«, sagte der Bengel und deutete eine komische Verbeugung an, als wäre er ein Lakai bei Hofe. Das Mädchen lachte albern. Es taumelte zu einem ausgestopften Bären, der, an einer Stange befestigt, neben der Tür Wache hielt.

»Es geht um den Viertelzins, ich hab nicht viel Zeit. Nun mach schon, bring mich zu ihm.« Kurz überlegte Annie, ob sie dem Bengel die Taler nicht einfach in die Hand drücken sollte, aber das wäre leichtsinnig. Niemand konnte wissen, wo das Geld dann landete.

Das Mädchen hatte das Gleichgewicht verloren und war gegen den Bären gesackt, der Junge ging zu einer Treppe. Er verbeugte sich ein zweites Mal, und Annie gab sich einen Ruck und folgte ihm. Von oben drang Geigenmusik, aber schief, gar nicht zu vergleichen mit der aus dem Hoftheater. Sie wich einer Spur aus Schnaps und Erbrochenem aus, die sich die Treppe hinaufzog. Der Junge führte sie bis ins oberste Geschoss. Hinter den Zimmertüren quietschten Mädchen, Männer lachten, jemand weinte – man konnte sich vorstellen, was da vor sich ging. Ihr Führer hielt vor einer Tür am Ende des Flurs. Er nahm Haltung an und klopfte. Es dauerte ein bisschen, dann brüllte jemand: »Reinkommen!«

Resolut schob Annie den Jungen beiseite und öffnete

selbst die Tür. Was hatte sie erwartet? Einen besoffenen Zwerg, der sich mit Huren in einem Lotterbett wälzte? Erleichtert fand sie sich in einem nüchternen Schreibzimmer. Der Raum wurde von einem Schreibtisch mit wuchtigen Beinen beherrscht, seitlich davon stand ein im Lauf der Jahre nachgedunkeltes Regal voller verstaubter Bücher. Es sah aus wie in einer der Amtsstuben, in der sie regelmäßig wegen ihrer Steuern vorsprechen musste.

Schmitt saß hinter dem Schreibtisch auf einem gepolsterten Drehstuhl, seine Beine baumelten unter der Schreibtischplatte. Er wurde von einem Hünen bewacht, einer Napoleon-Karikatur – die rechte Hand lag auf einem Pistolenknauf, die linke klemmte zwischen den Jackenknöpfen. Aber noch sonderbarer wirkte der Geiger, der auf der anderen Seite des Schreibtischs stand und fiedelte wie eine Maschine. Von dem kam die Katzenmusik.

Annie hob die Stimme, um ihn zu übertönen: »Ich bin gekommen, um den Viertelzins zu zahlen.«

»Ah, die Fechtlehrerin.« Schmitt musterte sie, als wollte er sie mit Blicken sezieren. Schließlich hob er die Hand, und das Gefiedel verstummte. Der Geiger traute sich aber nicht, sein Instrument zu senken. Er hielt den Bogen weiter in der Luft, wie zur Salzsäule erstarrt. Der Anblick war so grotesk, dass seine Furcht auf Annie übersprang. Sie hob das Kinn.

»Und?«

Begriffsstutzig starrte sie Schmitt an.

»Wie ist mein Name?«

»Schmitt«, sagte sie. Was zur Hölle wollte der Mann?

»Falsch.« Der Zwerg gab dem Hünen einen Wink, zu verschwinden. Der ging beiläufig an Annie vorbei. Schmitt lachte und lenkte sie damit ab – und im nächsten Moment bekam sie einen Tritt in die Kniekehlen. Als sie stürzte, trat der Hüne sie noch einmal ins Kreuz, sodass sie platt auf dem Boden zu liegen kam.

»Sag ihr, wie ich heiße«, befahl Schmitt. Er musste den Geiger angesprochen haben, die Antwort kam aus seiner Richtung.

»König von Dresden«, kam es mit zittriger Stimme.

»Wen hast du also beleidigt, alte Sau?«

Jetzt meinte er Annie. Sie schluckte. Ihr gingen so viele Lichter auf, dass es ihren Kopf in Brand setzte. Ihr Vergehen bestand ja nicht nur darin, dass sie einem Kerl, der sie bedrohte, den Hals mit der Degenspitze gepiekt hatte – dieser Hals war zudem ein Zwergenhals über einem Kinderkörper gewesen. Der Mann, dem er gehörte, war genötigt gewesen, zu ihr aufzuschauen wie ein gescholtener Junge zu einem Erwachsenen. Sie hatte Salz in Wunden gestreut, die ihn wohl von Kindesbeinen an schmerzten. Und dass sie eine Frau war, hatte es sicher nicht besser gemacht.

Sie sah unter der Tischplatte seine Beine, die jetzt bewegungslos herabhingen, weil er so sehr auf sein Opfer konzentriert war. Er trug Schuhe mit hohen, breiten Absätzen. Ein Tritt des Hünen erinnerte sie daran, dass Schmitt immer noch auf eine Antwort wartete. Zum Teufel mit dem Stolz. »Den König von Dresden.«

»Und?«

Annie entschuldigte sich niemals, sie hatte rausgefunden, dass die Leute so was als Aufforderung nahmen, auf einem rumzutrampeln. »Entschuldigung«, sagte sie nun trotzdem. Was blieb ihr auch übrig? Der Geiger begann wieder zu spielen. So schlecht war er eigentlich gar nicht. Wenn er nicht für den Zwerg hätte spielen müssen, dann hätte es wohl auch die zittrigen Passagen nicht gegeben.

Auf einen weiteren Wink hin verstummte er wieder. »Hilf ihr auf, Jochen«, sagte Schmitt.

Der Hüne zerrte Annie auf die Füße.

»Also?«

»Was denn jetzt noch?«, quetschte sie raus.

Schmitt blätterte in einem Buch. Er hielt einen Bleistift in der Hand, strich etwas durch und schrieb neue Zahlen. Wirklich, wie ein bescheuerter Buchhalter. »Wo ist der Viertelzins?«

Zähneknirschend klaubte Annie die Münzen aus der Tasche, die am Karabinerhaken unter ihrem Mantel hing. Sie trat vor und legte sie auf den Tisch, ordentlich eine neben die andere. Schmitt zog die Taler zu sich heran und zählte genauso umständlich nach. Er streichelte sie und biss in sie hinein. Die Aktion dauerte. Annie pochte das Blut in den Schläfen. Sie hatte immer noch eine grässliche Angst, aber in das schäbige Gefühl mischte sich ihr alter Fluch, der Jähzorn.

»Und wo ist der Rest?«

Na, das war doch … »Das ist exakt die Summe, die ich dir schulde.«

Schmitt lächelte. »Du hast mich gezwungen, meine Männer loszuschicken, um meine Gebühr einzutreiben. Pro Arbeiter sind das zwanzig Groschen. Vier Leute … die waren mehr als drei Stunden beschäftigt, fast vier mit dem Weg … pro Stunde also vier mal vier mal zwanzig Groschen …« Er las die Zahlen ab, die er gerade in sein Buch eingetragen hatte, wie der dreckige Buchhalter, den zu imitieren er aus Gründen, die sie nicht kapierte, genoss. Es waren nur drei Leute gewesen, die versucht hatten, sie zu ermorden, aber es hatte wohl keinen Sinn, ihn darauf hinzuweisen.

»Das sind 320 Groschen, also 15 Taler.« Die Zahl war falsch – selbst wenn man seine Rechnung zugrunde gelegt hätte. Und unmöglich aufzubringen. Annie wappnete sich. Vielleicht würde sie gleich sterben … und Jette war erst zwölf Jahre alt, in einem Monat dreizehn … Alois würde sich um sie kümmern … nicht mehr dran denken … Sie sah, dass der Hüne nicht nur eine Pistole hatte, sondern auch ein Messer im Gürtel trug. Los, die Angst in Zorn verwandeln … das Messer schnappen … Und dann: zack, zack, entweder den Zwerg als Geisel nehmen und sich den Weg freikämpfen oder mit ihm zur Hölle fahren!

»Deine Tochter.«

Annie, die schon loshechten wollte, erstarrte.

»Ich nehme sie für den fehlenden Rest. Bezahlung in Naturalien, wenn du verstehst.« Schmitt lächelte hinter seinem drahtigen roten Bart. »Sie ist ein so aufbrausender kleiner Kobold, gerad wie die Mama. Willst du ein Geheimnis wissen? Ich mag das. Ich finde es aufregend, wenn Frauen den Teufel spielen. Dadurch wird alles so … frisch. Und dann … das Brechen. Wie willst du etwas mit Genuss brechen, das nicht im Feuer geschmiedet wurde? Deine Tochter wurde doch geschmiedet, ja? Sie ist ein richtiger kleiner Frechdachs.« Schmitt lauerte.

Und Annie versuchte zu begreifen. Ihr Herzschlag setzte aus, dann pochte es in ihrer Brust. Dieser rotzige Sauschädel, diese vom Teufel ausgespiene Laus … Sie sprang los, sie war ja schnell, aber der Hüne zeigte trotz seiner stumpfen Augen eine enorme Reaktion. Er erwischte sie am Arm und verdrehte ihn, bis sie in die Knie ging und mit der Stirn auf den Boden knallte.

»Am besten ist aber, dass ich ihr in die Augen sehen kann, wenn's rund geht. Das versteht kaum einer, aber … die Augen sind wirklich der Spiegel der Seele, da siehst du alles, in den Augen. Ich mag es, wenn ich den Weibern in die Augen sehen kann, während ich sie reinstoße.«

»Ich bring dich um«, sagte Annie tonlos.

»Sag ihr, bevor du sie bringst …« Seine Blicke glitten wieder übers Buch, »dass sie bestraft werden muss. Für das freche Benehmen auf dem Eis und für deine Widerborstigkeit beim Viertelzins. Es fällt mir nicht leicht, aber sie wird es schon verstehen. Morgen Abend ist sie hier.«

12. Kapitel

Im Theater gab es sichtbare und unsichtbare Leute. Zu den sichtbaren gehörten die Schauspieler, das Orchester, die Tänzer, die Garderobenfrauen … zu den unsichtbaren die Kulissenmaler, Beleuchter und Gewandmeister … Aber es gab noch eine dritte Gruppe. Sie war noch unsichtbarer als unsichtbar, sie war wie nicht existent, weil das, was sie tat, nicht auffiel. Die Frauen, die das Theater sauber hielten. Sie putzten, um möglichst wenig zu stören, am Vormittag. Ihre Rücken schienen in der krummen Haltung wie eingefroren, ihre Blicke seelenlos. Daniel begegnete ihnen auf den Treppen und Fluren, seine Füße hinterließen auf den feuchten Böden Spuren, die sie hinterher vermutlich beseitigen mussten. Es verdüsterte seine Stimmung, mit der es gerade sowieso nicht zum Besten stand.

Die Arbeit lief zäh. Man verweigerte ihm den Zutritt zu wichtigen Orten wie beispielsweise Serafinas Wohnung, bei Befragungen musste er auf die Gutwilligkeit der Verdächtigen bauen, Fingerabdrücke unter fadenscheinigen Vorwänden besorgen … Bisher hatten ihm die besonderen Umstände seiner Arbeit wenig ausgemacht, aber im Moment gingen sie ihm auf die Nerven.

Genau wie ihm Annie Troll auf die Nerven ging. Sie vor allem. Er hatte sie seit drei Tagen nicht mehr zu Gesicht bekommen. Ihre Tür war verschlossen, auf dem Fechtboden sammelte sich Staub, die Nachbarn zuckten mit den Schultern. Er hatte kurz überlegt, ihre Wohnung mit einem Dietrich zu öffnen, den er extra für diesen Zweck eingesteckt hatte, dann aber davon abgesehen. Es war ihr Recht, nicht zu Hause zu sein. Sie brauchte auch niemandem Bescheid zu geben. Ihm schon gar nicht. Vielleicht besuchte sie eine Kundin auf dem Land, von der sie für ein paar Tage als Fechtlehrerin engagiert worden war. Möglicherweise war das ein Teil ihres Geschäfts. Nur machte es ihn mordsmäßig nervös, besonders, wenn er an den Gülleteich dachte.

Er erklomm eine Treppe, ein Schild verwies darauf, dass es hier zu den Künstlerräumen ging. Étage de l'artiste. Goldene Schrift auf weißer Emaille. Er musste sich auf die Arbeit konzentrieren. Annie Troll war gewarnt, sie würde sich nicht mehr so leicht überraschen lassen wie bei Serafinas Beerdigung von den Steinewerfern. Er wich zwei Männern aus, die einen Esel aus Pappmaschee an ihm vorbeischoben.

Vielleicht sollte er Dresden verlassen und nach Preußen gehen, um sich dort um eine Stelle im Staatsdienst zu bemühen? Oder er bewarb sich für die Kommission, die sich mit den Reichsjustizgesetzen befasste. Einen Moment sah er sich an einem runden Tisch mit anderen klugen Köpfen sitzen und Feinheiten der anstehenden Gesetzesreform diskutieren. Allerdings war es zweifelhaft, ob man ihn nehmen würde – gleich, ob in der Kommission oder der Staatsanwaltschaft. Er hatte die Szene im Logentempel vor Augen, wo man ihn einen Mörder geschimpft hatte. Die Logenbrüder pflegten ein Netzwerk an Beziehungen, sie kommunizierten über Städte und Länder und sogar über Kontinente hinweg miteinander. Wenn die Dresdener Freimaurer ihn für einen Mörder hielten, würden die Brüder in Preußen und wohin auch immer er sich wandte, Wind davon bekommen. Er konnte davon ausgehen, dass ihm jeder Weg in ein offizielles Amt verstellt war.

Sonderbar, dass ihm nicht früher aufgefallen war, welche

Gerüchte über ihn kursierten. Max hatte ihm nach dem Brand einige Fragen gestellt, die ihn aufmerken ließen, er war ja nicht dumm. Aber da sein Freund bald wieder damit aufhörte, hatte Daniel angenommen, dass er nur seiner Pflicht nachgekommen war. Dass Max zu den Logenbrüdern gehen und ihn dort anschwärzen würde, hätte er nicht für möglich gehalten. Hund, verfluchter.

Daniel erreichte den Bereich hinter der Bühne. Er hatte von Moreaus Gattin, einer Französin mit den grazilen Bewegungen einer ehemaligen Tänzerin, erfahren, dass ihr Mann für das Ballett eine Sonderprobe angesetzt hatte. *La Sylphide,* sehr anspruchsvoll, hatte sie ihm lächelnd erklärt. Eine getanzte Tragödie um eine Fee und den Mann, der sich in sie verliebte und dafür seine Braut im Stich ließ. Hatte sie ihm mit diesen Worten etwas durch die Blume sagen wollen? Dass sie selbst ebenfalls gelitten hatte, weil ihr Mann der feenhaften Serafina nachgelaufen war? Er hatte sich die Frage verkniffen. Sie hätte ihm sowieso nicht geantwortet.

Leise öffnete er eine Tür, die in einen dunklen Raum führte, schloss sie wieder und probierte es bei einer zweiten. Klaviermusik ertönte. Er durchquerte den mit Stühlen vollgestellten Raum, öffnete eine weitere Tür und gelangte auf die Seitenbühne. Am Ende eines kurzen Gangs konnte er einen Klavierspieler erkennen, einen jungen Mann mit gewichstem Schnurrbart. Ein Nachwuchstalent, sichtbar aufgeregt. Rosina hatte frei.

Moreaus Stimme ließ die Musik abrupt verstummen. Daniel lugte um eine Ecke. Der Ballettmeister stand gestikulierend vor einer Gruppe Tänzerinnen. »Verzauberung, meine Gute, lässt sich nicht durch Trampeln erreichen«, ätzte er eine von ihnen an. »Bitte *versuchen* Sie wenigstens, die Füße von den Brettern zu bekommen. Raus mit dem Blei. Oh, mon dieu, nun heulen Sie nicht. Gerade Haltung, Anmut, Marion, *on ne fait rien de rien …*«

»Scheißer«, tönte eine unterdrückte Stimme in Daniels Rücken. Er drehte sich um. Eine der Scheuermägde war mit ihrem Eimer auf die Seitenbühne gekommen, eine schlanke Frau mit dunklem Gesicht und kohlschwarzen Locken, die sie mit einem Band im Nacken zusammengebunden hatte. Sie besaß genau die kerzengerade Haltung, die sich Moreau von seiner Tänzerin wünschte. Kein gekrümmter Rücken, kein eingezogener Kopf. Der Besen in ihrer Hand wirkte wie ein Zepter.

»Sie mögen ihn nicht?«

»Je erlebt, dass ein Mensch ins Schweben kommt, wenn man mit dem Hammer auf ihn eindrischt? Moreau ist ein Schwachkopf.« Ihr Lächeln drückte Schmerz aus, vielleicht auch Hass, sie schien eine leidenschaftliche Frau zu sein.

»Früher selbst getanzt?«

Die Frau zögerte, dann schob sie mit der freien Hand den Rock übers Knie. Unter einem hässlich vernarbten Beinstumpf war mit Lederriemen ein Holzbein befestigt. »Ich bin der kranke Gaul auf dem Gnadenhof. Wenn man das hier denn Gnade nennen will.« Sie ließ den Rock wieder fallen.

»Was ist passiert?«

Sie zuckte mit den Schultern. »Beim Kochen heißes Wasser drüber gegossen. Dann kam Wundbrand. Da heißt es: Amputation oder sterben. So lange du atmest, hast du Hoffnung … Pssst.« Der Mann am Klavier hatte wieder zu spielen begonnen, die von Moreau gescholtene Tänzerin hob die Arme, bewegte sich seitwärts und mühte sich um die geforderte Leichtigkeit, die ihr dieses Mal offenbar gelang. Das Gesicht der Scheuermagd verzerrte sich vor Neid. Als sie merkte, dass er sie beobachtete, versteinerten ihre Züge. »Selbst auch Tänzer? Hoffen Sie auf ein Engagement? Kriegen Sie hier nicht. Die Oper ist zu begehrt. Hier kommen Leute aus ganz Europa her, sogar aus Übersee.«

»Ich bin auf der Suche nach einem Mörder.«

Die Verkrüppelte wandte ihm ruckartig den Kopf zu. Sie hatte offenbar einen Tick, der sie zu zwinkern zwang, wenn sie aufgeregt war. Abrupt winkte sie ihn in den schäbigen Raum mit den Stühlen und schloss hinter ihm die Tür. »Kriminalpolizei? Oder sind Sie der Detektiv, über den alle reden?«

»Letzteres.«

»Na los, dann fragen Sie schon. Glauben Sie mir, es gibt keinen, der Ihnen mehr vom Theaterbetrieb hier erzählen kann als ich. Es geht also um Serafina?« Sie wartete die Bestätigung gar nicht erst ab. »Sie war als Tänzerin nur halb so gut, wie man ihr zugeschrieben hat. Und das sage ich nicht aus Missgunst. Serafina konnte Spitze tanzen, sie beherrschte die Technik, aber es fehlte ihr an Gemüt. Du kannst keine Sterbende tanzen, wenn du gleichzeitig danach schielst, ob sich dein Galan in der Loge den Hals nach dir verdreht. Ich verstehe nicht, warum die Leute ihr zugejubelt haben.«

»Es *gab* also Liebhaber?«

Die Einbeinige lachte. Eine Armbewegung deutete an, wie viele er sich vorstellen durfte.

»Geschah es von Serafinas Seite her freiwillig, oder wurde sie auch genötigt?«

»Jeder wollte sie. Und so was weist man nicht ab. Was glauben Sie, wie das Leben einer Tänzerin aussieht, wenn die sich erst die Gelenke kaputt getanzt hat. Dann muss man vorgesorgt haben.« Sie lachte bitter. »Jedenfalls war Serafina keine, die sich was bieten ließ«, gab sie widerwillig zu.

»Auch nicht von Moreau?«

Die Frau ließ sich auf einem der Stühle nieder, hob den Rock und schnallte einen der Riemen neu. »Moreau greift allen Tänzerinnen zwischen die Beine, und zwar einfach deshalb, weil er es kann. Die Mädels sind ihm ja ausgeliefert. Er verteilt die Rollen, er bestimmt die Gagen, zumindest in einem gewissen Rahmen. Ich habe die beiden mal erwischt, als …« Sie lachte. »Es gibt eine Vorrichtung, die sich von der Decke runterkurbeln lässt, sie dient gelegentlich als Balkon oder Wolke, je nachdem, was für eine Kulisse man dranschraubt. Der Kasten stand auf der Bühne, und ich wollte rein, um zu fegen, und da hab ich gesehen, wie die zwei sich darin gewälzt haben, nackt bis zum Bauchnabel.«

»Hatten sie jemals Streit miteinander?«

»So oft sie zusammen waren. Die ließen sich beide nichts bieten und waren auch nicht auf den Mund gefallen. Natürlich krachte es da.« Noch ein Lachen. »Aber Moreau hätte Serafina nicht umgebracht. Ihr Tod hat sein bestes Stück ruiniert. *Robert le diable*. Und da sitzt seine wahre Liebe. Beim Tanz und beim Kommandieren und beim Geniespielen. Alles andere ist für ihn nur das Dessert nach dem Mahl. Er hätte niemals für eine Frau eine Ballettaufführung riskiert.«

»Und wie hat Rosina zu der Affäre gestanden?«

Daniel sah ein anerkennendes Lächeln über das Gesicht der Einbeinigen gleiten. »Er ist wirklich schlau, der Herr Detektiv.«

»Was heißen soll?«

»Unsere Rosina hat die Hände eines Kerls und den Gang eines Kerls, sie spielt wie ein Kerl und … ja, ist schon möglich, dass sie auch das Gemüt eines Kerls hat.«

»War sie in Serafina verliebt?«

Die Scheuerfrau wiegte das Haupt.

»Nichts mitbekommen? Nie etwas gesehen oder gehört?«

»Ich hab eine Ahnung, das ist alles. Und ich reiße niemanden wegen einer Ahnung rein. Kann auch ganz anders gewesen sein.« Sie packte ihren Besen. Alles an ihr war Leichtigkeit und Grandezza, als sie den Raum verließ, sogar die Art, wie sie den Eimer schwang.

Moreau besaß weniger Skrupel als seine ehemalige Tänzerin. Er schnalzte mit der Zunge, als Daniel ihn im Anschluss an die Probe nach Rosina fragte. »Jeder weiß, dass unsere Klavierspielerin die göttliche Sappho verehrt, wenn Sie mich verstehen. Und jeder weiß auch, das Serafina gern Neues ausprobierte – je gewagter, umso besser.« Er kicherte – und schloss das lose Mundwerk, als ihm bewusst wurde, mit wem er sprach. Nach einem Hüsteln fuhr er fort: »Aber bitte, Monsieur ... Ich will keine Gerüchte über Mademoiselle Hauck verbreiten. Sie dürfen mich nicht missverstehen. Am Theater klatscht jeder über jeden – das meiste ist frei erfunden. Auch an dem Gerede über Rosina ist nichts dran. Ganz sicher nicht. *Mon dieu!* Verdächtigen Sie die arme Frau etwa, dass sie mit dem Mord an Serafina ...« Jetzt malte sich echte Erregung in seinem Gesicht ab. Ihm war die Startänzerin abhandengekommen – die Aussicht, auch noch bei der Musik ins Trudeln zu kommen, mitten in der Saison, entsetzte ihn.

Daniel zog eine Pappkiste aus einem Beutel und holte eine gläserne Schale heraus, die er am Vortag erstanden hatte. Er reichte sie Moreau, der griff automatisch zu. »Erkennen Sie dies hier?«

Verdutzt schüttelte der Ballettmeister den Kopf. Daniel nahm ihm das billige Stück wieder ab, bemüht, nur die Ränder zu berühren, und legte es in die Kiste zurück.

»Was ist das? Haben Sie es bei der Toten gefunden?« Blankes Nichtwissen, gepaart mit einer gehörigen Portion Angst sprach aus der Frage.

Daniel lächelte. »Es gibt vieles, um das wir uns kümmern müssen.«

Beispielsweise auch um Willi Kubiak, Annie Trolls Vermieter. Er schien einer der Menschen zu sein, die ihr Glück darin finden, ihr Terrain zu sichern. Kaum hatte Daniel einen Fuß in das düstere, von Staubflocken und klebrigen Flecken übersäte Treppenhaus gesetzt, fing er ihn ab. Er wollte wissen, ob Annie jetzt verhaftet werden sollte. Dass er ihn, genau wie Moreau, für einen Mann der Kriminalpolizei hielt, war erfreulich – es ersparte Umstände.

Daniel reichte ihm ein Messer, das er in demselben Laden wie die Glasschale erstanden hatte, und zwar so, dass er selbst den Griff hielt und Willi die Klinge packen musste.

»Ist das die Waffe, mit der die arme Tänzerin ermordet wurde?« Willis Daumen drückte sich auf das Metall, nicht auf die gleiche Stelle wie bei der Mordwaffe, aber das schadete nichts.

»Möglich.«

»Und war es Annie Troll …?«

»Sie ist nicht mehr verdächtig.«

»Sicher?« Kubiak gab ihm das Messer zurück. »Ich hab dieses Messer noch nie gesehen. Tut mir leid. Aber was diese Troll angeht: Ich habe nichts gegen die Frau. Nur ist das eine, die denkt sich ständig Lügengeschichten aus … Die kennt gar nicht den Unterschied zwischen Lüge und Wahrheit. Schon als sie hier eingezogen ist: Ihr Mann würde später nachkommen, die Möbel auch … Ich war natürlich misstrauisch, man kennt sich ja aus in der Welt, aber Else hat das Kind gesehen und war sofort vernarrt. Sie müssen das im Auge behalten, Herr Inspektor – dass Annie Troll über alles lügt, wenn es ihr nutzt. Auch über andere Leute!«

Daniel ließ das Messer in der Schachtel verschwinden, packte beides wieder in den Beutel und erklomm erneut die Treppe ins obere Geschoss. Wieder reagierte niemand auf sein Klopfen. Herrgott, dieses Weib! Vielleicht war nur sie selbst nicht da? Leise rief er: »Jette? Ich bin's, Doktor Raabe.« Nichts. Kein Wunder, draußen schien die Sonne. Jette würde mit Mariechen spazieren sein, und Annie … weiß der Kuckuck. Ihnen war nichts passiert! Aber er musste endlich wissen, wer Annie den Schmiss verpasst hatte, mit dem sie in der Mordnacht zu ihm gekommen war. Er brauchte Konkretes, Beweise, die auch Max überzeugen würden. Hatte der die verschorfte Wunde tatsächlich übersehen? Oder trieb er ein doppeltes Spiel? So was liebte er doch …

Willi Kubiak war Daniel die Stufen hinauf gefolgt. Ihm gehörte das Haus, er besaß gewisse Rechte, zumindest Möglichkeiten, und Daniel beschloss, sie zu nutzen. »Besitzen Sie einen Schlüssel zur Wohnung?«

Kubiak schüttelte den Kopf und starrte fasziniert auf das angerostete Schloss. Alles klar, er würde keinen Ärger machen. Daniel zog einen Dietrich aus dem Beutel. Es dauerte nur wenige Sekunden, bis Annies Tür aufsprang – und ihm war, als würde eine Faust sein Herz zusammenpressen. Die Stühle waren zu Kleinholz geschlagen, das Sofa mit den geblümten Polstern aufgeschlitzt, der Schrank mit einem Beil traktiert worden und dessen Inhalt – Töpfe, Papier, Kerzen, eine Flasche mit Lampenöl, ein wenig Geschirr – auf dem Boden zerstreut und zerschlagen worden. Man hatte die Bilder von den Wänden gerissen, die russischen Porzellaneier zertreten, und durch die Brust eines Spielzeugbären mit zerfleddertem Fell war eines der Küchenmesser gejagt worden. Wüste, sinnlose Zerstörung.

»Da ist Blut«, stammelte Kubiak.

Er hatte recht. Über dem Geschirr hatten sich Blutspritzer verteilt, es waren nicht viele, aber es gab sie. Daniel stellte den Beutel in eine saubere Ecke hinter der Tür und hastete in den Nebenraum. Aus der Matratze des Betts, das Annie mit ihrer Tochter und Mariechen geteilt hatte, quoll muffiges Stroh, das Bettzeug lag zerrissen daneben. Er ließ sich auf die Knie fallen. Unter dem Bett lagen mehrere Kisten, aber sie waren zu klein, um darin Leichen zu verstauen, nicht einmal Kinderleichen. Der Kleiderschrank war leer bis auf einiges sperriges Gerümpel. Er wandte sich ab, weil er nicht wollte, dass Kubiak seine Erleichterung sah.

Was also war passiert? Nur langsam kehrte er in den Wohnraum zurück und starrte auf das Blut. Es war zu wenig, um von einem Mord auszugehen. Obwohl: Nicht jeder Mord bedeutete ein Blutbad. Der Mensch konnte auch innerlich verbluten. Aber die Spritzer kamen ihm sonderbar vor. Sie verteilten sich unregelmäßig, so als hätte man das Blut wahllos irgendwohin tropfen lassen. Um jemandem Angst zu machen? Die Kinder, dachte er, jemand hat die Kinder mitgenommen. Und das Blut war für Annie verspritzt worden. Im seinem Kopf entstand ein Bild: Mariechen oder Jette, der ein brutaler Kerl den Arm aufritzte, ihr Blut, das er anschließend hierhin und dorthin schnipste …

Er dachte an den Kerl, von dem Annie behauptet hatte, dass er sie durch seine Handlanger in den Gülleteich werfen ließ. Warum, verflucht, hatte er nicht hartnäckiger gebohrt?

Er drehte sich um, Willi Kubiak war ihm in die Wohnung gefolgt und stierte fasziniert auf das Werk der Zerstörung. »Gehen Sie zum Coselpalais«, sagte Daniel. »Fragen Sie nach Kommissar Keller, und bringen Sie ihn hierher. Sagen Sie ihm, die Bitte kommt von Doktor Raabe, und es sei dringend.«

Hatte Kubiak ihn absichtlich missverstanden? Er kehrte schon bald zurück, aber nicht mit Max, sondern mit Eduard von Römer, der in Begleitung zweier Gendarmen die Stufen hinaufkam. Dunkel erinnerte Daniel sich, dass Römer den Hauswirt zunächst im Verdacht gehabt und dass es ihn geärgert hatte, dass das Schuhprofil des Mannes nicht zu den Spuren im Blut gepasst hatte. Hatte Kubiak davon nichts mitbekommen? Ausgeschlossen. Römer war ein Wadenbeißer. Wenn er jemanden verhörte, dann mit aller Schärfe. Dass Kubiak sich an ihn gewandt hatte, statt zum Coselpalais zu gehen, konnte nur bedeuten, dass Römer den Mann erpresst oder bestochen und zu seinem Wachhund gemacht hatte.

»Na, das sieht ja lecker aus.« Römers Blick flog über das demolierte Mobiliar, blieb an dem Teddy hängen, dann an einem besonders fetten Blutspritzer an der Tapete. Der Beutel mit dem Messer und der Schale war hinter der Tür unsichtbar, zum Glück. Er äugte hinüber zur Schlafkammer. »Eine Leiche?«

Daniel zuckte mit den Achseln, er hatte keine Lust, wie einer vom Pickelhaubentrupp zum Rapport anzutreten.

»Sieht so aus, als hätte es die Schlampe erwischt.«

»Die … bitte, was?«

Römer lachte. »Die Sachlage ist doch eindeutig.« Er deutete auf das Blut. »Die Hure hat sich …«

»Annie Troll. Die Dresdener Bürgerin Annie Troll wurde Opfer eines Verbrechens.«

»Gott, sind Sie empfindlich. Ich rede über Ermittlungsergebnisse. Diese Troll hatte einen Ruf. Sie ist durch so viele Betten gehüpft, dass man mit den Kerlen, die auf ihr geritten sind, eine Kavallerie …«

Daniel trat einen Schritt auf ihn zu, Römer hob lachend die Hände. »Die hatte Schwielen auf der Muschi. Und deshalb ist sie eine Schlampe. So nennt man das. Sie hat einen Bastard gezeugt, wegen Mietschulden gesessen, sie wurde wegen Körperverletzung angezeigt, hat die Tochter verwahrlosen lassen …« Er wich einen Schritt zurück, als er Daniel die Fäuste ballen sah. »Sie arbeiten für das Weib, heißt es. Nehmen Sie mehr als Geld von ihr? Davon hat sie ja nicht …«

Daniel hatte einmal jemanden erzählen hören, ihm hätten im Zustand großer Erregung rote Punkte vor den Augen getanzt. Bei ihm war es anders. Sein Blick wurde im Gegenteil klar, er sah Römers Gesicht wie durch ein Mikroskop: die ein wenig nach links gebogene, grobporige Nase, aus der schwarze Haare wucherten, die sauber rasierten Falten, die um seinen Mund Kreise zogen wie Wasser um einen Stein, die Augen, die nicht mehr wie abgedunkelt wirkten, sondern im Gegenteil weit aufgerissen waren, als lüden sie dazu ein, in die Seele des Mannes zu blicken … Gott, dieser Hass! Dieser … *berechnende* Hass …

Er zwang sich, die Fäuste wieder zu öffnen. Römer wollte ihn provozieren, das allein reichte als Grund sich zusammenzureißen. Aus den Augenwinkeln sah er, dass die beiden Gendarmen sich in Stellung gebracht hatten, als warteten sie auf Römers Befehl. Das alles, dieses ganze Theater hier, war ein abgekartetes Spiel.

»Ich habe Sie gekränkt? Gott, tut mir das leid! Wenn ins Schwarze getroffen wird, schmerzt es am meisten, nicht wahr? Aber Sie vermissen natürlich einiges, was das Bett angeht.« Römer trat zurück, die Augen immer noch weit, der Wunsch zu verletzen stand darin wie mit Buchstaben gemalt.

Und plötzlich kehrten Bilder zurück. Daniel sah sich und den Major wieder in dessen Haus stehen, an dem Tag, als dort die Zofe der Hausherrin gestorben war. Die Tote hatte am Boden der Treppe gelegen, mit Gesichtsverletzungen, die ganz sicher nicht vom Sturz stammten, und zerrissenen Kleidern. Römer hatte sich geärgert, dass der Staatsanwalt persönlich erschien und auch noch mit den Dienstboten sprach. Einige vom Personal hatten den Verdacht auf einen jungen Mann gelenkt, der Römers Reitpferde versorgte und in der Küche arbeitete. Peter … Den Nachnamen hatte Daniel vergessen. Es hieß, er und die Zofe hätten eine heimliche Liebschaft gepflegt. Er hatte Peter befragen wollen, aber der war nicht im Haus gewesen. Von Römer fortgeschickt, hatte Daniel geargwöhnt und angekündigt, dass er noch einmal zurückkehren würde. Doch in der folgenden Nacht hatte es ja bei ihm gebrannt.

»… wurde eine Uhr gefunden.«

Was?

»Ich habe ihr anfangs keine Bedeutung beigemessen«, erklärte Römer. Die Glut in seinen Augen war eisiger Kälte gewichen. »Wenn das Haus eines Staatsanwalts gebrannt hat, achtet man ja nicht auf Nebensächlichkeiten. Einer meiner Gendarmen hatte sie in einem Gang vor dem Kohlenkeller Ihres Hauses entdeckt, kurz nachdem der Brand gelöscht worden war. Eine Savonnette. Sie lag in einem Winkel neben einem eisernen Werkzeugschrank, die Kette war gerissen, der Träger hatte sich offenbar in großer Eile davongemacht. Der Gendarm hielt sie für unwichtig, er war kein helles Licht. Ihm ging erst später auf, dass sie vielleicht einen großen materiellen Wert besitzen könnte, und noch später, welche Bedeutung sie für eine Untersuchung im Zusammenhang mit dem Verdacht auf Brandstiftung haben könnte. Er kam zu mir, wir wollten sie holen. Aber sie war bedauerlicherweise verschwunden.«

Ein Topf klapperte, eine Ratte huschte quer durch den Raum, sie suchte sich ein neues Versteck unter dem Bett.

»Eine kostbare Uhr wurde in einem Teil des Hauses gefunden, der gewöhnlich nur von Dienstboten und dem Kohlelieferanten aufgesucht wird. Wie sonderbar, nicht wahr, Herr Doktor Raabe? Warum begibt sich ein Mann, der sich eine Savonnette leisten kann, in einen Holz- und Kohlenkeller? Sie werden verstehen, dass mich diese Frage umtrieb. Es gab eine tote Frau, ein unschuldiges totes Kind und einen vor Schuldgefühlen fast wahnsinnigen Vater, der angenommen hatte, die Kleine – sie hieß Clara, nicht wahr? – sei bei der Schwiegermutter gewesen. Der Ehemann hasste seine Frau mit einer Inbrunst, dass er sich nicht schämte, in der Öffentlichkeit mit ihr zu streiten. Und verlor vor einem Berg Kohle, der wenige Stunden später sein Haus in Brand setzte, seine Uhr. Wollen Sie nichts einwenden?«

»Warum wurde ich nicht verhaftet, wenn alles so klar war?«

»Was hatte ich für Beweise? Wir haben Max Keller, der die Ermittlungen übernommen hatte, im Haus getroffen, als wir die Uhr holen wollten. Hatte er sie gefunden und verschwinden lassen? Er war mit dem Verdächtigen befreundet. Auch von anderer Seite bekam ich keine Unterstützung. Der Brandstifter war Mitglied der Staatsanwaltschaft. Eine Krähe hackt der anderen kein Auge aus. Man hat mich genötigt, mich aus den Ermittlungen zurückzuziehen, und ein dreckiger Kindsmörder …«

Daniel merkte kaum, wie er sich in Bewegung setzte. Er landete einen Treffer, seine Faust tat weh. Dann waren die beiden Gendarmen bei ihm, der Schmerz in der Faust ging unter in dem allumfassenden Schmerz von Tritten und Schlägen, die ihn zu Boden schickten. Römer war zur Tür zurückgewichen, er mühte sich nicht selbst. Seine Männer waren viel erfahrener, wenn es darum ging, jemanden fertig zu machen.

»Ihr habt gesehen, wie er mich angegriffen hat?«, hörte Daniel ihn fragen, während die Tritte, die inzwischen in einen routinierten Rhythmus übergegangen waren, seinen Körper malträtierten. »Sie auch, ja?« Durch einen Schleier aus Blut sah er Willi Kubiak nicken. »Der Mann ist völlig durchgedreht«, tönte Römers Stimme. »Er hat zugegeben … Verhältnis mit der mordverdächtigen Annie Troll … bitte merken Sie sich … wird verdächtigt …«

Und dann war alles weg.

13. Kapitel

Jette wurde schlecht vor Angst. Gerade hatte sie angefangen, sich bei Alois sicher zu fühlen, und nun lag wieder alles in Scherben. Ihre Mutter war in Alois' Wohnung gestürzt gekommen, sie war gehumpelt, als hätte sie sich verletzt, und war grau im Gesicht gewesen, was man erkennen konnte, obwohl nur Alois' Ölfunzel brannte, und hatte am ganzen Leib gezittert.

»Es ist alles in Ordnung«, stammelte sie, doch sogar Alois, der lieb und so arglos wie das Mariechen war, hatte kapiert, dass sie log, dass etwas Furchtbares geschehen sein musste. »Wir ziehen fort«, flüsterte sie. »Nach Leipzig. Oder nach Berlin. Auf jeden Fall weg von hier.«

»Warum?« Auch Alois flüsterte automatisch.

Mariechen begann zu wimmern, als wäre die Furcht in ihre Träume gekrochen. Rasch nahm Jette sie in die Arme, um sie zu wiegen, und Annie sprang hinzu und hielt Jette die Ohren zu und begann Alois etwas zu erklären. Jette verstand kein Wort, aber sie konnte an Alois' Adamsapfel sehen, dass er schluckte, und sie wunderte sich, dass ihre Mutter glaubte, sie könnte der schlimmen Nachricht den Schrecken nehmen, indem sie es ihrer Fantasie überließ, sich auszumalen, was ihnen drohte.

Als Annie die Hände wieder von ihren Ohren nahm, schwiegen sie, selbst Mariechen verstummte.

»Wir ziehen nachher, wenn es richtig dunkel geworden

ist, in den Eiskeller von der Taubstummenanstalt«, sagte Annie schließlich.

»Warum?«, fragte Jette, obwohl doch klar war, dass sie keine Antwort bekommen würde, sonst hätte Annie ihr ja nicht die Ohren zugehalten.

»Weil wir in Gefahr sind«, erklärte Annie unlogischerweise. »Jemand sucht nach uns. Der Zwerg, Casimir Schmitt. Wir ziehen nach Leipzig um, aber erst muss ich noch ein paar Sachen ordnen. Wenn du den Zwerg siehst, oder einen von seinen Leuten, dann musst du rennen, Jette. Rennen, so schnell du kannst. Lass dich auf keinen Fall packen!« Ihre Stimme bebte.

»Aber ich kenn die Leute vom Zwerg doch gar nicht.«

»Musst du auch nicht. Deshalb schlüpfst du ja im Eiskeller unter. Da sucht dich keiner.«

»Ist es da kalt?« Alois hatte kaum Geld zum Heizen, Jette hatte in den letzten Tagen viel gefroren, aber *Eiskeller* hörte sich noch tausendmal schlimmer als sein Zimmerchen an, das wenigstens durch die Kohleöfen in den Nachbarwohnungen etwas gewärmt wurde.

»Ein bisschen schon.«

»Muss Mariechen auch in den Eiskeller?« Jette ahnte, dass es ihr dort ebenfalls nicht gefallen würde. Sie würde die ganze Zeit brüllen.

Annie raufte sich die Haare. »Ich weiß es nicht. Nein, wir können sie nicht mitnehmen. Mariechen ist jetzt nicht mehr unsere Sache. Alois, wenn wir nachher von hier verschwinden werden, sprichst du nie wieder über uns. So als hättest du uns nie gekannt.«

Alois sah aus, als müsste er weinen. »Was willst du denn machen, wenn du in Leipzig bist?«

»Arbeit suchen. In einer Fabrik. Und dann bau ich mir wieder eine Fechtschule auf.«

»Ich komme mit.«

»Das geht nicht, du hast doch Evalinde.«

Alois nickte, er befand sich in einem Dilemma, das nicht zu lösen war. »Nimm deine Degen mit, das sind exzellente Waffen.«

»Kann ich nicht, der Zwerg hat einen seiner Dreckskerle vor meinem Haus postiert. Was im Haus ist, kann ich vergessen. Es geht ums nackte Leben, Alois.«

»Kommt ihr denn wieder? Ich meine, seh ich euch noch mal?«

»Das weiß Gott allein.«

Alois brach in Tränen aus.

Und dann ging alles ganz schnell. Annie verschwand mit Mariechen und kam ohne sie wieder. Sie umarmte Alois und zog mit Jette los in die Dunkelheit. »Wo ist Mariechen?«, fragte Jette.

»Dort, wo sie hingehört.«

Annie packte Jette. Mit den freien Händen trugen sie eine Decke und einen Korb mit Essen – das hatte der Alois ihnen aufgenötigt. Es musste spät sein, die Gassen waren wie leer gefegt. Jette war noch niemals um diese Zeit draußen gewesen. Sie kamen an schönen, großen Häusern mit dunklen Fenstern und sauberen Vorgärten vorbei. Überall flackerten Gaslaternen. In einem Hauseingang saß ein betrunkener Student, der ein Lied brummte, der einzige Mensch, den sie auf ihrem Marsch zu Gesicht bekamen.

Schließlich erreichten sie den Annenfriedhof, wo die Nachtvögel schrille Laute ausstießen, und dann die Ammonstraße. Im Sichtschutz eines Kellerabgangs blieben sie stehen. Jette überlegte, ob sie ihrer Mutter beichten solle, dass sie sie im Stich gelassen hatte, in der Nacht, in der Serafina starb. Es lag ihr so schrecklich auf der Seele. Sie hatte ja gedacht, dass es ihrer Mutter ans Leben ging, und trotzdem hatte sie nichts unternommen. Gab es ein schlimmeres

Vergehen? Schon öffnete sie den Mund, da riss ihre Mutter sie zur Seite. Eine Kutsche tauchte auf. Warum mussten sie Angst vor einer Kutsche haben? Ging der Zwerg nicht mehr zu Fuß?

Annie zog Jette hinter einen dicken Baum. Pferdehufe klapperten über das Pflaster, die Kutsche rollte heran und an ihnen vorbei. In der Ferne donnerte ein Güterwagen über die Schienen, die zum Böhmischen Bahnhof führten. Jette meinte das Ruckeln in ihrem Körper zu spüren.

»Weiter!«, flüsterte Annie und zerrte sie über die Straße und zur nächsten Mauer. »So geht das nicht. Du musst flinker sein. Große Straßen und Plätze werden von dem Geschmeiß beobachtet, das dem Zwerg dient. Deshalb musst du an solchen Orten immer besonders aufpassen, du musst so gut wie unsichtbar werden.«

Jette nickte. Sie fand nicht, dass die Mauer viel Sichtschutz bot.

»Ich schimpfe nur, weil ich Angst um dich habe.«

Ungestüm umarmte Jette ihre Mutter, was Annie lächeln ließ. Sie bogen um eine Ecke, die Mauer wurde durch eine hohe grüne Hecke abgelöst. Etwa in der Mitte gab es ein Loch zwischen den Zweigen, das Annie sicher schon ausgekundschaftet hatte, denn sie drängte Jette ohne Zögern hindurch.

Plötzlich standen sie in einem wunderschönen Garten. Noch blühte hier nichts, die Bäume streckten ihre nackten Äste gegen den Himmel, sodass man im Mondlicht jedes Ästchen erkennen konnte. Die Beete lagen da wie schwarze Seen. Die Büsche hockten wie Bettler an den Wegen, die den Garten durchkreuzten. Im Hintergrund erhoben sich die Mauern eines langen, zweistöckigen, vornehm aussehenden Hauses.

»Das ist die Taubstummenanstalt«, flüsterte Annie.

Jette wusste, wer dort wohnte: Kinder, die nicht sprechen

und nicht hören können. Sie hatte mal ein paar von ihnen auf dem Markt gesehen, wo sie gestrickte Jacken und bestickte Tischdecken verkauften, und sie hatte über die sonderbaren Bewegungen gestaunt, die sie mit den Händen machten. Die Mädchen lachten dabei, als könnten sie sich mit ihren Händen lustige Sachen erzählen.

»Komm!« Annie lotste Jette in einen abgelegenen Teil des Gartens, wo die Bäume so dicht standen, dass im Sommer kein Fleckchen Licht die Erde erreichen würde. Jetzt im Winter schaffte der Mond es aber, den dunklen Winkel ein wenig zu erhellen, und Jette entdeckte ein winziges Häuschen mit einem flachen Dach und einer Tür, die durch ein Gitter gesichert war – sicher das Eishaus. Annie schien das Schloss vom Gitter aufgebrochen zu haben, jedenfalls konnte sie es ohne Probleme öffnen. Die Tür auch.

Sie eilte in den pechschwarzen Raum, der dahinter lag, und Jette war zu furchtsam, um allein zurückzubleiben. Sie mussten die Stufen, die ins Erdreich führten, mit den Füßen ertasten. Behindert durch die Decke, die sie schleppte, tastete Jette sich mit dem Ellbogen an der Mauer entlang, bis diese plötzlich endete. Sie stolperte über eine letzte Stufe und gegen ihre Mutter.

»Es ist der einzige Ort, den ich auf die Schnelle auftreiben konnte. Aber das Wichtigste ist, dass niemand dich findet.« Annies Stimme hallte in dem dumpfen Gemäuer. »Der Boden ist gekachelt, hörst du? Die Wände auch. Und hier sind Wannen, in denen sie das Eis für die Küche lagern, die meisten sind schon fast wieder voll. Deshalb ist es hier auch so kalt. Wickel dich in die Decke ein.«

»Bleibst du nicht hier?«

Annie legte eine lange Pause ein, bevor sie antwortete. »Was ich von dir erwarte, ist schwer, Jette, aber wir kommen nicht drum rum. Ich muss in unsere Wohnung zurück und alles holen, was von Wert ist, vor allem das Geld, das in dem Bettbein steckt. Ist ja nicht viel, wird uns aber helfen. Danach kehr ich hierher zurück, und morgen früh brechen wir nach Leipzig auf. So plane ich das. Aber vielleicht dauert die Sache auch länger. Dann musst du auf jeden Fall hier auf mich warten. Verstanden?«

»Aber du wolltest doch nicht mehr in die Wohnung.«

»Ich weiß, und jetzt muss es trotzdem sein.«

Jette nickte, obwohl ihre Mutter es nicht sehen konnte.

»Du wartest hier, bis der Tag anbricht, und dann noch weiter, bis es wieder Nacht ist und dann wieder Tag. Einen Tag und zwei Nächte, hältst du das aus?«

»Was will der Zwerg denn von uns?«

»Wenn ich bis dahin nicht zurück bin, dann schleichst du dich aus der Stadt und kehrst nie wieder hierher zurück.«

Annie drückte sie an sich. Und schon war sie fort.

Jette saß also im Eiskeller. Trotz der Decke bibberte sie. Sie war nun auf sich gestellt, und alles würde schiefgehen, das wusste sie. Mit der Dunkelheit kehrte das Grübeln in ihren Kopf zurück. Warum hatte Annie nicht alles genauer erklärt? Zum Beispiel, wo sie sich treffen würden, wenn jeder für sich nach Leipzig musste. Das wäre doch ganz einfach gewesen. Am Bahnhof oder so.

Jette krümmte die Zehen, weil sie so schrecklich fror. Wo war das überhaupt: Leipzig? Konnte man da auch zu Fuß hin? Und was war mit dem Mariechen passiert? Hatte Annie sie heim zu Dora gebracht? Oder saß Mariechen jetzt genau wie sie irgendwo rum und fror? Nein, das würde ihre Mutter nicht übers Herz bringen. Sie hatte sie ganz bestimmt zu Dora getragen und würde selbst im Nu zum Eiskeller zurückkommen. Sie musste ja nur die Pfennige aus der Wohnung holen. Und dann würde Jette ihr sagen, dass sie sie nicht mehr allein lassen durfte.

Das Mädchen blickte in die Richtung, in der sie die Treppe

vermutete. Sie sehnte sich nach dem Geräusch der sich öffnenden Tür und nach Annies Schritten auf der Treppe. Doch plötzlich kam ihr eine neue schreckliche Idee. Was, wenn gar nicht ihre Mutter die Stufen runterkäme, sondern der Zwerg, der ihnen gefolgt war, ohne dass sie ihn gesehen hatten. So redeten die Leute doch: dass der Zwerg seine Leute überall hatte und deshalb wusste, was jeder Mensch in Dresden tat oder sagte.

Oder …

Sie wurde atemlos vor Angst. Da war ja auch noch der Mann, der Serafina erstochen hatte und dachte, dass Jette ihn gesehen habe. Vielleicht war er Annie zu Alois gefolgt und dann ihnen beiden hierher, und nun stand er oben und schärfte sein Messer, um sie genau wie die Tänzerin zu erstechen.

Und keiner könnte ihn daran hindern. Keiner wäre da, um ihr zu helfen.

14. Kapitel.

Feierabend. Es hatte keinen Sinn mehr zu grübeln. Wenn der Kopf voll war, war er voll. Max Keller lehnte sich in seinem Stuhl zurück und massierte den Nacken. Die Türen der beiden Büroschränke standen offen. Er hatte sie von innen mit grobem Leinen bespannt, auf das er mit Nadeln Zettel befestigte. All seine Überlegungen, die Fakten, die er nicht vergessen durfte, Indizien, die er erhärten oder widerlegen musste, kamen auf diese Rechtecke aus Stoff.

Im Moment hatte er bis über die Ohren zu tun. Da war Gustav Krake, der Droschkenbesitzer, der in dem Eimer mit Pferdeäpfeln erstickt worden war … Petr Svoboda, der an den Fleischerhaken starb … Bestand da ein Zusammenhang? Die Leute, die sie befragten, taten ahnungslos, aber er nahm es an. Außerdem war in der Katharinenstraße ein Mann totgeschlagen worden, vermutlich von seinem Neffen, was aber ebenfalls noch zu beweisen war.

Und dann gab es natürlich noch Serafina Bischof, deren Mörderin er ebenfalls zu kennen glaubte. Er dachte an Daniel, diesen gottverdammten Ast zwischen den Speichen seiner Ermittlungen. Daniel hatte Annie Trolls blutiges Kleid, mit dem sie so gut wie überführt gewesen wäre, versteckt, und sicher auch das Messer, das sie für ihre Tat benutzt hatte. Nicht weil er zu dämlich gewesen wäre, um deren Bedeutung zu erkennen. Es ging dem Mistkerl ums Gewinnen, darum, seinem früheren Freund zu beweisen, dass er ihn immer noch von der Straße fegen konnte.

Oder hatte er sich verliebt? Nie im Leben. Annie Troll besaß keinen Funken Eleganz, dafür eine gossenhafte Art sich auszudrücken und ein ordinäres Verhalten – kein Vergleich mit Dorothea, in die Daniel sich vor Jahren Hals über Kopf verliebt hatte und derentwegen er sogar ein Angebot des preußischen Generalstaatsanwalts zur Leitung des Berliner Appellationsgerichts ausgeschlagen hatte, weil seine Frau nicht in eine fremde Stadt ziehen wollte. Dorotheas Wünsche zu erfüllen war ihm ein Bedürfnis gewesen. Es war jedem ein Bedürfnis, dachte Max, seine Zunge fühlte sich plötzlich pelzig an.

Er verbot sich, weiter über den ehemaligen Staatsanwalt zu grübeln. Ein Blick auf die Uhr – es war schon spät. Sollte er nach Hause fahren, durch die schmutzigen Scheiben auf die Pulvermagazine starren und sich gepflegt besaufen, um seine Frustration zu vergessen? Kam ihm vor wie eine gute Idee. Er wollte sich gerade erheben, um dem Vorsatz die Tat folgen zu lassen, als es klopfte.

Quentin Horn steckte den Kopf herein. Max stand auf, schloss im Vorübergehen die beiden Schränke – niemand brauchte zu wissen, was der Kriminalpolizei durch den Kopf ging – und bat seinen Besucher mit einer ausladenden Geste, sich zu setzen. Die Tür zum Flur schloss er ebenfalls. Horn war sein Spitzel in der *Alten Wache*, und das sollten ebenfalls so wenige Menschen wie möglich wissen.

»Gibt es etwas Neues?«

Horn schwitzte, obwohl es draußen immer noch empfindlich kalt war. Einer der Knöpfe seiner Winteruniform war abgesprungen, am Kragen saß ein Soßenfleck. »Da ist ein Österreicher«, begann er. »Friedrich Kosche, er ist seit dem Herbst in der Stadt und hat sein Hauptquartier im *Eisernen Hengst* aufgeschlagen. Der will sich ausbreiten. Es könnte sein, dass er Svoboda und Krake alle gemacht hat, um Schofel und dem Zwerg zu zeigen, wer der neue König von Dresden ist.«

Das klang wenig plausibel. Horn glaubte selbst nicht daran, er wollte es spannend machen.

»Ich weiß von dem Mann, aber er betreibt sein Geschäft in der Neustadt.«

»Ja, das spricht gegen das, was wir vermuten«, gestand Horn ein. »Der Fuchs bleibt in seinem Revier. Kosche hätte jemanden umgebracht, der in seinen Grenzen wohnt oder da, wohin er sich ausbreiten will, und das ist Richtung Neudorf-Pieschen und um die Bahnhöfe rum, aber nicht hier in der Altstadt.«

»Also?« Max unterdrückte seine Gereiztheit. Heute regte sein umständlicher Spion ihn auf, morgen würde er sich wieder über die Häppchen freuen, die er ihm aus der *Alten Wache* zutrug. Schade, dass Römer beim Polizeidirektor einen Stein im Brett hatte. Er hätte zu gern versucht, ihn abzusägen. Der Mann war unfähig und vermutlich auch korrupt. Aber die beiden hatten gemeinsam studiert, waren in derselben Studentenverbindung tätig gewesen. *Askania-irgendwas*, Max kannte sich nicht aus. Wenn den Gendarmen ein Mann vorstünde, mit dem man zusammenarbeiten könnte …

»Schmitt«, sagte Horn.

»Was?«

»Ich glaube, dass der Zwerg Svoboda und Krake auf dem Gewissen hat.«

»Wie kommen Sie drauf?«

»Er hat Anfang des Jahres die oberen Etagen von dem Haus angemietet, in dem er seit letztem Sommer wohnt. Er lebt jetzt also allein drin. In einem Haus für vier Familien. Das ist teuer. Also muss er Geld reinkriegen. Der presst Leute aus, und zwar im großen Stil.«

Wäre schön gewesen, wenn ich das auch von offizieller Seite erfahren hätte, dachte Max säuerlich. »Was hat Römer vor?«

»Er überlegt, ob er dort eine Razzia macht, in allernächster Zeit. Man wird schon was finden, meint er.«

»Aber?«

»Schmitt wäre nicht so erfolgreich, wenn er das nicht voraussehen würde.«

Exakt. Sicher hatte der Mann alles, was ihn kompromittieren könnte, versteckt. »Worin besteht seine Schwachstelle? Frauen?«

»Major Römer? Aber nein, der ist doch …«

»Ich meine Schmitt.«

Horn lachte. »Da sprechen Sie was Delikates an. Der ist ja so klein gebaut. Er kann nicht oben und unten zugleich … Sie wissen schon. Und es heißt, sein Ding, na, die Ramme … Alles an ihm ist zu klein. Das mögen die Weiber nicht, und er merkt das, auch wenn sie versuchen, es vor ihm zu verbergen. Er hat mal eine halb tot gehaun, heißt es, mit einer Pferdepeitsche, und danach hatte er keine Lust mehr drauf.« Horns Lächeln geriet dieses Mal schmierig.

Max blickte an ihm vorbei zur Tür. Nach Hause, dachte er wieder. Sollte Römer doch seine Razzia durchführen, sollte er Erfolg haben. Sollte er Schmitt des Mordes an Svoboda und Krake überführen. Ihn selbst interessierte die schöne Tänzerin, in diesen Fall hatte er sich verbohrt, und sei's auch nur, um Daniel Raabe eins reinzuwürgen, sodass es ihm wehtat.

Horn hüstelte. »Da ist noch etwas, das Sie interessieren könnte, Herr Inspektor.«

Max horchte auf. Horn hatte sich das Wichtigste offenbar wieder bis zum Schluss aufgespart.

»Römer hat gestern jemanden zurechtstutzen lassen. Wegen Widersetzlichkeit gegen die Polizeigewalt. Der sitzt immer noch im Keller unter der Wache und sieht ganz schön übel aus.«

»Wer ist das?«

Max fluchte, als er es erfuhr.

Serafinas Vermieter hatte schon seit Tagen gedrängt, dass er die Wohnung der Verstorbenen erneut vermieten wolle. Musste man sich drum kümmern. Dienst am Bürger. Wichtiger als Feierabend. Und ein guter Grund, den Besuch bei der *Alten Wache* ein Stückchen rauszuschieben. Sollte er ruhig ein bisschen schmoren, dieser außer Rand und Band geratene Idiot in der beschissenen Polizeizelle.

Max' Lächeln war dünn und zornig. Er lenkte sein Kurbelveloziped an den Laternenanzündern mit ihren Leitern vorbei in die Birkengasse, um noch einmal die Räume der Tänzerin durchzuschauen, bevor entrümpelt wurde.

Er ahnte, dass die Müh vergeblich sein würde. Alles Wichtige hatten seine Männer bereits gefunden und in das Palais gebracht. Vor allem die Beweise, dass Serafina mit ihrer Liebe und ihrem Körper nicht gegeizt hatte. In verschiedenen Schubladen hatten Einladungen gelegen, schwüle Danksagungen, Briefe voller Liebesschwüre ... Die Männer hatten zwar unterschrieben, leider aber ausschließlich mit Kosenamen. Das Einzige, was einen Hinweis auf die Identität ihrer Galane hätte liefern können, waren Schmuckstücke in einer verschlossenen Schatulle gewesen – Ringe, Ketten, silberne Broschen und eine Uhr, auf deren Deckel eine tanzende Elfe eingraviert war. Lauter Kostbarkeiten, die Serafina sich mit Sicherheit nicht von ihrer schmalen Gage hatte leisten können.

Max glaubte nicht, dass einer von ihnen die Tänzerin ermordet hatte, aber Glauben war kein Wissen, und so hatte er seine Leute mit den Schmuckstücken zu ihren Kollegen ins Theater geschickt. Sie fragten, bis sie Namen bekamen, und er ließ sie die Männer aufsuchen, denen eine Affäre mit der Tänzerin nachgesagt wurde. Wo es Ehefrauen gab, wurden die Liebeleien entrüstet geleugnet, anderenorts mit einem Augenzwinkern zugegeben – allerdings nur, wenn die Herren über ein sicheres Alibi verfügten. Max hatte anschließend sämtliche Verdächtige, die übrig blieben, persönlich verhört und sie als glaubhaft befunden. Oder zog er vorschnelle Schlüsse?

Während er sein Fahrzeug vor Serafinas Wohnung abstellte und bei ihrem Vermieter läutete, grübelte er weiter. Wurde sein Urteilsvermögen durch die Tatsache getrübt, dass Daniel Annie Troll verteidigte und er ihm gern eins reinwürgen wollte? Kurz tauchte wieder der Moment in seinem Kopf auf, als die verkohlten Leichen von Dorothea und Clara aus dem rauchverseuchten Haus getragen worden waren. Und Daniel stand auf der Straße, ohne Tränen, wirklich keine einzige Träne.

Max zog erneut heftig am Glockenstrang. Weg mit den Erinnerungen. Er durfte sich davon nicht beeinflussen lassen, und er tat es auch nicht. Seine Entscheidungen basierten auf Fakten. Immerhin stand fest, dass Annie Troll bereits in der Mordnacht zu Daniel gerannt war und dass beide ihn deswegen belogen hatten. Annie hatte die Polizei über die Entdeckung der Leiche getäuscht, und Daniel hatte ihr Kleid und die Tatwaffe verschwinden lassen, was er nicht getan hätte, wenn sie keine überzeugenden Beweise dargestellt hätten. Er war Staatsanwalt gewesen, er konnte das beurteilen.

Ein kurzatmiger älterer Herr mit einer Lampe öffnete die Tür und führte ihn in die Wohnung seiner verblichenen Mieterin. Max lieh sich eine Schachtel Schwefelhölzer, entzündete sämtliche Lampen, die er finden konnte, und entließ den Mann.

Langsam schritt er noch einmal durch die beiden Räume. Serafinas Besitztümer lagen im Zimmer verstreut, die brauchte er nicht mehr durchzuschauen. Er ließ sich in einem der schäbigen Sessel nieder. Letzte Gelegenheit: Wo würde eine Frau etwas aufbewahren, das vor den Augen neugieriger Besucher verborgen bleiben sollte? Er dachte an Hutschachteln – die hatten sie aber schon geöffnet –, an die Unterseiten der Schubladen des kleinen Sekretärs – ebenfalls kontrolliert –, an den Beutel mit Stopfwäsche, die Notenstapel, die Glasbehälter in der kleinen Küche, in denen sie getrocknetes Gemüse und Getreide aufbewahrt hatte … Alles war bereits durchsucht worden …

Wieder begannen seine Gedanken abzuschweifen. Warum hatte Römer Daniel wohl zusammenschlagen lassen? Max wusste, dass sich die beiden Männer nicht ausstehen konnten. Eduard von Römer stammte aus einem hessischen Adelsgeschlecht – keine große Sache, aber er bildete sich was drauf ein. Er war zum Militär gegangen, dort aber nichts geworden, aus Gründen, die Max nicht kannte. Was ihn danach nach Dresden getrieben hatte, wusste er ebenfalls nicht. Jedenfalls hatte er bei den Gendarmen angeheuert und war rasch zum Kommandeur der *Alten Wache* aufgestiegen, was nicht wenig war, aber vielleicht auch nicht viel, wenn man in einem Schloss herangewachsen war.

Daniel hatte von Beginn an etwas gegen ihn gehabt. Er hatte sich über sein Auftreten mokiert, aber vor allem über die Brutalität, mit der der Mann sein Amt versah. Eingeschüchterte Zeugen neigten dazu, ihre Aussagen den Wünschen des Befragers anzupassen. Leider wurde Daniel gern arrogant, wenn er jemanden nicht ausstehen konnte. Er hatte es drauf, auf eine Art zu sticheln, die wie ein Versehen wirkte, aber punktgenau traf. Da waren also zwei Männer mit breiten Schultern aufeinander gestoßen.

Gegen einen Staatsanwalt hatte Römer nichts ausrichten können, aber jetzt, nachdem Daniel zu einem Detektiv herabgesunken war, zu einem Lümmel, der sich eine Macht anmaßte, die ihm nicht zustand, hatte er offenbar zum Gegenschlag ausgeholt. Doch wie weit mochte er gegangen sein?

Max stemmte sich aus dem Sessel hoch und begann, die Lichter zu löschen. Unruhe packte ihn. Wenn Römer Daniel schlicht eine Abreibung verpasst hatte, gönnte er ihm das von Herzen. Was aber, wenn der Mann ernsthaft verletzt worden war? Hatte Horn ihm das vielleicht durch die Blume zu verstehen geben wollen? Er musste zur Wache und nachschauen.

Die letzte Lampe, die er löschen wollte, warf ihr Licht auf ein paar Puppen auf einem Kaminsims. Max hielt inne. Fast alle Gegenstände in Serafinas Wohnung waren billig oder alt und verkratzt gewesen. Diese Puppen hingegen – Tänzerinnen mit ähnlichen Schuhen, wie Serafina sie getragen hatte – wirkten teuer. Waren sie das Geschenk eines Verehrers gewesen? Oder ein Luxuskauf, den Serafina sich gegönnt hatte?

Sein Blick ging weiter zu den Kladden, die neben den Puppen aufgestapelt waren. Er hatte sie bereits während der ersten Durchsuchung in die Hand genommen und eine davon flüchtig durchgeblättert. *Tanznotationen*. Bögen mit Notenzeilen, unter denen mithilfe von Strichmännchen die dazugehörigen Tanzbewegungen notiert waren. Hatte ihn nicht interessiert. War ohne Belang für den Fall. Also los zur Wache, nach Daniel Raabe schauen. Aber etwas zwickte ihn – eine Nervosität, als hätte er etwas übersehen. Er packte den Stapel, kehrte damit zum Sessel zurück und begann die Kladden Blatt für Blatt durchzusehen.

Plötzlich hielt er inne. Zwischen den Noten und den Tanzfiguren waren mit blauer Tinte einige Sätze gekritzelt worden.

Etwas übersieht man immer, dachte er mit einem Lächeln.

Die *Alte Wache* war ein Gebäude der Gegensätze. Obwohl vor kaum vierzig Jahren errichtet, hatte man es schwülstig einem griechischen Tempel nachempfunden: dreigeteilt mit einem von Säulen gestützten Giebeldach im Mittelteil. Wozu brauchten Gendarmen einen Tempel? Innen ging der Widerspruch weiter. Hinter der prachtvollen Eingangstür öffnete sich dem Besucher eine nüchterne Amtsstube mit Regalen an den Wänden, in deren Fächern Papierstapel verstaubten, und einem schmucklosen Schreibtisch, hinter dem ein Beamter Personalien und Anzeigen notierte. Neben der Tür stand eine grob gezimmerte Holzbank für die Besucher. Links des Raums befand sich das Zimmer, in dem die Verhöre durchgeführt wurden. Auf der anderen Seite ging es zum Aufenthaltsraum der Gendarmen, wo in einer langen Reihe die Uniformjacken und Pickelhauben an Wandhaken hingen. Nur in Römers Büro, das weiter hinten lag, herrschte eine Pracht, die zum Äußeren des Gebäudes passte.

Es war bereits kurz vor Mitternacht. Der übermüdete Mann hinter dem Schreibtisch befand sich im Disput mit einem Betrunkenen und achtete nicht auf die Eingangstür. Max sparte sich also die Erörterung seines Anliegens und huschte zu einer unauffälligen Seitentür.

Als er sie öffnete, fand er sich in einem anderen Universum wieder. Die staubig-korrekte Betulichkeit der oberen Etage wurde durch einen von Fäkalien und Schweiß durchzogenen Gestank ersetzt, der aus dem Untergeschoss heraufstieg. Max kletterte über eine Spindeltreppe in den Keller. Schon auf den Stufen hörte er von Schluchzern unterbrochene Flüche.

Daniel hatte diesen Ort einmal als die kleine Dresdener Hölle bezeichnet. Das war natürlich übertrieben, aber Römer hatte, aus welchen Gründen auch immer, die ehemals sauberen Zellen der *Alten Wache* verkommen lassen. Das Stroh auf den Böden war mit Kot verschmiert und mit Urin getränkt und wurde selten gewechselt. Die Hals- und Fußeisen für renitente Insassen waren verrostet, was zu üblen Wunden führte. Außerdem hatte er es geschafft, sich aus einem der alten Gefängnisse einen Bock zu besorgen – ein Holzgestell mit zwei durch Scharniere verbundenen Brettern, in die Löcher für Beine und Arme gesägt worden waren. Er spannte kontinuierlich zur Abschreckung einige der Gefangenen hinein, und das Gejammer der Geschundenen füllte wie ein ständiges Hornissensummen die Räume.

Gut, hier unten war Gesindel der übelsten Sorte untergebracht. Es wurde getreten, gespuckt und geschlagen, und wenn es jemandem gelang, ein Messer hineinzuschmuggeln, auch zugestochen. Max besaß ein gewisses Verständnis. Das hatte er auch zu Daniel gesagt. Der hatte trotzdem beim Polizeidirektor eine Beschwerde eingereicht – die natürlich sang- und klanglos unterging. Die Polizei hielt zusammen. Aber Römer hatte sich den Vorfall zweifellos gemerkt.

Max hatte den Gang mit den Zellen erreicht. Da sich die *Alte Wache* in trauter Nachbarschaft von Schloss, Zwinger, Prinzenpalais und Hoftheater befand und in diesem Viertel schon früh Gasleitungen verlegt worden waren, brannten auch hier unten Gaslampen. Als die Gefangenen ihn erblickten, hob ein Geifern und Flehen an. Einige sprangen auf und rüttelten an den Eisenstäben, eine kahlköpfige Frau im Bock beschimpfte ihn auf Polnisch.

Er warf in jede der überbelegten Zellen einen Blick, sah Huren, Bettler, Besoffene, erkannte ein Diebespärchen, das er vor Monaten einmal vor dem Schreibtisch gehabt hatte, und wurde von einem jungen Mann, der aussah, als käme er geradewegs von einer Kuhweide, verzweifelt um Hilfe angebettelt. Von Daniel Raabe keine Spur. Aber ihn hatte er hier auch nicht erwartet. Er wusste, dass es einen von den Gemeinschaftszellen abgesonderten Raum gab, der sich am Ende des Gangs hinter einer Biegung befand. Vor Jahren hatte er dort einmal einen Brandstifter befragt. War eine böse Sache gewesen, der Kerl hatte Feuer in einem Gestüt gelegt. Damals hatte Max gelernt, dass Pferde schreien können.

Als er hinter der Biegung verschwunden war, verklang das Fluchen. Er wartete, bis völlige Ruhe eingekehrt war, dann stieg er drei Stufen hinab und schob den Eisenriegel zurück, der die Tür sicherte. In diesem Raum brannte kein Licht. Der schwache Schein aus dem Gemeinschaftszellentrakt ließ Max eine Petroleumlampe erkennen, die neben der Tür auf dem Boden stand. Er zog ein Päckchen Zündhölzer hervor, hob den Glaszylinder an und entfachte den Docht.

Die Zelle war klein, etwa zwei mal zwei Meter. Daniel kauerte an der Wand gegenüber der Tür. Sein Hals steckte in einem der Eisenringe, gegen die er vor Jahren vergeblich protestiert hatte. Entsprechend unnatürlich musste er sich zusammenkrümmen. Sein Gesicht sah einigermaßen manierlich aus, aber die Art, wie er die Hände auf den Magen drückte, und die Tatsache, dass er sich nicht rührte, ließ erahnen, was Horn mit »zurechtstutzen« gemeint hatte.

»Genug gesehen?«, fragte Daniel ironisch.

»Ist der Boden sauber?«

»Mach's dir gemütlich.«

Max fuhr mit dem Fuß über die roh behauenen Pflastersteine. Hier drang gelegentlich Grundwasser ein, alles war feucht, ein schmieriger Belag bedeckte die Steine. Wasser, Pisse, Kacke … Er ging in die Hocke, lehnte sich mit dem Rücken gegen die kalte Wand und wartete.

»Was nun?« Dass Daniel als Erster sprach, war ein Zeichen der Schwäche, das wussten sie beide.

»Wo ist das Messer?«

»Bitte?«

»Reg mich nicht auf. Du weißt genau, was ich meine.«

Daniel bewegte sich – umständlich, aber nicht so vorsichtig, als wären Knochen gebrochen oder Organe in Mitleidenschaft gezogen. Max war erleichtert. Er spürte den verstohlenen Blick des Mannes. Wollte Daniel an ihre frühere Freundschaft appellieren? Nie im Leben. Dazu war er ein zu stolzer Hund. Aber er hatte etwas auf dem Herzen. Und da sprach er auch schon.

»Ich war heute Nachmittag in der Wohnung von Annie Troll. Das Mobiliar ist demoliert, es gibt Spuren von Blut. Die Frau und die beiden Kinder sind verschwunden.«

»Ach.«

»Geht es vielleicht ein bisschen interessierter? Nenn mich einen Träumer, aber ich finde, dass bei solchen Informationen der Puls der Kriminalpolizei schneller schlagen sollte.«

Eine Ratte, unglaublich groß, graues Fell, rötliche Ohren, wieselte von einer Ecke in die nächste. Daniels Fuß zuckte. Er hatte offenbar schon Bekanntschaft mit ihr geschlossen. Ratten waren schlau. Wenn sie merkten, dass jemand ihnen ausgeliefert war, wurden sie unangenehm.

»Wo ist das Kleid von Annie Troll? Wo hast du die Mordwaffe versteckt?«, fragte Max.

»Du bist langweilig.«

»Da bitte ich um Entschuldigung. Aber wir handeln hier ein Geschäft aus, ist dir klar, ja?«

Die Ratte wartete in einer Ecke, zögernd, mit wachsamen Äuglein. Der Boden hatte sich dort, wo sie sich aufhielt, ein wenig gesenkt, Wasser umspülte ihren Körper und nässte das Fell. »Ich könnte dir etwas über Rosina Hauck erzählen«, sagte Daniel.

»Dass sie empörende amouröse Neigungen hat? Weiß ich schon.«

»Durch Zeugen belegt?«, fragte Daniel, bei dem immer noch gelegentlich der Staatsanwalt durchbrach.

»Besser. Durch sie selbst belegt.«

»Wie das?« Daniel kam mit der Hand an einen Stein. Er

packte ihn und warf ihn so schnell auf die Ratte, dass Max die Bewegung erst registrierte, als das Tier schon quiekte. Dreckskerl!, schoss es ihm durch den Kopf. Nicht aus Mitleid für die Ratte, natürlich nicht. Wegen Dorothea. Max hatte sie einmal mit einer geröteten Wange, die ganz sicher von einem Schlag stammte, in den Salon stürmen sehen. Eine Frau zu schlagen! Dieser jähzornige Scheißer hatte sich nicht im Griff. Seine Gelassenheit war nichts als Fassade. Kurz erwog er, rauszugehen, um sich zu beruhigen und vielleicht auch, um der Ratte, die die Zähne bleckte, etwas Zeit zu verschaffen. Aber was sollte das nutzen? Er riss sich zusammen und erzählte von seiner Entdeckung in den Tanznotationen, von den hastig niedergeschriebenen Sätzen zwischen den Zeilen.

»Liebesschwüre?«

»Wenn du's liest, wirst du rot.«

»Und wie kommst du darauf, dass es Rosina war …«

»Sie hat einige Sätze mit einem Kürzel ihres Namens unterschrieben.«

»Warum sollte sie solche Ergüsse ausgerechnet in Serafinas Notationen hineinschreiben?«, fragte Daniel ungläubig.

»Was weiß ich? Vielleicht hat sie die Kladde in einer Übungspause irgendwo rumliegen sehen. Sie war allein und hat sich gedacht: Ein Geschenk Gottes! Endlich konnte sie Serafina ihre Gefühle gestehen, und zwar schriftlich, ohne ihr in die Augen schauen und ihre Zurückweisung befürchten zu müssen. Sie hat es auch geschickt formuliert. Die Richtung, in die das romantische Gestammel ging, war eindeutig, hätte aber, wenn's drauf ankäme, auch als Bewunderung für ein Tanzgenie ausgelegt werden können.«

»Moreau und eine ehemalige Tänzerin haben beide vermutet, dass Rosina dem weiblichen Geschlecht zugeneigt ist. Sie haben …«

»Moreau ist einer der Verdächtigen. Was er sagt, zählt nicht.«

»Die Tänzerin hat seine Auffassung geteilt.«

»Ihr Name?«

»Weiß ich nicht. Sie hat ein Bein verloren und fegt im Theater die Böden. Du findest sie schon. Aber warum sollte Rosina Hauck Serafina töten, wenn sie sie liebte?«

»Genau das ist die Sache: Nicht nur Rosina hat in die Notationen geschrieben, sondern offenbar auch Serafina selbst. Eine Antwort auf das schwülstige Angebot, aber keine freundliche. Sie hat sich in beißenden Reimen über die Klavierspielerin lustig gemacht und ihr die Kladde dann wohl auf den Flügel gelegt.«

»Du gehst jetzt also davon aus, dass Rosina Serafinas Mörderin ist?«

Max zerschlug die Hoffnung, die aus den Worten klang, mit Vergnügen. »Serafina hat die Sache nicht öffentlich gemacht. So etwas wäre wie ein Kanonenschuss durchs Theater gedonnert. Ich habe das Ballett und alle, mit denen sie gearbeitet hat, verhört. Niemand hat davon gesprochen. Also hatte Rosina keinen Grund für einen Mord.«

»Gekränkte Liebe zählt nicht?«

»Männer drehen wegen so was durch, Frauen nicht. Jedenfalls werden sie nicht gewalttätig.«

Daniel lachte hart auf. »Was bist du für ein Idiot, Max!«

Die Ratte schoss durch den Raum. Sie erreichte ein Loch in der Wand, und, zack, war sie darin verschwunden. Impulsiv griff Daniel nach der Petroleumlampe und warf sie zum Loch. Die Flamme verlosch, sie saßen im Dunkeln. Jähzorn, genau. Das war Daniel Raabes Problem! Max hörte ihn atmen, er musste sich fangen, ehe er wieder reden konnte.

»Also gut. Du sorgst dafür, dass ich hier rauskomme, und ich überlasse dir das Messer.«

»Und das Kleid, das Annie Troll beim Mord getragen hat.«

»Das Messer und das verfluchte Kleid, das sie trug, als sie unglückseligerweise die Tote fand und sie berührte. Aber vorher holen wir aus Annie Trolls Wohnung noch einen Beutel mit einer Glasschale und einem Messer. Ich hoffe, die Gendarmen haben ihn nicht mitgenommen.«

»Ich bin ein aufmerksamer Zuhörer.«

»Auf beiden befinden sich Fingerabdrücke, und ich will …«

»Gott im Himmel!« Max stöhnte auf. »Lass mich mit deiner beschissenen Pseudowissenschaft in Ruhe. Kreisrunde Rillen – auf wie viele unterschiedliche Arten können die denn wohl angeordnet sein? Man kann so was nicht unterscheiden. Jedenfalls nicht sicher genug, um einen Menschen deshalb hinter Gitter zu bringen. Außerdem ist ein flüchtiger Abdruck auf einem Gegenstand etwas anderes als ein säuberlicher Tintenabdruck auf einem Blatt …«

»Du kriegst von mir das Messer und das Kleid. Und dafür hilfst du mir, Annie Troll zu finden.«

»Was auch in meinem Interesse läge. Klar, gern.«

»Verflucht, dann mach dich gefälligst auf den Weg.«

Der Mann am Schreibtisch der Wache war wohl doch aufmerksamer gewesen, als Max gedacht hatte. Er hatte seinen Vorgesetzten informiert, und Römer ließ den heimlichen Besucher, als er ins Erdgeschoss zurückkehrte, in sein Büro bringen. Das Gespräch war kurz.

»Darf ich fragen, warum Sie ohne Erlaubnis in meiner Wache herumschnüffeln?«, fragte der Chef der Gendarmen, ohne den Blick von dem Papier zu heben, auf dem er sich Notizen machte.

»Darf ich fragen, warum ich diese Erlaubnis brauche?« Max war zu ungeduldig für ein Geplänkel. »Sie haben Doktor Raabe zusammenschlagen lassen. Ich hab ihn mir eben angesehen. Mag sein, er hat Sympathien im Coselpalais verspielt, aber das wird man Ihnen nicht durchgehen lassen.«

Römer lächelte. »Er hat sich einer Befragung widersetzt.«

»Und Sie konnten ihn gemeinsam mit mehreren Gendarmen nicht anders als durch rohe Gewalt bändigen?«

»Genauso war es. Der Mann wird zum Tier, wenn ihm etwas gegen den Strich geht.«

»Ich werde den Gerichtsarzt kommen lassen. Er wird ihn untersuchen und einen Bericht schreiben.«

Römer legte seinen Federhalter zur Seite. »Warum dieser Aufwand für …«, er spitzte die Lippen, »… für einen Mann wie Daniel Raabe?«

»Was für ein Mann ist er denn?«

»Das wissen wir beide. Wir konnten ihm damals nur nichts nachweisen. Er war zu schlau.«

Sprach Römer etwa von dem Brand? Einen Moment verschlug es Max die Sprache. Dann drängte es ihn, nachzuhaken, aber er brachte es nicht über sich. Römer war Abschaum. Er machte sich nicht mit Abschaum gemein. »Kürzen wir die Sache ab«, knurrte er schroff. »Raabe ist ein wichtiger Zeuge in einer Mordermittlung. Ich werde nicht dulden, dass er stirbt, und deshalb nehme ich ihn jetzt mit. Ohne ihn von einem Arzt untersuchen zu lassen, das wäre mir am liebsten, und das sollte auch Ihnen gelegen kommen. Er weiß, welche Rechte er hat. Sie verstehen? Dies ist ein Angebot.«

Ein paar Minuten später half ein Gendarm Daniel die Treppe hinauf. Der Gefangene war sehr blass. Man sah, dass es ihn Mühe kostete, mit geradem Kreuz zu gehen. Er warf Römer ein boshaftes Grinsen zu.

Sie schlugen den Weg zur Jacobsgasse ein. »Nein, zu Fuß«, sagte Daniel, »ich will die Sterne sehen.« Er war in einer wohlhabenden Leipziger Familie aufgewachsen, ganz sicher von der Wiege an verzärtelt, dachte Max mit der Verachtung, die ihre Ursache in seinem Stolz auf das eigene Kämpferleben hatte. Ihm selbst hätten die Stunden in der dunklen Zelle nichts ausgemacht. Seine Eltern hatten das wenige Geld, das sie sich abknapsen konnten, gespart, weil ihr einziger Sohn einmal studieren sollte. Flausen im Kopf, hatten die Nachbarn gesagt. Die Flausen waren zusammen mit Mutter und Vater gestorben, an einem Freitagnachmittag im Mai, als sie bei einem Spaziergang von einem herabfallenden Mühlenflügel erschlagen worden waren. Die Nachbarn nahmen das Geld, um die Beerdigung zu bezahlen, anschließend stand er auf der Straße. Da war er zehn Jahre alt gewesen.

Er hatte gebettelt und gestohlen, schließlich war er von einem Gastwirt aufgelesen worden, der jemanden brauchte, um die Bierfässer zu rollen und die Pferde der Gäste zu versorgen. Max war kräftig, er arbeitete, bis ihm die Hände bluteten. Sein Geld sparte er, weil er das Gefühl hatte, den Traum der toten Eltern weiterträumen zu müssen. Für eine Universität würden die wenigen Münzen, die er beiseitelegen konnte, allerdings nicht reichen, das ging ihm irgendwann auf, und als die Polizei nach Gendarmen suchte, schlug er zu. Natürlich hatte man ihn auch dort nicht auf Rosen gebettet. Aber er hatte gekämpft – und nun war er so weit, wie er kommen wollte. Die Arbeit bei der Kriminalpolizei, das Tüfteln und Grübeln, lag ihm, er hatte das Auskommen, das seine Eltern sich für ihn immer gewünscht hatten.

Nach kaum fünfzig Schritten legte Daniel ihm unvermutet den Arm um die Schulter. Was sollte diese beschissene Geste der Freundschaft? Es dauerte einen Moment, bis Max aufging, dass dem Mann an seiner Seite schlicht die Knie wegknickten. Er straffte die Schultern und hielt nach einer Droschke Ausschau, doch wie immer, wenn man sie brauchte, ließ sich keine blicken. Nur einer der Pferdeomnibusse bimmelte in der Ferne, war aber unerreichbar und fuhr auch nicht in ihre Richtung.

»Sie ist anders, als du meinst.«

Wer? Rosina?

»Sie denkt nicht weiblich«, sagte Daniel. »Die Troll denkt … sie denkt logisch. Sie wägt ab, schließt aus … fügt die Dinge zusammen, die sie erfährt. Du solltest das würdigen, Max.« Er stolperte, Max hielt ihn, bis er sich wieder gefangen hatte. »So früh am Abend, und schon getrunken«, brüllte jemand aus dem Fenster eines der besseren Mietshäuser.

»Ich hab sie für berechnend gehalten, anfangs. Eine, die alles auskalkuliert. Kein Zartgefühl, nichts Weibliches. Aber ich war mit ihr im Theater«, erklärte Daniel mit schwerer Stimme.

Sie hatten den Postplatz erreicht, auf den mehrere große Straßen zuliefen. Vor *Engels Restauration,* einem liberalen Sündenpfuhl, in dem aufrührerische Zeitungen auslagen und Leute wie Daniel sich zum Billardspiel trafen, stand eine Bank. Max steuerte darauf zu und ließ seinen Begleiter auf die Holzbretter gleiten. Auf der gegenüberliegenden Straßenseite kläffte ein Straßenköter, der sich beim Kacken gestört fühlte.

»Mir ist übel.« Direkt neben der Bank stand eine Gaslaterne. Daniel hatte ein tomatenrotes Gesicht, Fieber wahrscheinlich.

»Brauchst du einen Arzt?«

»*Robert le diable*«, murmelte Daniel. »Kennst du das? Ist ein Theaterstück. Eine Frau kommt auf die Bühne, die Kerle machen sich an sie ran … Scheiße«, fluchte der verzärtelte Sohn aus besserem Haus und übergab sich in einen Blumenkübel, der zur Dekoration von *Engels Restauration* gehörte. Als nichts mehr kam, wischte er mit dem Ärmel über den Mund und redete weiter. »Robert – das ist der Mann, um den es geht –, Robert le diable hilft ihr. Ist nicht wichtig. Später machen seine Freunde sich über ihn lustig. Und das – hör mir zu! –, das bringt die Troll auf die Palme. Es macht sie wütend. Sie hasst Grausamkeit, und ich finde, das sagt was über sie.«

Max fasste ihn unter und zog ihn wieder auf die Füße. Endlich fuhr ein Droschkenfahrer vorbei. Aber der Kerl hatte keine Lust auf einen vollgekotzten Wagen. Er verschwand Richtung Altmarkt.

Daniel stolperte voran. »Jemand, der Grausamkeit hasst, bringt doch niemanden wegen ein paar Kröten um.«

»Nur weil die Troll im Theater heult …«

»Hat sie doch gar nicht. Ich sag nur: Es regt sie auf … Egal. Was denkt ihr bei der Kriminalpolizei, wenn eine Verdächtige plötzlich verschwindet?«

»Schrei nicht. Ich bin weder taub noch blöd.«

»Ihr denkt, die Flucht ist das Geständnis. Bericht an den Staatsanwalt. Stempel drauf. Die Sache ist erledigt. Ich weiß doch, wie ihr tickt.«

»Das weißt du, ja?«

»Und darin liegt für Serafinas Mörder das Motiv. Er hat Annie nicht umgebracht, zu wenig Blut. Aber er hat sie verletzt, als er sie fortbrachte, wahrscheinlich weil sie sich wehrte. Oder er hat … er hat die Kinder entführt und Annie gesagt, sie soll die Stadt verlassen, sonst wird er Jette und Mariechen …« Daniel übergab sich erneut, dieses Mal vor einer Haustür.

Max hielt sich ein Taschentuch vor die Nase. »Ich hab dir gesagt, dass ich nach ihr suchen lassen werde. In den nächsten Tagen.«

Daniel spuckte aus und richtete sich wieder auf. »Oder es ist alles anders. Annie hat die Beerdigung von Serafina früher verlassen. Hast du das mitbekommen? Die Mörderinnen-Rufe? Sie wurde auf dem jüdischen Friedhof abgefangen und in einen Gülleteich geworfen. Annie wusste, wer die Kerle geschickt hatte, die ihr das antaten, wollte es mir aber nicht sagen. Vielleicht hat das verwüstete Zimmer auch gar nichts mit Serafina zu tun. Gott, Max, du musst doch Möglichkeiten haben, was rauszufinden.«

Endlich tauchte die Jacobsgasse auf. Sie erreichten Daniels Haus, Max klingelte, und Links Visage erschien in der Tür. Der Lakai wirkte ehrlich erschrocken, als er seinen Dienstherrn erblickte.

Daniel lief an ihm vorbei in den Flur, in dem sich die Tür zum Badezimmer mit dem Klosett verbarg. Erneut das Würgen. Jammernd eilte Link ihm nach, und Max begab sich in den Salon, wo er sich entnervt in einen Sessel fallen ließ. Der Geruch nach Kotze hing ihm in der Nase, als hätte er das Zeug eingeatmet. Müde war er auch. Verflucht, was für ein Tag!

Lustlos versuchte er Daniels Gedankengänge nachzuvollziehen. Entführte Kinder – das hielt er für Blödsinn. Annie Troll hatte Serafina Bischof umgebracht und nun ihre Sachen zusammengeklaubt, weil sie annahm, dass die Polizei ihr den Mord nachweisen könnte. Sie hatte dabei ein bisschen Unordnung gemacht und sich aus Unachtsamkeit verletzt. Und anschließend war sie auf und davon. Und: Ja, mit ihrer Flucht wäre der Fall für ihn wohl wirklich abgeschlossen. Er würde in den umliegenden Städten nach ihr suchen lassen, Steckbriefe versenden, aber die Aussicht, sie zu finden, war gering, vor allem, wenn sie Sachsen verlassen hatte.

Link kehrte zurück, in den Händen ein Glas und eine Flasche Rotwein. »Wenn Sie erlauben, Herr Inspektor. Der Herr Doktor Raabe braucht noch einen Moment. Dies ist ein Bordeaux, ein guter Tropfen, wenn Sie mir die Bemerkung gestatten. Das Geschenk eines dankbaren Kunden. Ich darf doch?« Er goss das Glas voll und verließ das Zimmer wieder.

Max nahm das Getränk in die Hand. Doch plötzlich scheute er sich, davon zu trinken. Natürlich würde Daniel ihn nicht vergiften, so weit war man denn doch nicht. Aber ihn störte die schleimige Höflichkeit, mit der es ihm serviert worden war. Er kam sich vor wie jemand, der gerade aufs Glatteis geführt werden sollte.

Eine Idee blitzte in seinem Kopf auf, und er schnappte sich eine Lampe und machte sich auf den Weg in die unteren Kellerräume. Leise öffnete er die Türen, eine nach der anderen, und schaute in die Betten. Schade. Keine Spur von Annie Troll oder ihrer Tochter. Er hatte gehofft, dass Daniel sich die Sache mit dem verwüsteten Zimmer nur ausgedacht hatte, um ihn einzuseifen. Nun musste er sich wohl doch mit der Frage auseinandersetzen, ob an Daniels Befürchtungen etwas dran sein könnte. Enttäuscht verließ er die Räume wieder.

Als er in die Halle zurückgekehrt war, starrte er in Richtung des Flurs, der zum Badezimmer führte. Kein Laut war mehr zu hören. Kein Wort wurde gewechselt. Und da begriff er plötzlich, dass er tatsächlich ein Gimpel gewesen war – nur anders, als er angenommen hatte. Er rannte los und riss die Badezimmertür auf.

Das Fenster zum Garten stand sperrangelweit offen.

15. Kapitel

Seltsamer Gedanke: Vielleicht würde er sterben. Jede Bewegung, jeder Schritt, den Daniel auf dem Weg in die Struvestraße humpelte, tat weh, er registrierte es mit akkurater Aufmerksamkeit. Früher, während seiner Zeit bei der Staatsanwaltschaft, war er gelegentlich im Sezierraum der Pathologie gewesen. Er wusste, was Schläge anrichten konnten. Auch dass man oft erst nach Stunden oder Tagen starb. Müsste er dann nicht ängstlicher sein? Er forschte nach entsprechenden Gefühlen – vergebens. Im Gegenteil, die Vorstellung, dass alles bald ein Ende haben könnte, lockte ihn. Das Karussell der Gedanken würde stille stehen und endlich Frieden einkehren. Als Clara in dem brennenden Haus umkam, war mit ihr etwas in Rauch aufgegangen. Er konnte es nicht zurückholen.

Mit Clara kam ihm auch die Uhr wieder in den Sinn, die Römers Leute nach dem Brand im Keller entdeckt hatten. Hatte Max sie eingesteckt? Erklärte das sein feindseliges Verhalten? Was vermutete er im Zusammenhang mit Dorotheas Tod? Hatte sie sich bei ihm beklagt? Hatte er etwas von dem Streit mitbekommen, bei dem Daniel die Hand gehoben und, ja, zugeschlagen hatte? Und vor allem: Wusste er von dem desaströsen Moment in der Brandnacht, in dem ihm die Nerven durchgegangen waren? War damals ihre Freundschaft zerbrochen? Oder – dieser Gedanke schmeckte bitter – vielleicht schon viel früher? Dorothea war eine schöne Frau gewesen und hatte Max viel Aufmerksamkeit geschenkt.

Daniel wischte den Gedanken beiseite. Die Vergangenheit spielte jetzt keine Rolle, in der Gegenwart wurde die Zeit knapp. Inzwischen tat es ihm leid, dass er Max von den Daumenabdrücken erzählt hatte. Natürlich würde der sofort zu Annies Wohnung hetzen, wenn er merkte, dass Daniel auf und davon war. Wenn er die Schale und das Messer in die Hände bekäme, würde er sie womöglich aus purem Ärger in der Elbe versenken.

Würde er der Staatsanwaltschaft auch eine Mordanklage gegen Annie Troll ans Herz legen? Und würde man Annies Flucht dort ebenfalls als Schuldeingeständnis betrachten? Unangenehmer kleiner Zwischengedanke: Was, wenn die Frau wirklich schuldig war? Wenn *er* es war, der sich verrannte? Man konnte sich im plüschigen Theatersessel über alles Mögliche aufregen, das im harten Alltag keine Rolle spielte.

Und dann wurden all diese Überlegungen bedeutungslos. Daniel hatte die Struvestraße erreicht und sah, dass sich vor Annie Trolls Haus jemand herumtrieb. Ein Mann, eine verdächtige Gestalt, auf jeden Fall. Der Kerl starrte die Fassade hinauf, musterte die einzelnen Fenster, blickte die Straße hinauf und hinab – im nächsten Moment war er wie vom Erdboden verschluckt. Daniel, der sich hinter einer Hausecke weggeduckt hatte, biss auf seine Lippe, um sich besser konzentrieren zu können. Er schwitzte. Seit man ihn zusammengeprügelt und in den Keller der *Alten Wache* hinuntergeschleppt hatte, schwitzte er. Sogar in der eiskalten Zelle war ihm der Schweiß runtergelaufen. Es war schwer, mit einem von Hitze gelähmten Gehirn zu denken.

Also: Der Eingang zu Annies Haus wurde beobachtet. Wer war der Mann? War im Moment zweitrangig. Er brauchte die Schale und das Messer. Also musste er einen anderen

Weg ins Haus finden. Sein Blick glitt die Straße entlang. Nachdem er Annies Auftrag angenommen hatte, hatte er ihr Haus und dessen Umgebung unter die Lupe genommen. Auch den Hinterhof, in dem Annie sich angeblich zur Mordzeit aufgehalten hatte. So wusste er, dass es dort eine Rutsche gab, die in einen Kohlenkeller führte, aus dem man wiederum in den Flur und das Treppenhaus gelangte.

Vorsichtig lugte er um die Hausecke – von dem Mann war nichts mehr zu sehen. Dafür flackerte in einem der Nachbarhäuser ein Licht auf, das hoffentlich auch den Fremden ablenkte. Daniel huschte, so rasch es ihm sein geschundener Körper erlaubte, auf die andere Straßenseite und verschwand zwischen zwei Häusern. Er blickte sich um und hatte das unfassbare Glück, ein Kellerfenster zu entdecken, das jemand nachlässigerweise zu schließen vergessen hatte.

Das Fenster führte in eine Waschküche. Er brauchte mehrere Minuten, um im Gewirr der Kellergänge einen Zugang zum Innenhof zu finden. Leider war es der falsche. Doch er entdeckte einen Schuppen, der spiegelgleich an einem anderen hing und die Hofmauer überbrückte. Einen Moment stand er mit hängenden Armen davor. Würde sein malträtierter Körper es schaffen, die Dächer zu erklimmen? Er rappelte sich auf. Eine kaputte Holzkiste, die wohl zum Verfeuern in der Hofecke stand, kam ihm zu Hilfe. Er schob sie an die Wand, gelangte tatsächlich auf das Wellblechdach und von dort in den nächsten Hof. Sein Weg endete in einem schmerzhaften Aufprall. Fluchend presste er die Hände auf den Bauch. Vielleicht würde er wirklich sterben? Scheiß drauf.

Er tastete seine Umgebung mit den Augen ab. Gehörte die hässliche Wand mit der vom Rost zerfressenen Regenrinne, die so hübsch im Mondlicht glitzerte, zu Kubiaks Wohnklotz? Unvermittelt bekam er Kopfschmerzen. Einer der Schläge hatte ihn an der Schläfe getroffen. War gerade eine

Ader geplatzt? Würde er als brabbelnder Idiot enden? Noch einmal: scheiß drauf.

Er bildete sich ein, eine mit Winterkohl bepflanzte Wanne neben einer Treppe wiederzuerkennen. Also befand er sich im richtigen Hof. Das Fenster, von dem er hoffte, dass es in Kubiaks Kohlenkeller führte, war verriegelt, doch der Riegel so morsch, dass er ihn mit einem Fußtritt öffnen konnte. Er ließ sich auf die Knie nieder und zwängte sich in den staubigen Raum. Die Kohlen, auf denen er landete, gerieten ins Rutschen, er begann zu husten und versuchte, das Geräusch mit seinem Ärmel zu ersticken.

Hastig lief er zum Treppenhaus und erklomm die Stufen zu Annies Wohnung. Auf halber Höhe musste er sich setzen. Seine Beine zitterten. Sein Magen begann erneut zu rebellieren. Wenn Annie Troll tot war, wo steckte dann ihre Tochter? Und das kleine Mariechen? Er hätte den Link'schen Bastard niemals seiner Mandantin überlassen dürfen – einer Frau, die verdächtig war, jemanden umgebracht zu haben. Sein moralischer Kompass, falls er je einen besessen hatte, rotierte, und das schon seit einer ganzen Weile.

Er hörte das Geräusch in seinem Rücken nicht. Den kalten Stahl an seinem Hals registrierte er erst, als es zu spät war.

»Sie könnten tot sein. Haben Sie das verstanden? Dass Sie tot sein könnten? Mann, haben Sie mich erschreckt«, fluchte Annie Troll und half ihm auf die Füße. Ihr Gesicht war in der Dunkelheit nicht zu erkennen, nur ihre Stimme. »Ich hab gedacht … egal!« Sie eilte ihm voraus zurück in ihre Wohnung. »Was wollen Sie überhaupt hier? Rausfinden, wer meine Möbel demoliert hat? Das weiß ich schon. Die Leute von Schmitt, diesem kleinen Stück Mist. Ich bin nur noch mal zurückgekommen, um ein paar Sachen zu holen. Und Sie? … Eine Schale? Was für eine Schale? … Moment nebenan steht eine Lampe.«

Sie holte das Licht aus dem fensterlosen Schlafraum und entzündete es. Daniels Beutel stand immer noch in der Ecke, in der er ihn vor zwei Tagen abgestellt hatte. Zum Glück. Römer war ein Idiot.

»Was ist das?«, fragte Annie argwöhnisch.

»Eine winzige Hoffnung.«

»Hoffnung für was?«

»Ihre Unschuld zu beweisen. Das ist mein Auftrag. Schon vergessen?«

Sie lachte auf und schlug ihm auf die Schulter. Noch einmal ein dreckiger Schmerz.

»Was ist los? Sind Sie krank?«

Er schüttelte den Kopf.

Die Rückkehr zur Straße gestaltete sich so anstrengend wie der Hinweg. Die Möglichkeit, von der Haustür direkt nach draußen zu gelangen, war ihnen ja immer noch versperrt. »Sehen Sie ihn?«, flüsterte Annie, als sie endlich wieder die Hausecke erreicht hatten. »Der Dreckskerl heißt Jochen. Ist gefährlicher, als er aussieht.«

Jochen stand unter einer Gaslaterne und hielt eine Schnecke Kautabak in der Hand, von der er gemächlich ein Stück abbrach und sich in den Mund schob.

»Erst hat der Zwerg meine Wohnung demolieren lassen, und dann hat er diesen Mistkerl hier abgestellt, um mich zu packen.«

»Wie sind Sie ins Haus gekommen?«

»Irgendwann muss jeder pinkeln«, sagte sie knapp.

Ein Zwerg also. Dunkel erinnerte sich Daniel, von einem kleinwüchsigen Ganoven gehört zu haben, der sich anschickte, die Altstadt zu erobern. »Was haben Sie mit ihm zu tun?«

»Gar nichts, außer dass er Geld aus mir rauspressen will. Aus allen, die hier wohnen. Nicht dass Sie denken, ich hab was Verbotenes …« Sie brach ab. Eine zweite Gestalt erschien unter der Laterne. Max. »Das ist doch der Kriminale, oder?«

Er nickte. Max sprach mit Schmitts Helfer fürs Grobe, aber die beiden standen zu weit entfernt, als dass man etwas hätte verstehen können. Jochen schlenderte unwillig von dannen, und Max zog an der Hausglocke, um Willi Kubiak aus dem Bett zu holen.

»Wir müssen abhau'n«, wisperte Annie.

Genau.

Jette flog in die Arme ihrer Mutter. Sie schluchzte, weil sie Angst gehabt hatte, dass sie nicht zurückkommen würde. Annie brüllte, dass sie immer zurückkäme. Jette brüllte zurück, dass sie nicht gewusst hätte, wie man nach Leipzig komme und dass sie auch gar kein Geld für eine Fahrkarte gehabt hätte. Annie wurde sanft, nannte sie *mein Täubchen* und schwor ihr, sie niemals im Stich zu lassen.

Daniel hörte sich all das an, während er im Park an der Mauer des Eiskellers lehnte. Eine Katze jagte im Mondlicht um einen Baumstamm. Er war hundemüde. Nachdem sich Annie und Jette einander ausreichend ihrer Liebe versichert hatten – warum dachte er darüber so spöttisch? –, kamen sie die Treppe hinauf, und er erklärte ihnen, dass sie nach Zschertnitz gehen würden.

»Ist das in Leipzig?«, wollte Jette wissen.

»Es ist ein Dorf in der Nähe, in dem ein Häuschen von mir steht. Dort werden wir erst einmal Ruhe haben.«

Sie brauchten für den Weg, den ein Spaziergänger in einer Dreiviertelstunde zurücklegen konnte, die doppelte Zeit. Die Furchen, die die Ackerwagen hinterlassen hatten, brachten Daniel zum Stolpern, die Erschöpfung ließ ihn alle Augenblicke innehalten.

»Was hat er denn, Annie?«

»Nichts, er ist nur ein bisschen müde.«

Daniel sah die Sterne verblassen, und endlich erreichten sie das Dorf. Aus einer Backstube in einem Haus mit blau umrandeten Fenstern drangen Stimmen. Der Bäckermeister scheuchte die Gesellen an die Tröge. Durch eine geöffnete Tür drang Brotgeruch, der sich über die Jahrzehnte im Gemäuer festgesetzt hatte.

»Annie, ich hab Hunger.«

»Hast du nicht! Sei still, Mädchen.«

Daniel öffnete das Tor zu seinem Grundstück, sie schlüpften hinter den schützenden Wall der Hecke, er schloss die Haustür auf, zeigte Annie und Jette den Wohnraum, in dem sie schlafen konnten, und machte sich auf den Weg ins Labor, wo ein bequemer Sessel stand. Er musste schlafen. Vorher war nichts mehr möglich. Als er durch die Tür ging, wurde ihm schwarz vor Augen.

»Siehst du, er hat doch was«, hörte er Jette triumphieren, während er zusammenbrach.

Als er das nächste Mal die Augen aufschlug, schien ihm die Sonne ins Gesicht. Er lag in dem Bett, in dem eigentlich seine Besucherinnen hätten schlafen sollen. Vorsichtig richtete er sich auf. Die Schmerzen waren nicht verschwunden, aber auszuhalten. Doch, es ging ihm erstaunlich gut. Im Garten gab es einen Brunnen, an dem er sich waschen konnte. Er zog sich aus. Jette kam heraus und trug mit geschlossenen Augen Unterwäsche, Hose und ein Hemd zu ihm herüber. Es tat gut, wieder sauber zu sein. Er würde weder sterben noch sein Leben als stammelnder Hanswurst verbringen. Und? Bedeutete ihm das etwas? In der Tat. Seine Stimmung hatte sich wieder aufgehellt. Mit frischer Energie machte er sich auf den Weg in sein Laboratorium.

»Was ist das?«, fragte Annie, die ihm in den Raum gefolgt war.

Er hatte die Schale und das Messer ausgepackt, auf denen Moreau und Willi Kubiak ihre Fingerabdrücke hinterlassen hatten. Sie wurde still, als er das *Laguiole,* das Klappmesser, mit dem Serafina erstochen worden war, hervorkramte. Die Fingerabdrücke auf dem Horn der Griffseiten waren leicht zu erkennen, der Daumenabdruck auf der Oberseite des Griffs nur bei gutem Licht, das hier allerdings herrschte.

»Wen haben Sie angestiftet, seine Abdrücke auf dem Messer zu hinterlassen?«, fragte er sie.

»Sag ich nicht.« Sie blieb stur.

Er legte das Messer zur Seite und griff nach ihrem Handgelenk. Die Wunde, die man ihr zugefügt hatte, war bereits zugeheilt, aber die Narbe noch frisch, sie hob sich rötlich vom Rest des Arms ab. »Und von wem stammt das?«

»Ist in einer Fechtstunde passiert. Hab ich doch schon erklärt.« Sie versuchte sich loszureißen, aber er hielt ihren Arm eisern fest.

»Der Name! Los. Sie machen mich verrückt.«

Kurz zauderte sie noch. Es war wohl die Annahme, dass sie ihren Fechtsaal sowieso aufgeben musste, die sie schließlich antworten ließ. »Sie heißt Sophia Spitzner. Arbeitet in einer Gemäldegalerie oder so was.«

Er ließ ihren Arm fahren und wandte sich wieder der Arbeit zu. Die Fingerabdrücke auf der Schale und den Messern machte er wieder sichtbar, indem er mit einem Pinsel Graphitpulver auf den Abdrücken verteilte. Dann entzündete er eine Lampe, holte mehrere Glasplatten aus einer Schublade, säuberte sie, legte sie nebeneinander, schloss die schwarzen Vorhänge vor den Fenstern und goss auf die erste Scheibe eine Kollodiumlösung. Nach einer knappen halben Minute war das Kollodium leicht angetrocknet, und er beförderte sie in ein Silberbad. Anschließend warf er ein durchsichtiges rotes

Tuch über die Lampe, sein Laboratorium sah aus wie im erstarrten Schein eines Feuers. Nach geschätzten drei Minuten holte er die Glasplatte wieder heraus und schob sie mit spitzen Fingern in eine Kassette, die er in eine Kamera einlegte.

»Die Vorhänge wieder zurück, bitte.«

Annie gehorchte. »Mannomann.«

Sie sah ihm zu, während er die Schale fotografierte und das Foto anschließend bei Rotlicht entwickelte. Er wiederholte den Vorgang mit den beiden Messern. Draußen krähte ein Hahn, jemand sang in einem der Nachbargärten. Schließlich war er fertig. Im Licht der Morgensonne verglich er die Abdrücke auf den Glasplatten. Die vom Mordmesser stimmten weder mit denen von Willi Kubiak noch mit denen von Moreau überein.

»Das ist … nee, das ist keine Zauberei«, flüsterte Annie beeindruckt. »Ich weiß ja, dass man so was machen kann, aber ich hab's noch nie gesehen. Fotografie, hm? Und was soll uns das nun helfen?«

Daniel erklärte ihr Herschels Entdeckung von der Einzigartigkeit der Fingerabdrücke.

»Ist da was dran?«

»Der Mann hat sich gründlich mit dem Thema befasst und wurde bisher von niemandem widerlegt.«

»Aber dann … Mensch, ist doch großartig. Können Sie sich eigentlich nie freuen? Wenn wir von dem Mörder einen Abdruck bekämen … Was ist das denn?«

Daniel hatte das Papier herausgekramt, auf dem Annie Troll ihren Daumenabdruck hinterlassen hatte.

»Ist der nicht von mir? Von damals, als …«

Er nickte und legte das Papier neben die Glasplatte mit dem Abdruck von der Kuppe des Messergriffs. Annies Blick wanderte mehrere Male von einem Gegenstand zum anderen. »Die sehen anders aus?«, fragte sie mehr hoffnungsvoll als überzeugt.

Er zeigte ihr die wichtigsten Unterschiede in der Rillenführung.

»Ich hätte da oben angefasst haben können, als ich die Spuren auf dem Griff verwischt habe.«

»Haben Sie aber nicht«, sagte er geduldig.

»Ja, aber wenn ich es getan hätte, dann hätten Sie geglaubt …«

»Kann sein, ja.«

Sie schluckte. Einige Sekunden verrannen. »Verlassen Sie sich eigentlich nie auf ihr Gefühl im Umgang mit anderen Menschen? Haben Sie kein Gespür dafür, wem man trauen kann und wem nicht? So eine innere Wärme oder Kälte?«

Er begann, das Labor aufzuräumen. Glas und Metall klapperten.

»Das ist traurig, Mann. Ich finde so was schrecklich traurig.«

Er verschloss die Flasche mit der Kollodiumlösung und stellte sie in den Schrank zurück. »Als Nächstes werde ich …«

»Was ist, wenn das Messer Serafina gehört hat? Vielleicht hat sie es bei sich getragen, um sich verteidigen zu können, und der Mörder hat es einfach nur benutzt. Dann könnte der Abdruck oben auch von ihr stammen.«

»Wie stellen Sie sich das vor?« Daniel zog ein Messer aus einer Schublade. »Zu welchem Zweck hätte sie die Waffe auf diese Weise benutzen sollen?« Er presste den Daumen auf das obere Ende des Messers und rammte die Klinge in die Tischplatte, die einzige Bewegung, die in dieser Haltung möglich war.

»Stimmt, ja. Außerdem ist sie tot, und man kann sie um keinen Fingerabdruck mehr bitten. Und nun?«

»Brauchen wir die Abdrücke von dieser Pianistin Rosina Hauck und von Manfred Semper.«

»Warum von der Hauck?«

Er zögerte, dann erklärte er ihr die Sache mit den Tanznotationen. Annie stieß einen Pfiff aus.

»Setzen Sie nicht zu viel Hoffnung drauf. Es gibt mindestens so viele Verdächtige, wie Serafina Liebhaber gehabt hat, das ist die Sache.« Wenn Max sich nur endlich auf die Fingerabdrücke einlassen würde! Daniel zog das Messer wieder aus der Tischplatte und wischte die Späne beiseite.

»Es ist wichtig, dass man merkt, wem man vertrauen kann«, sagte Annie. »Das ist …«

… Blödsinn, dachte er.

»… manchmal der Unterschied zwischen Leben und Tod.«

Es war wenige Stunden später. Annie kam mit dem Beutel, der ihre Habseligkeiten enthielt, in die karge Wohnstube. »Ich und Jette gehen jetzt.«

Daniel waren erneut die Augen zugefallen. Er öffnete sie und blinzelte gegen das kalte Winterlicht, in dem die Staubkörnchen trieben, die sich über die Jahre im Raum gesammelt hatten. »Wieso gehen? Wohin?«

»Nach Leipzig.«

»Aber das ist doch Unfug. Sie bleiben hier, bis der Zwerg hinter Gittern sitzt. Max Keller ist zu Ihrer Wohnung gegangen. Er hat gesehen, in welchem Zustand sie ist, er hat den Mann vor Ihrem Haus entdeckt, er wird sich alles zusammenreimen, und mit ein bisschen Glück …«

»Die Hoffnung auf ein bisschen Glück reicht nicht, wenn man ein Kind hat.« Sie blickten beide zum Fenster. Jette spülte in dem verwilderten Garten mit vor Kälte roten Wangen Geschirr in einer Wanne, die sie im Brunnen mit Wasser gefüllt hatte.

»Die Dresdener Kriminalpolizei ist fähiger, als es den Anschein hat. Denken Sie an Ihre Fechtschule.«

Annie ließ sich auf einen Stuhl sinken. Ihr Mund stand

leicht offen, als wäre er zwischen Reden und Schweigen erschlafft. Die braunen Haare standen wie vom Wind auseinandergepustet um ihren Kopf – innen dunkel, außen fast wie durchsichtig. »Ich denk an die Fechtschule, mehr als Sie sich vorstellen können. Aber noch wichtiger ist mir Jette.« Die nächsten Sätze fielen ihr schwer. »Ich bin bei Schmitt gewesen, vor vier Tagen. Ich hab gedacht, ich zahl ihm seinen verfluchten Viertelzins, und dann hab ich Ruhe und kann meine Fechtschule weiterführen, und irgendwie komm ich schon durch. So hab ich mir das überlegt. Und wissen Sie, was passiert ist?«

Was sie erzählte, war ungeheuerlich. Der Zwerg hatte ihre Tochter gewollt. Sie begann ihn zu zitieren, als wäre es unmöglich, für das Furchtbare eigene Wörter zu finden. Wie er seine Bedingungen stellte, als ginge es um ein Huhn statt um ein junges Mädchen. Plötzlich wandte sie den Kopf. O Gott! In der Tür stand Jette, einen Topf in der Hand, die Arme bis zum Ellbogen nass. Ihre Augen waren geweitet, das nackte Entsetzen stand darin.

Annie sprang erschrocken auf sie zu und umarmte sie. »Aber all das wird nicht passieren, Jette. Deshalb gehen wir nach Leipzig, weil du dort sicher bist. Ich habe alles bedacht, mach dir keine Sorgen, Engelchen, deine Mutter passt auf dich auf. Das Scheusal sieht uns nie wieder …« Es war, als drückte sie einen Stock an sich.

Als Daniel aufstand, ließ sie ihre Tochter los. Er nahm Jette den Topf aus der Hand und ging vor ihr in die Hocke. Sie war nicht sein Kind, sie hatte nicht die geringste Ähnlichkeit mit Clara, weder vom Aussehen noch vom Temperament her. Clara war laut und wild gewesen, voller zwitscherndem Lachen und Selbstbewusstsein. Jette dagegen wie ein Häschen, als würde sie sich am liebsten auflösen, um nur ja keinen Unmut zu erregen. Er räusperte sich.

»Zschertnitz ist ein sicherer Ort. Kein Mensch weiß, dass

mir dieses Haus gehört, weder in Dresden noch in diesem Dorf. Die Nachbarn glauben, dass ich ein Künstler bin, der hier gelegentlich malt oder sich ausruht. Wir werden uns eine kleine Geschichte ausdenken, die eure Anwesenheit erklärt, und dann werdet ihr hier abwarten, bis sich alles geklärt hat. Und das wird geschehen. Du kannst dich drauf verlassen.«

Jette nickte.

»Er wird dir niemals wieder nahe kommen. Du hast mein Wort darauf.«

Plötzlich hing sie an seinem Hals und heulte. Er klopfte ihr ungeschickt auf den Rücken, bis Annie kam und ihn von ihr befreite.

Es war Sonntag, das traf sich gut. Daniel verspürte wenig Lust, Max unter den Augen seiner neugierigen Inspektoren im Coselpalais aufzusuchen. Er lenkte den Phaëton über die Albertbrücke aus der Stadt hinaus. Auf den Wiesen lagen letzte Schneeinseln, ein Dohlenschwarm flatterte vor blattlosen Büschen und attackierte ein im hohen Gras verborgenes Tier, der Westwind trug den modrigen Geruch der Elbauen hinüber.

Max' Haus war leicht zu finden, es stand wie abgestellt und vergessen zwischen kahlen Äckern, flankiert nur von den königlichen Pulvermagazinen und, ein Stück entfernt, der träge fließenden Elbe. Andere Wohnhäuser suchte man vergebens. Daniel hielt auf den scheußlichen Bau zu. Er hatte mindestens hundert Jahre auf dem Buckel, an den Eisenbalkonen fraß der Rost. Warum quartierte sich ein Kriminalinspektor, der sicher nicht schlecht verdiente, in einem so heruntergekommenen Haus ein, das ihm dazu jeden Morgen die Strapaze einer Fahrt auf dem Kurbelveloziped abverlangte?

Gut, wahrscheinlich fragte Max sich auch, warum ein ehemaliger Staatsanwalt ein glanzloses Haus in der Jacobsgasse bewohnte, das unpraktisch geschnitten war, zu viele Räume besaß und sich mit der Villa, in der er vorher gelebt hatte, überhaupt nicht vergleichen ließ. Aber bei Daniel gab es eine simple Erklärung: Bonifaz Link hatte es ausgesucht.

Dunkel erinnerte Daniel sich an die Tage und Nächte nach dem Brand, in denen er volltrunken in einem Pensionszimmer draußen vor der Stadt gelegen hatte, unfähig, Entscheidungen zu treffen. Link hatte für ihn Kleider gekauft, er hatte ihm Essen aufgenötigt, er hatte Einladungen zur Beerdigung drucken lassen und sie für ihn unterschrieben. Die Beerdigung selbst war von Dorotheas Mutter organisiert worden, aber Link hatte dafür gesorgt, dass er zur rechten Zeit und einigermaßen nüchtern am Grab erschien. Danach hatte er ihn in die Pension zurückgebracht, und Daniel hatte weitergetrunken.

Die Leute, die ihm kondolieren und sicher auch das Terrain sondieren wollten – der Oberstaatsanwalt, der Polizeidirektor, Freunde, auch Bundschuh, wie er inzwischen wusste –, wurden von Link abgewimmelt. Es hätte ewig so weitergehen können. Aber dann hatte Link ihm eines Tages einen Kaufvertrag vorgelegt und ihn mit ungewöhnlicher Penetranz genötigt, ihn zu unterschreiben. Der Notar, den er mit ins Zimmer gebracht hatte, blinzelte unsicher und fragte zweimal nach, ob der Kauf in seinem Sinne wäre. »Ist mir egal«, hatte Daniel gesagt, aber zum ersten Mal hatte er in den Augen eines anderen Menschen Verachtung gegenüber seinem Zustand gelesen. Und etwas in ihm hatte dagegen aufbegehrt, sonderbarerweise.

Link hatte noch am selben Tag eine Kutsche besorgt, kurz drauf stand Daniel in seinem neuen Heim zwischen Möbeln, die so überladen und hässlich waren, dass es ihm sogar in seinem besoffenen Zustand auffiel. »Das Bett befindet sich im Nebenraum«, hatte Link erklärt und war verschwunden, wohin auch immer, und abends mit zwei hakennasigen

Frauen zurückgekehrt, die er als Hauspersonal vorstellte. Und dabei war es eben geblieben.

Daniel lenkte seine zweirädrige Kutsche auf Max' Grundstück. Eine Bank vermoderte im kniehohen Gras, Unkraut spross auf jedem freien Flecken. Er griff sich die Tasche, die im Fußraum stand, band das Pferd an ein Gebüsch und ging zum Haus hinüber. Die Tür war unverschlossen, was für ein Leichtsinn. Max hatte jede Menge Feinde, sie tröpfelten beständig aus den Toren von Waldheim und Torgau. Daniel schritt durch einen dunklen Flur, öffnete die nächste Tür – und blieb wie angewurzelt stehen, als er in den Lauf eines Revolvers blickte. »Wie beeindruckend, bestes Theater«, meinte er nach einer Schrecksekunde und trat vollends ins Zimmer.

Max lümmelte sich gekünstelt entspannt in einen Sessel und sah zu, wie sein Besucher sich in dem zweiten Sessel niederließ und die Tasche absetzte. »Sollte ich dich jetzt verhaften?«

Daniel zuckte mit den Schultern. »Ich musste mich um meine Klientin kümmern, und du bist manchmal so … du weißt doch, wie du bist.« Die Pistole war immer noch auf ihn gerichtet. Wie lächerlich. »Ich war kein Gefangener des Staates«, erinnerte er den Kriminalinspektor. »Römer hat mich, zumindest in der zweiten Nacht, widerrechtlich festgehalten. Er hätte mich tagsüber einem Staatsanwalt oder dem zuständigen Richter vorführen und einen Haftbefehl erwirken müssen. Als du mich in meine Wohnung begleitet hast, war ich also ein freier …«

»Bist du gekommen, um dich zu beschweren?«

Daniel beugte sich zur Seite. Er öffnete die Tasche, holte Annies blutbesudeltes Kleid hervor und legte es auf den Tisch, der zwischen ihm und dem Hausherrn stand. Anschließend kramte er das Messer heraus, das er mit spitzen Fingern neben dem Kleid ablegte. »Du siehst, ich gebe mir Mühe.«

»Wie soll ich wissen, ob es sich wirklich um Annie Trolls Kleid und das Tatmesser handelt?«

»Versuch's mal mit Vertrauen.«

Max lachte, es klang wie ein Grunzen. Er öffnete eine Schublade unter der Tischplatte und versenkte seine Waffe darin. Dann fasste er den Messerknauf ins Auge, von dem sich deutlich das schwarze Pulver mit den Fingerabdrücken abhob. »Warum willst du es mir überlassen, nach deiner Penetranz in den letzten Wochen?«

»Ich brauch's nicht mehr. Ich habe die Abdrücke fotografiert, damit sind sie für die Ewigkeit oder wenigstens für die nächsten Jahre konserviert. Und dass das Kleid Frau Troll gehörte und das Blut darauf Serafina, bestreite ich gar nicht. Sie hat die Tote gefunden …?«

»Schon gut.«

»Was die Fingerabdrücke angeht …«

»Ja, ja. Die Wissenschaft. Scheiß drauf! Du lässt dich von den Fantastereien eines Engländers beeindrucken, der sich in den Kolonien langweilte und meinte, seine ebenso gelangweilte Umgebung mit skurrilen Entdeckungen beeindrucken zu müssen.«

»Du bist …«

»… ein unbeleckter Trottel?«

»Wenn es nur so wäre. Aber du bildest dir auch noch was drauf ein, dass du dein Gehirn vergammeln lässt.«

Max lehnte sich zurück. »Wo steckt Annie Troll?«

»Weiß ich nicht.«

»Du bist ein saumiserabler Lügner.«

»Deprimiere mich nicht.«

»Sie ist eine Zeugin.«

»Und was sie weiß, hat sie dir bereits gesagt.«

»Behauptet sie. Entweder bist du naiv oder … Egal, du hast die Seite gewechselt, Daniel.«

»Ich suche immer noch nach der Wahrheit, nur ohne mein

Büro bei der Staatsanwaltschaft. Und manchmal …«, er lächelte, »bin ich dabei erfolgreicher als du.«

»Ah ja?«

»Was ist mit dem Schmiss an Annie Trolls Handgelenk?«

Max wusste nicht, wovon er sprach, es war ihm anzusehen, dass ihn das ärgerte.

»Er verläuft vom Knöchel bis hier hinauf.« Daniel deutete die Stelle auf seinem eigenen Arm an. »Die Blutung war bereits gestillt, als sie zu mir gekommen ist, aber es hatte sich noch keine Haut gebildet. Keine sichtbare zumindest, ich habe darauf geachtet.«

»Und warum verrätst du mir das?«

»Um mich bei dir einzuschmeicheln, ist doch klar. Ich habe den Namen der Frau, die ihr die Wunde angeblich beigebracht hat, aus ihr rausgequetscht. Angeblich passierte es in der Fechtstunde vor der von Serafina. Die Schülerin heißt Sophia Spitzner. Frag in der Gemäldegalerie nach ihr.«

»Was sagt sie denn?«

»Hörst du nicht zu? Ich habe noch nicht mit ihr gesprochen. Das überlasse ich dir.«

»Willst du mitkommen?«

»Muss ich doch nicht, wenn du dich kümmerst.«

»Du hast Angst, dass sie deine Annie Troll reinreißt, und willst nicht dabei sein, wenn's passiert. Du erlebst die Dramen lieber in der Loge statt im echten Leben.«

»Nun hör schon auf!«

»Du willst deiner Annie glauben, aber ein bisschen Staatsanwalt bleibt immer zurück. An dir nagt der Zweifel.«

»Was sie sagt, klingt plausibel.«

»Und geht dir am Hirn vorbei direkt ins Herz? Bist du verliebt?«

Daniel beugte sich vor und zupfte an Annies Kleid. Es war aus einem hübsch gemusterten Stoff und ohne Krinoline zu tragen, natürlich, Annie hasste es, eingeengt zu werden.

Sicher vermisste sie es. Der Stoff war dicht gewebt und ohne Stopfstellen.

»Gut, ich geh bei dieser Spitzner vorbei, aber bilde dir nichts ein. Ich lass mich von niemandem benutzen.«

»Da ist noch etwas.« Daniel erzählte von dem Zwerg, von Annies Besuch bei ihm, von dem, was er Jette antun wollte. »Kümmerst du dich darum?«

»Wie denn?«

»Pack dir die Leute, die für ihn arbeiten. Er behandelt sie schlecht. Einer wird schon reden.«

»Informierst du mich in Zukunft über das, was du erfährst?«

»Ich will doch auch, dass Serafinas Mörder hinter Gittern landet. Und wenn Annie Troll mit drinhängt, muss sie dafür geradestehen.« Daniel erhob sich und ging zur Tür. Als er die Klinke schon in der Hand hatte, drehte er sich noch einmal um. »Was ist eigentlich damals nach dem Brand meines Hauses mit meiner Uhr geschehen? Hast tatsächlich *du* sie an dich genommen?«

In Max' Augen leuchtete etwas auf.

»Römer sagt, einer seiner Männer habe sie im Keller der Brandruine entdeckt. Dann bist du runtergegangen, behauptet er, und anschließend war sie fort.«

»Und?« Das Leuchten war einem tiefen Schatten gewichen.

»Nichts. Ich wundere mich nur.« Daniel wartete kurz, dann drückte er die Klinke runter und ging.

Einen kleinen Glücksmoment erlebte er noch in der Diele. Auf einem von Staub bedeckten Schränkchen lag die Kette mit Max' kupferner Polizeimarke: zwei Löwen rechts und links des sächsischen Staatswappens, das Ganze umkränzt von den Worten *Königliche Polizeidirektion Dresden.* Er ließ sie in die Hosentasche gleiten. Allein dafür hatte sein Besuch sich gelohnt.

16. Kapitel

Sie trafen sich außerhalb der Stadt, in Blasewitz, im *Einbeinigen Hasen.* Max hatte einen alten Mantel übergestreift, Breuer trug die biederen Kleider, mit denen seine letzte Frau ihn ausgestattet hatte und die ihn beinahe unsichtbar wirken ließen. Vor ihnen stand der billige Wein, den das Haus servierte, an den Tischen vor den schmutzstarrenden Fenstern saßen Reisende, die sich für die Nacht einquartiert hatten und ihr Abendessen einnahmen. An einem runden Tisch in der Mitte hockten ein paar Künstler beieinander, die Bilder ausrollten und hitzig miteinander debattierten.

Quentin Horn kam mit Verspätung. Er hatte seine Uniform abgelegt, aber Max fand, dass immer noch aus jedem Knopfloch der Bulle rausschaute. Vielleicht lag es an der Art, wie er den Schenkenraum und seine Gäste musterte, bevor er die Tür hinter sich schloss. Er kam zu ihrem kleinen Ecktisch. Der Stuhl quietschte unter seinem Gewicht, er roch nach Kohl. Mit einem Ächzen hängte er seine Melone über die Stuhllehne und rief nach einem Bier.

Max wartete, bis das Getränk vor ihm stand, bevor er zu reden begann. »Uns interessiert der Zwerg, Casimir Schmitt. Hat die Razzia gegen ihn schon stattgefunden?«

Horn trank und wischte sich über den Mund. »Mit allem Drum und Dran. Ist nur leider nichts bei rausgekommen.«

»Wie das?«

»Sein Haus war sauber. Er hat behauptet, dass er sein Geld mit Vermieten verdient. Das stimmt auch. Er vermietet an die Zuhälter beim Böhmischen Bahnhof und am Winterhafen. Wir haben alles auf den Kopf gestellt, um etwas zu finden, das auf sein zweites Gewerbe, also auf die Erpressung hindeutet. Und auf die Morde natürlich. War aber nichts. Meiner Meinung nach ist er gewarnt worden.«

»Von wem?«

Der Gendarm zuckte mit den Achseln, lächelte dabei aber wissend.

Max unterdrückte seine Ungeduld. Er bestellte für sich und Breuer je ein weiteres Bier und starrte in den Schaum. Die Maler am runden Tisch lästerten über die Historienmalerei, einer verteidigte glutvoll das Barbarossabild eines Mannes, dessen Namen Max nie gehört hatte und wohl auch nie wieder hören würde.

»Ich will keinen auf ein Gefühl hin beschuldigen«, flüsterte Horn. »So was gehört sich nicht. Aber es gab nicht viele, die von der Razzia wussten. Die meisten Gendarmen wurden erst eingeweiht, als wir loszogen.«

»Wer also?«

»Vielleicht Geißner, der ist die rechte Hand von Römer, der Mann fürs Klein-Klein. Oder Scholle – ein Emporkömmling, der Römer schmeichelt, weil er auf Beförderung hofft. Die waren sicher schon vorher im Bilde.«

»Ist auszuschließen, dass Römer noch andere Gendarmen aufgeklärt hatte?«, fragte Breuer.

Horn zuckte mit den Schultern. »Alles ist möglich.«

»Dann wissen wir gar nichts«, resümierte Breuer.

»Und deshalb stelle ich auch keinen an den Pranger. Aber wenn ich der Mann gewesen wäre, der die Razzia plant, dann hätte ich dafür gesorgt, dass die Sache geheim bleibt. So was kann man ja hinkriegen. Von dem, was wir hier reden, bekommt schließlich auch keiner was mit.«

»Sie glauben, dass Römer absichtlich …«

»Ich sag doch, dass ich niemanden auf ein Gefühl hin beschuldige. Aber Schmitt hätte für diese Gefälligkeit sicher einen ordentlichen Batzen Geld springen lassen.«

Eine junge Frau kam aus dem Hinterzimmer in den Gastraum. Sie war hübsch, in bunten Flitter gekleidet, die Haare im Nacken mit Schleifen zusammengebunden, in der Hand trug sie einen Fächer. Die Maler begrüßten sie mit lautem Hallo und zogen ihr einen Stuhl heran. Sie lachte über die Küsse, die man ihr von rechts und links aufdrückte, und entwand sich geschickt einem gar zu aufdringlichen Galan.

Max beugte sich vor. »Ich will, dass Schmitt drangekriegt wird«, sagte er leise. »Es muss doch unter seinen Leuten jemanden geben, der ihn, sagen wir für eine kleine Anerkennungssumme, die der Staat sicher für den guten Zweck spendiert, verpfeifen würde.«

Horn wiegte den Kopf. »Ist in diesem Fall nicht so einfach. Der Zwerg weiß, wie man Menschen einschüchtert. Lassen Sie mich überlegen.« Er trank sein Bier und winkte der Frau, die sicher als Hure arbeitete, lächelnd zu. »Vielleicht könnte man es anders hinkriegen. Es gibt da einen Mann, Felix Raschke …«

»Gehört dem nicht dieses Ananasgewächshaus?«

»Genau den meine ich. Der war kürzlich auf der Wache und wollte sich über etwas beschweren. Als Clauswitz, der mit ihm geredet hat, nachhakte, hat ihn aber der Mut verlassen. Er ist mit einer flauen Entschuldigung gegangen. Ich bin aber sicher, dass er wegen Schmitt gekommen war. Er will sich nicht erpressen lassen, hat aber andererseits Schiss, dass er enden könnte wie Krake und Svoboda. Um sein Gewächshaus und auch um sein Privathaus, das ja direkt daneben steht, lungern jetzt Kerle, die mit Doppelflinten rumspielen. Wenn er sein Haus verlässt, kommen immer zwei von ihnen mit. Sicher fühlt er sich aber deshalb trotzdem nicht, darauf möcht ich wetten.«

»Glauben Sie, er würde aussagen?«

»Da hat er sich ja inzwischen gegen entschieden. Aber es gibt Gerüchte, dass er gern … Haben Sie vom *Feuerteufel* gehört?«

Max zog die Brauen hoch.

»Ist was relativ Neues, ein Etablissement oben bei den Scheunenhöfen. Eine Frau aus Wolfnitz bietet mit ihren sechs Jungs Freuden der besonderen Art für betuchte Kerle an, wenn Sie verstehen, was ich meine.«

»Und?«

»Unser Ananasmann war ein paarmal bei ihr, heißt es.«

»Aha.« Max lehnte sich zurück. Horn mochte eine Nervensäge sein, aber dumm war er auf keinen Fall.

Als sie wieder im Freien standen – Max genoss die frische Brise, die ihm den Mantel auseinanderwehte –, hielt er den Gendarm zurück. »Können Sie sich an die Nacht erinnern, in der das Haus von Daniel Raabe in Flammen aufgegangen ist?«

»Ja, sicher, ich hatte damals Dienst.«

»Haben Sie dabei von einer Uhr gehört, die angeblich im Keller des Hauses gefunden wurde?«

Horn schob die Melone in den Nacken. »Eine Uhr … tja, da Sie davon sprechen … Es gab sie wirklich. Ich hatte sie selbst entdeckt. Sie lag im Keller, neben einem rußverschmierten Eisenschrank, wenn ich mich richtig erinnere. Ich hab sie aber nicht aufgehoben, weil ich dachte, sie könnte ein Beweis sein, und auch, wo sie lag, könnte eine Bedeutung haben. War nämlich eine ziemlich teure Uhr. Ich bin also zu Römer hin und hab ihm davon erzählt – aber als wir sie später holen wollten, war sie weg. Warum fragen Sie?«

»Es hat keine Bedeutung«, sagte Max.

Am nächsten Vormittag gegen zehn betrat Breuer das Büro von Max und erklärte, dass Raschke, der Mann mit dem Ananasgewächshaus, tatsächlich von Schmitt erpresst worden sei und in den letzten beiden Wochen auch gezahlt habe, weil er sich trotz der Wachen nicht mehr sicher fühlte. Er hatte sich bereit erklärt, dem Zwerg ein Billett zu schicken, das er mit ein paar hübschen Beschimpfungen garnierte, die Breuer ihm in die Feder diktierte. »Im *Feuerteufel* ist er natürlich nie gewesen«, Breuer grinste schief, »aber er hat sich überwunden, ihn für den guten Zweck aufzusuchen.«

»Sehr schön.«

Sophia Spitzner empfing Max in der Dachgeschosswohnung eines gediegenen Hauses in der Wilsdruffer Straße. Ihre Möbel waren solide, aber alt, sicher geerbt, die Kleider dezent geflickt. Sie war eine quirlige Frau zwischen dreißig und vierzig, und ihr Wunsch, so erklärte sie Max, nachdem er sein Anliegen vorgetragen hatte, bestand darin, auf eigenen Beinen zu stehen und mit eigener Kraft durchs Leben zu kommen. In ihrem hageren Gesicht saß eine spitze, mit Sommersprossen übersäte Nase. Sie unterstützte den Lette-Verein, der neue Berufe für unverheiratete Frauen erfand, und verriet ihm, dass sie niemals heiraten würde. »Heirat bedeutet Unterwerfung.«

Er nickte, weil ihm nichts einfiel, was er auf diese unkonventionelle Einstellung hätte erwidern können.

Fräulein Spitzner hatte vor zwei Jahren begonnen, bei Annie Troll das Fechten zu erlernen. »Ich habe sie bei einer Soiree kennengelernt, zu der mich gütigerweise eine Kunstmäzenin eingeladen hatte. Sie hat dort mit Serafina gefochten, sie wissen schon, diese Tänzerin, die kürzlich …«

Er nickte.

»Es war natürlich nur ein Schaufechten, man wollte ja niemanden schockieren und schon gar nicht das Parkett oder die Möbel beschädigen. Eine Frau aus dem Theater hat dazu Klavier gespielt. Ich muss gestehen, ich war einfach hingerissen. Diese Grazie, gepaart mit beinahe männlicher Kraft … Ich habe sie noch an demselben Abend angesprochen«, erklärte sie selbstbewusst.

Max kam zum Grund seines Besuchs, er fragte sie nach der Wunde an Annies Handgelenk.

»Ja, ich bedauere das zutiefst, oder vielmehr … Ich bedauere es, aber ein kleiner Teufel in mir freut sich auch. Annie ist so wachsam, so flink, ich hatte gedacht, es wäre unmöglich, sie zu erwischen. Und plötzlich … Ich habe mich natürlich entschuldigt.«

»Ist Ihnen etwas an diesem Nachmittag aufgefallen? Ein Streit? Aufgeregte Personen im Treppenhaus?«

»Sie meinen, weil Serafina nach meinem Unterricht ermordet wurde?« Das tapfere Fräulein Spitzner sprach das dunkle Wort ohne Schaudern aus. Er nickte. Aber leider hatte sie nicht das Geringste bemerkt. Auch Annie Troll war ihr wie immer vorgekommen.

Der Abend kam, Max hatte seine Männer positioniert. Kurz nach Einbruch der Dunkelheit verließ Raschke sein Haus. Weithin hörbar erklärte er seinen Leibwächtern, dass sie ihn nicht begleiten müssten, und schlug den Weg zum Ausschiffungsplatz an der Elbe ein.

Keiner von Max' Männern sollte Raschke länger als eine halbe Straße folgen. Spätestens an jeder Kreuzung sollten sie einander abwechseln. Max selbst hatte sich in einem Hauseingang an der Ecke Königsbrücker Straße/Bischofsweg postiert, von wo es ins Armeleuteviertel ging, in dem in einer ehemaligen Meierei der *Feuerteufel* residierte – die angebliche Schenke, die in Wirklichkeit also ein Freudenhaus war, in dem eine Mutter ihre Söhne verkaufte.

Raschke tauchte auf, kurz darauf zwei Männer, die versuchten, ihm unauffällig zu folgen. Sie beschleunigten oder verlangsamten ihre Schritte, je nachdem, was ihr Opfer vor ihnen tat, es sah aus wie ein ungeschicktes Ballett. Max lächelte dünn. Er sah, dass einer dem anderen etwas zuflüsterte, als Raschke in den Bischofsweg einbog. Sie wurden schneller, liefen fast, und Max hob die Hand, damit seine Leute, die er an den beiden nächsten Querstraßen postiert hatte, wussten, dass es nun drauf ankam.

Raschke folgte wie abgesprochen dem Bischofsweg bis an den Rand der Siedlung, wo die Gärten an Kuhweiden grenzten. Dort verlief ein Trampelpfad, der sicher gern genutzt wurde, wenn biedere Bürger ungesehen in den *Feuerteufel* kommen wollten. Er bog dort ein, seine Verfolger, die ihre Chance sahen, rannten los und stürzten sich auf den Mann.

Von da an ging alles schnell. Max' Leute warfen sich auf die Schläger, sie schleppten den einen beiseite, und Max begann, noch während sie ihn im Schwitzkasten hielten, den anderen zu bearbeiten. Man wisse, dass der Zwerg ihn und seinen Kumpan geschickt habe, sich Raschke zu schnappen. Schlimme Sache. Jetzt gehe es darum, ob er wegen des Mordes an Svoboda und Krake und natürlich wegen des Mordversuchs an Raschke auf Jahre hinter Gitter müsse oder ob er sich reuevoll zeige. »Wenn du redest, kann ich dir vielleicht helfen. Wenn nicht, dann macht es dein Kumpan da drüben. Dem Ersten wird geholfen, der andere muss sitzen.«

Breuer hatte sich bereits den zweiten Schläger vorgenommen. Der Mann, dem ein ungnädiges Schicksal ein Feuermal quer durchs Gesicht gepappt hatte, blickte gehetzt zu ihnen hinüber. Max ging zu ihm und versperrte den beiden Ganoven mit seinem Körper die Sicht aufeinander. »Also?«

Dem jungen Kerl, den er bedrängte, fehlten gleich drei Schneidezähne, was ihm etwas Hasenartiges verlieh. Seine Schultern wanderten vor Angst bis zu den Ohren, trotzdem schwieg er. Beide Männer schwiegen. Max zog ein Messer heraus und durchschnitt die Brustriemen eines Tornisters, den der Mann mit dem lädierten Gebiss trug. Er öffnete ihn. Ein Fischernetz kam zum Vorschein. Er konnte sich vorstellen, was sie geplant hatten.

»Euer Auftrag sah also so aus: Ihr schnappt euch den Kerl, der sich weigert zu zahlen. Ihr murkst ihn ab, ihr schneidet ihm den Leib auf wie einem toten Fisch und hängt ihn dann malerisch im Netz an einen Baum. Nach Svoboda und Krake sollten die letzten Renitenten kapieren, welches Schicksal sie erwartet, wenn sie nicht zahlen. Gibt's unter den Schiffern welche, die einen Tritt in den Hintern brauchen? Ging es darum?«

»Aber … nein.«

»Was dann?«

Der junge Mann stierte angstvoll auf den Tornister. »Es ist nicht verboten, mit einem Netz spazieren zu gehen.«

»Ich hab befürchtet, dass du so was sagen würdest. Gut, dann muss es anders gehen.« Max packte sein Kinn und zwang ihn, ihn anzusehen. »Wir gehen in das Coselpalais. Dort werde ich deinem Freund stecken, was du uns alles gebeichtet hast.«

»Aber … ich hab doch gar nicht …« Der Mann wurde so weiß wie sein Hemd, die Adern an seinem Hals traten hervor.

»Anschließend werde ich dafür sorgen, dass der Mann entkommen kann. Und dich selbst werde ich am nächsten Tag vor die Tür setzen.«

»Dann … bringt er mich um.«

»Casimir Schmitt? Ich weiß.«

Der junge Mann stierte ihn an. Man konnte beinahe Mitleid bekommen.

»Du hast nur eine einzige Möglichkeit, mit heiler Haut aus dieser Sache rauszukommen, kapierst du? Mit einem echten Geständnis. Dann würde Schmitt nämlich hinter

Gittern verschwinden, und dein Freund dort auch. Aber du würdest weiterleben.«

Der Mann schlug die verbliebenen Zähne wie Krallen in die Lippen. Und dann floss es nur so. Flüsternd quasselte er sich alles von der Seele: Schmitts Idee von einem Viertelzins. Die Hochstimmung des Zwergs, als Svoboda im Schlachthaus hing und das Geld endlich zu fließen begann, sein Lachen, als er Krake im Eimer mit den Pferdeäpfeln erstickte … Huren? Ja, bei Frauen drehte der Zwerg durch, und zwar wenn er glaubte, dass sie sich heimlich über ihn lustig machten. Das glaubte er eigentlich immer. Eine von ihnen war verschwunden, keiner mochte drüber reden.

Max fragte nach Annie Troll. Der Hasenzahnige brauchte einen Moment, ehe er sich erinnerte. »Stimmt, so eine war auch mal da. Ist noch nicht lange her. Die ist gerade so eben davongekommen, das hing am seidenen Faden. Ich bin Geiger. Ich muss immer spielen, wenn Schmitt nervös ist, weil ihn das beruhigt. Aber an diesem Abend konnte ihn nichts beruhigen. Er hatte Magenschmerzen. Die Vogelscheuche hatte Glück, dass sie überlebte.«

17. Kapitel

Max' Polizeimarke leistete vortreffliche Dienste. Serafinas Vermieter hatte den Besitz der Toten bereits auf Brauchbares durchstöbert und das wenige, das einen Wert besaß, auf eine Schubkarre in der Stube gepackt, um es später auf dem Markt zu verscherbeln. Er schaute ertappt, als Daniel ihm die Marke unter die Nase hielt. »Die Möbel gehören sowieso mir. Und das auf der Karre … Ich hatte ja Mietausfall, und irgendwie muss der Mensch sehen …«

Daniel warf ihn hinaus. Er ging durch den Wohnraum, danach durch die Schlafkammer und nahm sich Zeit. Zum ersten Mal hatte er die Gelegenheit, Serafina selbst kennenzulernen, ohne den Filter fremder Einschätzungen. In seiner Zeit als Staatsanwalt hatte er eine Menge menschlicher Behausungen unter die Lupe genommen. Es gab Leute, die wie Gespenster durchs Leben gingen, die in ihrer Wohnung keinerlei Spuren von Individualität hinterließen. Serafina war anders gewesen. Sie hatte die Räume, in denen sie lebte, in Besitz genommen. An den Wänden standen Aquarelle, auf denen Ballettszenen zu sehen waren – die blassen Stellen an den Tapeten zeigten, wo sie gehangen hatten. Ein Plakat, das für eine Ballettvorstellung warb, lag, vom Vermieter zerknüllt, in einer Ecke. In einem offenstehenden alten Koffer hatte sie durchtanzte Schuhe gesammelt.

Er trat zum Bett, hob die alte Schlafdecke an, fand nichts

Erwähnenswertes und widerstand der Versuchung, auch noch unter der Matratze und dem Bett nachzuschauen. Das hatte die Polizei mit Sicherheit bereits erledigt. Langsam kehrte er ins Wohnzimmer zurück. Die Schränke standen offen, leere Schubladen lagen auf dem Boden.

Er ging zur Schubkarre und durchstöberte eine ramponierte Holzkiste mit kleineren Gegenständen, die der Vermieter verkaufen wollte, darunter ein geblümtes Säckchen voller Glasherzen, eine Flasche Parfüm, ein Holzkistchen mit einer edlen, in raschelndes Papier verpackten Seife, die Serafina nie benutzt hatte ... auch etwas Schmuck ... und mehrere Puppen. Sonderbare Puppen, nicht wie für Kinder gemacht, auch keine Schmuckstücke für Erwachsene, sondern ... Er starrte sie an: Ihre Gesichter waren identisch. Sämtliche Puppen besaßen Serafinas Gesicht.

Daniel zog sie heraus und legte sie in einer Reihe auf einen Tisch. Die Figuren waren etwa so groß wie seine Handfläche und allesamt wie die Tänzerin bei ihren Auftritten gekleidet: knappe Oberteile, gebauschte, kniekurze Röcke aus Tüll in unterschiedlichen Farben. Sie trugen sogar die Unterhosen, die die Zuschauer in den billigen ersten Reihen beim Tanz so gern begaffen, was immer wieder Anlass zur Entrüstung gab, außerdem winzige Ballettschuhe mit abgeflachten Spitzen. Kugelgelenke sorgten für Beweglichkeit, die Köpfe stammten wohl aus einer Porzellanfabrik.

Er nahm die Puppen eine nach der anderen in die Hand und starrte sie an, als könnten sie ihm etwas sagen. Was mochten sie der Tänzerin bedeutet haben? Bei einer von ihnen fiel ihm eine Unebenheit an dem mit Wolle gefüllten Torso auf. Er zog das Kleid aus und fand am Rücken eine Öffnung im Körper, die aber nicht durch Verschleiß entstanden war: Es gab zwei saubere, übereinander liegende Nähte. Vorsichtig tastete er sich mit zwei Fingern vor – und berührte Papier. Ein eng gefalteter Bogen kam zum Vorschein.

Es handelte sich um einen Liebesbrief. In winziger Schrift geschriebene Treueschwüre, denen ein euphorischer Jubel auf einen von Serafinas Ballettauftritten folgte, und das Angebot eines diskreten Mahls in einem Séparée im Kaffeehaus im Großen Garten. Dazwischen Worte, die die Sehnsucht des Schreibers nach einem noch intimeren Treffen andeuteten und die so unbeholfen und frei von Phrasen formuliert waren, dass Daniel spontan geneigt war, an echte Gefühle zu glauben. Warum hatte dieser Brief nicht bei den anderen gelegen?

Seine Neugierde war geweckt, und siehe da – auch die anderen Puppen enthielten Nachrichten. Offenbar hatten die Spielzeuge als Behältnis für einen romantischen Briefverkehr gedient, der Rosina mehr bedeutete, als ihre belanglosen Affären. Ihr Inhalt war allerdings ähnlich, einmal gab es einen Hinweis auf eine Liebesnacht. Am interessantesten aber waren die Unterschriften. Auch hier kein Name, dafür in steilen Buchstaben eine Bezeichnung: DEIN TEMPELRITTER. Der Begriff leitete sich wohl aus einem Vergleich her, den der Verfasser des Briefes benutzt hatte: *Und doch ist dein vollkommener Körper nur der Tempel eines noch vollkommeneren Geistes.*

Aber vermutlich hatte der Schreiber auch noch etwas anderes im Sinn gehabt. Daniel lächelte. Endlich, dachte er. Zum ersten Mal hatte er in dem Knäuel, aus dem das Geheimnis von Serafinas Tod bestand, ein Fadenende erwischt, das Erfolg versprach.

Er ließ keine Zeit verstreichen. Das Wort *Tempel* war ein unmissverständlicher Hinweis auf die Freimaurerloge, die mit diesem Namen den Raum bezeichnete, in dem sie ihre Rituale abhielt. Er schnappte sich die Kiste mit den Puppen und verließ unter den mürrischen Blicken des Hausbesitzers die Wohnung. Wenig später läutete er an Bundschuhs Haustür – und hatte natürlich kein Glück. Der Logenmeister war bereits in seiner Schokoladenfabrik in der Neustadt, um seinen Geschäften nachzugehen. Daniel fuhr mit dem Phaëton hinauf in den Norden der Stadt an den Rand der Dresdener Heide, wo sich etliche Fabriken angesiedelt hatten. Hämmern und das Rattern von Maschinen füllten die Luft. Der Geruch des Rauchs, der aus den Schloten stieg, mischte sich mit Teerdünsten und, als er in Bundschuhs Fabrikgelände einbog, mit dem Duft von Zichorienkaffee und Kakao.

Bundschuh empfing ihn in einem in dunklem Holz dämmernden Büro, dessen Fenster hinaus auf die Wälder zeigten. Er begrüßte ihn mit der gewohnten jovialen Herzlichkeit, holte ein Tablett aus dem Schrank und bot ihm mit der Freude eines Kindes an, was seine Fabrik herstellte: Schokolade in Form von Täfelchen, Desserts und Figuren … Daniel starrte auf ein in gold-blaues Papier gehülltes Schokoladenpferd. Dorotheas bevorzugtes Geschenk für Clara, wenn die Kleine irgendwo der Schuh gedrückt hatte. Er musste sich zu einem Lächeln zwingen, als er sich Bundschuh wieder zuwandte.

»Nimm welche mit. Es finden sich immer Kinder oder Damen, die man beglücken kann«, meinte der Fabrikant, ohne das Fettnäpfchen zu bemerken, in das er trat. Daniel kam hastig auf den Grund seines Besuchs zu sprechen. Die Puppen. Er holte sie aus der Kiste, danach die Briefe vom Tempelritter. Bundschuh ließ sich hinter einem Schreibtisch nieder, nahm ein Monokel auf und begann zu lesen. Schon bald legte er die Bögen auf das rot gefärbte Schonleder der Schreibtischplatte zurück. »Das stammt also aus dem Besitz dieser toten Tänzerin?«

Daniel nickte.

»Tempelritter – also … das klingt wie … als hätte jemand sich in den Wirren der Liebe verrannt und darüber ein wenig den Verstand verloren.« Sein Lächeln war bestürzt, die Sache ging ihm nahe. Kein Wunder, er war der Meister des Stuhls, die Mitglieder der Dresdener Loge ein bisschen wie eine Familie, als deren Vater er sich begriff. »Also hat sich das Fräulein einen unserer Brüder als Bewunderer geangelt, das ist es, was du denkst, ja?«

Jemand klopfte an die Tür, eine Frau trug ein Tablett mit heißer Schokolade herein, einer weiteren Köstlichkeit, die Bundschuh vertrieb, und verschwand wieder, nachdem sie die Tassen vor ihnen abgestellt hatte.

»Wie kann ich dir helfen, Daniel?«

»Wurde der Brief von Manfred Semper geschrieben?«

»Wie soll ich das beurteilen? Ich kenne seine Schrift nicht.«

»Gibt es in der Loge kein Schriftstück von ihm?«

»Das weiß ich nicht. Natürlich, sicher, auch er wird hin und wieder ein Protokoll geführt haben, aber … Daniel, Daniel … Wir sprechen von einem Bruder.«

»Wir sprechen vor allem von einem Mörder.«

Bundschuh seufzte. »Nimm doch einen Schluck, du bist so dünn geworden, wenn ich das sagen darf. Manfred Semper, ausgerechnet Manfred. Das ist … unmöglich. Daniel, ich kann das nicht glauben.«

»Wenn es aber doch stimmt, sollte keine unschuldige Frau an seiner Stelle vor Gericht gezerrt werden, oder?«

»Meinst du diese Fechtlehrerin? Ja, ich habe läuten hören, dass man sie verdächtigt.«

»Ich gehe davon aus, dass sie unschuldig ist. Ich bin überzeugt davon.«

»Oh! Und außerdem ist sie wohl hübsch?« Karl Bundschuh zwinkerte, um anzudeuten, dass die Bemerkung nicht ernst zu nehmen sei, und hüstelte, als ihm aufging, wie unpassend sie trotzdem war.

»Vor allem steckt sie in der Patsche.« Daniel begann von Annie Troll zu erzählen: dass sie von Max Keller des Mordes verdächtigt und von Casimir Schmitt erpresst wurde, dass ihre Fechtschule auf dem Spiel stand und auch von den Ängsten ihrer Tochter … Es war ihm unangenehm, er ahnte, dass Annie es gehasst hätte, ihn so reden zu hören, aber er musste Mitgefühl wecken, wollte er Hilfe bekommen.

Bundschuh beugte sich vor und rieb mit den Händen über sein Gesicht. »Ich verstehe. Ich verstehe auch, dass du aufgewühlt bist. Aber warum ausgerechnet Manfred? Nein, Daniel, er ist ein ehrenhafter Mensch. Vielleicht ein bisschen langweilig, aber redlich. Und das ist für mich etwas Großes, wenn ich etwas so Schwülstiges sagen darf. Ich kann ihn nicht ausspionieren, das geht einfach nicht. Und selbst wenn sich herausstellte, dass du recht hast: Mein Verhalten würde in der Loge etwas zerstören. Spitzeleien unter Brüdern, an einem Ort, wo sie sich sicherer als irgendwo auf der Welt fühlen sollten …«

»Karl …«

»Wenn du so überzeugt bist, musst du dich an die Polizei wenden. Oder besser noch: an ihn selbst. Falls er die Frau tatsächlich getötet haben sollte, dann niemals aus Berechnung, sondern in einem Überschwang der Gefühle, den er gewiss bereits zutiefst bereut. Es würde ihn womöglich erleichtern, sich die Last von der Seele …«

Daniel erhob sich. Der Duft der Süßigkeiten verursachte ihm Atembeschwerden. Er wollte los, das Knäuel, das Serafinas Tod darstellte, weiter entwirren, auch wenn es ohne Bundschuhs Hilfe geschehen musste.

Im Coselpalais, in dem Stockwerk, in dem die Kriminalpolizei ihre Büros hatte, herrschte Chaos. Daniel fing Max ab, als der gerade mit dem Mantel über dem Arm durch die Tür hastete. »Du hast doch gewollt, dass ich …«

»Keine Zeit!«

»… dass ich wiederkomme, wenn es etwas Neues gibt.«

Aus allen Räumen strömten Männer in den Flur mit dem

glänzenden sandfarbenen Marmorboden. Sie schienen zu wissen, wohin sie wollten, ungestüm drängelten sie sich an ihnen vorbei.

Daniel hielt sich neben Max, der ebenfalls weiterlief. »Einer von Serafinas Galanen ist Freimaurer. Kannst du mal stehen bleiben?«

»Ich sag doch: Ich hab's eilig.«

»Der Zwerg? Wollt ihr zu Schmitt?«

Sie waren die Letzten, die die Tür am Ende des Gangs passierten. Es ging eine Treppe hinab. Daniel langte in die Tasche seiner Hose und reichte Max die gestohlene Polizeimarke.

Der Inspektor blieb stehen. Verblüfft starrte er sie an, entriss sie ihm und steckte sie in die Tasche. »Darüber reden wir noch.«

»Wohin geht's denn nun?«

Sie waren tatsächlich auf dem Weg zu dem brutalen Erpresser. Endlich. Daniel verspürte ein ungewohntes Glücksgefühl, als er seinen Phaëton in der Pirnaischen Straße zum Halten brachte. Max und seine Leute waren auf ihren Pferden rascher durch die bevölkerten Gassen gekommen. Als Daniel vom Sitz seines Gefährts sprang, führten sie die Festgenommenen bereits ins Freie. Ein Gefangenenwagen holperte aus einer Seitengasse heran, ein großer, vergitterter Käfig auf vier Rädern, vom Kutschbock durch eine Bretterwand getrennt, damit der Mann, der die Zügel führte, nicht bespuckt oder mit einem versteckten Messer angegriffen werden konnte. Die Männer und die beiden verkatert wirkenden, blutjungen Huren in ihrer Mitte ließen sich widerstandlos durch die Käfigtür stoßen.

Schmitt selbst, der als Letzter herausgeführt wurde, hing wie ein Kind zwischen den beiden Polizisten. Beim Anblick des Käfigwagens wurden seine Züge groß vor Unglauben. Max ging zu ihm, es bereitete ihm Vergnügen, sich gönnerhaft zu dem kleinen Mann hinabzubeugen. »Das war's, Zwerglein. Herr Svoboda, Herr Krake und noch viele andere lassen grüßen.«

Schmitts Pupillen wurden starr, sie sahen plötzlich wie Kameralinsen aus, durch die er das Gesicht des Feindes in sein Gedächtnis einbrennen wollte. Ruckartig drehte er den Kopf weiter. Erst zu Breuer, dann zu den anderen Inspektoren … An jedem Gesicht blieb sein Blick für einige Sekunden hängen, tatsächlich, als betätigte er eine unsichtbare Kamera. Klick … warten … Klick … warten … Klick … Zuletzt stierte er auf Daniel, den Mann, der im Phaëton saß und die Vorgänge intensiv beobachtete. Kurz wirkte er unsicher, als würde er ihn erkennen, könne sich aber nicht besinnen, woher. Dann füllten sich die Augen mit Hass. Warum auch immer.

Und: klick.

Daniel folgte den Polizisten zurück ins Coselpalais und anschließend Max in sein Büro. Der zog die Augenbrauen hoch, ließ ihn aber erstaunlicherweise bleiben, als er den Zwerg verhörte. Viel geredet wurde nicht. Max fasste zusammen, was man von einem Mann, den er den Geiger nannte, erfahren hatte. Schmitt bat darum, dem dreckigen Lügner auszurichten, was er ihm antun würde, wenn er ihn je in die Finger bekäme. Es folgte eine kurze, scheußliche Liste. »Wer ist der da?« Wieder hing sein Blick an Daniel, aber Max würdigte ihn keiner Antwort.

Einer seiner Männer steckte den Kopf zur Tür herein. »Besucher.« Er flüsterte ihm etwas ins Ohr, Max schüttelte den Kopf, der Mann verschwand wieder.

»Schmitt, Sie haben Ihre Situation noch nicht verstanden. Vor Gericht wird nicht nur der Geiger singen, ihn wird ein ganzer Chor begleiten, und damit spreche ich von Ihren Leuten. Ihre Männer verabscheuen Sie, bei den Frauen ist es blanker Hass. Ich werde allen erklären, dass Sie für das, was Sie getan haben, im Gefängnis vermodern, und so etwas löst – verlassen Sie sich auf meine Erfahrung – zusammen mit der Aussicht auf eine geringere Strafe, die Zungen.«

Der Zwerg versuchte ihn anzuspucken, das Sekret landete auf dem Schreibtisch. Max erhob sich, trat hinter den Mann, packte seinen immer noch mit Handschellen gefesselten Arm und wischte mit dem Jackenärmel die Pfütze auf. Dann setzte er sich wieder.

»Wir haben in Ihrem Haus eine Krawatte von Krake gefunden, die Sie ihm leichtsinnigerweise gestohlen haben, bevor Sie ihn ermordeten. Außerdem Billetts, in denen zwei andere Dresdener Sie um Aufschub angebettelt haben, weil sie den Viertelzins …«

»Ich habe nie was verlangt!«

»Und nicht zuletzt wird Sie das Geheimfach auf der Rückseite Ihres Sekretärs ins Verderben reißen – Sie wissen schon, das, welches mit dem Holzklotz in der untersten Schublade geöffnet werden kann. Wir haben also das Buch, in dem Sie aufgelistet haben, von wem Sie Geld erpressten. Komplett mit Zahlen und Kommentaren zum Verhalten Ihrer Opfer. Ich werde den größten Gerichtssaal im Justizgebäude mit den Zeugen füllen, Schmitt, und einige werden noch im Flur stehen müssen. Einen schönen Gruß übrigens auch von Annie Troll. Sie wird ebenfalls darunter sein.«

Unflätige Schimpfwörter sprudelten zwischen den von Pomade steifen Barthaaren hervor. Der Zwerg streckte Max – sehr kurios – die Zunge heraus. Das war der Moment, in dem Daniel sich daran erinnerte, dass man sich tatsächlich kannte: In einem der letzten Monate seiner Tätigkeit als Staatsanwalt hatte er Schmitt wegen eines Kohlendiebstahls vor Gericht gebracht. Seltsam, dass er sich nicht den Kleinwuchs des Mannes gemerkt hatte, sondern die Zunge zwischen den karottenroten Barthaaren.

Max winkte, der Häftling wurde rausgeschafft. Einer der Wachleute hielt es für einen besonderen Jux, ihn sich über die Schulter zu werfen, Max tat, als würde er es nicht sehen. »Wieder ein Stück Dreck weniger in den Straßen«, meinte er hochzufrieden, nachdem die Tür sich wieder geschlossen hatte. Er lehnte sich zurück und verschränkte die Hände hinter dem Kopf, ein stilles Leuchten im Gesicht. »Ich bin gespannt, wie Römer erklären wird, warum seine eigene Razzia so erfolglos blieb. Das wird er nämlich müssen, nicht mir, aber Schwauß. Ach, Daniel, das Leben ist schön. Manchmal ist das Leben wirklich schön.«

Als hätte ihn die eigene Bemerkung daran erinnert, dass es auch weniger erfreuliche Seiten hatte, glitt seine Hand zum Hals. Er nahm die Kette mit der Polizeimarke ab, legte sie auf den Tisch und zog die Augenbrauen hoch.

»War doch nur geliehen. Und hat sich gelohnt.« Daniel stellte seinerseits den bestickten Beutel mit den Puppen auf den Tisch.

Die Tür wurde erneut geöffnet. »Darf ich noch mal an die Besucher erinnern?« Der Wachmann hüstelte. »Möglich, dass sie gehen, wenn man sie noch lange warten lässt. Und mir kommt es so vor, als hätten sie was Wichtiges zu sagen.«

»Einen Moment noch.« Max öffnete die Tasche und zog die Miniaturtänzerinnen heraus. Er musste sie ebenfalls in Serafinas Wohnung gesehen haben, denn es ärgerte ihn sichtlich, als Daniel ihm die Öffnungen zeigte und die Briefe auf den Tisch legte. Mit gerunzelter Stirn begann er zu lesen. »Und?«

»Tempelritter. Schau auf die Unterschrift.«

Es war offensichtlich, dass ihm das Wort nichts sagte. Er hatte die Logenbrüder zwar verhört, aber damit eine Situation geschaffen, die jede Vertraulichkeit unmöglich machte – und die Erwähnung des Wortes *Tempel* wäre eine solche Vertraulichkeit gewesen. Es widerstrebte auch Daniel, obwohl er die Loge schon lange nicht mehr besuchte, sich zu erklären. Er tat's mit dürren Worten.

»Tempel? Seid ihr so was wie Juden oder Indianer?«

»Der Brief wurde von einem Freimaurer geschrieben – darum geht's.«

»Und damit meinst du Semper, nehme ich an.« Kurze Pause. »Warum reißt du einen von deinen eigenen Leuten rein?«

»Schlechte Gewohnheit von Leuten, die Jura studiert haben?«

»Na, das nenn ich mal ein schwaches Argument.« Max trommelte mit den Fingern auf den Tisch. »Selbst wenn Semper den Brief geschrieben haben sollte, muss er noch lange nicht der Mörder sein.«

»Er hat eine intime Beziehung zu Serafina geleugnet.«

»Weil sie ihm peinlich war.«

»Er ist nicht verheiratet. Was sollte er sich am Gerede der Leute stören? Außerdem – eine Affäre mit einer berühmten Tänzerin ... Wisch dir die Augen. Das ist für die meisten Männer wie eine Medaille vom Club der Bonvivants.«

»Er kann die Beziehung geleugnet haben, um nicht in Verdacht zu geraten. Das wäre die naheliegendste Erklärung.«

Daniel schüttelte den Kopf. »Er ist doch gerade dadurch in Verdacht geraten, dass er sie zu verheimlichen suchte.«

»Das kann man so sehen, steht aber auf wackligen Füßen. Ich muss meinen Verdacht vor der Staatsanwaltschaft vertreten. Was glaubst du, wie erfreut die sein werden, wenn sie einem prominenten Bürger an den Kragen sollen. Noch dazu einem Freimaurer. Stimmt doch, dass ihr untereinander besonders fürsorgliche Bande pflegt? Auch bis hoch in die Justiz?«

»Max ...«

»Semper hatte kein Motiv, die Frau zu ermorden, du hast es selbst gesagt.«

»Eifersucht?«

»Serafina scheint ihn doch erhört zu haben … Was *ist* denn?«

Jemand hatte geklopft und öffnete die Tür.

»Ach«, entfuhr es Daniel.

Bundschuh. Einer der beiden Männer, die den Raum betraten, war Karl Bundschuh. Ihm schoss eine verlegene Röte ins Gesicht, als er Daniel erblickte, aber er fasste sich rasch und murmelte: »Umso besser, es muss ja doch alles heraus.« Die nächsten Worte gingen an Max. »Ich glaube, wir kennen uns von …« Ein weiterer betretener Blick zu Daniel. »… von damals, tja.« Dann drehte er sich zu dem Herrn, der ihn begleitete, einem hageren Mann im Frack mit Glatze und einem üppigen grauen Bart. »Dies hier ist Professor Konrads, Sie kennen ihn vielleicht, er ist der leitende Bibliothekar der Kurfürstlichen Bibliothek.«

Daniel war aufgestanden. Max hätte es um der Höflichkeit willen ebenfalls tun sollen, unterließ es aber, als wäre ungeschliffenes Benehmen ein Mittel, seine Machtposition zu unterstreichen.

»Es geht um Manfred Semper – Herr Raabe hat die Angelegenheit bereits mit Ihnen besprochen?« Bundschuhs resignierter Blick zeigte, dass er die Antwort ahnte. »Um es kurz zu machen: Ich muss mich korrigieren. Herr Semper pflegte tatsächlich zu der armen toten Tänzerin besondere Bande. So unangenehm es mir ist, jemanden anzuschwärzen, den ich als ehrenhaften Herrn …« Er kam ins Stottern, Konrads übernahm es, für ihn weiterzusprechen.

»Wir haben Herrn Semper einmal in einer besonderen Angelegenheit …«

»… als Logenbruder?«, warf Max ein.

»… als Logenbruder, ganz richtig, aufgesucht. Es ging um eine der mildtätigen Einrichtungen, die wir unterstützen, wir sammelten Spenden.«

»Hat Semper in den Beutel gegriffen?«

»Dazu kam es leider nicht. Sein Diener führte uns nachlässigerweise in den Garten des Anwesens, und wir überraschten Herrn Semper in seinem Gewächshaus in einer … nicht zu billigenden Situation mit dieser … Frau.«

»Wie sehr nicht zu billigen?«, fragte Max.

»Überhaupt nicht, für einen Menschen mit tadelsfreiem Charakter.«

»Haben Sie ihn danach aus dem Tempel geworfen?«

Jetzt war es Daniel, den die bösen Blicke trafen. »Wir hatten darüber nachgedacht, aber bevor wir die Sache vor den Ehrenrat der Loge bringen konnten, starb die Tänzerin, und da schien es nicht mehr vonnöten … Wir haben mit Semper ein Gespräch geführt, er begriff, dass er gegen Grundsätze des Anstands verstoßen hatte, die uns wichtig sind, und wir gewannen den Eindruck, dass wir uns künftig auf ihn verlassen könnten. Er war aufrichtig betroffen.«

Der ironische Blick, den Daniel von Max auffing, sollte wohl andeuten, was der Inspektor von aufrichtiger Betroffenheit in Situationen wie der geschilderten hielt.

»Es tut mir leid, dass ich nicht gleich mit der Wahrheit rausgerückt bin«, murmelte Bundschuh, »aber wer einmal in die Fänge der Justiz gerät … Und ich halte es immer noch für ausgeschlossen, dass sich Manfred Semper zu einem so abscheulichen Verbrechen wie einem Mord hätte hinreißen lassen.«

Professor Konrads schien genug von dem Gespräch zu haben. Er hielt ihm die Tür auf, noch einmal zögerte Bundschuh, dann gingen sie.

Die chinesische Uhr mit dem kaputten Glas tickte in das anschließende Schweigen. »Nun?«, fragte Daniel endlich.

»Offenbar hat Semper von Serafina bekommen, was er sich erhoffte – zärtliche Umarmungen. Wenn er sie hätte loswerden wollen, hätte er ihr Verhältnis einfach beenden können. Nein, Daniel, wenn Serafina Semper ermordet hätte, wäre die Affäre Grund zu Ermittlungen. Aber so …«

»Rede trotzdem mit ihm, bitte. Mehr erwarte ich gar nicht.«

Erstaunlicherweise willigte Max ein. Daniels Wunsch mitkommen zu dürfen, wehrte er dieses Mal allerdings ab – gut, das musste man verstehen. Er machte sich sofort auf den Weg. Die Zeit rann dahin. Daniel wartete in seinem Büro. Er musterte ein blutbeflecktes Kindermützchen und einen Damenstrumpf, die, wie andernorts Hirschgeweihe, als Trophäen an den Wänden hingen. Max Kellers Geschmack war eigenwillig, musste man schon sagen.

Als der Inspektor ins Büro zurückkehrte, schreckte Daniel von dem Stuhl hoch, auf dem er, den Kopf auf die Brust gesunken, geschlafen hatte. Es war dunkel geworden, und Max entzündete eine Lampe. Blasses Licht fiel auf das Mützchen an der Wand.

»Wie ist es ausgegangen?«

»Hab ich gesagt, du sollst hier warten?«

»Hat er's abgestritten?«

Max öffnete die Fenster. Kalte, feuchte Luft strömte herein. Er legte seine regennasse Melone und den feuchten Mantel ab. »Dein Bonvivant hat die Affäre zugegeben, allerdings behauptet, es sei nur ein belangloses Amüsement gewesen. Er empfindet sich als Künstler, weil er Häuser baut …«

»Vielleicht ist er's ja.«

»… und zieht daraus die Rechtfertigung für seinen Lebenswandel. Er sagt, dass er keineswegs verrückt nach Serafina war, sie wurde ihm im Gegenteil allmählich lästig, ständig tauchte sie auf, gelegentlich sogar in Gesellschaften, und machte ihm verstohlene Zeichen. Den Tod hat er ihr natürlich trotzdem nicht gewünscht. Aber er hätte seine zärtlichen Stunden mit ihr bald eingestellt. Ich hab ihn auf den Skandal angesprochen, den Serafina hätte auslösen können, wenn sie die Affäre publik gemacht hätte. Er meinte, der einzig mögliche Skandal hätte darin bestanden, die Affäre durch eine Heirat zu einer echten Peinlichkeit werden zu lassen.«

»Was hat er zu den Briefen gesagt?«

»Er leugnet, dass sie von ihm stammen. Genauso wenig wie die Puppen. Hier …« Max reichte ihm etwas, ein Gesindebuch, wie man es scheidenden Angestellten mitgab.

»Ist das seine Schrift?«

Max nickte. »Ich sehe eine Ähnlichkeit, aber … Ich weiß es nicht. Vielleicht hat er seine Handschrift bei den Briefen an Serafina verstellt, um für den Fall vorzubeugen, dass sie ihn erpressen wollte.«

»Womit denn erpressen?«

»Einer Schwangerschaft? Was weiß ich. Auf jeden Fall lässt sich hiermit nichts beweisen.«

Daniel stemmte sich vom Stuhl hoch. Der kurze Schlaf hatte ihn nicht erquickt, im Gegenteil, er spürte plötzlich die Prellungen wieder. »Danke, dass du's versucht hast.« Sein eigener Mantel war trocken, er war froh, ihn überziehen zu können. Im Zimmer war es inzwischen empfindlich kalt geworden.

»Daniel?«

»Ja?« Er knöpfte seinen Mantel zu.

»Wie ist deine Uhr in den Keller deines Hauses gelangt?«

Daniel hob den Kopf, er starrte sein Gegenüber an.

»Ich frag mich das seit drei Jahren«, sagte Max. »Wie war es möglich, dass deine gottverfluchte Uhr auf dem Boden deines Kellers lag?«

18. Kapitel

Der Winter zog sich endlos, und zwar in seiner hässlichsten Form, ungemütlich, ohne Strahlkraft, mit Dreck und Matsch, der immer wieder gefror, sodass man nur vorsichtig trippeln konnte und zeitweise gut daran tat, sich an den Mauern entlangzutasten. Schneeglöckchen brachen aus der Erde, aber sie sahen aus, als hätten sie sich am liebsten wieder unter die Krumen verzogen. Peitschender Regen wechselte mit trübem Himmel und gelegentlichen Schneeflocken.

Und doch war Annie glücklich. »Das Leben meint es gut mit uns«, sagte sie zu Jette, und ihr Mädchen lächelte, wenn auch immer noch ein bisschen verzagt. Das war die Sache mit ihr: An manchen Menschen glitt alles ab, Jette sog Gefühle in sich hinein und kaute sie wieder, bis sie Teil ihrer Seele wurden. Darin erinnerte sie Annie an eine früh verstorbene Tante, die auch so große, wachsame Augen gehabt hatte, als würde sie dem Schicksal nicht trauen, was sich für sie am Ende sogar bestätigte: Sie starb, als sie, geschwächt durch eine Erkältung, fehltrat und in die Fäkaliengrube ihres Mietshauses stürzte.

Annie wischte die traurige Erinnerung beiseite. Zum ersten Mal seit Tagen schien die Sonne, und sie spazierte mit Jette über den Neumarkt. Der Duft gerösteter Maronen hing in der Luft. Wenn sie Geld besessen hätte, hätte sie Jette ein paar gekauft. Der Zwerg saß hinter Gittern, das Damoklesschwert, das über ihnen geschwebt hatte, war verschwunden. Daniel Raabe und der komische Inspektor hatten ihr versichert, dass Schmitt ihr nie wieder begegnen würde. »Er verlässt das Gefängnis nur in einem Sarg«, hatte Raabe gemeint.

Und die Erleichterung, die wie ein vielstimmiger Gesang durch die Dresdener Altstadt zog, bewies, dass die Bürger seine Ansicht teilten. In den Bäckereien, den Fischläden und auf den Wochenmärkten wurde über Schmitts Verhaftung getuschelt, man lachte, man tauschte Küsse. Es sah aus, als hätten alle, die ein Geschäft betrieben, gezahlt oder befürchtet, demnächst eine Aufforderung dazu zu erhalten.

Inspektor Keller hatte Annie gefragt, ob sie gegen Schmitt aussagen würde. Sie hatte ihm »O ja« ins Gesicht geschrien. Nur Jette durfte nicht dabei sein. Annie ahnte, dass es sie noch weiter verstören würde, wenn sie anhören müsste, was im Detail das hassenswerte kleine Stück Scheiße ihr hatte antun wollen.

Sie liefen ein Stück an der Elbe entlang, genossen es, sich nicht mehr ängstlich umsehen zu müssen, und schließlich bogen sie zum Trinitatisfriedhof ab, wo die arme Serafina beerdigt lag. Als sie die *Städtische Düngeranstalt* passierten, kroch Annie noch einmal ein Schauder über den Rücken. Gut, dass Jette von ihrem schrecklichen Erlebnis, bei dem sie fast ertrunken wäre, nichts wusste, ach das arme Kind. »Egal, was du sagst: Ich werde dir ein paar Hiebe mit dem Degen beibringen, nur für den Notfall, weil auch eine Dame sich wehren können muss, wenn ihr jemand zu Leibe rückt, das hast du doch gesehen.«

Sie sah Jette zusammenzucken. Ihre Tochter verabscheute Waffen, sie sah in ihnen nichts als scharfe Gegenstände, an denen man sich schneiden konnte, und hatte sich bisher geweigert, davon auch nur eine in die Hand zu nehmen. Sie war töricht und gleichzeitig stur. Wie ihre Mama, vielleicht hat sie das ja von mir, dachte Annie mit einem schiefen Lächeln.

Der Friedhof tauchte auf, sie öffneten das Tor. Die Sonne kroch hinter einer Wolke hervor wie eine beflissene Gastgeberin, die spürt, dass ein wenig Licht vonnöten war. Schweigend schritten sie an Gräbern vorbei, manche waren fast wie kleine Häuser, andere winzig, mit verwitterten oder neueren Grabsteinen, viele mit Blumen bepflanzt, die im Frühling und Sommer blühen würden. An einem Kreuz in der Mitte des Friedhofs hing der arme Herr Jesus. Schließlich standen sie vor Serafinas Grab.

»Was wollen wir hier eigentlich?«, fragte Jette.

Annie starrte auf die nasse Erde, auf der kleine Pfützen schwammen. Am Kopf des Grabs stand, fast verborgen durch die herabhängenden Zweige eines Kirschlorbeers, eine Messingvase. Sie sah aus wie ein einsamer, Wache schiebender Soldat.

»Was wollen wir hier?«, bohrte Jette.

»Abschied nehmen. Weil ich das ja bei der Beerdigung nicht konnte. Und so verkehrt ist sie nicht gewesen, die arme Serafina. Sie besaß Schneid, weißt du? Die hat sich was getraut in den Fechtstunden. Wenn sie da rumgewieselt ist und sich um sich selbst gedreht hat ... Oh, là, là, ich musste aufpassen. Sie hat dreingeschlagen wie ein Mann, unglaublich, dass man sie umbringen konnte. Ihr Mörder muss sie überrascht haben.«

»Was ist denn mit deiner Wange?«, fragte Jette.

»Irgendwas zieht da. Zahnweh.«

Jette drückte tröstend ihren Arm.

»Komisch, was? Ich meine die Blumen.« Die Messingvase war mit einem Strauß roter Kunstrosen gefüllt. Die mussten sündhaft teuer gewesen sein, so echt, wie sie aussahen. Erstaunlich, dass jemand sie hier einfach so hingestellt hatte. Hatte der keine Angst gehabt, dass sie geklaut würden?

»Also gab es doch einen Mann, der sie liebte«, meinte Jette.

Annie warf ihr einen scharfen Blick zu. »Wie kommst du darauf?«

»Ich dachte, Rosen werden Frauen von Männern geschenkt, die ...« Jette errötete.

»Die sie lieben? Glaub mir ja nicht solchen Quatsch. Männergeschenke sind Eintrittsgelder in ein Land, das billigen Spaß verspricht.«

»Hat mein Vater so was gemacht? Eintrittsgeld bezahlt?« Jette blickte sie an, furchtsam und gleichzeitig wild und wohl auch unsicher, weil sie nicht wusste, was mit dem Eintrittsgeld gemeint war.

»Herrgott, wie kommst du auf so was? Außerdem glaube ich nicht, dass die Rosen von einem Mann stammen. Es gibt da nämlich noch eine andere Möglichkeit. Jette, da musst du dir eigentlich die Ohren zuhalten.« Sie gab weiter, was Raabe über Rosina und Serafina und die widernatürlichen Gefühle, die die Klavierspielerin für die Tänzerin hegte und die sie zu einer Liebesbezeugung in den Tanznotationen verführten, gesagt hatte. Sie betonte dabei den Spott, den Rosina danach von der Angebeteten hatte erdulden müssen. Nicht, dass Jette selbst auf solcherlei Gedanken käme. Aber das war ausgeschlossen, und deshalb schob sie noch hinterher, was ihr ebenfalls wichtig schien, dass Liebe nämlich eigentlich immer erfreulich war, wo es in der Welt doch so sehr daran mangelte. »Aber enttäuschte Liebe hat eine furchtbare Macht über Menschen mit einem schwachen Charakter. Der Detektiv meint, dass Rosina Serafina vielleicht wegen ihrer bösartigen Antwort auf das Liebesgeschwafel umgebracht hat. Und ich finde, da könnte was dran sein.«

»Aber das wird man ja gar nicht rauskriegen können, oder?«, fragte Jette, schon wieder erstaunlich erwachsen.

»Ich weiß nicht.« Noch einmal breitete Annie ihr Wissen

vor der Tochter aus – dieses Mal über die Fingerabdrücke, aus denen man angeblich ablesen konnte, wer einen Gegenstand berührt hatte.

»Geht das wirklich?«

»Ich hab's ja beim Raabe im Laboratorium selbst gesehen. Wenn man die Rosenvase da hinten zum Beispiel mit ein bisschen Wachs einreiben würde …« Das Graphit müsste Fingerabdrücke auf Wachs prächtig sichtbar machen. Der Gedanke begann Annie zu gefallen. Sie glaubte nicht, dass die Kriminalpolizei sie noch im Verdacht hatte. Andererseits: Wissen konnte man nie. Wenn der Polizeidirektor, oder wer immer im Coselpalais das Sagen hatte, von diesem Keller einen Schuldigen verlangte, würde der sich dann nicht vielleicht doch an sie erinnern? Die Sache mit Schmitt war ausgestanden, es wäre wirklich schön, wenn sie sich auch wegen der Tänzerin keine Sorgen mehr machen müsste.

Kurz entschlossen packte sie die Vase.

»Annie«, entfuhr es der entsetzten Jette.

Sie erklärte ihrer Tochter, was sie vorhatte, und streichelte beschwichtigend ihren Arm. »Keine Angst, Jette, hab keine Angst, ich bringe sie ja zurück.«

19. Kapitel

Schmitt lag im Bock. Die Drecksgendarmen hatten ihn mit Händen und Füßen in das Foltergerät gespannt, und weil sein Körper zu klein für diesen Apparat war, schmerzte es doppelt. Er fluchte, er heulte, aber niemand hörte ihn. Er fühlte sich wie in einem Universum gefangen, das einzig aus vier schimmligen Mauern, einem nassen Betonboden und diesem Drecksmarterinstrument bestand. Zwei Gendarmen hatten ihn vor ein paar Stunden aus seiner Zelle im Coselpalais geholt, er wusste nicht, mit welcher Begründung, wahrscheinlich hatten sie gelogen, dass es mit Keller abgesprochen wäre. Und dann hatten sie ihn in diesen abgeschiedenen Raum in der *Alten Wache* gebracht, der hinter den großen Zellen lag. Der Grund lag auf der Hand: Er hatte vor einiger Zeit damit begonnen, Römer zu schmieren, um ihn davon abzuhalten, sich allzu gründlich mit seinen Geschäften zu befassen. Nun stand ein Gerichtsprozess bevor, und Römer hatte Angst, dass er auspacken könnte, um seine eigene Situation zu verbessern. Er würde ihn heute Nacht umbringen, das war so sicher wie die ausgestreckte Hand der Hure nach dem schwitzenden Kraftakt.

Der Tag verging, die halbe Nacht, irgendwann vergaß er Römer über seinen Schmerzen, und als sich die Tür öffnete, hätte Schmitt vor Erleichterung weinen mögen. Selbst der Tod schien ein Nichts gegen das, was sein gemarterter Körper aushalten musste. Ein Mann in einer Uniform – nicht

Römer – befreite ihn aus seiner schmerzhaften Stellung und schleifte ihn zur Wand, wo er ihn wieder ankettete. Schmitt bekam eine Schale mit Suppe vorgesetzt und fiel darüber her, obwohl sie völlig versalzen war. War das mit dem Salz Absicht? Wollten sie ihn nun mit Durst foltern? Schmitt steckte dem Wächter die Zunge raus, ein Impuls, der ihn immer überkam, wenn er die Kontrolle über sich verlor. Der Mann revanchierte sich mit einem Tritt und verließ die Zelle wieder.

Erneut verstrich Zeit. Ein Tag? Eine Woche? Nur ein paar Stunden? Es stank nach Kot, nach seinem eigenen, den er in der Ecke, bis zu der die Kette reichte, abgedrückt hatte, und nach fremdem, der zwischen den Fußbodenplatten klebte. Schmitt hasste Gestank. Aber noch schlimmer war die Dunkelheit.

Während eines unruhigen Halbschlafs glitt er zurück zu dem Tag in seiner Kindheit, an dem er fast gestorben wäre. Kühe grasten auf Almwiesen, die kleegrün im Sonnenlicht leuchteten. Die Bergspitzen waren schneebedeckt gewesen. Er hopste herum, spielte mit Stöckern, hütete wohl die Kühe, das wurde nicht ganz klar. Dann kam seine Mutter vom Dorf auf die Wiese. Sie packte ihn und trug ihn zu einer Höhle in der Nähe. Er hatte in ihren Armen gelegen, seine Nase in ihren Busen gedrückt und ihren Geruch aufgesogen, obwohl er kein Kleinkind mehr gewesen sein konnte. Nur mühsam drang das, was sie sagte, in seinen Kopf. Aber weil sie es mehrere Male wiederholte, verstand er es schließlich. Dass es nämlich für sie eine Aussicht auf Heirat gab, aber nicht mit einem Krüppel, der ihr am Schürzenband hing.

Als sie die Höhle betraten, hatte ihn plötzlich eine entsetzliche Angst gepackt. Er sah die schwarze Oberfläche des Höhlensees, und dann drang auch schon Wasser in seine Nase und in seinen Mund.

Er war fast sofort erschlafft, als hätte er begriffen, was

ihm geschah und wie er sich vielleicht retten könnte. Tatsächlich hatte seine Mutter ihn losgelassen und war fortgerannt, und er hatte es paddelnd auf den sicheren Felsboden zurückgeschafft, obwohl er nie schwimmen gelernt hatte. Dort hatte er zu husten begonnen und dann in völliger Stille gewartet, ratlos, was er tun sollte. Die Furcht hatte ihn gelähmt, das Plätschern des Wassers, in dem sich Molche oder Fische bewegten, sein Entsetzen gesteigert, bis es jede Faser seines unförmigen Körpers füllte. Das waren die Stunden gewesen, in denen er gelernt hatte, die Dunkelheit zu hassen.

Schmitt schreckte aus dem Traum hoch und fand sich in seiner Zelle wieder. Aber der Modergeruch wollte nicht weichen und überdeckte sogar den Geruch der Scheiße und des Schimmels. Er begann zu brüllen, bis er heiser war. Dann schwieg er. Als sich schließlich die Tür in den Angeln drehte, wurde ihm schwach vor Erleichterung.

Römer kam herein.

Schmitt setzte sich auf. Er rang um sein Selbstbewusstsein, das er durch ein höhnisches Grinsen ausdrücken wollte, aber er schnitt wohl nur eine Grimasse. Was würde der Major mit ihm machen? Ihn an seiner Kette erhängen und es wie Selbstmord aussehen lassen? Sollte er sich wehren? Es wäre so sinnlos wie damals in der Höhle.

»Wie konntest du nur so dumm sein«, tönte Römers kalte Stimme, während er seine Lampe absetzte, die glücklicherweise nur ein schwaches Licht aussandte, sodass es den Augen nicht wehtat. »Du hast ihnen Beweise hinterlassen wie Fliegenschisse. Man sollte dich prügeln.«

Aber er machte keine Anstalten, den Worten Taten folgen zu lassen, und Schmitt merkte auf. Er hatte ein Gespür für Situationen, in denen noch nichts entschieden war. Gab es doch noch Hoffnung? Der Gendarmenmajor schien unentschlossen. Verfolgte er einen Plan, den zu äußern er heikel fand? Da musste etwas sein. Hätte er ihn nur ausschalten wollen, hätte er sich auf kein Gespräch eingelassen. So einer war er nicht. Römer war wie eine Dampframme, die ohne jedes Gefühl alles in den Boden stampfte.

»Weißt du, wer dich verhaftet hat?«

»Max Keller.« Schmitt kannte alle wichtigen Polizisten, wie jeder in der Unterwelt. Keller war der Größte unter denen, die selbst ermittelten. Er hatte einmal versucht, etwas über ihn herauszufinden, um ihn erpressen oder bestechen zu können, aber der Mann war wie ein leerer Schrank. Niemand wusste etwas über ihn, und wer was wusste, rückte damit nicht raus. Und nun?

»Weißt du, wer ihn zu der Razzia aufgestachelt hat?«

Schmitt spitzte die Ohren.

»Der Mann heißt Daniel Raabe. Er war früher mal bei der Staatsanwaltschaft.«

»Den kenne ich«, entfuhr es Schmitt. Und plötzlich hatte er alles wieder vor Augen. Der Kohlenklau … Die Gendarmen … und dann der Gerichtssaal, in dem dieser … wie hieß er? Raabe? … ihm zwei Monate aufgedonnert hatte. Zwei höllische Monate, in denen Schmitt gelernt hatte, dass nicht nur Frauen in Gefahr standen, von Männern für dreckige Spiele benutzt zu werden. Wut kochte in ihm auf, er versuchte sie zu verbergen, aber Römer lächelte wissend.

Schmitt zwang sich zu kühlem Denken. »Was hat der Mann gegen mich?« Raabe würde ihn ja wohl nicht verfolgen, weil er ihm das mit den Kohlen nachtrug.

»Er ist aus dem Staatsdienst ausgeschieden und betreibt etwas, das er Detektei nennt. Er erledigt für Leute, die ihn dafür bezahlen, die Polizeiarbeit, um ihre Unschuld zu beweisen oder jemandes anderen Schuld.«

Schmitt war verwirrt.

»Im Augenblick arbeitet er für eine Frau namens Annie Troll.«

An Annie erinnerte Schmitt sich natürlich. Auch, dass sie

ihm immer noch nicht ihre Tochter gebracht hatte, die saublöde Schlampe. Stattdessen hatte sie also Raabe auf ihn gehetzt. Und der hatte seine Beziehungen spielen lassen und die Razzia losgetreten.

Wieder kochte die Wut durch Schmitts Gedärme, aber um Annie Troll würde er sich später kümmern müssen. Erst musste er rausfinden, was Römer plante. Der Major bot ihm einen Handel an. Er begriff nur nicht, worin genau der bestand. »Was soll ich tun?«

Römer zog ein Fläschchen aus seiner Uniformtasche. Er öffnete es und bestäubte sich mit Parfüm. Der Geruch nach Scheiße mischte sich mit dem von Rosen. Der Zwerg starrte auf den Flakon, den Römer wieder in seiner Tasche verschwinden ließ.

»Es geht mir um den Staatsanwalt. Er hat seine Frau und sein Kind umgebracht.«

Schmitt war verblüfft. Was sollte das nun wieder?

Römer begann in dem kleinen Raum auf und ab zu schreiten, jeweils fünf hektische Schritte, hin und zurück, hin, zurück. »Ich rede von einer tragischen Nacht vor drei Jahren. Bis dahin kannte ich den Mann kaum, nur durch Gerichtsverhandlungen, bei denen man sich zwangsläufig begegnete. Aber dann wurde ich durch die Glocken des Annenturms zu einem Brand gerufen. Die Feuerwehr war bereits vor Ort und versuchte zu retten, was möglich war, leider vergeblich, denn der Rauch, der von der brennenden Kohle im Keller ausging, war schon in das Schlafzimmer gelangt. Raabes Frau und seine Tochter waren jämmerlich erstickt. Ich selbst konnte nicht viel tun, so stand ich abseits und beobachtete das Geschehen.«

Worauf, zur Hölle, wollte der Mann hinaus?

»Und dann, als das Feuer gelöscht war und nur noch eine Feuerwache zurückblieb, habe ich Raabe entdeckt. Er kam vom hinteren Teil des Grundstücks, aus dem Garten. Sein

Gesicht war schwarz von Ruß, seine Kleider angesengt. Er bewegte sich wie eine Marionette und murmelte unverständliche Worte. Ich bin zu ihm gegangen, womöglich hatte er ja über dem Unglück den Verstand verloren. Und dann hörte ich, was er sagte: Ich verfluche dich, Dorothea. Immer wieder: Ich verfluche dich.«

»Wer war das denn, diese Dorothea?«, fragte Schmitt, wider Willen neugierig.

»Seine Frau, das habe ich später erfahren. Die Leiche des armen Wesens wurde gerade aus der Brandruine getragen. Man hatte sie in eine Decke gewickelt, genau wie das ebenfalls zu Tode gekommene Kind. Raabe hat das Kind aber gar nicht beachtet, sein Blick war nur auf das größere Bündel gerichtet. Und immer der gleiche Satz: Ich verfluche dich.«

»Wie herzlos«, sagte Schmitt, obwohl ihm gleichgültig war, was Leute redeten, wenn eine Frau gestorben war. Seine Mutter hatte versucht, ihn zu ermorden – jede tote Frau war ein Gewinn.

»Später hat einer meiner Leute eine Uhr im Keller des ausgebrannten Hauses gefunden. Er hat sie mir beschrieben: eine teure Uhr, eine Savonnette, genau so eine, wie Daniel Raabe sie besaß – oder vielmehr, wie er sie bis zu jener Nacht besessen hatte. Ich bin sicher, dass Inspektor Keller, der mit ihm befreundet war, die Uhr gefunden hat, ihre Bedeutung erkannte und sie verschwinden ließ. Ich ging bis zum Generalstaatsanwalt, um das zu melden, aber man ließ mich abblitzen. Verstehen Sie, dass ich zornig bin?«

Schmitt nickte. Natürlich hatte es den Mann gekränkt, dass ihm keiner zuhörte. Er leckte sich die Lippen. Noch einmal: Worauf wollte der Major hinaus?

»Ich habe ermittelt, heimlich, weil man es mir von offizieller Stelle untersagte. Raabe war angeblich zu der Zeit, als der Brand ausbrach, bei einer Freimaurersitzung gewesen. Nur hatte er sie früher als die anderen verlassen. Auch das habe ich übrigens dem Generalstaatsanwalt und diesem Keller erklärt, aber sie wollten davon nichts hören. Der Frauen- und Kindermörder kam also ungestraft davon. Die Gerechtigkeit wurde mit Füßen getreten. Und das macht mich wütend, verstehen Sie?«

Nein, keine Spur. Aber Schmitt begann zu begreifen, worin der Handel bestehen sollte, den Römer mit ihm abschließen wollte. »Nur Raabe oder auch Keller?«, fragte er knapp.

Römer lächelte. »Ohne Keller hätte ich das Dreckschwein erwischt.« Kurz herrschte Stille, dann bückte er sich und löste mit einem Schlüssel die Kette, an der Schmitt hing. Leise sagte er: »Zählen Sie bis tausend, bevor sie raufkommen. Der Wachraum wird dann leer sein.«

20. Kapitel

Jette war gekränkt. Warum belog ihre Mutter sie immer noch über ihren Vater?

Sie war auf dem Weg zum Markt, wo sie einen Wirsing holen sollte, Grundlage für das Mahl der nächsten Tage, sie hatte also Zeit, sich zu ärgern. Und weil der Zwerg sie nicht mehr verfolgte, musste sie auch auf nichts aufpassen und besaß Muße, ausgiebig in den schwarzen Schwaden ihres Grolls herumzuirren.

Fest stand: Die Kröger hatte die Wahrheit gesagt. Ihr Vater war in Wirklichkeit nie mit Annie verheiratet gewesen, und ob er tot war oder einfach weggelaufen, spielte eigentlich keine Rolle. Jette wusste auch, was mit dem billigen Spaß gemeint war, von dem Annie geredet hatte, weil sie einmal Zeuge gewesen war, wie ein Hund im Hinterhof auf einen anderen Hund raufkletterte, und dann waren Bemerkungen zwischen Onkel Willi und ein paar anderen Nachbarn hin und her geflogen, aus denen man schließen konnte, dass die beiden Welpen machten und dass es bei Menschen, wenn sie Kinder bekommen wollten, ähnlich zuging.

Dass Kinder im Bauch ihrer Mütter ranwuchsen, hatte Jette schon vor einiger Zeit begriffen. Die Frauen in der Nachbarschaft wurden dick, und nach ein paar Monaten, wenn die Säuglinge in ihren Armen lagen, waren ihre Bäuche wieder weg. Nur wie die Kinder in die Mütter reinkamen, hatte sie nicht richtig verstanden. Wenn man von den

Hunden ausging ... Also, die Rüden hatten einen Pipischwengel, und den steckten sie in die Hündinnen rein. Schwammen die winzigen Welpen im Pipi rum? Das wäre eklig, und Jette konnte sich keinesfalls vorstellen, dass auch im Pipi von Männern winzige Menschenkinder schwammen. Außerdem: Wie sollten die denn aus dem Pipi in die Bäuche der Mütter reinkommen? Das war nicht nur widerlich, das war auch ... Annie hätte keinen Mann in sich reinstrullen lassen, davon war Jette überzeugt.

Na gut. Sie beschloss, die Sache mit dem Vater erst mal auf sich beruhen zu lassen, weil ihre Mutter sich wahrscheinlich deswegen schrecklich schämte. Aber irgendwann würde sie darauf bestehen, die Wahrheit zu erfahren, auch den Namen ihres Vaters.

Es gab noch eine zweite Sache, die sie quälte, und die ging ihr noch tiefer ins Herz. *Hab keine Angst, Jette*, hatte Annie zu ihr gesagt, als sie die Vase mitnahm. Das sagte sie so oft: *Du brauchst keine Angst zu haben.* Als wäre ihre Tochter ein Feigling. Was, wenn sie damit recht hatte?

Jette erreichte den Markt und drängte sich zwischen den Ständen hindurch, und eine Zeitlang war ihr Kopf mit praktischen Dingen beschäftigt. Sie sollte einen Kohlkopf ergattern, der schon ein bisschen angegammelt war und den sie deshalb billiger bekäme. Annie hatte nur noch drei Kundinnen, die in die Fechtschule kamen. Das war nicht viel. Und die äußeren Blätter vom Kohl musste man dann eben abziehen.

»Kann ich den da haben?«, fragte sie einen Bauern, der schon dabei war, seine restlichen Waren in einen Karren zurückzuräumen, weil es dämmerte. Er klaubte den Kopf auf. »Vierzig Pfennig.« Jette holte Luft. Sie war *kein* Feigling. Bloß weil man keine Degen mochte, war man doch kein Schisshase. »Ich zahl aber nur zwanzig«, erklärte sie mutig.

Der Mann fasste sie ins Auge, dann lachte er. »Du weißt,

wie man feilscht, was? Fünfundzwanzig.« Er legte den Kopf auf das Brett, auf dem seine Waren ausgebreitet gewesen waren, und nahm die Pfennige in Empfang. Jette ließ ihre Beute stolz in den Beutel gleiten, den Annie ihr mitgegeben hatte. Über dem Markt ging die Sonne unter, in ihrem Herzen ging sie auf. Sie hatte zum ersten Mal dazu beigetragen, ihre und Annies Lage zu verbessern.

In Hochstimmung wollte sie sich auf den Heimweg machen. Doch schon beim Judenhof, wo man in die Gässchen einbog, zögerte sie. Hatte sie wirklich etwas so Großartiges getan? Eigentlich hatte sie doch nur nachgeahmt, was sie bei ihrer Mutter hundert Mal beobachtet hatte. Annie würde kaum hinhören, wenn sie davon erzählte. Jette seufzte. Wie gern hätte sie einmal den Glanz echten Stolzes in Annies Augen gesehen. Sie wollte ihre Verbündete werden, die Kameradin, auf die sie sich verließ, eine …

Wie vom Schlag getroffen, blieb sie plötzlich stehen. Ihr kam eine Idee, sie war abenteuerlich, verwegen, ließ das Herz höher schlagen und die Fantasie lodern. Ein Einfall wie aus einem der Bücher, die Henni Walther ihr gelegentlich lieh und in denen tapfere Männer unglaubliche Heldentaten vollbrachten, wie beispielsweise im Handstreich ein Schiff entern oder mit dem Säbel eine Räuberbande das Fürchten lehren … Nein, bitte nicht, es ist gefährlich, wandte ihre verzagte kleine Kinderseele ein. Na und? Heldentum gibt's nicht ohne Gefahr, hielt ihre fast erwachsene Seele dagegen und ließ Jettes Schultern straff und gerade werden.

Jette änderte die Richtung. Ihr Puls hämmerte, als sie zur Elbe hinaufhastete und dem Weg folgte, den sie vor ein paar Tagen mit ihrer Mutter gegangen war. Annie hatte die eingewachste Vase am Vortag zum Trinitatisfriedhof zurückgebracht, in der Hoffnung, dass die Klavierspielerin aus dem Theater sie anfassen würde und man die Abdrücke ihrer Finger mit denen auf dem Messer vergleichen könnte, mit dem die Tänzerin umgebracht worden war. Das hatte Jette verstanden. Aber wenn ihre Mutter sich irrte und jemand anderes Serafina erstochen hatte, und wenn der nun kam und die Vase berührte – dann wären sie nicht klüger als vorher, weil sie ja nicht wüssten, von wem die Abdrücke stammten. Wenn sich aber andererseits jemand beim Grab versteckte und im entscheidenden Moment zur Stelle wäre …

Als Jette das Friedhofstor öffnete, schwebte sie in Träumen, in denen Annie und vielleicht auch Herr Raabe, den sie gut leiden konnte, ihr auf die Schulter klopften, und in denen Annie bewundernd ausrief: »Jette, Donnerwetter, meine kleine Draufgängerin!«

Sie trat einen Schritt beiseite, um eine Frau in einem grün und grau gestreiften Kleid durchzulassen, die mit gesenktem Kopf zum Friedhofsausgang eilte. Kurz schaute sie ihr nach. Die Frau sah niedergeschlagen aus, auf eine verzweifelte Art, als hätte sie erst kürzlich jemanden verloren. Aber Jette vergaß sie gleich wieder. Ihre Schritte wurden langsamer, nun, da sie sich ihrem Ziel näherte. Plötzlich ging ihr auf, wie klein ihre Chancen waren, Serafinas Mörder zu entlarven. Warum sollte er gerade heute kommen, und ausgerechnet in der Stunde, die sie erübrigen konnte, um auf ihn zu warten?

Gleichzeitig mit dem Bedauern packte sie Erleichterung. Schatten hatten sich auf den Friedhof gesenkt, grauschwarze Schleier umspielten die Büsche. Ihr wurde bewusst, wie allgegenwärtig der Tod an diesem unheimlichen Ort war. Er hockte auf den Grabsteinen, zwinkerte ihr flackernd aus Grablichtern zu, grinste sie aus versteckten Winkeln an und ritt auf den Flügeln einer aufflatternden Krähe in den Nachthimmel. *Wer einen Menschen getötet hatte, würde der zögern, auch einen zweiten umzubringen?*

Allmählich musste sie sich zwingen, weiterzugehen. Nur das staunende Gesicht ihrer Mutter, auf das sie so sehnlich hoffte, hielt sie davon ab, kehrtzumachen. Schließlich stand sie vor dem Grab – oder genauer, vor dem kahlen Stück Erde, das vielleicht im Frühjahr bepflanzt werden würde. Die Abendsonne hing als rötlich verschwommenes Licht zwischen den Bäumen. Ganz in der Nähe sang ein Vogel, vielleicht eine Nachtigall, sie kannte sich nicht aus. Der Vogel hörte sich verfroren an und hielt immer wieder in seinem Flöten inne, als hielte er nach Feinden Ausschau.

Jette blickte sich um – und sah überrascht, dass die Vase, die ihre Mutter zurückgebracht hatte, verschwunden war. Gleich darauf entdeckte sie sie auf einem Nachbargrab, mitsamt einem Strauß verstreuter Rosen. Ihr Mund wurde trocken. Sie musste an die Frau denken, die ihr am Friedhofstor begegnet war, obwohl nichts darauf hindeutete, dass sie etwas mit der Vase zu tun gehabt haben könnte.

Und nun? Sie wollte gerade das Gefäß holen, als die Abendsonne hinter dem Grab in einem der Büsche etwas aufblitzen ließ. Neugierig umkreiste sie das kleine Stück Erde, unter dem Serafina ruhte, griff zwischen die Zweige und holte etwas heraus, das dort an einem dünnen Faden hing. Sie befühlte es mit den Fingern: Es war ein Herz aus Glas. Mit einem Schlag kehrte ihre Verwegenheit zurück. Herzen standen für Liebe, genau wie Rosen.

Sie fuhr erneut mit den Händen durchs Gebüsch und war begeistert, als sie einen weiteren Anhänger entdeckte. Hatte Serafinas Galan beschlossen, gläserne Herzen über das trostlose Grab zu hängen? Und war er auch ihr Mörder? Jette versuchte sich vorzustellen, wie es wäre, eine Klinge in einen Menschen zu stoßen. Sie hatte sich nur ein einziges Mal in ihrem Leben geschnitten, als sie nämlich eine Wurst würfeln sollte. Der Schnitt ging gar nicht tief, aber danach konnte sie keine Schneide mehr berühren, ohne dass ihr flau im Magen wurde. Sie würde niemals jemanden mit einem Messer verletzen, nicht einmal, wenn sie ihn hasste.

Jette ließ eines der beiden Herzen in ihre Schürzentasche

unter dem Mantel gleiten, um es ihrer Mutter zu zeigen. Das andere hängte sie in die Zweige zurück. Gerade wollte sie sich aufrichten, als sie Stimmengemurmel vernahm. Sie huschte zu einem großen Grabstein, um sich zu verstecken, aber es war zum Glück nur ein altes Ehepaar, das vorbeischlenderte. Die beiden sprachen über eine Gasrechnung. Jette erhob sich erleichtert und holte die Vase.

Als sie sich auf den Rückweg machen wollte, tauchte plötzlich ein anderer Mann zwischen den Gräbern auf. Das war ja ein Gerenne hier! Inzwischen war es so dunkel, dass sie nichts von ihm erkennen konnte, bis auf einen weiten, wehenden Mantel. Er selbst schien aber zu sehen, dass sie etwas in den Händen hielt. »Du verdammte kleine Diebin!«, brüllte er empört. »Dich werd ich lehren …«

Er rannte los, um sie zu packen.

21. Kapitel

Er kommt nicht«, sagte Daniel und blickte zu der hässlichen chinesischen Uhr in Max' Büro. Der Zeiger war im schlechten Licht kaum zu erkennen, aber er meinte zu sehen, dass es auf neun zuging. »Wahrscheinlich hatte er es überhaupt nicht vor«, dozierte er. »Quentin Horn ist nicht der Mann, der die Hand beißen würde, die ihn füttert. An Römer hängt seine Laufbahn.«

»Abwarten.« Max schrieb an einem Bericht, er war ein vielbeschäftigter Mann, Zeitnot war eines seiner großen Probleme.

Ein vielbeschäftigter Mann und ein kluger Kopf, dachte Daniel, während er zusah, wie die Feder über das Papier kratzte, aber keiner mit einem Händchen fürs Schreiben. Max hatte ihm nur wenig aus seinem Leben verraten. Er war in Armut aufgewachsen, doch seine rasche Auffassungsgabe und vielleicht auch die Ellbogen, die er gern und häufig benutzte, hatten ihn ins Amt des leitenden Kriminalinspektors gehievt, das er ja auch vorbildhaft ausfüllte. Nur beim Schreiben geriet er ins Schlingern. Daniel hatte seine Berichte früher oft auf den Tisch bekommen, sie wimmelten von Rechtschreibfehlern. Er wusste, dass Max sich über diese Schwäche ärgerte und sie, so gut es ging, verbarg. Sonderbar, dass er ihn nun zum Zeugen seiner Unsicherheit machte. Auf dem Tisch lag ein Lexikon, in das er gelegentlich hineinschaute.

»Ich habe mit Link gesprochen. Er meint, dass ich die Savonnette kurz vor dem Brand mit ins Büro genommen habe.«

»Was?« Max hob den Kopf, und Daniel wiederholte, was er gesagt hatte.

»Der Bursche soll sich das all die Jahre gemerkt haben, obwohl er es in der Brandnacht nicht der Mühe wert fand, darüber zu reden?«

»Er wusste doch gar nicht, dass sie im Keller gefunden worden war.«

»Meinst du nicht, dass Römer ihn danach gefragt hat?«

»Er behauptet: nein.«

»Und das glaubst du ihm? Du machst mich verrückt. Mann, halt den Mund, ich muss mich konzentrieren.« Tinte kleckste, Max griff nach Löschpapier, vergrößerte das Unglück damit nur und schob den Papierbogen ärgerlich beiseite. Seine Handflächen sausten auf die Tischplatte, in der Absicht, sich zu beherrschen. »Was, wenn Link die Uhr selbst gestohlen hat, wenn er der Brandstifter ist und nun eine Geschichte nachschiebt, damit man ihm nicht auf die Schliche kommt?«

»Warum hätte er mein Haus anzünden sollen?«

»Was weiß ich? Ich sage nur, dass dir der nötige Abstand fehlt. Du bist voreingenommen. Jemand flötet dir Märchen ins Ohr, und du hältst sie für das Evangelium.«

»Falls Link wirklich der Brandstifter wäre, hätte er bei der Uhr einfach den Unwissenden geben können. Warum sollte er sich etwas ausdenken?«

»Warst du wirklich nicht im Keller deines Hauses?«

Daniel presste die Lippen aufeinander. Jetzt nicht durchdrehen. »Wenn du glaubst, dass ich mein Kind bei lebendigem Leib verbrennen lassen würde – warum sind wir dann gemeinsam hier in diesem Raum?«

»Du hast gedacht, Clara wäre bei deiner Schwiegermutter. Und was Dorothea angeht …«

»Ist eigentlich zwischen euch beiden was gewesen?«

»Bitte?«

»Du hast ihr schöne Augen gemacht, und sie dir auch. Denkst du, ich wäre blind gewesen? Du hättest sie übrigens haben können. Vielleicht hätte sie in eine Scheidung eingewilligt, so wie sie sich an dich rangeschmissen …«

»Sei vorsichtig.«

Daniel lachte bitter. »Ich bin während meiner Ehe auf Zehenspitzen gelaufen, nur nichts falsch machen, nur kein Drama raufbeschwören. Ich kann mit Vorsicht nichts mehr anfangen. Wahrscheinlich hätte sie dich doch nicht genommen. Dafür hat sie zu gern Geld ausgegeb …«

Es klopfte.

Max starrte ihn an, er wollte etwas sagen, es brodelte auf seiner Zunge, aber Quentin Horn platzte herein und verhinderte den Ausbruch.

»Entschuldigen Sie bitte die späte Stunde. Ich konnte nicht eher weg aus der *Wache*. Der Herr Major …« Sein irritierter Blick ging zwischen den beiden Männern am Tisch hin und her.

»Sie kommen genau richtig. Schon gut. Nun kriegen wir ja möglicherweise Klarheit.« Max langte in eine Schublade, er holte die Savonnette heraus und legte sie auf den Tisch. Horn setzte sich auf den letzten freien Stuhl, sein Hintern quoll über die Sitzfläche. Er nahm die Uhr, derentwegen Max ihn hergebeten hatte, in die Pranken. »Ja, das ist sie, zumindest sieht sie genauso aus. Schauen Sie, man kann sogar die Spur vom Ruß noch erkennen.« Sein Blick glitt zu Daniel. Sicher fragte er sich, was der Mann, den er vermutlich der Brandstiftung verdächtigte, bei diesem Gespräch zu suchen hatte. »Wo haben Sie die denn gefunden?«, erkundigte er sich vorsichtig.

»Lange Geschichte. Erzählen Sie mal von dem Brand, was Ihnen damals aufgefallen ist.«

»Also, tja … es war furchtbar. Als das Feuer gelöscht war, bin ich durch die Räume gegangen. Die beiden Toten …«, er hüstelte, »waren schon fortgebracht worden. Sie müssen wissen, dass es mehr gequalmt als gebrannt hatte. Die Zimmer waren voller Rauch gewesen, aber die Männer von der Feuerwehr hatten die Fenster aufgerissen, und so konnte man sie schon bald betreten. Das Feuer selbst hatte vor allem in den Kellerräumen gewütet. Aber auch dort …«

»Wie war das mit der Uhr?«, unterbrach Max ihn ungeduldig.

»Tja, ich bin also in den Keller runter, sobald es möglich war, um nachzusehen, ob die unglückselige Person, die den Brand verursachte, dort zu Tode gekommen war. Als ich die Uhr entdeckte, bin ich wieder rauf.«

»Könnte Römer, während Sie die oberen Räume durchsucht haben, selbst im Keller gewesen sein? Könnte er die Uhr dort abgelegt haben?«

»Sie meinen …« Horn zögerte, wirkte aber nicht wirklich überrascht. »Bleibt das hier unter uns?«

Max nickte.

Er blickte zu Daniel, bis der ebenfalls nickte.

»Also, der Major hatte vor dem Haus gestanden, als ich hoch in die oberen Geschosse bin, aber später habe ich ihn kurz in einem der Zimmer gesehen, und dann habe ich Schritte aus Richtung Kellertreppe gehört. Ob das der Major gewesen ist … Ich weiß es nicht. Als ich später aus dem Keller auf die Straße kam, hat er sich mit den Leuten von der Feuerwehr über die Ursache des Feuers unterhalten. Ich habe ihm die Sache mit der Uhr zugeflüstert … Ich wollte sie nicht ohne seine Zustimmung an mich nehmen, es hätte ja sein können, dass der Fundort …«

»Wie hat er reagiert?«

»Er hat sich ziemlich aufgeregt. Vermutungen angestellt, wem die Uhr gehören könnte.« Horns Blick ging wieder zu

Daniel, man konnte sich also denken, welcher Art die Vermutungen gewesen waren. »Vor allen Leuten. Das fand ich, ehrlich gesagt, nicht korrekt. Später sind wir gemeinsam in den Keller, Römer und ich, und ich meine, dass auch von der Feuerwehr noch einer dabei gewesen ist. Jedenfalls war die Uhr nicht mehr da.«

Dieses Mal blickte Horn zu Max, und auch jetzt war klar, was er vermutete. Dasselbe wie Römer. »Verzeihung, dürfte ich fragen, wie sie plötzlich wieder aufgetaucht ist?«

»Nachforschungen. Vergessen Sie die Sache.«

Horn erhob sich. Ein braver Mann voller Zweifel.

»Würden Sie das, was Sie eben gesagt haben, auch vor einem Gericht wiederholen?«, fragte Max.

Der Gendarm tat sich schwer, schließlich meinte er: »Die Sache ist lange her, ich kann mich an fast gar nichts mehr erinnern, und ich würde vor Gericht bestimmt nichts aussagen, dessen ich mir nicht absolut sicher wäre. Vor allem nicht, wenn es um einen unbescholtenen Mann wie den Major geht.«

»Verstehe. Das ist eine anständige Haltung.«

Horn grinste erleichtert. Er ging zur Tür, aber auf halbem Weg drehte er sich noch einmal um. »Da ist noch eine andere Sache, und die wird Sie vermutlich nicht freuen, Herr Kriminalinspektor.«

Schmitt war entkommen. Er hatte es, wie auch immer, geschafft, das Schloss seiner Kette zu öffnen, hatte dann die Schlamperei einer nicht ordentlich versperrten Kerkertür genutzt und war in einem Moment, in dem die Wachstube nicht besetzt gewesen war, geflüchtet. Das war es, was Horn ihnen zwischen Tür und Angel mitteilte.

Daniel sprang auf, als er begriff. Er drängte sich an Horn vorbei, rannte die Treppen des Coselpalais hinab und hastete durch die nächtlichen Gassen. Aus den Schluchten der tiefer liegenden Hauseingänge verfolgten ihn neugierige Blicke.

Max holte ihn hinter einer Ecke ein. »Mir ist klar, dass Römer, der Dreckskerl, Schmitt rausgeholfen hat! Kleine Rache, weil ich ihn beim Polizeidirektor wegen der verpfuschten Razzia angeschwärzt …«

»Ja, war klug von dir, Glückwunsch! Eine Einladung, dir eins auszuwischen.«

»Hör auf zu rennen, du kannst nicht zu ihm, das dulde ich nicht.«

»Ich will zu Annie Troll.«

Drei Schritte lang war es still an seiner Seite. »Mann, Blödsinn. Schmitt hat Dresden garantiert verlassen. Der rennt nicht durch die Stadt und bringt Leute um. Und warum sollte er ausgerechnet auf Annie Troll spitz sein?«

»Weil sie versprochen hat, gegen ihn auszusagen?«

»Weiß er doch nicht.«

»Doch, weil du es ihm nämlich gesagt hast. Max, denk dran, was er mit Krake und Svoboda gemacht hat.«

Die Struvestraße lag im Dunkeln, nur ein Streifen Mondlicht lag auf den Dächern. Hinter Annies Fenstern war alles schwarz, dafür leuchtete das Dachfenster ihres Fechtbodens. Sie nahmen die Treppen im Laufschritt, Max unter Flüchen.

Annie war unversehrt. Sie scheuchte am ausgestreckten Arm eine ihrer Schülerinnen durch den aus Sparsamkeitsgründen nur schwach ausgeleuchteten Raum. *Angriff, Angriff pariert, Riposte …* Als sie die Degenspitze mit der Knospe auf den Brustschutz ihrer Schülerin setzte, brach sie in Gelächter aus. Ihr Haar stand buschig wie der Pelz einer Hummel ab, ihr Körper steckte in eng anliegender Fechtkleidung. Sie besaß eine tadellose Figur. Gut gelaunt drehte sie sich zu ihnen um. Aber beim Anblick ihrer Gesichter erstarb ihr Lächeln. Wortkarg entließ sie die Schülerin, die enttäuscht einen Mantel überwarf und sich an den beiden Männern vorbeidrückte. »Was ist passiert?«

Max erklärte es. Sobald Annie begriffen hatte, dass der Zwerg wieder frei war, rannte sie zu ihrer Wohnung. Sie riss die Tür auf und brüllte panisch nach Jette. Der Schein ihrer Lampe irrlichterte über die Zimmerwände, bleiche Spurensuche ohne Erfolg. Jettes Stimme aus dem Nachbarraum beendete die Qual. Annie drückte Daniel die Lampe in die Hand und eilte zu ihrer Tochter. Jette ließ die Küsse ihrer temperamentvollen Mutter über sich ergehen und versuchte gleichzeitig, eine Vase in Sicherheit zu bringen, die neben dem Bett auf dem Fußboden stand. »Pass auf!«

Annies Augen weiteten sich, als sie das glänzende Schmuckstück erblickte, und Jette erklärte stolz: »Jemand war bei Serafinas Grab und hat die Rosen aus der Vase genommen und alles auf das Nachbargrab geschmissen. Bestimmt sind Abdrücke da drauf.« Aus ihr sprudelte konfuses Zeug heraus, wie sie zum Friedhof gegangen und sich hinter einem Grabstein versteckt hatte und wie ein verdächtiger Mann, sicher der Friedhofswächter, sie entdeckt hatte und sie ihm gerade noch durch die Finger entwischen konnte. »Nein, Annie, es tut mir *nicht* leid, jemand musste das doch machen …«

»Du bist ziemlich mutig«, sagte Daniel.

»Mutig, ja?«, brüllte Annie ihn an. »Sie könnte tot sein! Verstehst du das, Jette? Dass du tot sein könntest? Dieses besessene Scheusal hat schon mal jemanden umgebracht!«

»Ist mir egal! Jedenfalls hat einer die Vase berührt, und wenn wir die Abdrücke …«

»Ist das zu fassen? Jetzt auch noch Klugscheißerei!«

»Doch, sie ist mutig, finde ich«, sagte Daniel.

Jette strahlte ihn an.

Er bückte sich und hielt die Vase gegen das Licht der Lampe. Sie war eingefettet, nicht übermäßig, aber er konnte es spüren. Sehr schön, das würde die Sache vereinfachen. Die Hände, die die Vase berührt hatten, waren nicht ganz sauber gewesen – die Fingerabdrücke hatten sich auf der schmierigen Oberfläche abgesetzt. Er konnte sie auch ohne Graphitpulver erkennen.

»Ich hab am Friedhofstor eine Frau gesehen, vielleicht war die es, die das Grab besucht hat.«

»Wie sah sie aus?«, fragte Daniel.

Jette war eine lausige Beobachterin. Aber dass das Kleid der Friedhofsbesucherin grau und grün gestreift gewesen war, hatte sie sich merken können. »Die Klavierspielerin«, sagte Daniel mit einem siegesgewissen Seitenblick auf den Kriminalinspektor.

»Ich bring dich um, wenn du so was noch mal machst!«, versprach Annie ihrer Tochter.

»Und außerdem«, erklärte Jette triumphierend, »hab ich noch zwei Glasherzen gefunden. Die hingen in einem Strauch hinter dem Grab. Ich habe eins davon eingesteckt.« Sie beugte sich über die Bettkante und hob etwas aus einer kleinen Holzkiste. Ein Glasherz an einem grünen Faden. Auf Daniels Gesicht breitete sich ein Lächeln aus. Genauso ein Herz hatte er in Serafinas Wohnung gesehen. Er setzte die Vase ab und nahm es an sich.

Max blickte an seiner Schulter vorbei auf das sentimentale Schmuckstück. »Es ist viel zu klein, als dass man darauf einen von deinen geliebten Abdrücken hinterlassen könnte. Und wenn du doch einen finden solltest, und wenn es wirklich nur eine einzige Person gäbe, von der er stammen könnte, was ich immer noch bezweifle, und wenn es sich bei dieser Person auch noch um Rosina handeln sollte – dann wärst du nicht schlauer als zuvor. Jemanden zu lieben, egal, ob lebendig oder tot, ist nicht strafbar.«

»Außer«, sagte Daniel, »der Abdruck stimmt mit dem auf dem Messergriff überein.«

Es drängte ihn, die Sache zu überprüfen. Annie und Jette Troll in ihrer Wohnung zurückzulassen, erschien ihm nach Schmitts Flucht ausgeschlossen. So nahm er sie kurzerhand mit zu sich in seine Villa. »Die Damen übernachten hier, machen Sie ein Zimmer fertig«, wies er Link an, der ihnen übernächtigt und in zerdrückten Kleidern in der Halle entgegenkam.

Link verbarg sein Erstaunen und eilte mit einer Verbeugung davon. Jette, die vielleicht auf ein Wiedersehen mit Mariechen hoffte, folgte ihm.

»Die Damen, ja?«, knurrte Annie. »Mich hat noch nie jemand eine Dame genannt. Ich heiße Annie Troll.«

»Dann kommen Sie doch bitte mit mir, Annie Troll.« Daniel führte sie in sein Labor. Er machte Licht und holte die Fotografien, die er von den Fingerabdrücken auf der Mordwaffe gemacht hatte, aus einer Schublade. Die entscheidende vom oberen Teil des Messergriffs platzierte er zwischen der Vase und dem Glasherzen. Der mit dem Pinsel aufgetragene Graphit ließ die Abdrücke auf dem gewachsten Blumengefäß so klar erkennen, als wären sie gezeichnet worden. Es gab unterschiedliche, aber das war ja zu erwarten gewesen. »Mit dem Wachs hatten Sie einen ausgezeichneten Einfall, Frau Troll, darf ich das sagen?«

»Nicht, dass Sie mir damit ein Geheimnis verraten.« Sie nahm die Lampe und hielt sie direkt über die Vase. Das künstliche Licht war nicht berauschend, reichte aber, um die Abdrücke mit denen auf dem Foto vergleichen zu können.

»Der da ... Schauen Sie, der ist ähnlich mit dem da. Nee, nicht ähnlich, die sehen aus wie Zwillinge. Mann, Ihr Inder hat Recht, man kann tatsächlich rausfinden, wer etwas angefasst hat!« Selbstvergessen knuffte sie ihn in die Seite. Auf dem Glasherz fand sich leider nur der Ausschnitt eines Abdrucks, aber immerhin: Etwa zwei Drittel der Fläche waren zu erkennen. Annies Kopf stieß gegen seinen. Sie lachte leise. Übereinstimmung, mit einiger Sicherheit. Der Mörder besuchte also tatsächlich Serafinas Grab. Er hantierte mit der Vase, er hängte Glasherzen auf. Sein Motiv für den Mord: Eifersucht, ganz sicher. »Wir brauchen die Abdrücke von Rosina.«

»Glauben Sie, die Klavierspielerin hat die Tänzerin wegen der gemeinen Briefe umgebracht?«

Und die Rosen des Nebenbuhlers fortgeworfen? Moment, die Kunstblumen konnten auch von einem Bewunderer von Serafinas Tanzkünsten stammen – der sentimentale Gruß eines Ballettfreundes. Vielleicht war Rosina auf jeden eifersüchtig, der Serafina gemocht hatte? Jedenfalls stand ihre besondere Beziehung zur Tänzerin, die sogar deren Tod überdauert hatte, außer Zweifel, jetzt, nachdem Jette sie gesehen hatte. Allerdings: Würde man Max Keller oder die Staatsanwaltschaft von der Beweiskraft der Fingerabdrücke überzeugen können? Max hatte sich nicht einmal überwinden könnten, ihm hierher ins Labor zu folgen. Er würde sich kaum breitschlagen lassen, von Rosina Abdrücke zu fordern. Na gut, dann musste man ihr die Abdrücke privat abluchsen. Daniel unterdrückte einen Seufzer.

»Herr Raabe?«

»Bitte?«

»Ich bin froh, dass Jette und ich hier schlafen dürfen. Wollte ich nur mal aussprechen. Ich hab nämlich eine Scheißangst.«

»Die hätte wohl jeder.«

Kurz herrschte verlegenes Schweigen. »Glauben Sie, dass dieses furchtbare Weib mein Mädchen auf dem Friedhof gesehen hat?«

»Und wenn, dann sicher nicht erkannt.«

»Der Zwerg und die Mörderin. Angriff von zwei Flanken.

Hört sich an wie der Name für so ein bescheuertes Theaterstück, ist aber gefährlich. Man weiß nicht, worauf man sich konzentrieren soll, wenn man von zwei Seiten angegriffen wird. Man kann die Augen nicht überall haben.« Annie Troll sah blass aus.

Daniel schlief schlecht in dieser Nacht, und als er endlich einnickte und wieder erwachte, war es bereits später Vormittag. Mit pochendem Kopfschmerz ging er zusammen mit Annie, die sich hartnäckig an ihn heftete, zum Coselpalais. »Keller ist nicht im Haus«, erklärte Breuer reserviert, als Daniel bei ihm klopfte. Gut, er hatte sich ja sowieso wenig Hilfe von ihm erhofft. Sie mussten auf eigene Faust versuchen, die Fingerabdrücke der Klavierspielerin zu ergattern. Daniel hatte ein Buch mit einem glatten, sauberen Ledereinband eingesteckt, die Geschichte dazu würde ihm schon noch einfallen.

Die Klavierspielerin wohnte in einem der ärmlicheren Mietshäuser, ähnlich wie das, in dem Annie lebte, vielleicht noch ein bisschen heruntergekommener. In den Gossen vor den schäbigen Hauswänden schwamm Unrat, die Kellerfenster wurden durch verrostete Eisengitter vor Einbrechern geschützt, Ratten huschten selbst bei Tag unbehelligt durch die Abfallberge, die sich in den Ecken türmten. Ein Regenschauer, der gerade auf Dresden niederging, machte den Anblick noch trostloser.

Da die Haustür nur angelehnt war, brauchten sie nicht zu klingeln. Kindergeschrei durchzog die muffigen, auch tagsüber dunklen Flure, eine schmutzige Treppe wand sich in Serpentinen hinauf ins Dachgeschoss. Viele Wohnungstüren standen offen, und in den Zimmern wimmelte es von Menschen, die auf ihren Betten kauerten oder sich an die Kochstellen drängten, um etwas Wärme abzubekommen. Die Böden waren dreckig, an den geweißten Wänden hatten sich

Ruß und Schmierereien von Jahrzehnten festgesetzt. Es stank entsetzlich nach altem Schweiß und Rauch.

Während Daniel durch die Gänge schritt, korrigierte er sich gedanklich. Annie lebte, gemessen an dem, was möglich war, im Luxus. Er hatte immer noch Kopfweh – aber plötzlich kam eine tiefe Niedergeschlagenheit dazu. Er kannte die Gesichter der Armut von seiner Arbeit, natürlich. Das Verbrechen nistete sich ja gern dort ein, wo die Menschen verzweifelten. Aber sie war ihm immer wie ein Teil der Natur erschienen – abseits der Blumengärten wucherte Unkraut, so war es halt. Die Märzrevolutionen von achtundvierzig, in denen die Arbeiter für ihre Rechte stritten, hatten sein Leben nur gestreift, er war noch zu jung gewesen, um sich wirklich für die Forderungen der Aufständischen zu interessieren. Hier, an Annies Seite, fühlte er sich plötzlich schuldig.

Eine gebückte Frau schlurfte ihnen mit einem Korb voller Kohle entgegen. Er fragte sie nach Rosinas Wohnung. Die Klavierspielerin wohnte in einem Zimmer am Ende eines langen Ganges, aber als er pochte, rührte sich nichts. »Und nun?«, fragte Annie.

»Einbrechen können wir nicht.«

Sie öffnete den Mund – und schloss ihn bedauernd wieder. Enttäuscht schob sie mit dem Fuß eine Katze beiseite, die sich an ihr Bein drängte, und meinte, während sie mit dem ihr eigenen leichtfüßigen Gang neben ihm her schritt: »Eifersucht ist eine böse Sache, Herr Raabe. Ich war ein einziges Mal in meinem Leben eifersüchtig: für ungefähr fünf Sekunden, als ich gesehen hab, wie Egon Timmler – das ist Jettes Vater – eine Freundin von mir geküsst hat. Tat weh. Tat wirklich weh. Besonders deshalb, weil er ein Pfarrer war. Ich hatte ein Bild von ihm, als wäre er Moses, dem Gott persönlich die Zehn Gebote in die Hand gedrückt hat. Jemand wie ihn kannte ich gar nicht, in meinem normalen Leben. Und da seh ich …« Sie zuckte mit den Schultern.

»Was haben Sie getan?«

»Lässt sich nicht mit feinen Worten beschreiben.«

»Ich hoffe, er hat gelitten.«

Sie lachte. »Später hat sich rausgestellt, dass es dem Dreckskerl von Anfang an nicht um Liebe gegangen ist. Alles Schaumschlägerei. Ich kann immer noch nicht fassen, wie jemand in einer Angelegenheit, bei der es ums Herz geht, dem anderen die Hucke volllügen kann.«

»Ohne Liebe geht es Ihnen besser?«

»Mein Wort drauf!«

Sie standen wieder auf der Straße. »Und nun?«

»Zum Friedhof«, schlug er vor. »Schauen wir, was genau in dem Busch hinter Serafinas Grab hängt.«

Sie machten sich auf den Weg. Die Fechtlehrerin trug einen Spazierstock bei sich, wie ihn sonst nur Männer benutzten. Sie sah seinen Blick und lächelte. »Den hat mir ein Freund geschenkt. Der Mann, der mir das Fechten beigebracht hat. Normalerweise liegt das Ding bei mir im Schrank. Aber ich will nicht, dass mich noch einmal einer wehrlos trifft.« Nach einem vorsichtigen Blick die Straße entlang, zog sie das verborgene Ende eines Degens hervor. Sie lachte, als sie sein Gesicht sah, und ließ die Waffe zurückgleiten.

Der Morgen hatte sie redselig gemacht. Während der Nieselregen ihre Mäntel durchweichte, begann sie sich über die Raffinessen auszulassen, die bei einem Florettkampf zum Sieg verhalfen. »Schnelligkeit und Präzision – darauf kommt es an. Außerdem muss man drauf achten, dass man niemals einen Treffer wiederholt, das ist ganz wichtig. Ein gewiefter Fechter merkt sich nämlich, wie du ihn erwischt hast, und dann lauert er drauf, ob du's noch mal versuchst. Und wenn du's tust, dann hat er dich. Was immer hilft, also bei einem richtigen Könner: Bejuble einen Treffer, mit dem er einfach Glück gehabt hat, und ignoriere die, bei denen er richtige Meisterschaft beweist. Das bringt die Kerle zur Weißglut, verstehen Sie? Und dann drehen sie durch und werden unvorsichtig. Bei der Eitelkeit erwischt man sie alle.«

»Sie auch?«

Annie lachte, zum ersten Mal, seit er sie kannte, aus vollem Herzen. »Ich bin die Königin der Degen. Klar bin ich eitel! Mich kriegt aber trotzdem keiner.«

Der Regen wurde stärker und mauserte sich innerhalb weniger Minuten zu einem respektablen Unwetter, das die nackten Äste zauste. Als Daniel mit Annie den Trinitatisfriedhof erreichte, wirbelten ihnen verdorrte Blätter und Grabschmuck entgegen. Die Pfützen auf den Wegen wurden vom Sturm gepeitscht. Keine Menschenseele war zu sehen, nur vom jüdischen Friedhof wehten die Fetzen eines Klagegesangs über die Mauer – offenbar wurde dort jemand trotz des Unwetters beerdigt.

Annie Troll ließ sich von den Launen der Natur so wenig beeindrucken wie die Trauergemeinde. Sie stemmte sich gegen den Wind, den Blick weit, ohne Scheu sogar auf den Nachbarfriedhof gerichtet, der ihr beinahe zum Verhängnis geworden wäre. Sie hatten Serafinas Grab beinahe erreicht, als sie plötzlich meinte: »Schauen Sie mal, da drüben« und zu einem abseits gelegenen Teil des Friedhofs wies. Scheinbar fand auch auf dem Trinitatisfriedhof ein Begräbnis statt. Allerdings an einer ungewöhnlichen Stelle. Die Menschen hatten sich bei einem Gebüsch versammelt. Daniel blieb stehen.

»Was ist?«

Einer der Männer war Max, kenntlich an seiner scheußlichen Melone, deren Krempe er mit beiden Händen hielt, damit sie ihm nicht vom Kopf gerissen wurde. Breuer stand mit hochgeschlagenem Mantelkragen neben ihm. Auf dem Boden kniete jemand, fast verdeckt vom Gebüsch – Daniel meinte Haller zu erkennen, den Arzt aus der Pathologie. Nein, dort wurde niemand beerdigt. Als er näherkam, sah er zwischen den Beinen der Männer ein Stück grau-grün gestreiften Stoff hervorlugen.

Wasser pladderte in das starre, wachsweiße Gesicht der toten Pianistin. Der Sturm raufte ihre schwarzen Haare, die sich aus dem Knoten gelöst hatten. Blätter hingen wie ein bräunlicher Schmuck zwischen den Strähnen. Ihre Kehle klaffte von dem Schnitt, mit dem ihr Mörder sie umgebracht hatte. Der Regen hatte die Stelle ausgewaschen, ein Teil der Luftröhre schimmerte durch. Daniel starrte auf den halb geöffneten Mund. Rosina hatte schlechte Zähne gehabt, wie die meisten Menschen ihres Alters. Ameisen krabbelten zwischen ihren Fingern, die sie wohl im Todeskampf in die Erde gekrallt hatte, bis sie erschlafft waren. Er trat zu Max, der sie mit dem mürrischen Gesicht eines Mannes betrachtete, der mit seinem eigenen Fehler hadert. »Irgendwelche Hinweise, was passiert ist?«

»Ihr Mörder war groß und kräftig genug, um sie von hinten zu packen, sie mit einem Arm zu umklammern und ihr mit der anderen Hand die Kehle durchzuschneiden, was einiges an Kraft erfordert. Die Abdrücke seiner Schuhe kommen mir groß vor, sind aber vom Regen verwaschen, sodass man nichts Zuverlässiges sagen kann. Nicht, dass es dich etwas anginge. Annie Troll hat die gesamte Nacht in deinem Haus verbracht?«

»Hat sie, ja.« Daniel nahm den Hut vom Kopf und wischte sich das nasse Gesicht ab. »Ich würde mir gern ihre Wohnung anschauen. Nimmst du mich mit?«

Erstaunlicherweise erhob Max keinen Einspruch. Nur Annie wollte er nicht dabeihaben. Natürlich nicht.

Breuer öffnete Rosinas Zimmer mit einem beherzten Tritt gegen die Tür. Anschließend begann das obligatorische Durchwühlen der Habseligkeiten des Opfers, das aber nichts Brauchbares zutage förderte, bis auf ein Tagebuch, das Daniel in einer Schublade fand. Er nahm es an sich und begann zu lesen, während Max mit seinen Leuten weiter die kleine Wohnung auseinandernahm. Plötzlich hörte er die Männer lachen. Einer von ihnen hatte ein Büchlein mit obszönen Zeichnungen gefunden. Max' Männer unterschieden sich plötzlich keinen Deut mehr von den Gendarmen, die sie so herzlich verachteten. Sie blätterten und machten abfällige Bemerkungen, ihre Nasen klebten an den Seiten.

Daniel stand auf, um sich die Sache anzusehen. Rosina hatte Postkarten in ihr Buch geklebt, Bilder von altmodisch wirkenden Gemälden, auf denen sich Tänzerinnen vor der Fassade eines griechischen Tempels miteinander vergnügten. Kein Grund, sich auf die Schenkel zu klopfen, fand er und wandte sich wieder ab.

Die Suche war nach etwa einer Stunde beendet, Max entließ seine Männer und setzte sich auf einen der Stühle mit dem durchhängenden Flechtwerk. »Und du?« Er deutete auf das Tagebuch, in dem Daniel geblättert hatte.

»Viel Verzweiflung.«

»Worüber?«

»Über einen Mann, von dem Serafina einigen Kollegen gegenüber behauptet hatte, dass er sie heiraten würde. Rosina spekulierte, dass die Tänzerin tatsächlich einen ihrer reichen Gönner zur Ehe hat überreden können. Jedenfalls hatte Serafina vor ihr mit einem Ring aus Gold und einem Diamanten, vielleicht auch nur einem Stein aus geschliffenem Glas, geprahlt. Ihr Zukünftiger würde sie auf Rosen betten, er sei völlig vernarrt in sie. Sie hat Rosina absichtlich gereizt, möchte ich mal behaupten. Auf den nächsten Seiten hat Rosina fantasiert, wie man über den beiden die Lotterdecke anzünden könnte. Sie besaß Temperament, hätte ich ihr gar nicht zugetraut. Aber offenbar befürchtete sie, dass sie im rechten Moment der Mut verlassen könnte.«

»Hat sie den Namen des Liebhabers gewusst?«

Tja, das wäre schön gewesen. »Sie hat versucht, ihn herauszufinden, ist ihr aber nicht gelungen. Da wurde Serafina zugeknöpft.«

»Was hat sie nach dem Tod der Frau geschrieben?«

»Sie war krank vor Kummer, hat mehrere Male den Einsatz im Konzert verpasst, befürchtete, ihre Stellung zu verlieren, und war fest entschlossen, an der Drecksau – ihr Wort, nicht meines – Rache zu nehmen, koste es, was es wolle.«

»An Serafinas Mörder oder dem Verlobten?«

»Sie ging offenbar davon aus, dass es sich um ein und dieselbe Person handelt.«

»Dann musste sie sterben, weil sie dem Mörder zu nahe gekommen ist?«

»Nehme ich an. Besorg mir Fingerabdrücke von Manfred Semper. Wenn sie mit denen auf dem Messergriff übereinstimmen ...«

Max packte Daniels Hand und drehte sie gegen das trübe Licht des Fensters. Er hielt seine eigene dagegen. »Was siehst du, hm?«, fragte er gereizt. »Ich sag dir, was *ich* sehe: Linien, die kreuz und quer und ohne Sinn und Verstand die Haut furchen. Such dir hundert Menschen, ach was, zehn oder zwölf, und du findest ein gleiches Muster oder ein ähnliches. Und wegen so was willst du jemandem ein Leben in einem beschissenen Gefängnis zumuten?«

»Max ...«

»Das ist Idiotie. Das ist mehr als Idiotie: Deine Fingerabdrücke sind ein auf Spekulationen beruhendes Werkzeug, Unschuldigen etwas anzuhängen. Richter sind verführbar. Wenn du ihnen einredest, dass sich dieser Scheiß auf angebliche Wissenschaft begründet ...«

»Gott, bist du verbohrt.«

»Nein, mein Lieber. Ich verirre mich nur nicht selbstverliebt in hirnrissige Theorien. Ich war auf keiner Universität.

Ich reiße niemanden rein. Ich bin nicht nur für die Schuldigen da, sondern auch für die Unschuldigen!«

»Na, das nenn ich mal ein Plädoyer!«

Max nahm ihm mit grimmiger Miene das Tagebuch ab und steckte es ein. Dass Daniel ein benutztes Glas vom wackligen Tisch der Toten an sich nahm, bekam er entweder nicht mit, oder es interessierte ihn nach seinem Ausbruch nicht mehr.

22. Kapitel

Der Zahn, dieser verflixte Zahn. Er rumorte schon seit Tagen, aber allmählich konnte man's kaum noch aushalten. Annie rieb sich vorsichtig die Wange. Sie war angeschwollen, dick, als hätte sie einen Klumpen Teig hineingestopft. Ihre Großmutter hatte noch an den Zahnwurm geglaubt, der an den Zahnwurzeln fraß. Sie selbst wusste als Kind der Moderne natürlich, dass sie sich eine Entzündung eingehandelt hatte. Das vermaledeite Ding – zum Glück kein Schneidezahn, sondern einer von den hinteren – musste raus, da gab es kein Vertun.

Leider hatte sie grässliche Erfahrungen mit einem Zahnarzt in der Georgenstraße gemacht, der letztes Mal über eine Stunde gebraucht hatte, um ihr einen Zahn rauszuschneiden. Es war die reine Folter gewesen. Sein Messer hatte in ihrem Zahnfleisch rumgefuhrwerkt, als wollte er Hackfleisch draus machen, die Faust des Schnösels hatte sie halb erstickt.

Annie sah zu, wie Daniel Raabe das Glas einpuderte, das er aus Rosinas Wohnung stibitzt hatte. Wieder wurden Abdrücke der verschiedenen Finger sichtbar. Sie konnte ihre Schmerzen nicht ganz verdrängen, war aber neugierig genug, um die Abdrücke auf dem Glas mit denen auf dem Messerknauf zu vergleichen.

»Achten Sie auf die Daumen.«

Klar, was auch sonst. Doch dieses Mal gab es keine Übereinstimmung. Rosina Hauck hatte das Mordmesser nicht berührt. Das konnte sie natürlich nicht mehr überraschen, denn sie würde sich kaum selbst die Kehle durchgeschnitten haben.

»Wir müssen die Abdrücke von Semper bekommen. Aber das wird nicht leicht. Er kennt uns beide, er weiß, dass wir ihn verdächtigen, er wird uns nicht in seine Wohnung lassen oder uns überhaupt nur in seiner Nähe dulden«, meinte Raabe.

»Wir könnten ihn verfolgen, bis er etwas anfasst, und dann …«

»… pudern wir, was er berührt hat, mit Graphit und machen unter dem regen Interesse der Anwesenden eine Fotografie von den Abdrücken seiner Fingerkuppen?«

»Ihnen fehlt die Fantasie, Raabe«, sagte sie und fühlte nach ihrer Wange.

»Sieht reichlich geschwollen aus, wenn Sie mir die Bemerkung gestatten. Sie müssen zum Zahnarzt, Frau Troll.«

»Ach nee, wirklich?«

Daniel Raabe begann seine Geräte zu reinigen, den Pinsel, den Deckel der Graphitdose. Sie beobachtete ihn verstohlen. Ein Mann mit krausem Haar, das an den Ecken bereits schütter wurde, mit Lachfältchen in den Augenwinkeln, die ihr oft wie eingerostet vorkamen, mit einem kurzen, braunen Bart, den Link mit Umsicht pflegte, weil es eine der wenigen Angelegenheiten war, in denen sein Herr sich ihm rückhaltlos anvertraute. Links Sorgfalt bewahrte ihn davor, bei aller Sauberkeit und teurer Kleidung nicht heruntergekommen zu wirken.

Es rührte sie, wie umsichtig seine Bewegungen waren, obwohl ihn Serafinas Tod in Wahrheit kalt ließ. Er hantierte flink, aber mit einer Geduld, von der sie nicht wusste, ob sie sie bewundern sollte oder ob sie sie wahnsinnig machte. Der Mann war zu beherrscht, nach ihrer Meinung. So was tat einem Menschen nicht gut. Manchmal musste man Dampf ablassen oder einfach lustig sein oder … Gott, wie penibel der das Glas verstaute, das er geklaut hatte. Und wie sorgsam er das Tuch auswusch, mit dem er den Tisch gesäubert hatte.

Würde so jemand ein Haus in Brand stecken, um seine Frau umzubringen? Es interessierte sie wirklich. Ihr Vater hatte einmal einen großen Hund von einer seiner Schiffsreisen angeschleppt, Prinz, ein ruhiges, geduldiges Vieh. Man konnte ihm das Essen aus dem Mund stehlen – das hatte sie gelegentlich gemacht, weil sie es lustig fand –, man konnte ihm klapperndes Spielzeug an den Schwanz binden, man konnte auf ihm reiten, bis er in die Knie ging … Alles ließ er mit sich machen und wedelte dabei unverdrossen mit dem Schwanz, als hätte er gar kein Gespür für Gemeinheiten. Eines Tages hatte Annies Mutter ihn aus Versehen mit heißem Wasser bespritzt, es war nur ein kleiner Schwall aus dem heißen Topf. Da hatte er zugeschnappt und Annies Mutter die Zähne in den Arm geschlagen, sodass ihr Vater das arme Vieh auf Geheiß der Mutter erschlagen musste.

Daniel Raabe war wie der Hund, so kam es Annie vor. Sie sah in Gedanken, wie seine Frau auf ihn einschimpfte, wie er tat, als würde es ihm nichts ausmachen, wie sie mit Tassen und Tellern warf – davon hatte Link mal erzählt – und wie er sich immer noch beherrschte, aber wie es dabei in ihm gärte, wie der Zorn wuchs wie Schimmel in einer feuchten Ecke. Und als sie einmal zu viel gezetert hatte, ging er in den Keller und zündete vor Zorn … Bitter und wie von Sinnen, ohne Verstand und Überlegung, verwirrt vom Schmerz, dachte sie, obwohl sie wusste, dass sie da parteiisch urteilte. Jedenfalls zündete er ein Holz an, legte es auf die Kohlen und sah zu, wie sich die Flammen vorwärts fraßen und …

»Hundert Pfennige für Ihre Gedanken«, sagte Raabe.

»Der Zahn«, schwindelte sie und merkte, wie sie knallrot anlief.

»Ich sag doch: Sie müssen zu einem Arzt.«

Ja, blöd war er auch. Sonst wüsste er, dass sie sich in ihrer Lage keinen Arztbesuch leisten konnte. Von dem Schiss, den sie hatte, ganz abgesehen.

»Bundschuh«, murmelte Raabe.

»Was?«

»Semper wird uns nicht in seine Nähe lassen, aber er besucht das Freimaurerhaus in der Ostra-Allee – und hat dort sicher einiges angefasst. Es wäre zumindest eine Möglichkeit. Ich werde den Logenmeister um Hilfe bitten.«

»Nehmen Sie mich mit?«

»In die Freimaurerloge?« Er lächelte erheitert.

»Ich würde mir das einfach mal gern von innen ansehen.«

»Nicht nur Sie, Annie Troll, nicht nur Sie.«

Gut, das hieß wohl: Nein.

Am nächsten Tag bekam Raabe Besuch, von einem Fremden, den Annie nicht kannte. »Ein Doktor der Jurisprudenz aus Berlin, sicher ein alter Freund«, erklärte Link, der ihm die Visitenkarte abgenommen hatte, unten in der Küche. »Früher hätte er ihn nicht empfangen.« Er sah aus, als ob er sich freute.

Der Besuch blieb lange, und es wurde später Nachmittag, ehe Raabe sich auf den Weg zum Logenhaus machte. Annie begleitete ihn bis vor das große, durch Alleebäume von der Straße abgeschottete Gebäude, das allerdings überhaupt nichts Geheimnisvolles hatte, sondern wie ein langweiliges Behördenhaus aussah – und sie genau deshalb schaudern ließ. Wie könnte man sein frevelhaftes Tun besser verbergen als hinter den Mauern eines öden Backsteinbaus?

Und dass dort Gruseliges geschah, war allgemein bekannt. Die Freimaurer durften von dem, was sich hinter den Mauern abspielte, nichts verraten, aber natürlich sickerten ihre Geheimnisse trotzdem in die Gassen. So hieß es beispielsweise, dass Männer, die der Loge beitreten wollten – Frauen konnten das nicht –, zur Prüfung ihres festen Willens in einen Sarg hinabgelassen wurden, aus dem tausend Dolchspitzen ragten. Und wenn sie schon meinten, den Stahl im Fleisch zu spüren, waren die Klingen plötzlich wie durch Zauberhand verschwunden. An den Wänden hing von jedem Freimaurer ein Porträt, das runterfiel, wenn einer von ihnen die Geheimnisse der Gesellschaft verriet, und es hieß, dass der Verräter in selbiger Sekunde starb. Besonders abstoßend: Sie tranken hinterher aus dem Schädel des Abtrünnigen ihren Wein. Wobei Annie sich nicht genau vorstellen konnte, wie sie die Schädel in ihren Besitz bekamen, weil die Toten ja sicher beerdigt wurden, aber vielleicht wühlten die auch heimlich in Gräbern.

Ein Gärtner – und das war verbürgt, weil der Mann selbst es dem Wirt von der *Gehörnten Ziege* erzählt hatte – sollte mal im Garten der Gesellschaft eine Hecke stutzen. Dabei hatte er sich aus Versehen, vielleicht aber auch aus Neugierde, konnte man ja nie wissen, in das Haus verirrt. Er öffnete eine der Türen und wurde im selben Moment von einer unsichtbaren Gestalt von hinten an der Kehle gefasst. Dass er entkam, führte er auf ein Kreuz zurück, das er von seiner Frau entliehen hatte, bevor er das Satanshaus aufsuchte, jedenfalls stotterte er seitdem.

Daniel Raabe ging scheinbar unbelastet von irgendwelchen Befürchtungen zur Tür, und sie folgte ihm mit den Blicken, bis ihm geöffnet wurde und er im Haus verschwand. Komisch. Sie konnte sich beim besten Willen nicht vorstellen, dass er sich auf einen Sarg voller Nägel einlassen würde. Der war doch viel zu spöttisch. Und trotzdem gehörte er zu dieser geheimen Gesellschaft.

Sie machte sich mit einem Seufzer auf den Weg zum Markt, wo sie ein Tütchen Zimt für den Apfelkuchen von Isabelle kaufen wollte.

Der Kolonialwarenhändler hatte seinen Laden in der Augustusstraße. Annie beeilte sich, weil bereits die Laternen entzündet wurden. Erstaunlicherweise hatte das Treiben auf dem Neumarkt noch nicht nachgelassen. Leute in warmen Mänteln liefen kreuz und quer, Kutschen ruckelten über das Pflaster, Reiter querten den Platz. Am Rand des Markts war eine Baustelle errichtet worden. Im Vorbeigehen hörte sie einen Handwerker sagen, dass dort ein Scheißhaus errichtet werden sollte. Satzfetzen trafen ihre Ohren. Ein Scheißhaus? Mitten in der Stadt? Jemand sprach von einer Kanalisation, die den Dreck unterm Pflaster wegbefördern würde und dass dafür Rohre verlegt werden mussten. Bald würden sie wohl das gesamte Pflaster aufreißen. Als wäre das Durcheinander noch nicht groß genug, wurden auch noch Schienen für eine Pferdestraßenbahn quer über den Markt verlegt. Völlig überflüssig. Dresden hatte doch die guten, alten Pferdeomnibusse …

Annie tastete, während sie sich durch die Menge quetschte, nach ihrer Wange. Sie musste zu diesem verfluchten Zahnfolterer, es half alles nichts. Rasch rüber zur Augustusstraße, hier war das Gedrängel nicht ganz so schlimm … Sie war von Herzen froh, als sie endlich den Kolonialwarenladen erreichte. Die Tür öffnete sich mit einem Klingeln. Der Inhaber, der sich einen Turban aufgesetzt hatte, den er wohl für verkaufsfördernd hielt, wog ihr den Zimt ab. Sie klaubte die letzten Pfennige aus ihrer Tasche und kehrte auf den Platz zurück. Der Zahn, der Zahn …

Morgen, beschloss sie, würde sie Billetts bei ihren treuesten Kundinnen vorbeibringen und nachfragen, ob sie ihre Stunden wieder aufnehmen wollten, und ihnen erklären, dass diese jetzt immer vormittags stattfinden würden. Tagsüber ging es in ihrem Treppenhaus wie auf dem Markt zu, da käme der Zwerg gar nicht auf die Idee, sie zu behelligen. Und Jette würde sie bei den Links lassen, die könnte im Ge-

genzug das Mariechen hüten. So musste es gehen, bis Casimir Schmitt wieder hinter Gittern saß.

Annie drängte sich durch den Verkehr. Und dann geschah's: War sie durch ihr Grübeln abgelenkt? Schlug sich das Zahnweh auf ihre Sinne? Eine Kutsche ruckelte um eine Ecke, Annie sah sie noch aus dem Augenwinkel – da stürzte sie schon aufs Pflaster und krümmte sich panisch zusammen. Hufe donnerten neben ihrem Gesicht auf die raukantigen Steine. Sie hielt den Atem an, sandte ein Stoßgebet gen Himmel – Gott, denk an Jette – und wurde erhört. Die Achsen der Kutsche standen hoch und die Räder so weit auseinander, dass sie rechts und links an ihr vorbeirollten.

O lieber Himmel, danke …

Passanten zogen sie auf die Füße, und Annie stand verwirrt unter den Neugierigen. Ein Klugscheißer empfahl ihr, in Zukunft aufzupassen, besten Dank auch für den Rat. Sie wurde an einen voluminösen Busen gezogen, eine Frau klopfte ihr auf den Rücken. Annie riss sich zusammen. Fehlte noch, dass sie vor aller Augen in Tränen ausbrach. Sie befreite sich, dankte der Dame und rettete sich in die Stille einer Seitengasse.

Ihr Kleid war nass und schmutzig, aber das Zimttütchen unversehrt. Sie hob den Rock an und begann zu rennen, ohne dass es einen Grund für diese Hast gegeben hätte. Als sie Raabes Haus erreichte, gab sie das Zimttütchen in der Küche ab, beantwortete aber keine Fragen und ließ sich auch nicht überreden, ein Stück vom Kuchen zu probieren. Zittrig und schwach vor Hunger, Zahnweh und Schreck verkroch sie sich unter die Decke.

Sie meinte, sie müsste sich an etwas erinnern. An etwas Wichtiges. Etwas, das ihr unbedingt einfallen sollte. Aber sie kam nicht drauf, was das sein könnte.

23. Kapitel

Die Erklärung über die Einmaligkeit von Fingerabdrücken hatte Bundschuh erstaunt, aber er griff sie interessiert auf, als Daniel ihm von William Herschel und dessen Ärger über den Betrug der indischen Analphabeten berichtete. Der Zweifel an Sempers Unschuld schien bei ihm inzwischen Wurzeln geschlagen zu haben, denn er verteidigte den Freimaurer-Bruder nicht mehr, sondern nannte sofort einen Gegenstand, der Manfred Sempers Abdrücke tragen könnte. Es handelte sich um die bronzene Statue eines Indianers, die der Architekt der Loge gestiftet hatte. Semper hatte sie nach seiner Ankunft im Logenhaus mit einem Tuch eigenhändig geputzt und dann in eine Nische in der Bibliothek getragen, wo sie seitdem stand und vermutlich von niemandem mehr berührt worden war.

Leider ließ sie sich nicht einfach übergeben, denn Daniel hatte den Logenmeister in seinem Zuhause, einer malerischen Villa nahe dem Elbufer, aufgesucht.

»Es ist nicht schön, so über einen Bruder zu reden«, meinte Bundschuh, als kämen ihm mit Verzögerung doch wieder Skrupel. Seufzend wischte er mit dem Ärmel einen Staubfussel von einem teuren Palisandertisch. »Die Sache mit den Briefen ist aber natürlich verdächtig … Tempelritter, was ist ihm da nur in den Kopf gefahren? So kitschtriefend. Und ich habe ihn ja mit eigenen Augen zusammen mit der

Tänzerin gesehen, das stimmt. Er ist nur in allen anderen Angelegenheiten so großherzig.«

»Auch großherzige Menschen können morden.« Daniel brauchte einen Augenblick, um Bundschuhs seltsamen Blick deuten zu können. Über ihn selbst wurde ja auch geklatscht, richtig. Vergaß er immer wieder.

Bundschuh überspielte den peinlichen Moment. »Ich werde den Indianer bei nächster Gelegenheit holen und dir vorbeibringen.«

»Wenn Semper unschuldig ist, könnten ihn die Fingerabdrücke auch entlasten.«

»Genau darin liegt meine Hoffnung. Manfred war schwach, was die Tänzerin angeht, aber sind wir das nicht alle? Männer sind Wesen des Verstandes, der kühlen Kalkulation, der Berechnung, aber gerade deshalb stürzen wir umso schneller ins Unglück, wenn die Frauen uns mit ihren ungehemmten Gefühlswallungen hypnotisieren und mitreißen.« Er stemmte sich aus seinem Sessel hoch. »Davon abgesehen ... Ich wiederhole mich, ich weiß, aber ich halte Semper für einen Mann mit tadellosen Grundsätzen.«

Link musste auf ihn gewartet haben. Die Haustür schwang auf, noch bevor Daniel die Treppe erklommen hatte. Sein Lakai folgte ihm in den Salon und servierte ihm einen Wein, der rot im Glas schimmerte, aber sauer wie eine Niederlage schmeckte. Daniel schüttete ihn klaglos in sich hinein. Es gab keine Niederlage, er spürte, dass er mit Semper auf der richtigen Spur war. Trotzdem war er deprimiert. Er starrte auf den Stapel Zeitungen, die er nicht gelesen hatte, weil ihn so wenig interessierte. Auf das geschmacklose Mobiliar, in dem er sich wie ein Besucher vorkam. Auf den verglasten Bücherschrank, über dessen Inhalt er nichts wusste, weil es ihn nie verlangt hatte, einen der Romane herauszuholen. Ihm war plötzlich wie einem Fehlsichtigen, dem man eine

Brille aufgesetzt hatte. Wo war er mit seinem Leben hingeraten? Wie hatte er sich selbst so komplett verlieren können?

Er trank ein weiteres Glas. Und noch eines.

Als Link zurückkehrte, um ihm ein Stück Apfelkuchen zu servieren, hielt er ihn auf. »Erlösen Sie mich von meinen Zweifeln. Ich schwöre Ihnen, Link, was auch immer Sie sagen, es wird keine Folgen für Sie haben. Waren Sie selbst es, der damals, kurz vor dem Brand, meine Savonnette gestohlen hat? Haben Sie sie vielleicht im Keller verloren, als Sie Kohlen oder Holz holten?«

Link räusperte sich, sein Lächeln wirkte aufgesetzt. »Wie ich schon erklärte: Ich habe die Uhr das letzte Mal bei Ihnen selbst gesehen, Herr Doktor. Sie trugen sie an einer Kette an Ihrer Weste, als Sie in das Coselpalais gingen.«

»Und das ist die reine Wahrheit?«

»Selbstverständlich, Herr Doktor.« Dieses Mal wirkte das Lächeln gekränkt. Daniel vermochte nicht, es einzuschätzen. Ihm war jegliches Urteilsvermögen abhandengekommen.

Aus dem Souterrain klang ein Fluch zu ihnen hinauf.

»Was ist da los?«

»Annie Troll leidet an Zahnweh.«

»Immer noch?«

»Mit jeder Stunde schlimmer.«

»Würden Sie sie heraufbitten?«

Wenig später trat sie durch die Tür. Sie sah furchtbar aus. Und damit meinte er nicht nur ihr geschwollenes Gesicht: Ihr Kleid war verdreckt, über ihre Wange lief eine frische Schürfwunde. Daniel deutete auf den Apfelkuchen, der unberührt auf dem Tisch stand. Sie schüttelte den Kopf.

»Was ist passiert?«

»Ungeschick!« Ohne auf seine Aufforderung zu warten, ließ sie sich in einen der scheußlichen Fransensessel fallen. Seinen fragenden Blick ignorierte sie, sie sah aus, als kämpfte sie mit den Tränen. Aber statt sich zu erklären, fragte sie nur: »Hat dieser Freimaurer Ihnen was von Semper gegeben?«

Er berichtete von dem Indianer.

»Na, ist doch gut.«

»Bitte gehen Sie zum Zahnarzt.«

»Ich brauch keinen, der mir sagt, was ich tun soll«, schnappte sie muffelig.

»Ein Geldproblem?«

»Nein, eine Scheißangst, wenn Sie's genau wissen wollen.«

»Ich verstehe.«

»Wenn mir einer im Mund wühlt ... Ist zu dicht, ich weiß nicht, ob Sie das begreifen. Die Seele wohnt im Kopf, wer mir in den Mund packt, greift nach meiner Seele, so ist das.« Sie schaffte kein Lachen, es ging ihr zu dreckig.

Er erklärte ihr, was er vor vier Jahren auch Dorothea in einem ähnlichen Fall auseinandergesetzt hatte: Es gab eine Methode der Zahnbehandlung, bei der der Patient durch ein Mittel namens Äther in einen Betäubungsschlaf versetzt wurde, aus dem ihn auch die grässlichsten Schmerzen nicht weckten. Wenn er wieder zu sich kam, war alles vorbei. Eine harmlose und sichere Angelegenheit. Er kannte einen Arzt in Leipzig, der so etwas machte.

»Ich würde praktisch die ganze Zeit schlafen?«

Er nickte und sah, wie sie Hoffnung schöpfte. Dorothea hatte sich in einer ähnlichen Situation geweigert, seinen Vorschlag auch nur anzuhören, einfach weil er von ihm kam, so lief es damals zwischen ihnen. Sie war schließlich zu einem befreundeten Arzt gegangen und über viele Beziehungen und Beratungsgespräche ebenfalls nach Leipzig gekommen. Wie umständlich und anstrengend das gewesen war.

»Gut, ein Geldproblem ist es auch.«

Daniel nickte. Er schrieb ihr die Adresse des Arztes auf und verfasste eine kurze Nachricht, dass er die Kosten für die Behandlung übernahm.

24. Kapitel

Sie würde nach Leipzig fahren, aber sie würde die Behandlung selbst bezahlen. Oder vielmehr: Sie würde Raabe das Geld zurückerstatten. Kann doch kein Vermögen kosten, dachte Annie, während sie über den Fechtboden tänzelte. Der Zahnschmerz stieß bis in ihr Gehirn, alles oberhalb des Halses war ein einziger Schmerz. Sophia Spitzner gelang es mühelos, sie in die Enge zu treiben. Die Frau mit dem fleckigen Sonnensprossengesicht war flott, sie hatte eine Menge gelernt. Leider trug sie Schuhe mit einer harten Ledersohle, ihre Schritte stachen wie Nägel in Annies schmerzenden Kopf.

»Touché«, keuchte Annie, als es ihr endlich doch gelang, die Degenspitze auf die Brust ihrer Schülerin zu setzen.

»Ja, aber es hat gedauert. Frau Troll, Sie sind nicht auf der Höhe Ihrer Künste, Sie machen es mir leicht.« Die Spitzner lachte. »Schlimm?« Sie deutete auf Annies geschwollene Wange.

»Es ist die Hölle. Ich hab gehofft, das geht von selbst wieder weg, aber der Gang zum Zahnbrecher steht an.«

Die Spitzner nickte mitleidig.

Annie mochte ihre Schülerin. Für eine Frau, die ihre Zeit damit verbrachte, Staub von Bildern zu pinseln, war sie … Nein, sie war gemessen an allen Menschen eine Person von beeindruckendem Mut. Vor ein paar Wochen hatte sie dem Liebeswerben eines Herrn, der ebenfalls in der Dresdener

Gemäldegalerie arbeitete, widerstanden, weil sie, wie sie sagte, keine Lust habe, Deckchen zu sticken, während ihr Gatte aufregende Bilder in Schuss hielt und manchmal sogar mit den Künstlern reden durfte. »Ich kann machen, was ich will. Was ist daran bedauerlich?«, hatte sie gelacht.

Während Annie sich aus dem Brustschutz pellte, beobachtete sie Sophia, die bereits ihr Alltagskleid über die schlichte Krinoline zog. Vielleicht könnte man ja Freundschaft schließen? Sie unterdrückte einen Seufzer. Lieber nicht. Freundinnen knöpfte man kein Geld ab. Und selbst, wenn dieser Punkt geklärt wäre: Man stelle sich nur vor, die Spitzner geriete in finanzielle Not. Dann müsste sie hart bleiben und ihr keinen Unterricht mehr erteilen, und Annie wusste, dass sie das nicht schaffen würde. Es war besser, Geschäftliches und Privates auseinanderzuhalten.

Ihre Schülerin war am Plaudern. Es gab einen Maler aus München, der Spitzweg hieß, also ein bisschen wie sie selbst, und der richtig komische Szenen auf die Leinwände brachte. Eines von den Bildern hieß »der abgefangene Liebesbrief«, da konnte man sehen, wie ein Mann an einer Schnur einen Brief aus seinem Fenster hinabließ, zu …

Annie schaffte es nicht zuzuhören. Der Zahn, dieser verfluchte Zahn …

»Haben Sie eigentlich noch genügend Schülerinnen?«

»Bitte?« Nun merkte sie doch wieder auf.

Sophia Spitzner lächelte ihr umwerfend breites Froschlächeln, das die schiefen Zähne freilegte. »Es ging ja durch die ganze Stadt, dass Serafina Bischof hier in diesem Raum ums Leben kam.«

»Was sagen die Leute denn?«

Die Spitzner winkte ab. Sie hatte ihr Kleid fertig geknöpft und schlüpfte in eine dunkelrote Mantille. »In die Gemäldegalerie kommen manchmal extravagante Damen. Bei der einen oder anderen hab ich schon gedacht, dass sie interessiert sein könnte an diesem Unterricht hier, und ich habe mich gefragt, ob ich sie mal ansprechen sollte.«

»Ich würde bestimmt niemanden wegschicken«, platzte es aus Annie heraus.

Die Frau lachte und verabschiedete sich. Annie starrte ihr hinterher. Sophia Spitzner war schon der zweite Mensch, der ihr innerhalb von vierundzwanzig Stunden helfen wollte, ohne dafür eine Gegenleistung zu fordern. Das war fast schon ein bisschen unheimlich. Kannte man gar nicht. Ihr Herz klopfte vor Glück.

Sie begann die doppelte Umgehungsfinte zu üben, *Doppia finta di cavazione,* wurde aber kurz darauf durch die Stimme von Willi Kubiak abgelenkt, die durchs Treppenhaus hallte. Oh, hätte sie sich gefreut, wenn dieser schmierige Typ als Mörder verhaftet worden wäre! Vielleicht war er ja doch der Täter? Dass er ihren Streit mit Serafina gehört hatte, hatte er schließlich zugegeben. Was, wenn er hochgegangen war, um die Tänzerin zu trösten, und ihr dabei an den Busen grapschte und Serafina wie eine Rakete in die Luft gegangen war und er wütend wurde … Aber da war die Sache mit seinen Fingerabdrücken, die nicht zu denen auf dem Mordmesser passten. Nee, der Willi war aus dem Schneider.

»Du widerliche Schlampe!«, hörte sie ihn fluchen, vielleicht meinte er Else, vielleicht eine der Mieterinnen.

Annie hatte genug vom Üben. Sie ging zu dem Stuhl, auf dem ihr Kleid lag. Das musste sie unbedingt waschen und flicken, nach dem Sturz aufs dreckige Pflaster. Sie nahm es in die Hand, drehte sich damit, verhedderte sich und stolperte. Ein rascher Griff zur Rückenlehne des Stuhls verhinderte einen erneuten Sturz, aber im Bruchteil einer Sekunde durchzuckte sie etwas. Das Stolpern in der Augustusstraße … die Kutsche … die Pflastersteine vor ihren Augen … Doch bevor sie gestolpert war, hatte sie etwas gespürt. Einen Stoß! Verfluchter Donnerkeil … Da war eine Faust in ihrem Rücken gewesen. Sie fühlte sie so deutlich, als hätte man sie ihr gerade erst in den Rücken gerammt. Sie war gar nicht über die eigenen Füße gefallen, sondern jemand hatte nachgeholfen!

Benommen zog sie das Kleid über den Kopf. Wenn sie das dem Raabe erzählte … Oder dem Inspektor von der Kriminalpolizei, diesem Keller. Die würden …

Sie würden ihr gar nicht glauben. Klang ja auch allzu sonderbar. Gestern Abend hatte sie noch von Ungeschick gesprochen, als Raabe nach der Schürfwunde in ihrem Gesicht fragte, und jetzt bildete sie sich plötzlich einen Mordversuch ein. Denn ein solcher wäre es ja gewesen, wenn jemand versucht hätte, sie vor die Kutsche zu stoßen. Außer, es wäre aus Versehen passiert. So würde Raabe argumentieren: Sie können ja gar nicht wissen, ob Sie nicht einfach jemand im Gedränge versehentlich mit dem Ellbogen erwischt hat.

Annie legte den gerade benutzten Degen in die Truhe und kramte den Stockdegen hervor. Sie wog ihn in der Hand und beschloss, ihn mitzunehmen. Mit der Waffe unterm Arm betrat sie wenig später ihre Wohnung, in der die kaputten Möbel lagen. Die hatten sogar das Bild an der Wand zerstört, für das sie mal einem alten Mann, den man wegen Mietschulden aus der Wohnung geworfen hatte, ein paar Pfennige zugesteckt hatte. Plötzlich hasste sie die beiden Räume, die ihr so lange wie eine heimelige Zuflucht erschienen waren.

Und was nun?

Leipzig. Der Name der Stadt drängte sich förmlich auf. Sie konnte ja nicht ewig bei Raabe wohnen. Irgendwann würde er sie rausschmeißen. Oder sie und Jette würden sich unter seine Dienstboten einreihen müssen, was ihr fast genauso schlimm vorkam. Sie war eine Frau mit Courage, die jahrelang eine Fechtschule betrieben hatte und der gerade von einer Schülerin angeboten worden war, für neue Kundinnen zu sorgen. Kämpfen, dachte sie, kämpfen … Und gleichzeitig wurde ihr klar, dass sie diesen Kampf womöglich auf Jettes Rücken austragen würde, denn sogar wenn Jette selbst nichts geschähe: Es würde ja reichen, wenn ihre Mutter bei einem zweiten Mordversuch umkäme.

Annie hörte wieder Schmitts Stimme, mit der er ihr seine gottverdammten Wünsche mitteilte. Würde der Zwerg sie, vielleicht stellvertretend für all die anderen, die er nicht erwischen konnte, ermorden? Sie verfluchte den Augenblick, in dem sie ihm ihre Klinge an den Hals gesetzt hatte.

Raabe war zu Hause, dem Himmel sei Dank. Annie gab ihrer Tochter, die beim Klang ihrer Stimme die Treppe hinaufkam, einen Kuss und lief gleich weiter, erst in den Salon, dann in das Labor, und schließlich, unter Links nervösem Versuch sie aufzuhalten, in eine Bibliothek. Raabe saß hinter einem wuchtigen Schreibtisch und schrieb etwas. Er ließ die Feder sinken, als sie hereinplatzte, und sie erklärte ihm alles. Die Augustusstraße, die Kutsche, den Stoß ... Er war skeptisch, das hatte sie sich ja schon gedacht.

Aber dann sagte er erstaunlicherweise: »Ich möchte Sie bitten, keinen Fuß mehr aus meinem Haus zu setzen, Annie Troll, bis der Mörder von Serafina Bischof gefunden worden ist.«

25. Kapitel

Im Haus war es laut geworden. Mariechen hatte gelernt, an Möbeln entlangzuwandern, und sich offenbar in den Wunsch verbissen, das ihr verbotene Erdgeschoss zu erkunden. Jette, die das verhindern sollte, hatte leider nie gelernt, etwas leise zu tun. Wozu auch, in einem Haus wie dem von Willi Kubiak, in dem es wie auf der Kirmes zuging? Sie war noch lauter als ihr Schützling, fischte ihn von der Treppe, lachte mit ihm, sang ihm etwas vor, nicht schön, aber mit Inbrunst, und manchmal hörte man sie mit ihm schimpfen.

Die beiden steckten das Personal an. Ihre Mütter, Tanten und Onkel, die jahrelang wie Schatten im untersten Geschoss seines Hauses gelebt hatten, wurden auf einmal laut wie frisch geschlüpfte Spechte. Wortfetzen drangen in Daniels Räume, Gelächter … Sogar die Essensgerüche aus der Küche schienen die Treppe hinaufzukriechen.

Daniel wusste, dass er ein Machtwort sprechen sollte, stellte aber überrascht fest, dass er das Treiben eigentlich nicht missen wollte. Es kam ihm vor, als hätte er die vergangenen Jahre in einem schallisolierten Raum verbracht, in den man nun unerwartet ein Fenster geschlagen hatte. Link umkreiste ihn und wartete bedrückt auf ein Zeichen seines Missfallens, aber Daniel schwieg. Einmal ertappte er sich sogar dabei, dass er eine Tür mit Absicht offen stehen ließ.

Und er bekam Erstaunliches zu hören. Offenbar war Elli

mit einem Billettverkäufer verheiratet, mochte aber nicht zu ihm ziehen, weil Otto mit seiner Mutter und drei Schwestern zusammenlebte, die Elli für geschwollen hielt. Otto suchte nach einem Zimmerchen für sie beide. Wenn er's doch nur bald fände, seufzte Elli.

Isabelle litt immer noch an ihrem Knöchelbruch, der schlecht verheilt war und sie marterte, wenn sie sich bückte, ohne in die Knie zu gehen. Sie liebte ihr Enkelkind, hielt aber nicht viel von Dora, die sich rumtrieb und dem Mariechen einen Hund kaufen wollte, als wäre ein Hund nicht die überflüssigste Anschaffung der Welt, die sie zudem alle ihren Dienst kosten könnte, wenn das Mistvieh nämlich den Weg nach oben fand und, Gott behüte, auf einen der Teppiche kackte.

Einmal kam ein Mann namens Karl vorbei, der wenig sprach und Kutteln mit Schalotten und Knoblauch aß, die ihm vom Magen her nicht bekamen.

Annie mischte sich in sämtliche Gespräche, hatte zu allem eine Meinung, was auch sonst. Doch nach einigen Tagen verstummte ihre Stimme. Daniel erkundigte sich bei Link und erfuhr, dass jemand Annie neue Schülerinnen versprochen hatte. Nun ging sie wieder in die Struvestraße, um zu unterrichten.

»Lassen Sie das sein. Warten Sie, bis die Gefahr gebannt ist«, beschwor er sie, als sie abends in die Villa zurückkehrte.

»Blödsinn. Ich bin ja nur tagsüber da. Und dann ist das Treppenhaus voller Leute, mir passiert schon nichts!«

Seinen Hinweis, dass auch die Augustusstraße voller Leute gewesen sei, konterte sie mit seiner eigenen Vermutung, dass man sie wahrscheinlich aus Versehen geschubst hatte.

Und tatsächlich verstrichen die Tage, ohne dass ein Unglück geschah. Erleichtert hörte er sie Abend für Abend bei Einbruch der Dämmerung an das Dienstbotenfenster klopfen.

»Link?«, murmelte er einmal, als sein Diener, der ihr geöffnet hatte, hinauf ins Erdgeschoss kam, um ihm einen Kaffee zu bringen.

»Bitte, Herr Doktor?« Link horchte in die Halle. Man hörte ein Weinen. Mariechen schien sich wehgetan zu haben, ihr Schrei ging in ein stimmgewaltiges Jammern über, das wie Lava über die Stufen kroch, nur in umgekehrter Richtung. »Verzeihen Sie, Herr Doktor, ich werde …«

»Bitte bleiben Sie.«

Link schob wie eine nervöse Schildkröte den Kopf vor.

»Ich will wissen, wie der Abend verlaufen ist, damals, als mein Haus brannte.«

Links Nervosität wurde von einem starken Unbehagen abgelöst. »Oh! Also, Sie meinen …?«

»Genau.« Daniel drehte sich in seinem Sessel, um seinen Diener genauer ins Auge fassen zu können. »Ich bin an diesem Abend fortgegangen. So viel ist mir klar. War ich betrunken?«

»Herr Doktor …« Noch stärkeres Unbehagen.

»Ich weiß es wirklich nicht. Ich kann mich ums Verrecken … Stellen Sie sich meinen Kopf wie einen Eimer voller Schnipsel vor. Das ist mir von dieser Nacht geblieben. Schnipsel. Ich vermute, sie deuten auf Trunkenheit?«

Link hatte die Tür vergessen. Er nahm sich Zeit zu überlegen. Um die Wahrheit zurechtzubiegen? Warum sollte er so etwas tun?

»Sie waren nicht betrunken, Herr Doktor, zumindest habe ich nichts davon bemerkt. Sie fuhren mit der gnädigen Frau so gegen sechs Uhr abends vor und kamen mit ihr ins Haus. Es herrschte eine bedrückte Stimmung.«

»Wie haben einander also angebrüllt?«

Link nickte stumm.

»Was dann?«

»Das Kind war bei seiner Großmutter geblieben, Sie hatten es dort gelassen.«

»Und?«

»Die gnädige Frau beklagte sich darüber. Sie war aufgebracht, ihre Kleider waren feucht, und …«

»Weil sie beinahe ertrunken wäre.« Einer der Schnipsel flatterte aus dem Eimer auf. Daniel sah den See hinter dem Haus seiner Schwiegermutter, die glatte, fast schwarze Fläche, auf der ein gelbes Boot schaukelte, darüber die Sonne, die trotz ihrer orangenen Farbe nur kaltes Licht verbreitete … Wäre sie doch wirklich ertrunken, dachte er mit Inbrunst. Aber sie hatte schwimmen können, ziemlich gut sogar, seltsamerweise. Das hatte er gar nicht gewusst.

»Sie haben uns freigegeben, Herr Doktor, der gesamten Dienerschaft. Sie selbst haben sich rasch umgezogen und sind noch vor uns …«

»Ich weiß.« Es war ein Donnerstag gewesen, da fand der Freimaurerabend statt, der Dorothea immer so erzürnt hatte. Es war nur folgerichtig, dass er versucht hatte, sich der unschönen Situation durch Flucht zu entziehen. Aber warum hatte er das Personal fortgeschickt? Eine Strafe für Dorothea? Sie liebte es, Menschen herumzukommandieren. Sie hasste Einsamkeit. Vielleicht war es wirklich nichts als eine schäbige Rache gewesen. »Was ist passiert, während ich fort war? Ach, das wissen Sie natürlich nicht.«

»Doch einiges schon . Ich bin nämlich ziemlich bald wieder zurückgekommen.«

»Warum?«

Link lief rot an. »Ich möchte es eine innere Unruhe nennen«, erklärte er gemessen. »Als ich in die oberen Räume ging, stellte ich fest, dass die gnädige Frau schon wieder fort war, vermutlich mit einer Mietdroschke. Jedenfalls kehrte sie mit einem solchen Gefährt zurück, so gegen zehn Uhr, und hatte Clara bei sich.«

»War das Kind ebenfalls nass?«

»Bitte?«

»Seine Kleider.«

»Davon habe ich nichts bemerkt.«

»In welcher Verfassung befand sich meine Tochter?«

»Sie war … ungnädig. Sie weinte und schrie.« Unwillkürlich horchten sie auf Mariechens Gebrüll, das aber inzwischen verstummt war.

»Warum?«

»Erst vielleicht aus Müdigkeit, dann, weil die gnädige Frau ihr ein Spielzeug verweigerte.«

»Wie ging die Sache weiter? Nun lassen Sie sich nicht alles aus der Nase ziehen.«

»Ihre Mutter hat sie zum Schlafen nach oben getragen. Das Kindermädchen und die anderen Frauen waren ja fort, und mich hielt sie gewiss für ungeeignet.«

»Hat sie's getan?«

»Bitte?«

»Clara? Geschlafen?«

»Erst als die gnädige Frau ein weiteres Mal zu ihr ging, um sie zu beruhigen.«

»Wie genau ist das geschehen?«

»Pardon, dazu kann ich nichts sagen. Ich war ja nicht mit im Zimmer und …«

»Was vermuten Sie? Kommen Sie, Link, wenn Clara sich in Hysterie brüllte, war das ein abendfüllendes Theater.«

»Es wurde schnell ruhig. Erstaunlich schnell, dachte ich damals.« Link blickte zum Fenster, als würde er sich wünschen, wie ein Vogel einfach in den Laubkronen zu verschwinden.

»Und dann?«

Als Link weitersprach, hatte seine Stimme sich verdunkelt. »Sie sind zurückgekehrt, Herr Doktor.«

»Was habe ich getan? Ich kann mich wirklich nicht erinnern. Sie müssen mir helfen.«

»Ich habe Ihre Schritte gehört. Sie sind hinaufgegangen.«

Mariechen begann wieder zu greinen. Jettes Stimme schob sich über ihre, sie versuchte streng zu sein. »Nein, du kommst in die Küche. Da kannst du brüllen, wie du …« Die Stimmen verloren sich im Knallen einer Tür.

»Sie haben der gnädigen Frau nichts angetan«, sagte Link. »Das hätte ich gehört. Ich habe an der Treppe gestanden und nach oben gelauscht und …«

»Jemanden zu ersticken, macht keinen Lärm. Nicht bedacht?«

»Sie sind wieder runtergekommen. Ich fragte nach Ihren Wünschen. Sie sind fortgegangen. Sie haben ihr nichts angetan. Und als Sie heimkamen, hat es bereits gebrannt.«

»Was haben Sie unternommen, als Sie den Rauch bemerkten?«

»Ich war bereits in meinem Zimmer und wohl eingenickt. Der Hund, den wir damals hatten, weckte mich und die anderen Dienstboten, die inzwischen wieder im Haus waren. Als ich den Rauch bemerkte, bin ich in Claras Zimmer gelaufen, konnte sie aber in ihrem Bett nicht finden. Das schwöre ich, Herr Doktor – sie lag nicht im Bettchen. Also bin ich weiter ins Schlafzimmer. Dort lag die gnädige Frau, sie ließ sich aber nicht wecken. Und sie war zu schwer, um sie zu tragen. Von Clara fand ich leider keine Spur.« Link starrte unglücklich auf seine Füße. »Gut, ich hatte auch kaum Zeit zu suchen. Der Rauch war so dicht. Ich musste fort. Ich habe einmal rechts und einmal links von der gnädigen Frau getastet …«

»Verstehe.«

»Nachher hat man das Kind ja doch neben der Mutter liegend gefunden.«

Daniel nickte. Das hatte ihm jemand gesagt. Einer der Feuerwehrmänner?

»Aber Sie haben der gnädigen Frau nichts angetan, Sie sind nicht der Mensch dafür, Herr Doktor.« Link behauptete es, doch Daniel bildete sich ein, auch Zweifel in seinen Augen zu sehen.

Er lag lange wach in der folgenden Nacht. In seinem Gehirn fanden seltsame Dinge statt. Es war, als bröckelten aus der Mauer, die so lange zwischen ihm und den entscheidenden Stunden seines Lebens gestanden hatte, plötzlich Steine. Er war tatsächlich nach der Sitzung im Tempel heimgegangen, Link hatte recht. Er sah sich selbst an Dorotheas Bett stehen und … Hatte er sie gepackt? Dunkel erinnerte er sich an einen Seidensaum am Dekolletee eines Nachtgewands, das einriss. Hatte er Dorothea bedrängt, rasend vor Wut, weil Clara neben ihr sich nicht mehr rührte? Oder hatte seine Tochter damals noch gelebt? Hatte er die Hände um Dorotheas Hals gelegt? Es war schon wieder vorbei mit dem Bröckeln der Mauer. Er meinte zu sehen, wie er Dorothea schüttelte, aber er wusste nicht einmal, wann in der Nacht sich diese Szene ereignet hatte.

War er anschließend zu den Freimaurern zurückgekehrt? Wieder ein Schnipsel: Es hatte ein lähmendes Gespräch vor dem Tempel gegeben, das ihn quälte, weil ihm vor den vor ihm liegenden Stunden graute. Ein anderer Schnipsel zeigte das Wasser der Elbe, ein weiterer ein mit Schlingpflanzen bewachsenes Ufer, das zum Fluss gehörte, vielleicht aber auch zu einem See. War er durch die Stadt geirrt? Und danach mit wahnsinniger Wut heimgekehrt, um mit einem Feuer allem ein Ende zu bereiten?

An den Keller konnte er sich nicht erinnern, wirklich nicht, bei allem Bemühen. Er hatte nicht einmal eine Vorstellung, wie es dort unten ausgesehen haben könnte. Doch wie war seine verfluchte Uhr dann an den Brandherd gekommen? Eine Zeitlang hatte er vermutet, dass Dorothea das Haus angezündet und seine Uhr in der Nähe der Brandstelle deponiert hatte, um ihm die Sache in die Schuhe zu schieben, aber mittlerweile erschien ihm das unwahrscheinlich. Er hatte die Savonnette im Büro verloren. Das stimmte doch, oder?

Er meinte seine eigene Stimme zu hören, mit der er Dorothea verfluchte. Warum hatte sie Clara von ihrer Mutter zurückgeholt? Um das Kind und sich selbst zu töten, aus Rache, der Gedanke drängte sich doch auf. Dem verdammten Hund an ihrer Seite sollte endlich einmal etwas unter die Haut gehen. Hatte ihn der Zorn zum Mörder werden lassen?

Er wälzte sich in den Kissen und wünschte sich die Zeit zurück, in der er wie in einem fensterlosen Raum gelebt hatte.

Bundschuh kündigte in einem Billett, das um die Mittagszeit vorbeigebracht wurde, sein Kommen an, endlich. Er entschuldigte sich, er sei erkältet gewesen, aber inzwischen ginge es besser. Und er würde mitbringen, was Daniel sich von ihm erhoffte.

Daniel saß in seiner Bibliothek und blätterte geistesabwesend in einem Buch, das er bestellt und auf das er lange gewartet hatte, das ihn in diesem Moment aber nicht fesseln konnte. *Lehrbuch der Anatomie des Menschen: Mit Rücksicht auf Physiologische Begründung und Praktische Anwendung …*

Er zwang sich, eine Seite zu lesen, schweifte mit den Gedanken immer wieder ab und legte es schließlich beiseite. Wenige Schritte, und er stand am Fenster und starrte auf die Winteriris und die gelben Blüten des Huflattichs, die sich aus dem Boden gegraben hatten. Ein Vogel hüpfte verfroren zwischen den Farbtupfern herum.

Als es klopfte, wandte er sich erleichtert um. Doch nicht Link trat ein, um Bundschuhs Ankunft zu melden, sondern Jette. Das Mädchen wirkte eingeschüchtert und gleichzeitig strahlte es ihn an. Himmel, war sie jung. Er bat sie, auf einem der Stühle Platz zu nehmen. Ihre Beine wippten vor Aufregung.

»Was ist denn los?«

»Ich bin noch einmal auf dem Friedhof gewesen.«

Hatte sie das wirklich gesagt? Sein Lächeln gefror. »Deine Mutter hat dir das verboten. Hast du noch im Kopf, ja?«

»Ich war doch nur tagsüber da. Nachts bleib ich im Haus«, erklärte sie altklug. Sie zog etwas, das sie wie ein kleines Kind hinter ihrem Rücken versteckt hatte, hervor und legte es auf den Tisch, der neben ihrem Stuhl stand. »Gucken Sie mal.«

Es war ein Herz aus Glas, genau so eines, wie sie sie früher bereits gefunden hatte.

Jette sprach weiter, noch ehe er eine Frage stellen konnte. »Die anderen Herzen sind nass gewesen, aber dies hier war trocken und ganz blank, als ich es vorhin gefunden habe. Gestern hat es tagsüber geregnet. Wenn es da schon am Strauch gehangen hätte, wären auch Tropfen dran gewesen, also der Schmutz, der von den Tropfen zurückbleibt. Aber das hier ist wie neu. Jemand muss es also in der Nacht in die Zweige gehängt haben.«

Er nahm das Herz an dem grünen Faden auf. Sie hatte recht. Keines der anderen Herzen war so makellos gewesen, abgesehen von denen, die er in Serafinas Wohnung gefunden hatte. Der Mörder kehrte also immer noch zum Grab zurück. Das hätte er einkalkulieren müssen. Er hätte dort auf ihn warten müssen, statt sich sinn- und fruchtlos im Bett zu wälzen. Sein Fehler war ihm unbegreiflich. »Du gehst nie wieder zu diesem Friedhof, Jette. Ich verbiete es dir.«

Das Mädchen lächelte, und plötzlich konnte er in ihren Zügen die ihrer Mutter wiederfinden.

»Ich verbiete es«, wiederholte er mit Nachdruck. »Du bist schlau, Jette, keine Frage, aber einem Mörder, der sich eine gefährliche Zeugin vom Hals schaffen will, bist du nicht gewachsen. Du wärst tot, bevor du auch nur einen Mucks von dir geben könntest. Du würdest als Wasserleiche in der Elbe enden oder als Würmerfutter irgendwo in fauliger Erde.«

Die drastischen Worte zeigten Wirkung. Jette erhob sich kleinlaut. Bevor sie den Raum verließ, sagte sie: »Da hängen jetzt noch vier Herzen. Mit dem, das Sie mitgenommen haben, und mit dem da auf dem Tisch, hat er also insgesamt sechs Herzen aufgehängt.«

Sie war tatsächlich schlau. Daniel rechnete nach. Wie es aussah, kam der Mörder einmal in der Woche zum Grab. Und zwar immer mittwochs, an Serafinas Sterbetag, dachte er. Wie blind war er gewesen, dass er darauf nicht früher gekommen war! Und auf der anderen Seite: was für eine glänzende Möglichkeit bot sich ihm plötzlich.

Bundschuh kam nur wenige Minuten später. Er sah abgespannt und müde aus. Die Erkältung musste ihn ordentlich am Wickel gehabt haben, denn er plagte sich mit einer Kiste, die, als Daniel sie ihm abnahm, kaum etwas wog.

Daniel trug das Behältnis ins Labor. Bundschuh folgte ihm und sah trotz seiner Erschöpfung interessiert zu, wie er die Dose mit dem Graphit und die Fotografien hervorkramte. »Bald muss es gar keine Polizei mehr geben, dann wird alles von der Wissenschaft erledigt«, scherzte er und ließ sich auf einem der Schemel nieder, die im Labor standen.

Daniel spürte seinen Puls schneller schlagen, als er die Fingerabdrücke auf der Indianerstatue sichtbar machte. Doch schon bald hielt er enttäuscht inne. Bundschuh mochte sorgsam gewesen sein, aber die Abdrücke auf dem Sockel der Statue waren sämtlich verwischt und damit unbrauchbar.

»Keine Hilfe?«, fragte Bundschuh.

Daniel schüttelte den Kopf.

Max war erstaunlicherweise nicht im Büro, als Daniel gegen fünf Uhr das Coselpalais aufsuchte. Er ließ sich von einer Droschke zum Haus des Inspektors fahren, aber die dunklen Fenster zeigten, dass er auch nicht heimgekehrt war. Was nun?

Der Droschkenkutscher brachte ihn in die Stadt zurück. Ein Blick in Max' Büro zeigte allerdings nicht das erhoffte Ergebnis: Max glänzte immer noch durch Abwesenheit. Nach kurzem Zögern klopfte Daniel zwei Türen weiter. Hans Breuer klebte Fahndungsaufrufe an eine Schrankwand. Er rauchte dabei eine Zigarre, die Luft war zum Schneiden. Max' bester Mann war eine sonderbare Gestalt. Er musste bereits auf die sechzig zugehen, sicher würde er sich bald ins Privatleben zurückziehen, aber sein faltiges Gesicht zeigte die geistige Behändigkeit und das wache Interesse eines jungen Burschen – so etwas war selten. Er nahm die Zigarre aus dem Mund und lächelte, als er sah, wer ihn aufsuchte. Auch das war bemerkenswert. Die meisten Männer, denen Daniel im Palais begegnete, zeigten ihm die kalte Schulter.

»Ich habe Sorgen, Hans.«

Breuer hob fragend die Augenbrauen über der randlosen Brille.

»Max ist nicht da, ja?«

»Ein Kriminalinspektor führt wie jeder Mensch ein Privatleben.«

»Ich hoffe, es kränkt Sie nicht, wenn ich lache?«

Breuers Lächeln vertiefte sich. »Was für Sorgen plagen Sie denn?« Er hob die Hand. »Nur dass wir uns recht verstehen: Ich höre zu, werde aber darüber nicht selbst zur Plaudertasche.«

»Alles andere würde mich enttäuschen. Darf ich Sie um Ihre Hand bitten?«

Breuer lachte. »Ich genieße den Witwerstand.«

Er sah zu, wie Daniel das Tintenfass zu sich heranzog, außerdem einen Bogen Papier und einen Schwamm, mit dem Breuer wohl seine Pflanzen von Staub befreite.

»Ach, darum geht es wieder? Dieser Blödsinn, in den Sie sich verrannt haben? Die Fingerabdrücke?«

»Ich weiß, ich bin lästig.«

»Sie haben überhaupt nicht nach Keller gesucht. Sie wussten, dass er sie rausgeschmissen hätte.«

Daniel ließ Tinte auf den Schwamm tropfen und hielt ihn dem Polizisten hin. Bereitwillig drückte Breuer seine Finger darauf und anschließend Daumen und Finger säuberlich nebeneinander auf das Papier. Daniel tat es ihm nach, er benutzte die nächste Reihe, dann schob er ihm den Bogen wieder hin. Er wartete, während Breuer umständlich seine Hand säuberte, eine Lupe aus der Schreibtischschublade kramte und anfing, die Abdrücke zu vergleichen. »Nun ja.« Die zwei Worte waren von Skepsis geprägt, zeigten aber auch widerwilliges Interesse. »Wie viele unterschiedliche Arten halbrunder Bögen mag der Schöpfer wohl ersonnen haben, um sie in die Fingerkuppen seiner Kinder zu meißeln?«

»Rufen Sie Ihre Leute rein, schauen Sie nach.«

Breuer überlegte eine Weile, ehe er aufstand, die Tür öffnete und einen Befehl brüllte. Er winkte, und nach und nach sammelten sich etwa ein Dutzend Männer im Raum. Sie ließen sich die Sache erklären, und während sie, säuberlich in Reihen, ihre Fingerabdrücke produzierten, stieg ihr Interesse. Es waren allesamt gute Leute, sonst hätte Max sie nicht eingestellt. Einer der Erfolge seiner Abteilung beruhte darauf, dass er keine Rücksicht auf Herkunft und Empfehlungen nahm. Dass er sich nicht korrumpieren ließ, galt als Binsenweisheit im Palais.

Nachdem die Sammlung komplett war, nahmen die Männer sie einer nach dem anderen zur Hand und verglichen, was sie auf dem Papier sahen.

»Ziemlich unsicher.«

Zustimmendes Brummen, aber die Mienen der Männer zeigten, dass sie beeindruckt waren.

»Man sollte sich trotzdem damit befassen«, überwand sich schließlich einer der Inspektoren, ein Mann mit einem drahtigen Schnauzer, zu einem Zugeständnis. Sie blickten zu Breuer.

Der rang mit sich und winkte sie schließlich hinaus. »Nehmen Sie Ihren Mantel«, sagte er zu Daniel.

Sie fuhren zum *Einbeinigen Hasen*. Daniel kannte die Schenke von einem Besuch, das war Jahre her. Er und Max hatten sich einen Heiratsschwindler vorgeknöpft, der sein letztes Opfer in einer Drahtschlinge elend hatte verrecken lassen und allen Versuchen, ihm den Mord nachzuweisen, mit windigen Alibis entschlüpft war. Am Ende hatten sie ihn doch erwischt und den Erfolg im *Hasen* gefeiert.

An diesem Abend schien der Kriminalinspektor allerdings hinter einem der schmierigen Tische zu sitzen, um seinen Feierabend zu genießen. Jedenfalls gab es niemanden, dem er seine Aufmerksamkeit geschenkt hätte. Aber Breuer hätte Daniel wohl auch kaum hierher gebracht, wenn es anders gewesen wäre.

Sie setzten sich zu dem in sich versunkenen Mann und bestellten ebenfalls ein Bier. Die schönen und weniger schönen Damen, mit denen der Besitzer des *Hasen* zusätzlich Geld verdiente, schienen zu spüren, dass mit ihnen kein weiteres Geschäft zu verhandeln war. Man ließ die Männer in Ruhe. Während sie auf das Bier warteten, starrten sie auf die Flecken, die die Krüge auf der schmutzigen Tischplatte hinterlassen hatten. Lange Zeit fiel kein Wort, bis Breuer schließlich sagte: »Schau mal.« Er zeigte seine tintenbefleckten Finger.

»Ach nee.« Max brach in Gelächter aus.

»Er hat alle rangekriegt, die noch im Haus waren.«

»Du klingst ja schwer beeindruckt.«

»Es würde mich schon interessieren, wie die Abdrücke der Leute, die hier sitzen, aussehen, ob man die verfluchten Dinger wirklich einzelnen Personen zuordnen kann.« Eine Fliege surrte um Breuers Kopf, er wedelte sie mit der Hand fort.

»Annie Troll wurde vor eine Kutsche gestoßen. Sie hat nur mit Glück überlebt«, sagte Daniel.

Max leckte skeptisch über seine Lippen. »Das behauptet sie.«

»Ist auch so. Ich merke, wenn sie lügt.«

»Tut sie das denn?«

»Gelegentlich. Wer von uns nicht?«

»Und wer war der Übeltäter? Hat sie ihn erkannt?«

Daniel hob die Hände.

»Bist du deshalb hier?«

Daniel erzählte von dem Glasherz, das Jette ihm gebracht hatte. War Max betrunken? Konnte man bei ihm schwer einschätzen. Er hatte auch nüchtern manchmal etwas Betuliches. Daniel erklärte, was er von den regelmäßigen Besuchen des Mörders am Grab hielt. Ein Herz pro Woche, immer mittwochs, immer an dem Tag, an dem der Mann die Tänzerin erstochen hatte. Das ergab doch einen Sinn. Jemand mit verbissenem Gram, der sich in eine eigene Welt geflüchtet hatte. Vielleicht auch ein von Reue zerfressener Mann, der seinen Gefühlen nicht anders Luft zu machen wusste.

»Du hast natürlich auch von dem Herz Fingerabdrücke genommen?«

»Schon früher, weißt du doch.«

»Und willst sie nun mit denen von Semper vergleichen. Und mich deshalb bequasseln, dass ich als amtliches Schwergewicht sie ihm, quasi mit der Keule des Gesetzes, abnehme.« Doch, Max *war* betrunken, aber nicht so sehr, dass er dem Gespräch nicht mehr hätte folgen können.

Daniel erzählte von Bundschuhs Besuch, von der Indianerstatue, die ihm leider nicht weitergeholfen hatte. Er zog die Aufnahmen von den Glasherzen und dem Messergriff aus der Tasche und legte sie auf den Tisch.

Max hielt die Fotos gegen das Licht der Gaslampe, die zwischen den Bierlachen stand, und studierte sie genau, wirklich ganz genau, das musste man ihm lassen. Schließlich legte er sie auf den Tisch zurück und nahm einen Schluck aus seinem Glas.

»Semper ist unser Mann, Max. Besorg mir seine Abdrücke. Lass sie uns mit denen hier vergleichen.«

Der Kriminalinspektor hob die Hand – und zog überraschenderweise selbst etwas aus der Tasche seines abgeschabten Mantels, einen Zettel. Er drehte ihn wie ein Mensch, der sich gerade von einer Entscheidung überfordert fühlt, in den Händen. Schließlich schob er ihn Daniel zu. »Da sind sie. Ich hab Semper gestern die Finger in Tinte tauchen lassen.«

Daniel verglich die Abdrücke mit denen auf den Fotos und reichte beides an Breuer weiter. Der Polizist brauchte nur einen kurzen Blick, dann legte er sie in eine der Bierpfützen. »Schade«, meinte er. »Es hätte so schön gepasst. Na ja, man kann nicht immer recht haben. Semper ist also raus.«

Max winkte dem Keller und deutete auf ihre leeren Gläser.

Als Daniel erwachte, starrte er ins Dunkel, ohne begreifen zu können, wo er sich befand. Es roch muffig, um ihn herum herrschte absolute Finsternis. Er war ängstlich, und innerhalb weniger Wimperschläge steigerte sich die Angst zu einer Panik, die ihn unfähig machte, sich zu bewegen. Man hatte ihn wieder in der Zelle im Keller der *Alten Wache* eingesperrt. Sie hatten ihn geschnappt. Er musste sich zusammenreißen, um nicht loszubrüllen. Plötzlich sah er Römer in der Dunkelheit stehen und ihn beobachten. Er krümmte sich zusammen, aus Furcht vor einem Schlag …

Aber nichts geschah.

Während sein Herz stotterte und sich kalter Schweiß auf seiner Haut sammelte, gewöhnten seine Augen sich an die Dunkelheit. Das, was er für seinen Erzfeind gehalten hatte, entpuppte sich als Vorhang vor einem fast dunklen Fenster. Er lag auf einem Bett mit einer durchgelegenen Matratze und befand sich ganz sicher nicht in der *Wache*. Hatte Max ihn zu sich nach Hause gebracht? Die Angst blieb trotzdem. *Römer*. Er hatte von ihm geträumt, gerade bevor er aufgewacht war. Aber worum war es gegangen? Die Mauer in seinem Kopf bröckelte, doch an den falschen Stellen. Die Bilder, die er sah, ergaben keinen Sinn. Er stand in einer Villa, ungleich größer und prächtiger als das Haus, in dem er selbst gewohnt hatte. Der Anblick war wie ein Teil eines Puzzles. Und Römer bildete ein weiteres Teil. Und … Daniel schlang die Arme um den Oberkörper und krümmte sich zusammen, weil er fror. Die Uhr …

Römer, die Villa und die hundertfach verfluchte Uhr.

Als Max die Zimmertür öffnete, polternd, aber munter wie ein Fisch, waren etliche weitere Stunden verstrichen. »Ich gehe zum Palais. Verschließ die Wohnungstür, wenn du gehst.«

»Warte, ich muss mit dir reden.«

»Keine Zeit.«

»Nun bleib schon hier.« Daniel erhob sich, er presste die Handballen gegen die Schläfen, als könnte er so das Puzzle, das sein Hirn zusammengefügt hatte, festhalten. »Römer hat meine Frau umgebracht.«

Max verzog angewidert das Gesicht. »Es gibt nicht viele Leute, denen ein Kater den Kopf klärt. Du gehörst mit

Sicherheit nicht dazu.« Er zögerte kurz. »Na gut, ich koche Kaffee.«

Daniel erhob sich von seinem Lager, humpelte aus dem Raum und fand, eher durch Zufall, ein Badezimmer mit altmodischen grünen, ornamentverzierten Fliesen, in dessen Ecke eine Pumpe stand, mit der sich eine Blechwanne füllen ließ. Er pumpte, hielt die Luft an und steckte den Kopf ins eiskalte Wasser. Mit klatschnassen Haaren stapfte er in die Küche, an deren Lage er sich noch undeutlich erinnerte. Wie oft war er in seiner Zeit als Staatsanwalt hier gewesen? Selten, vielleicht zwei- oder dreimal. Hatte Max es vorgezogen, ihre privaten Treffen in seiner Villa abzuhalten, weil er dort auf eine Begegnung mit Dorothea hoffen konnte? Oder war ihm das eigene schäbige Zuhause peinlich gewesen?

Max hatte einen zerbeulten Kessel auf den Herd gestellt. Ein Feuer brannte, das aber nur mühsam Glut erzeugte. Umso besser. Bevor das Wasser kochte, würde Zeit vergehen. Und er brauchte Zeit. Daniel setzte sich an den Tisch. »Ich glaube, dass Römer der Zofe seiner Frau nachgestellt hat und dass sie dabei die Treppe hinabstürzte und sich den Hals brach. Vielleicht hat er sie sogar gestoßen.«

»O Gott!«

»Was ist?«

»Ich weiß nicht, warum ich dir zuhöre.« Max begann, Kaffeebohnen zu mahlen, und Daniel hob die Stimme.

»Es gab damals einen Burschen, der hauptsächlich in der Küche beschäftigt wurde und manchmal wohl auch die Kutsche lenkte. Er war mir aufgefallen, als ich mit Römers Dienstboten gesprochen habe. Etwas an seinem Gesicht hat mich gestört, an seiner Mimik. Wie er an mir vorbeischaute. Ich finde, du solltest noch mal mit ihm reden.«

»Fast alle Leute schauen an Männern vorbei, die sie wegen eines Verbrechens ausfragen.«

»Mir kam er verdächtig vor. Ich habe zu Römer gesagt,

dass ich noch einmal mit dem Küchenpersonal reden muss. Er wurde ausfallend und hat angefangen, von seinen Beziehungen zu palavern.«

»Das muss nichts heißen. Er konnte dich nicht ausstehen. Und du ihn auch nicht, nebenbei bemerkt. Wenn du nicht so tief mit in dieser Scheiße stecken würdest, sondern die Sache wie ein Staatsanwalt betrachten könntest, würdest du dir nicht mal zuhören.«

»Tu ich aber. Wenn man davon ausgeht, dass Römer am Tod dieser Frau schuld war, und wenn er Angst hatte, der Küchenjunge könnte das bezeugen, dann hätte er einen triftigen Grund gehabt, mich auszuschalten. Einen sehr triftigen Grund. Wir leben nicht mehr in den hässlichen alten Zeiten. Ein Mord ist ein Mord, auch wenn er von einem Major mit Gutsbesitz in Hessen begangen wurde.«

Max lachte, es klang bissig. Weil er das mit den alten Zeiten anders sah oder weil ihm die Argumentationskette missfiel?

»Ich wäre an der Sache drangeblieben. Aber als mein Haus brannte ...« Daniel hob die Hände. »Danach war nichts mehr wichtig. Der Staatsanwalt, der mich ablöste, hat die Akte beiseitegelegt, richtig?«

»Weil es keinen vernünftigen Grund gab, nicht an einen Unfall zu glauben.«

»Das Kleid der Frau war vorn aufgerissen.«

»Weil man versucht hat, ihr Luft zu verschaffen.«

»Oder weil Römer es ihr vorher vom Leib reißen wollte.« Daniel holte Luft. »Warum hat meine verdammte Uhr im Keller gelegen? Und warum war sie nicht stärker beschädigt? Herrgott, oben war vor allem Ruß, aber da unten haben Flammen wie im Fegefeuer gelodert. Und trotzdem war sie nur ein klein wenig angekohlt.«

»Weil sie an eine Stelle gerollt ist, an der sie geschützt lag.«

»Sie ist gerollt? Eine Uhr, die an einer Kette hing?«

»Wie sollte Römer sie in seinen Besitz bekommen haben, wenn du sie tatsächlich in deinem Büro verloren hattest?«

Das war ein wichtiger Punkt. Der Streit, der zwischen ihm und dem Major der Gendarmerie herrschte, hatte damals seinen Höhepunkt erreicht. Römer war nicht mehr selbst in das obere Stockwerk des Palais zur Staatsanwaltschaft gekommen, sondern hatte seine Leute geschickt, wenn es etwas zu berichten gab. Hatte er sich irgendwann heimlich in Daniels Büro geschlichen? Das wäre schwierig gewesen, zumindest in den Zeiten, in denen die Räume offen standen, denn da wimmelte es von Bediensteten der Staatsanwaltschaft, es herrschte ein ständiges Kommen und Gehen in den Fluren. Und wenn Daniel sein Büro verlassen hatte, hatte er sein Zimmer selbstverständlich abgeschlossen. Wie also sollte Römer an die Uhr gekommen sein?

»Trink«, sagte Max und schob ihm den Kaffee zu.

26. Kapitel

Es war nicht mehr zum Aushalten. Der Zahn sandte seine Schmerzen mittlerweile durch Annies gesamten Körper. Er stach, er brannte, er verschaffte ihr einen Vorgeschmack auf die Hölle, der sie zur Beichte getrieben hätte, wäre sie nicht protestantisch gewesen. Sie hielt ihren Unterricht durch, bis sich ihre neue Schülerin, die spitzzüngige Frau Kornblum, die misstrauisch und abenteuerlustig zugleich eine erste Stunde gebucht hatte, verabschiedete. Kaum war sie fort, ergriff Annie ihren Spazierstock mit dem Degen im Hohlraum – sicher ist sicher, dachte sie – und machte sich zunächst auf den Weg zu Raabes Haus, wo sie Link erklärte, dass sie nun doch zu dem verfluchten Zahnarzt fahren würde, und dann auf den Weg zum Bahnhof. Den Brief von Raabe hatte sie in ihrer Tasche am Gürtel verstaut.

Entschlossen stapfte sie über die Augustusbrücke in die Neustadt zum Leipziger Bahnhof und fragte sich durch, bis man ihr erklärt hatte, wie sie zu einem Billett kam – nämlich über einen mit einem Furunkel am Kinn geschlagenen Mann, der sich hinter einem kleinen Verkaufsstand verschanzt hatte. Das Billett dritter Klasse kostete sie einen Taler und sechs Groschen. Die Ausgabe schmerzte fast so sehr wie der Zahn. An jedem anderen Tag hätte sie sich trotzdem auf die Fahrt gefreut. Sie war ja noch nie mit der Eisenbahn unterwegs gewesen, hatte sie immer nur fauchend über die

Marienbrücke rollen sehen. Aber jetzt schleppte sie sich, die Hand an die geschwollene Wange gepresst, zu den Schienen.

Die dritte Klasse bestand aus mehreren offenen Wagen, die ahnen ließen, dass die Fahrt eisig kalt werden würde. Also erstand sie für zwei weitere Groschen eine Leihdecke, in die eine Wärmflasche gewickelt war. Damit setzte sie sich auf eine der Bänke. Trotz der heißen Flasche zitterte sie, sodass ihre schmerzenden Zähne aufeinanderschlugen. Sie war selten neidisch, aber in diesem Moment starrte sie missgünstig zu den Gutbetuchten, die in die geheizten geschlossenen Abteile stiegen.

Eine Glocke ertönte, die Eisenbahn setzte sich in Bewegung. »Geben Sie auf die Kohlestücke acht«, riet ihr ein Mann, der, eingemummelt in einen mottenzerfressenen schwarzen Pelz, auf der Bank gegenüber Platz genommen hatte. Ach, er meinte gar nicht sie, sondern ein junges Mädchen, das mit rosigen Wangen und Abenteuerblick die Landschaft bestaunte, die in immer schnellerem Tempo an ihnen vorüberglitt.

Wovor er mit seinen kryptischen Worten gewarnt hatte, wurde deutlich, als die Lokomotive Fahrt aufnahm. Schon bald spie der Schornstein glühende Kohlenstücke aus, die über die ersten Waggons hinwegsausten, bis sie auf dem sechsten und dem siebten Waggon niedergingen. Annie duckte sich und umklammerte ihren Spazierstock. Man konnte denken, der Teufel würde aus der Hölle kotzen. Sie versuchte die glühenden Geschosse im Blick zu behalten, gab den Kampf aber bald wieder auf. Was kümmerten sie Kohlen? Sie hatte eine grauenhafte Angst vor dem Zahnarzt. Das mit dem Betäubungsschlaf hatte Raabe natürlich nur erfunden, um sie dazu zu bringen, nach Leipzig zu fahren. Aber das würde sie sich nicht bieten lassen. Sie würde einfach an der nächsten Haltestelle aussteigen … oder … Nein, sie würde bis nach Leipzig fahren, aber sich das Haus, in dem der Zahnarzt wohnte, genau angucken.

Sie schrie auf, als ein Kohlestück ihren Ärmel streifte. Hatte es sie also doch erwischt. Mistdreck, beschissener! Fluchend starrte sie auf das Loch, das sich in ihren Mantel gebrannt hatte. »Immer schön aufpassen«, meinte der Mann im schwarzen Pelz. Ja, wie denn, zur Hölle? Die Dinger flogen schneller, als man gucken konnte. Ihre Augen tränten vom Fahrtwind und vom Schmerz. Sie hätte auch die Schutzbrille leihen sollen, die man ihr am Billettstand angeboten hatte. Aber ihr Geld war ja fast schon alle.

Der Zug hielt in etlichen Dörfern. Und schließlich auch in Leipzig, in der Stadt, in die sie eigentlich mit Jette hatte fliehen wollen und die sie jetzt mit dreckigen Straßen und hässlichen Fabrikgebäuden begrüßte. Der Dentist wohnte in der Hainstraße. Sie fragte sich durch. Und stand nach einigem Umherirren vor einem hohen, schmalen Haus, das ihr mit der blendend weißen Fassade und dem goldenen Türgriff einen Schreck einjagte. Der Raabe hatte ja versprochen, ihre Rechnung zu begleichen, das hatte sie schriftlich, aber hatte er auch bedacht, dass man eine Frau in einem Mantel, in dessen Ärmel ein Kohlestückchen ein Loch gebrannt hatte, womöglich gar nicht bis zu dem vornehmen Doktor vorlassen würde? Sie klingelte, nichts geschah, und einen Moment fühlte sie Erleichterung. Sie würde einfach wieder heimfahren und selbst mit einer Zange versuchen, das elende Miststück …

Die Tür schwang auf. Gelegenheit verpasst. Eine blatterngesichtige Frau führte sie in einen Raum voller weiß gestrichener Bänke und bleicher Patienten, in dem sie warten sollte. Sie nahm ihr den Brief von Raabe ab und verschwand in einem Hinterzimmer. Ein Säugling brüllte. Eine junge Frau fummelte an ihrer Kette … Und dann brachte sie Annie – viel zu schnell und noch vor den anderen Patienten – in einen Raum mit einer Decke, die hoch war wie in einer Kathedrale und in der so unheimliche Geräte standen, dass Annies Knie zu zittern begannen.

Der Doktor war ein bärtiger, kleiner Mann, freundlich sogar. Er hieß sie, ihren Spazierstock gegen die Wand zu lehnen, und plauderte von der Angst vor dem Schmerz, welche die moderne Medizin zur Entdeckung des Äthers geführt hatte, mit dem er ihr in der nächsten Stunde beistehen würde. Sie solle sich nicht ängstigen, sondern sich einfach auf dem Stuhl niederlassen, den er ihr wies.

Annie verkrampfte sich trotzdem, als er zu ihr trat. Aber erst einmal schaute er nur in ihren Mund und begann wie ein sprudelnder Wasserhahn den Nutzen des Amalgams zu preisen. »Entdeckt von einem Ulmer Arzt, schon vor Jahrhunderten, und härter als Stein. Vier Teilchen Silber, fünf Teilchen Zinn und pro Gramm dieses Pulvers ein Gramm Quecksilber – eine blendende Mischung für Zahnfüllungen, meine Liebe. Viel bekömmlicher als das Wood'sche Metall, bei dem Sie mit einer Cadmiumvergiftung rechnen müssen. Oje, oje, bei Ihnen werden wir mit einer Füllung allerdings nicht auskommen. Der Pechvogel muss raus!«

Er kratzte und drückte mit einem Holzstab auf den schmerzenden Zahn. Das Zahnfleisch sprühte vor Schmerz, ihr sprang das Wasser in die Augen. Wo blieb die verfluchte Betäubung? Während er ihren Zahn malträtierte, begann er von den Waterloo-Zähnen zu erzählen, die man toten und gelegentlich auch noch lebenden Soldaten auf dem Schlachtfeld herausgebrochen hatte und die sich so wunderbar hatten verarbeiten lassen, auch wenn die Sache selbst natürlich ein scheußliches Verbrechen gewesen war.

»Die Amerikaner haben das auch gemacht. Sie haben noch kürzlich massenhaft Zähne nach London geschifft. Aber in Zukunft wird das wohl unterbleiben, wegen der neuen Bestimmungen aus Genf. Wir greifen einfach wieder auf Porzellanzähne zurück. Oder Elfenbein. Die ärztliche Kunst findet immer einen Weg …«

Annie schob energisch seine Hand aus ihrem Mund. »Wann werde ich betäubt?«

»Sofort, meine Liebe. Ich habe es nicht aus den Augen verloren. Sie werden nichts spüren, auch nicht den kleinsten Schmerz. Wenn Sie erlauben …«

Er trug auf einem Tablett Instrumente zu einem Tischchen neben ihrem Stuhl. Dann rief er einen kräftigen Burschen herein. Himmel, wozu brauchte er dieses Muskelpaket, wenn sie doch angeblich selig in Morpheus' Armen schlafen würde? Annie sprang auf. Sie ließ sich nicht für dumm verkaufen. Raus hier, raus. Der verdammte Raabe und sein Säuseln. Aber der Muskelmann packte sie im selben Moment und beförderte sie auf den Stuhl zurück. Der Zahnarzt lachte, sie kriegte einen eklig stinkenden Lappen auf die Nase gedrückt …

und erstickte …

Hilfe …

Mörder …

Blinzelnd öffnete sie die Augen. Wo war sie? Benommen starrte sie an eine Decke, an der winzige Segelboote trieben und Einhörner über goldene Wiesen hüpften. Ihr Mund tat weh, aber nicht schlimm. Nee, eigentlich war's sogar ulkig, weil … die Einhörner sangen, das klang wie im Hoftheater, nur dass sie mit ihren Stimmen wie auf Schlitten hoch und runter rutschten. Annie brach in Gelächter aus.

Der Zahnarzt, dieser Witzereißer, trat zu ihr und sagte was. Er trug eine Bommelmütze und ein Ballettröckchen und tanzte wie eine Elfe. Annie wurde auch zur Elfe, nur eine mit 'nem Bleiklumpen im Arsch, der sie zu Boden ziehen wollte. Als sie es trotzdem auf die Beine schaffte, torkelte sie wie besoffen. Die Blatternfrau wollte sie fangen, aber Annie knallte ihr eine. Sie küsste die Leute auf den weißen Bänken und lachte immer weiter, was sich dreimal komisch anhörte, weil sie einen Schluckauf bekommen hatte. Dann stand sie auf der Straße.

Sie taumelte an den Hausfassaden entlang, pflückte Beeren aus einer Hecke und blies einem Monokel tragenden Geck, der ihr dämlich kam, ordentlich die Meinung. »Besoffen? Quatsch! Äther, Mann, das is … Wischenschaft …«

Zum Bahnhof kam sie eher durch Zufall. Plötzlich stand sie wieder vor einem Tisch mit Billetts, nur wurde ihr leider schlagartig übel und schwach in den Knien. Zum Glück hatte sie den Degenstock zur Hand, um sich abzustützen. Sie kriegte ihr Billett, wurde aber bestimmt beschubst. Als sie sich lauthals beschwerte, weigerte sich eine Dame, mit ihr in den Freiluftwaggon zu steigen. Na umso besser, dann blieb mehr Platz. Annie ließ sich auf einer der Bänke nieder und sprang gleich wieder auf, weil sie über den Rand des Waggons kotzen musste … Und da flatterte ihr auch schon wieder der Wind um die Ohren.

Es dämmerte, während sie über Brücken und durch Wiesen und Wälder dem schönen Dresden entgegenstürmte. Die Sonne küsste in der Ferne einen Baum, aber ihre Liebe blieb unerwidert, kein Ast reckte sich ihr entgegen. Annie saß allein in dem Waggon. Die Leute waren alle woanders eingestiegen. Ihr war so kalt, dass ihr Eiszapfen aus der Nase wuchsen, aber der Zahn rumorte nicht mehr, das war so schön, das war … sie hätte vor Erleichterung heulen können. Nur wenn sie den Kiefer bewegte, zwickte er noch ein bisschen, aber was war das schon nach den Qualen der vergangenen Tage? Dieses Mal flogen auch keine Kohlestückchen auf ihren Mantel, wohl weil sie in einem Waggon nahe der Lokomotive saß.

Sie war doch nicht ganz allein. Der Mann mit dem schwarzen Pelz befand sich ebenfalls auf der Rückfahrt. Er hatte auf einem abseitigen Platz gesessen. Nun kam er zu ihr und nahm nach einer höflichen Bitte neben ihr Platz. Leutselig legte er den Arm hinter ihr auf die Banklehne. Das war schön, sein Pelz wärmte sie. »Mich will einer umbringen«, vertraute Annie ihm mit schwerer Zunge an. »Der Zwerg. Weil ich ihm die Jette nich gebracht hab. Vielleich auch, weil ich ihn verpfeifen wollt. Oder wegen dem Raabe, um dem eins aussu … aussuwischen. Oder wegn allem. Meist iss ja wegn allem.«

Sie bettete ihre Wange an den schwarzen Pelz. Der Mann lachte. Was war das für ein Freundlicher. »Da muss ich ja direkt ein bisschen auf Sie aufpassen«, meinte er.

Den hatte der Raabe geschickt, ging ihr plötzlich in ihrem nebligen Hirn ein Licht auf. Deshalb hatte er auch schon auf der Hinfahrt neben ihr gesessen. »Dich schickt der Raabe«, brabbelte sie, und er nickte und lachte. Ihr wurde noch wärmer. Dann schlief sie ein.

Ein Ruckeln schreckte sie aus dem Schlaf. Wieder brauchte sie eine Weile, um sich zu erinnern, wo sie hingeraten war. Das Knattern der Maschinen … Die Waggons polterten über die Bohlen … Sie blickte sich benommen um. Auf der einen Seite konnte sie den roten Backsteinturm von Pieschen vorüberziehen sehen, auf der anderen Seite brachliegende und zart grünende Felder, und ganz weit hinten hob sich der Dingsbumsforst gegen den Himmel – sie kam nicht auf den Namen. Der Wald glitzerte wie eine Wand aus geschwärztem Silber, schön sah das aus, als hätten die Englein ihn mit Sternen beworfen.

»Kommen Sie.« Der Zug wurde langsamer, es ging wohl auf den Bahnhof zu. Der Mann mit dem schwarzen Pelz erhob sich und griff nach Annies Arm. Unsicher packte sie mit der freien Hand den Spazierstock. Ihr Begleiter öffnete die Waggontür. Aber das war falsch. Annie war immer noch wie betrunken, doch so viel bekam sie mit: Bis zum Bahnhof waren es noch ein paar Minuten. Die offene Waggontür war gefährlich. Sie wollte protestieren, der Wind zerrte an ihrem Mantel.

Von der Lokomotive ertönte ein langes Pfeifen. Und der Mann mit dem Pelz zerrte Annie durch die Tür. Sie stürzten beide auf die Steine und rutschten und kullerten die Böschung hinab.

Das Pfeifen entfernte sich.

Und Annie hatte auf einmal entsetzliche Angst.

27. Kapitel

Max hätte Quentin Horn beinahe verpasst. Als der Gendarm die *Alte Wache* verließ, rumpelte gerade eine Kutsche die Straße entlang, und so wäre ihm der Mann mit der Pickelhaube, der erschöpft vom langen Arbeitstag an der Hofkirche vorbei Richtung Postplatz schritt, fast entwischt.

Max folgte ihm. Er ließ ein wenig Abstand, war aber sicher, dass Horn zu müde war, um ihn zu bemerken. Wobei – wenn's anders wäre, würde es auch keine Rolle spielen. Er wollte ja mit ihm reden. Seine Geheimnistuerei war Routine und in diesem Fall ein bisschen lächerlich.

Horn hielt auf ein Mietshaus in der Weberstraße zu, und Max sah verblüfft, wo der Mann seinen Hausschlüssel aus der Tasche zog. Er wohnte ordentlich, ja, regelrecht gutbürgerlich. Max hätte ein ähnlich kümmerliches Zuhause wie das von Annie Troll erwartet. Das Gebäude lag ein wenig zurück, vorn gab es einen ordentlich gepflegten Garten, der durch einen Holzzaun von der Straße getrennt war. Viele Fenster besaßen Gardinen. Neben der Haustür standen, in der Dämmerung kaum zu erkennen, die kümmerlichen Reste eines Schneemanns.

Der Gendarm steckte den Schlüssel ins Schloss, und Max zögerte nicht länger. »Herr Horn? Einen Moment.«

Der Mann fuhr herum. Als er ihn erkannte, atmete er erleichtert auf.

»Kann ich kurz mit reinkommen?«

»Aber selbstverständlich, Herr Kriminalinspektor.«

Der Gendarm war verheiratet, wer hätte das gedacht. Eine junge Frau mit einem Madonnengesicht kam ihnen in der schmalen, mit einem dicken Teppich belegten Diele entgegen, wohl weil sie das Geräusch des Schlüssels im Schloss gehört hatte. Sie lächelte ihren Gatten an, strich nervös über ihre Schürze, als sie den Besucher entdeckte, und flüchtete nach einer gemurmelten Begrüßung in einen Nebenraum.

»Mathilda«, erklärte Horn mit einem Lächeln, dem eine tiefe Zärtlichkeit anzusehen war. »Wir sind bald fünf Jahre verheiratet, aber sie ist immer noch scheu wie ein Reh, was Männer angeht, Sie müssen schon entschuldigen. Wenn ich allerdings ehrlich bin – mir gefällt's. Ich mag keine Frauen, die sich in den Vordergrund drängen. Außerdem ist sie eine himmlische Köchin …« Er schnalzte genießerisch und öffnete die Tür zu einem kleinen, aber gemütlich eingerichteten Wohnraum.

Sein Auftreten, das auf Max ein bisschen großmäulig wirkte, konnte nicht darüber hinwegtäuschen, wie nervös ihn der Besuch machte. Der Leiter der Dresdener Kriminalpolizei betrat die Wohnstube eines einfachen Gendarmen, das war etwas anderes als ein neutrales Treffen in einer Kneipe.

»Womit kann ich denn dienen?« Er wies auf ein halbrundes Sofa.

Max kam sofort zum Punkt: dem Tod von Römers Zofe. Und in diesem Zusammenhang auf den Küchenjungen, der damals im Haushalt des Majors gewohnt hatte.

»Ja, ich erinnere mich«, meinte Horn. »War schließlich eine große Sache gewesen. Der Staatsanwalt wollte eine Ermittlung gegen den Major der Gendarmerie in Gang setzen, also gegen meinen eigenen Vorgesetzten. Donnerwetter, war das eine Stimmung auf der Wache.«

»Wie haben Sie davon erfahren?«

»Der Major hat's selbst erzählt: Das Mädel ist unglücklich gefallen, hat er gesagt, und der Staatsanwalt will daraus Profit schlagen und macht ihm die unsinnigsten Vorwürfe. Er hat gesagt, dass Raabe sogar die Kriminalpolizei eingeschaltet hätte. Aber das müssten Sie doch wissen, Herr Inspektor, das ist ja Ihre Abteilung.«

Max nickte. Er hatte nur nichts rausbringen können, die Dienerschaft hatte gemauert, und kurz drauf war auch schon die Sache mit dem Brand passiert. »Es hieß damals, dass die Leute unmittelbar nach dem Vorfall mit ein paar Gendarmen gesprochen haben?«

»Das stimmt. Der Herr Major war nicht im Haus gewesen, als die Sache passierte. Seine Gattin auch nicht. Deshalb hatte der oberste Hausdiener entschieden, dass jemand zur Wache gehen muss.«

»Um Römer Bescheid zu geben?«

»Nein, der hatte gar keinen Dienst. Ich glaube, es war … also, alles ging ziemlich drunter und drüber.« Horn zögerte. »Das Personal hatte wohl anfänglich tatsächlich nicht an einen Unfall geglaubt.«

»Sondern?«

Horn beugte sich vor und faltete die vernarbten Hände vor einer Blumenvase, die zierlich zwischen ihnen auf einem Tischchen stand. »Die Frau, die gestorben ist – sie kam aus Mähren, wenn ich mich recht erinnere –, war bei den Römers als Zofe für eine der Töchter des Hauses eingestellt worden. Ein junges Ding vom Land voller Flausen im Kopf, hat es geheißen. Eine, die dem Gesinde, also den jungen Männern, schöne Augen machte und viel redete und lachte …«

Ja, so hatte Max es auch von Daniel gehört. »Lachte sie nur mit den Dienstboten oder auch mit der Herrschaft?«

»Ich hab nicht danach gefragt. Das müssen Sie verstehen, es ging ja um meinen eigenen Dienstherrn. Aber durch die

Blume … es wird wohl so gewesen sein. Diese Irmgard – so hieß die Zofe – war hübsch gewesen. Und der Küchenjunge, nach dem Sie gefragt haben, hat mit ihr rumgeturtelt. Die beiden hätten geheiratet, wenn der Major die Erlaubnis gegeben hätte, so hieß es unten in der Küche. Aber Römer hat wohl gezögert. Ich habe den Jungen sprechen wollen, doch der war leider nicht im Hause.

Staatsanwalt Raabe ist ein paar Tage später zu uns in die Gendarmerie gekommen und wollte mit mir und Freese – so hieß der Mann, der mit mir in die Villa gegangen war – sprechen. Er hat uns gebeten, noch einmal mit dem Personal zu reden, weil die Leute zu uns Vertrauen gefasst hätten. Freese wollte nicht, aber ich war unruhig. Es muss ja alles seine Ordnung haben, hab ich gedacht. Und der Staatsanwalt darf der Gendarmerie Anweisungen erteilen, auch wenn so was normalerweise über den Major passiert. Ich bin also hin. In der Küche hieß es, dass dieser Peter keinen Bissen mehr runterkriegt und dummes Zeug redet und sogar seinen Rucksack gepackt hat, den er dann aber wieder ausräumte, weil die Köchin ihm gehörig den Marsch geblasen hat, wegen des Lebens, das weitergehen muss und so. Das Leben muss weitergehen – das haben sie auch mir gegenüber immer wieder betont.«

»Sie haben Raabe das alles erzählt?«

»Natürlich, und der hat erklärt, das er selbst mit dem Jungen reden würde.« Horn stand auf, ging zu einem Schrank, der seine besten Tage schon hinter sich hatte, und holte eine Flasche Wein heraus. Das Getränk floss in zwei Gläser mit langen, grünen Stielen. »Herr Inspektor, mir ist klar, auf was Sie rauswollen. Und ich gebe zu, dass an dem Verdacht was dran sein kann. Besonders weil der Herr Major plötzlich zu mir gekommen ist und angefangen hat, mit mir wie mit seinesgleichen zu plaudern – was ganz gegen seine Natur ist.«

»Worüber?«

»Er hat erzählt, dass er sich über seinen Küchenjungen geärgert hat, weil der Bengel eine kostbare Kaffeekanne hat fallen lassen und es dann auch noch leugnete. Darum hat er ihn rausgeworfen.«

»Ein wichtiger Zeuge war also plötzlich verschwunden. Kam Ihnen das nicht verdächtig vor?«

»Und ob!« Horn errötete. »Aber Sie müssen das verstehen: Meine Frau erwartete damals ihr erstes Kind. Und der Major ist schnell dabei, missliebige Leute auf die Straße zu setzen.« Seine Gesichtsröte vertiefte sich. »Was sollte ich machen? Und der neue Staatsanwalt, der nach Raabe die Sache auf den Tisch bekommen hat, hat den Major von aller Schuld freigesprochen. Darauf hab ich mich am Ende verlassen.«

»Halten Sie es für möglich, dass Römer die Uhr von Raabe aus dessen Büro gestohlen haben könnte?«

Horn zog überrascht die Brauen hoch. »Kann ich mir nicht vorstellen. Jeder da oben wusste doch, wie er zum Staatsanwalt stand, die hätten verhindert, dass er allein in sein Büro …« Was auch immer er hatte sagen wollen, es ging unter, weil plötzlich eine Kirchenglocke zu schlagen begann. Irritiert blickte Max zu einer Uhr, die zwischen dem Schrank und einem ovalen Spiegel hing. Es war Viertel nach neun – keine Zeit für Gottesdienste. Das Läuten kam von der Kreuzkirche, schätzte er. Gleich darauf mischten sich weitere Glockenschläge in den dunklen Klang der ersten Glocke. »Feuer …« Er sprang auf. Feuer war der Schrecken jeder Stadt. Vielleicht kein Albtraum mehr wie früher, als Holz- und Fachwerkhäuser eine ideale Beute der Flammen waren und ein Brand in kürzester Zeit ganze Stadtteile fraß. Aber inzwischen waren neue Gefahrenquellen hinzugekommen. Man musste nur an die Gasleitungen denken.

Horn griff nach seiner Uniformjacke, sie rannten aus der Wohnung. Ein rascher Blick zeigte, dass auf den Türmen der Kirchen Lichter entzündet worden waren, um die Richtung anzuzeigen, in der das Feuer brannte. Vom Kreuzturm aus im Nordwesten. Doch sie brauchten die Hinweise gar nicht mehr. Zwischen Postplatz und Altem Markt erleuchteten Flammen den Nachthimmel.

Es hatte eine kleine, ein wenig zurückgesetzte Villa erwischt. Als sie die Straße erreichten, schlugen die Flammen aus den Balkontüren im oberen Stockwerk – ein Anblick, faszinierend und furchteinflößend zugleich. Kurz nach ihnen traf die freiwillige Turnerfeuerwehr ein. Das im vergangenen Jahr gegründete Berufsfeuerwehrcorps rückte über den Postplatz nach, die Metallbuchstaben F. C. glänzten an den schwarzen Filzhüten. Auch die Kommunalgarde war gekommen und begann die Straße abzusperren. Gendarmen scheuchten die Gaffer zurück.

Das Feuer breitete sich rasend schnell auch auf die Räume im darunterliegenden Stockwerk aus. Die Wasserschläuche auf den Wagen wurden entrollt, Rettungsleitern und Feuerhaken verteilt, pechverkleidete Eimer mit Wasser gefüllt. Alles wirkte gründlich geübt. Max, Horn und viele andere Umstehende packten mit an. Aus den Gassen hallten die Hörner der Nachtwächter, die die Signale der Glocken verstärkten. Man schwitzte, das Wasser floss und spritzte. Aber die wahre Rettung, zumindest der Nachbarhäuser, lag vermutlich in der separierten Lage der Villa und dem schlechten Wetter der vergangenen Tage. Zwischen den Gebäuden befanden sich weitläufige Gärten mit nasser Erde und regendurchtränktem Rasen. So beschränkte sich der Brand auf das Gebäude mit den grauen Säulen und den sparsam verzierten Balkonen.

Ein Fotograf stellte seine Gerätschaften auf und versuchte von dem Geschehen ein Foto aufzunehmen, aber er wurde durch die Schaulustigen behindert und zurückgedrängt. Journalisten befragten die Leute, eine Frau suchte ihr Kind,

Hunde kläfften und streunten zwischen den Beinen herum. Und immer wieder hallten Rufe durch die Nacht, man möge sich entfernen, wenn man an den Rettungsmaßen nicht beteiligt sei.

»Lieber Himmel!«

Max drehte sich erschöpft um. Daniel stand plötzlich hinter ihm, mit eilig übergeworfenem Mantel.

»Kann man wohl sagen.«

»Weiß man schon, wie es passiert ist?«

Max zuckte mit den Achseln. Seine Schultern und Hände taten ihm weh, die verrauchte Luft reizte die Lungen.

»Aber du hast kapiert, *wem* es passiert ist!«

»Was?«

Daniel lachte, es klang sarkastisch. »Das Haus gehört Manfred Semper. Weißt du, ob er sich hat retten können?«

»Man kommt nicht mehr rein. Wieso Semper?«

»Ja, genau, wieso gerade Semper?«

Ein hektisch wirkender Mann, der so dicht am brennenden Gebäude stand, wie es das Feuer erlaubte, ließ sich von den schwarz gekleideten Feuerwehrmännern Bericht erstatten. »Wahrscheinlich hat eines der Gaslichter den Brand ausgelöst«, hörte Max den Schwarzen sagen. Etwas lenkte ihn ab. Ein Wispern, das durch die Menge ging. Mehrere Menschen deuteten auf das brennende Gebäude. Max ließ den Blick über das Inferno gleiten, und dann sah er es auch: Eine Gestalt taumelte aus einem Seiteneingang. Die Rufe wurden leiser. Gebannt starrte die Menge auf einen Mann mit rußverschmiertem Gesicht, der über einen Kiesweg stolperte, um dem Feuer zu entkommen, das ihn mit seiner Hitze folterte. Einige der Schwarzhüte rannten los. Sie packten das Flammenopfer, gerade als es in sich zusammensackte. Jemand brüllte nach einer Sänfte.

»Das ist er. Er hat's also überlebt«, sagte Daniel leise.

Max nickte verwirrt.

28. Kapitel

Semper war erstaunlich gut beisammen, als sie ihn noch in derselben Nacht im Friedrichstädter Krankenhaus aufsuchten, wohin die Feuerwehrleute ihn gebracht hatten. Max trat in seiner offiziellen Eigenschaft als Kriminalinspektor an sein Bett, Daniel hängte sich einfach dran, in der Hoffnung, dass Semper zu verstört wäre, um sich daran zu stoßen. Sempers Haar war angesengt, die Gesichtsfarbe ungesund rot, und er hustete viel, war aber bei Bewusstsein und schien erstaunlicherweise keine ernsthaften Verbrennungen davongetragen zu haben.

Wie war es zu dem Feuer gekommen?

Semper wusste es nicht. Er biss verstört auf seine Lippen, die so rissig waren, als hätte der heiße Rauch sie ausgedörrt. Stammelnd berichtete er, dass er sich vor dem Ausbruch des Brandes mit Zeichnungen seines Vaters beschäftigt habe. Er begann in Fachausdrücken zu reden, die sie nicht verstanden.

»Und dann ist Ihnen eine Lampe heruntergefallen?«, unterbrach ihn Max, den sein Sermon langweilte.

Semper protestierte entrüstet. »Alles war in Ordnung. … habe das Licht gelöscht und bin zu Bett …«, ein Hustenanfall, »… eingenickt …«, noch einmal Husten, »… bin plötzlich aufgeschreckt und hab im Fenster …« Die nächsten Worte waren kaum verständlich, aber so viel ergab sich: Er hatte den Feuerschein gesehen, der sich in den Bäumen spiegelte, die Leute schreien und die Glocken läuten gehört – und verstanden, dass es bei ihm brannte. Beim Öffnen der Schlafzimmertür hatte er Flammen gesehen, die den Weg versperrten, und deshalb versucht, über seinen Ankleideraum und den hinteren Teil des Hauses einen Rettungsweg …

Beim nächsten Hustenanfall lief sein Gesicht bläulich an, und der Arzt, der besorgt neben ihnen stand, warf sie hinaus.

»Er hat Serafina Bischof ermordet und kommt mit der Schuld nicht klar, und weil er ein eingebildeter Idiot ist, hat er versucht, sich mit einem spektakulären Tod einen denkwürdigen Abgang zu verschaffen«, spekulierte Max, als sie auf der Straße standen. »Und damit ist alles, was du dir mit deinen Fingerabdrücken zusammengereimt hast, Blech.«

»Er verbrennt sich selbst, um die Leute zu beeindrucken?«

»Na und? Ich hab schon ganz anderes erlebt. Übrigens … Römer hat damals, als diese Zofe starb, seinen Küchenjungen rausgeworfen.«

Daniel horchte auf, als Max von seinem Besuch bei Horn erzählte. Sein Herz begann zu klopfen. »Wirst du etwas unternehmen?«

»Was denn, Mann?« Der Kriminalinspektor kickte einen Stein vom Gehweg. »Römer hat der Zofe nachgestellt, vielleicht ist sie die Treppe runtergefallen, vielleicht hat er nachgeholfen. Aber wir werden das leider nie erfahren, weil der Junge fort ist. Wer weiß, ob er überhaupt noch lebt.« Er legte den Finger an seine Melone und drehte zum Coselpalais ab, um sein Kurbelveloziped zu holen und heimzufahren.

Daniel war zu unruhig, um ebenfalls nach Hause zu gehen. Aufgewühlt lief er durch die Stadt, wo es immer noch wie in einem Bienenstock zuging. Die Rufe der Löschtruppen und die Wortfetzen beunruhigter Bürger, die auf den Fensterbänken lehnten und quer über die Gassen die Ursache des

Feuers und die Wirksamkeit seiner Bekämpfung diskutierten, drangen wie ein zorniges Sirren in sein Ohr. Der Brandgeruch klebte in seiner Nase wie Honig.

Max verdächtigte also Römer, den Brandanschlag auf sein Haus verübt zu haben. Hatte er das richtig verstanden? War Römer also der Mann, der Clara … Moment, das war zu einfach gedacht. Dass Römer den Jungen hatte verschwinden lassen, hieß ja noch nicht …

Aufhören, dachte Daniel. Er fasste sich an den Kopf und raufte seine Haare. Jetzt war der falsche Zeitpunkt, um über Römer nachzugrübeln. Es gab eine Gegenwart, in der er einen Auftrag übernommen hatte. Er musste sich auf Semper konzentrieren. Hatte der Mann wirklich versucht, sich aus Schuldgefühlen das Leben zu nehmen? Es würde mit allem übereinstimmen, was er bisher angenommen hatte, und es wäre der Ausweg für Annie Troll. Wollte er im Sinn seiner Mandantin handeln, dann musste er Max in seiner Ansicht bestätigen. Nur war da die Sache mit den Fingerabdrücken, und damit kam er nicht klar. Sempers Abdrücke hatten mit denen auf der Pistole und dem Glasherzen nicht übereingestimmt. Oder hatte Max recht, und er hatte sich tatsächlich verrannt, was die Theorie des britischen Kolonialbeamten anging?

Wie bedauerlich, dass er nicht mehr für die Staatsanwaltschaft arbeitete. Er hätte Semper in dieser Nacht nicht mehr aus den Fingern gelassen, ihn gelöchert, bis er ein Geständnis bekommen hätte. Ein Mord, verübt im Zustand der Leidenschaft, und dann ein Versuch, alles zu vertuschen, um dem Gefängnis zu entgehen. Im Grunde die gleiche Sache wie damals bei Römer. Eine Frau wird im Zorn getötet, und hinterher will man es nicht gewesen sein.

Der Wind drehte sich, der Brandgeruch, der kurz abgeflaut war, wurde wieder intensiver. Daniel versuchte sich zu orientieren und entdeckte vor sich die Lichter des Böhmischen Bahnhofs. Er war in eine völlig falsche Richtung gegangen. Trieb es ihn aus der Stadt? Hatte der Brand Erinnerungen geweckt, die er nicht aushalten konnte?

Mit zusammengebissenen Zähnen machte er kehrt. Er musste Annie Troll retten, indem er ihre Unschuld bewies. Und der Schlüssel dazu war Manfred Semper. Hatte der Architekt seine Geliebte getötet, weil sie auf eine Heirat drang? Vielleicht hatte er beschlossen, sich zu verloben, mit einer Dame seines Standes, die mit einer ordentlichen Mitgift ausgestattet war. Dann hätte er sich keinen Skandal leisten können. Und genau damit könnte die enttäuschte Serafina ihm gedroht haben: mit einem handfesten Skandal. Er sah seine Felle davonschwimmen, er drehte durch …

Daniel zwang sich, die Richtung zu seinem Haus einzuschlagen. Er nahm sich vor, mit Annie zu reden. Link hatte ihm erzählt, dass sie nach Leipzig zum Zahnarzt gefahren war. Er hoffte, dass sie bereits zurück war – vom Zahnweh befreit. Dann könnte er ihr seine Gedanken über Semper und dessen Motiv darlegen, seine Zweifel wegen der Fingerabdrücke. Annie redete niemandem nach dem Mund. Wenn sie Lücken in seiner Argumentation entdeckte, würde sie sie benennen. An Annie Troll zu denken, tat gut. Sie war wie ein Anker der Vernunft …

Auf dem Heimweg sah er keine Flammen mehr züngeln. Das Feuer schien gelöscht oder zumindest weitgehend eingedämmt. Vor seiner Haustür blieb er stehen. Gott, war er erschöpft. Sämtliche Fenster waren dunkel. Er kramte nach dem Schlüssel. Wie spät mochte es sein? Mitternacht? Gerade wollte er den Schlüssel ins Schloss stecken, als er hinter sich eine Bewegung spürte.

»Verzeihung.«

Er fuhr herum.

»Sind Sie der Herr Doktor Raabe?« Ein junger, sehr magerer Mann mit glatt rasiertem Kinn kam durch den Vorgarten auf ihn zu. Devot nahm er die karierte Mütze vom Kopf und hielt ihm einen Umschlag ihn. »Ich soll das hier abgeben. Aber nur an den Herrn Doktor persönlich.«

»Von wem ist das?«

»Eine Frau hat's mir gegeben. Einen Namen hat sie nicht genannt. Sie hat gesagt, ich soll hier warten, bis jemand kommt. Schönen Abend noch, der Herr.«

»Einen Moment!«

Daniel riss den Umschlag auf und ging ein paar Schritte Richtung Straßenlaterne. Das Licht reichte, um die wenigen Zeilen zu entziffern, die auf die Rückseite einer Fahrkarte geschrieben worden waren. *Zum Winterhawen kommen. Alein. Unaufällig. Kene S. Mörder.*

»Wie sah die Frau aus?«

»Nichts Besonderes. Irgendeine Frau. Ich hab sie ja auch nur kurz gesehen.« Der Mann wollte endgültig verschwinden, aber dann fiel ihm doch noch etwas ein. »Sie trug einen Spazierstock bei sich, als wäre sie ein Mann. Das war ulkig.«

»War sie allein unterwegs?«

»Kann ich nicht sagen. Ich hab sie beim Bahnhof getroffen. Da sind ja immer Leute. Ob jemand davon zu ihr gehörte … Also aufgefallen ist mir keiner.«

Das Wort *allein* auf dem Billett gefiel Daniel nicht. Ebenso wenig wie das Wort *unauffällig*. Und schon gar nicht konnte er sich mit dem Treffpunkt anfreunden. Der Winterhafen, eine Abzweigung der Elbe, lag zwischen Industriebauten, in denen sich zu dieser Uhrzeit bestimmt niemand mehr aufhielt. Er meinte sich an ein Dampfsägewerk zu erinnern, an einen Holzhandel … Auch der Lager- und Kranschuppen des Leipziger Bahnhofs war dort angesiedelt.

Der Bote schlenderte mit den Händen in den Hosentaschen davon. Und nun? Sich Unterstützung bei der Gendarmerie holen? Kam nicht in Frage. Daniel schloss die Haustür auf und eilte hinab ins Souterrain. Links Zimmer lag direkt neben der Küche, komfortabel, mit einem Fenster zum Garten hinaus. Er fuhr hoch, als Daniel ihn an der Schulter rüttelte.

Knapp erklärte er ihm die Situation. »Ist Annie heimgekommen?«

Der kleine Funke Hoffnung starb, als sie in ihrer Kammer nachsahen. Jette schlief wie ein pausbäckiger Engel in dem breiten Bett, im Arm das Mariechen. Beider Haare waren in einem See aus Gold zusammengeflossen. Aber von Annie keine Spur. Daniel schloss leise wieder die Tür. Sie kehrten in Links Kammer zurück, er wartete, bis sein Lakai sich Hose, Weste, Stiefel und Mantel übergezogen hatte.

»Sie bleiben so weit hinter mir, dass man sie nicht bemerkt.«

Link nickte. Jeder anständige Bürger hätte sich vermutlich gefragt, wie das zu bewerkstelligen sei. Link fragte nichts. Und so machten sie sich auf den Weg.

Es war beinahe unheimlich, wie exakt der Winterhafen Daniels Vorstellung entsprach, obwohl er niemals dort gewesen war, sondern ihn nur gelegentlich ausschnittsweise von einem Dampfer aus gesehen hatte.

Er hatte die Augustusbrücke und zwei große Plätze überquert und war in die Leipziger Straße eingebogen. Nun stieg er über Gleise und bewegte sich über das verödete Bahnhofsgelände, während er angestrengt versuchte, die Dunkelheit mit seinen Blicken zu durchdringen. Es war tiefe Nacht, aber trotzdem nicht völlig finster. Der Vollmond warf sein Licht auf eine Lok, die halb in einem offenen Schuppen stand. Er ließ Eisenriegel und blanke Schlösser an den Toren der Lagerhallen glitzern.

Von Annie Troll keine Spur.

Ein Hund begann zu bellen, nicht weit entfernt. Scheinbar lag er an einer Kette, denn er blieb unsichtbar. Daniel warf einen Blick über die Schulter. Auch von Link war nichts zu entdecken.

Er stieg über ein weiteres Gleis, auf dem ein leerer Güterwaggon abgestellt war. Eine Lücke im Buschwerk gab den Blick auf die schwarz schimmernde Elbe und das gegenüberliegende Ufer frei, wo sich ebenfalls Gleise befanden, mit weiteren Waggons, auf denen Kohleberge wie kleine Gebirgszüge aufragten. Ratlos hielt er inne. Er scheute sich, nach Annie zu rufen. Stattdessen tastete er erneut das Gelände mit den Augen ab, doch er konnte wenig erkennen. Seitlich der mit immergrünen Büschen bewachsenen Böschung befand sich eine kleine Werftanlage, in der er das Gerüst eines Schiffs zu erkennen glaubte, das vielleicht die *Weiße Flotte* komplettieren sollte. Sein Unbehagen stieg. Warum hätte Annie ihn in diese Einsamkeit bestellen sollen? Er lauschte auf Links Schritte, konnte aber immer noch nichts hören.

Erneut lief er einige Meter, erneut blieb er stehen. Ihm kam ein ungeheuerlicher Gedanke. Link war im Haus gewesen, als Clara starb. Er war der Mann, der sie angeblich nicht hatte finden können, als der Rauch durch die Kamine in die oberen Räume stieg. Der anschließend seinen Herrn umsorgte, ja, ihn völlig von sich abhängig machte und nebenbei seinen Machtbereich im Souterrain ausbaute. Ein so liebenswürdiger Mensch. So angenehm im Umgang. So nützlich. Wenn Römer vorgehabt hatte, den lästigen Staatsanwalt, der seinen Küchenjungen verhören wollte, bei einem Hausbrand loszuwerden, hätte er Unterstützung brauchen können. Jemanden, der, ohne Aufsehen zu erregen, für ihn den Brand legte. Unversehens flatterte erneut ein Schnipsel aus den Tiefen seines Gedächtnisses auf. Daniel selbst hatte damals die anderen Bediensteten fortgeschickt, aber war es nicht Link gewesen, von dem der Vorschlag ursprünglich gekommen war?

Fort von hier.

Nervös drehte er sich um sich selbst. Das Gefühl, in Gefahr zu sein, wurde so intensiv wie in der Stunde zuvor der Brandgeruch. Runter in den Schutz der Büsche? Zurück zu den Straßen, wo er aber vermutlich Link in die Arme laufen würde?

Er brauchte die Entscheidung nicht mehr zu treffen. Mehrere Gestalten schälten sich aus der Dunkelheit und kamen aus verschiedenen Richtungen auf ihn zu. Er wich zurück, Richtung Elbufer. Die Schritte in seinem Rücken registrierte er zu spät. Ein kurzer, scharfer Schmerz. Als er fiel, sah er den Vollmond, über den sich schmale, rote Streifen zogen – sein Blut, das ihm in die Augen lief. Der Hund begann erneut zu bellen. Er hob die Hand … noch ein Schmerz … noch einer …

Schmerz …

Annie starrte ihn an. Ihr Gesicht war tränenüberströmt, seltsam, dass das wenige Licht ausreichte, etwas so Feines, Durchsichtiges wie Wasser auf den Wangen sichtbar zu machen.

»Geschmiere auf einem Bahnbillett. Wie konnten Sie auf so was nur reinfallen«, schimpfte sie mit bebender Stimme und lächelte ihn zugleich mit einer Koboldgrimasse an. Er versuchte ebenfalls zu lächeln, aber es klappte nicht. Annies Lippen waren aufgeplatzt. Blut klebte in ihrem Gesicht und am mageren Dekolleté, man hatte sie bös geschlagen. Ihm tat das Herz weh. Er wollte die Hand heben, um sie zu berühren, aber er konnte nicht. Sie war mit der anderen auf dem Rücken zusammengeschnürt. Annie ging es nicht besser, nur dass bei ihr auch die Füße gefesselt waren, wie ihm ein flüchtiger Blick verriet.

Er drehte den Kopf, um die Männer zu erkennen, die hinter ihm leise miteinander sprachen. Es tat höllisch weh. Wieder sickerte Blut in seine Augen, die Schlieren ließen ihn nur Umrisse erkennen. Vier oder fünf Leute standen da. Daniel versuchte die Augen freizublinzeln. Befand sich Link in der Gruppe? Er schaffte es immer noch nicht, Gesichter zu erkennen. Falls er seinen Diener zu Unrecht verdächtigte, müsste er versuchen, Zeit zu schinden. Er grub in seinem Hirn nach einem Plan, aber der Kopf tat zu weh. Und da löste sich auch schon eine schattenhafte kleine Gestalt aus dem Trupp und kam auf ihn und Annie zu.

Schmitt.

Daniel schluckte.

Der Zwerg war in Plauderlaune. »Der Herr Staatsanwalt! Jetzt geht es anders rum, was? Jetzt steh ich hier und urteile, und das Würmchen krümmt sich am Boden. Angeklagter, Ihnen wird Böses vorgeworfen. Ein Weib- und Kindsmörder bist du, heißt es. Ja, da wirst du wach!« Er lachte hämisch. »Man hat mir alles erzählt, erst in der Gendarmerie, später in den Schenken, die ganze Scheiße. Ist übrigens immer noch Gesprächsthema: Der Staatsanwalt, der die eigene Familie umgebracht hat. Und damit durchkam, weil eine Krähe der anderen kein Auge aushackt.«

»Hören Sie gar nicht hin«, wisperte Annie Troll.

Schmitt kam näher und versetzte Daniel einen Tritt. Vermisste er theatralisches Ächzen und Stöhnen? Würde er nicht bekommen. Ein zweiter Tritt folgte, direkt in den Magen, ein dritter. Daniel presste die Zähne aufeinander. Schmitt beugte sich über ihn, sein Gesicht wurde riesig.

»Aber man muss ihn verstehen, heißt es. Die Frau Doktor Raabe war 'ne schwierige. Zetern … Keifen … Da schlägt man auch mal zu als Mann. Kann man ja nicht aushalten. Züchtige das Weib, damit es gehorchen lernt. Steht in der Bibel, ist wirklich wahr. Und da bin ich auch auf deiner Seite. Du hättest die Peitsche nehmen sollen, damit sie pariert. Blut macht der Lust auf Geplärr ein Ende, kleines Geheimnis. Nur, sagen die Leute, ist deine Frau vor der Heirat eine richtig Nette gewesen. Da war sie fröhlich, sie hat gelacht. Waisenhäuser besucht. Sich das Herz aus dem Hals gebetet. Sie hätte den Raabe nicht heiraten dürfen, heißt es. Raabe mochte kein Lachen im Haus. Der ist ein Strenger, verträgt weder Spaß noch Widerspruch, im Amt nicht und zu Hause noch weniger. Allmählich hat sie sich verändert, die Frau Raabe. Plötzlich hörte man sie durch die geschlossenen Fenster schreien und weinen. Der Mann war still, die meiste Zeit, aber wenn er loslegte, hielt man sich die Ohren zu. Die Dienerschaft konnte es kaum mit an …«

»Halt dein verfluchtes Lästermaul, du Drecksack!«, platzte es aus Annie heraus.

O Gott, hätte sie den Mund gehalten! Schmitt fuhr herum und trat auf sie ein, sie versuchte, ihm auszuweichen. Er trat weiter zu, der ganze Mann bestand nur noch aus unbeherrschter Grausamkeit. Daniel versuchte, seinem verstopften Hirn Worte zu entreißen, irgendetwas, um der Sache ein Ende zu machen. »Wer hat dich geschickt? Römer?«

Tatsächlich ließ Schmitt von Annie ab. Sein Kopf erschien erneut über Daniel. Die Nase war knollig, eigentlich hatte er ein lustiges Gesicht. »Na, da kriegt der Herr Staatsanwalt ja doch noch die Schnauze auf. Natürlich war das Römer, wer sonst? Ist ein guter Mann, der für Recht und Ordnung sorgt.«

»Und selbst einen Mord vertuschen will.«

Schmitt lachte wiehernd. Er drehte sich zu seinen Leuten um, die aufgrund ihrer unheimlichen Lust, fremdes Leid zu beglotzen, dichter herangekommen waren. »Hört ihr das, Männer? Wie es in der feinen Gesellschaft zugeht? Wir haben einen Staatsanwalt und einen Major der Gendarmerie – und beiden klebt Blut an den fein geschrubbten Händen. Gegen diese Leute sind Männer wie wir nur Kätzchen, die Krallen in ein Hosenbein schlagen. Die wahren Bestien sitzen in den Villen. Merkt euch das!«

Überlautes Gelächter, aus dem das Bemühen sprach, zu gefallen. Daniel entdeckte den Mann wieder, der ihm das Billett an der Haustür übergeben hatte. Sein demütiges Gehabe war von ihm abgefallen. Als er Daniels Blick bemerkte, streckte er ihm in einer obszönen Bewegung die Zunge entgegen. Neben ihm ... Daniel blinzelte gegen das Blut an, das immer noch in seine Augen sickerte. Neben ihm stand eine hochgewachsene Gestalt, reglos, diszipliniert, als einzige schweigsam. Link?

Sein Herz sank, er begrub jede Hoffnung. Also hatte er wirklich einem Verräter vertraut. Er sah, dass Annie sich zu regen begann, und tat das Einzige, was ihm blieb: Wieder reden, bevor sie selbst es tun konnte. »Was hat Annie Troll mit der Sache zu tun? Lass sie laufen.«

»Und warum sollte ich so einen Scheiß machen?«

»Geld gegen ihr Leben. Schick einen von deinen Leuten zu meinem Haus, ich schreib eine Anweisung, man soll ihm ...« Er brach ab. Alles sinnlos. Was sollte Link daran hindern, sein Haus einfach leerzuräumen? Vielleicht geschah es gerade jetzt, es war ja seine Sippe, die dort zurückgeblieben war. Alles ein abgekartetes Spiel, in dem er wie ein Tropf seine Rolle eingenommen hatte. Oder doch nicht?

Link war vorgetreten. Und Daniel wurde schwach vor Erleichterung. Die Dunkelheit hatte ihn getäuscht, der pausbackige Mond sich einen Scherz erlaubt. Der Mann hatte eine ähnliche Statur und Frisur wie sein Diener. Aber das Gesicht war härter, die Nase gerade.

»Ihr müsst verschwinden«, wisperte der Mann Schmitt nervös zu. »Hören Sie nicht den Hund? Wenn der so weiterbellt ... Irgendwann wird jemand aufmerksam und kommt vorbei und ...«

»Kommt vorbei ... kommt vorbei ...«, äffte Schmitt ihn nach. Wahrscheinlich handelte es sich bei dem Hasenfüßigen um den Nachtwächter des Bahnhofsgeländes. Schmitts

Männer lauschten auf das Gebell, nur den Zwerg kümmerte es nicht. Er drehte sich zu Annie, in dem bärtigen Gesicht stand nackter Hass. »Wir hatten einen Vertrag, Schlampe. Erinnerst du dich? Was ich gesagt hab, das du machen sollst? Wen solltest du mir bringen? Ich hab dir den Schubs vor die Kutsche geben lassen. Freundliche Mahnung. Aber nichts kapiert, was? Keine Sorge, dein Mädchen krieg ich auch so, ich schnapp sie …«

Annie, die Verrückte, spuckte ihn an.

Schmitt schlug sie, er hätte es auch sonst getan.

»Der Hund«, flehte der Mann, der inzwischen kaum noch Ähnlichkeit mit Link aufwies.

»Dann hau schon ab, und schneid ihm die Kehle durch!« Doch auch Schmitt wurde allmählich unruhig. Mischten sich in das Gebell nicht menschliche Stimmen? Die Männer verstummten und horchten. O ja, da näherten sich Leute! Der Zwerg besaß Schneid. Er rannte zu einem Gleis, das über eine Aufschüttung verlief, um sich Gewissheit zu verschaffen. Seine Männer folgten ihm wie Lemminge. Nur der Link'sche Doppelgänger blieb stehen, als wollte er die Gefangenen bewachen. Doch kaum kehrten die anderen ihm den Rücken, schlug er sich in entgegengesetzter Richtung in die Büsche.

»Los, Mann!« Annie holte erst Luft und dann Schwung und schaffte es trotz ihrer Schmerzen, sich einige Fuß weit fortzurollen. Fliehen würde sie auf diese Weise nicht können. Wollte sie aber auch nicht. Sie biss ins Gras, wörtlich genommen, und zog mit den Zähnen etwas ins Mondlicht. Den Griff eines Spazierstocks, ihre Waffe.

Daniel holte ebenfalls Schwung, stieß sich mit den Füßen ab und arbeitete sich zu Annie vor. Gott, waren sie ein Paar. Als er bei ihr war, wand er sich, bis er in eine Position kam, die es ihm erlaubte, seine Zähne um den Griff des Stocks zu schließen. Jetzt kugelten und drehten sie sich beide – und schafften es, den Degen aus der Scheide zu bugsieren.

Die Fesseln zu durchschneiden, gleich, ob es seine oder Annies wären, würde eine blutige Angelegenheit werden. Er rutschte so dicht wie möglich an Annie heran und ließ den Degen neben ihr ins dürre Gras fallen. Annie packte den Griff mit ihren auf den Rücken gebundenen Händen. Er spürte die Klinge über seine Haut gleiten, sie streifte suchend seinen Unterarm. Und schnitt dabei ins Fleisch, natürlich.

»Tiefer«, keuchte er.

Sie bewegte sich auf seine Handgelenke zu. Wenn Annie die Pulsadern erwischte, wäre es aus. Ein seltsamer Gedanke, dass er hier sterben könnte. Er hatte so oft mit dem Tod geliebäugelt, dass er gedacht hätte, ihn zu jeder Zeit und in jeder Form begrüßen zu können. Nur das Bewusstsein, wie kläglich ein Selbstmord als Antwort auf Dorotheas und Claras Tod sein würde, hatte ihn abgehalten, sich umzubringen.

Aber jetzt regte sich plötzlich Widerstand in ihm. Er zog die Arme über den Fesseln so weit wie möglich auseinander, um die Adern zu schützen, und hoffte, es würde nützen. Noch ein Schnitt, noch einer, die Klinge war scharf wie ein Rasiermesser. Seine Haut wurde warm vom eigenen Blut. Kurz machte die Qual ihn atemlos. Dann merkte er wieder auf. Erregte Stimmen näherten sich, darunter die von Schmitt. Sie hatten es versucht, sie hatten es vermasselt. Annie ließ den Degen fallen und rollte sich von ihm fort.

Weder Schmitt noch seine Männer kümmerte es, dass sie beide nicht mehr an derselben Stelle lagen. In der Aufregung nahmen sie es wohl gar nicht wahr. Die fremden Stimmen wurden lauter, eindeutig, es näherte sich jemand.

»Scheißdreck«, zischte Schmitt nervös. »Werft sie ins Wasser, rasch, sie müssen verschwinden!« Er bückte sich, um Annie zu packen. Sie stieß mit den Füßen nach ihm. Ein Absatz schrammte quer über sein Gesicht und hinterließ eine blutende Schürfwunde. Mit einem Fluch ließ er von ihr ab und räumte den Platz für seine Kumpane. Annie wurde hochgerissen und zu dem Wall aus Büschen gezogen. Als die Männer die Äste auseinanderbogen, wurde kurz ein Steg sichtbar, umgeben von schwarzem Wasser, auf das die Sterne silberne Sprenkel warfen. Annie begann zu kreischen.

Auch Daniel öffnete den Mund, um die Neuankömmlinge – bitte Gendarmen, betete er still – aufmerksam zu machen. Er brachte nichts hervor. Zu sehen, wie Annie vom Steg geworfen wurde und sofort im schwarzen Hafenwasser verschwand, verschlug ihm die Sprache. Annie Troll würde ertrinken. Er riss an der Fessel, an der sie sich abgemüht hatten – und wurde von neuem Mut elektrisiert, als er den Strick von den Handgelenken sprengen konnte. Schmitts Männer kamen auf ihn zu, um ihn ebenfalls ins Hafenbecken zu werfen. Er wand sich aus ihren Händen und stürzte zum Ufer.

Ein Schiff ankerte am Steg. Eines von der *Weißen Flotte,* mit dem schwarzen Schornstein der Dampfmaschine als Aufbau. Die Stelle, an der Annie ins Wasser geworfen worden war, lag auf der anderen Seite. Er sprang. Die Hände, die nach ihm griffen, konnten ihn nicht halten. Seinen Mantel hatten sie erwischt, er selbst rutschte aus den Ärmeln ins eisige Wasser.

Die Kälte war ein Segen, sein Kopf klärte sich innerhalb eines Wimpernschlags. Er konnte die Beine bewegen, auch die Arme. Um ihn war es stockdunkel, und einen Moment fand er sich an dem Nachmittag wieder, als Dorothea mit Clara über den See gerudert war. Er hatte gerufen, gedroht, gefleht, während er verzweifelt im Wasser voranzukommen suchte … Er hatte es ja auch geschafft …

Heute half ihm mehr das Glück als sein Geschick. Er stieß gegen Annie und bekam ihr Bein zu fassen. Sie, die ihren Körper wie Gummi biegen konnte, wand sich und umklammerte zuerst seine Taille, dann seinen Hals. Er löste ihre

Hände, und sie war klug genug, sich zu fügen. Selbst im Ertrinken funktionierte in ihrem Kopf noch der Verstand, da war sie ihm überlegen. Er packte sie unter den Achseln.

Noch einmal war das Glück ihnen hold. Ihre Köpfe tauchten direkt unter dem Steg aus dem Wasser, sie wurden durch die Bretter vor Blicken geschützt.

Wortfetzen drangen herab. »Seht ihr sie?«

»... Boden zu schlammig!«

Schmitts Stimme: »Verfluchte Scheiße!«

»Die kommen da nicht raus.«

»... müssen weg!«

Daniel hielt sich am hinteren Stegpfeiler fest, wo er einen dicken, herausstehenden Nagel ertastet hatte, an dem eine kurze Kette hing, die ihren Fingern Halt bot. Seine Zähne klapperten so stark, dass er meinte, es müsse im gesamten Hafen zu hören sein.

Am Ufer ertönte ein Kommando. Kurz war es still. Dann fiel ein Schuss. Noch einer. Darauf folgte ein Chaos, in dem nichts mehr zu verstehen oder einzuordnen war. Schmerzensschreie ... direkt über ihnen einer, der sich in unmenschliche Höhen schraubte, bis er erstarb ... Flüche von Flüchtenden ... Befehle ... Endlich konnte Daniel eine Stimme herausfiltern. »Die Dreckskerle sind auf und davon, bis auf den Toten da, Inspektor, tut mir leid.« Hans Breuer.

»Verflucht, helft uns raus!« Hatten sie ihn am Ufer gehört?

Schritte trampelten auf den Steg. »Wo steckst du, Mann?«

Annie kam mit ihrem Mund an Daniels Gesicht. »Du darfst dem Zwerg nicht glauben«, wisperte sie. »Der wollte dir nur das Herz schwer machen.«

»Hier unten. Ich hab sie«, brüllte Breuer. »Raabe, geben Sie mir die Hand.«

Daniel löste Annies Finger von der Kette. Jetzt klammerte sie doch, aber Breuer oder auch einer seiner Männer hatte sich bäuchlings auf den Steg gelegt und ihren Mantelkragen erwischt. Sie hievten die Frau, deren Kleider vom Wasser schwer geworden waren, zu sich hinauf. Gut so, gut.

Du darfst dem Zwerg nicht glauben … Ach, Annie, dachte Daniel.

Er ließ den Pfeiler los.

29. Kapitel

Link war bestürzt, er war kreuzunglücklich und wiederholte das so beständig, dass Annie es ihm am liebsten in die haarigen Nasenlöcher gestopft hätte. Aber sie zwang sich zur Geduld: Der Mann hatte ihr und Raabe mit seinem beherzten Eingreifen das Leben gerettet, da hatte er mehr als ein bisschen Lamentieren gut.

Link schilderte die Nacht mit dramatischem Händefuchteln. Wie der Herr Doktor ihn angewiesen hatte, ihm zu folgen, wie er von Anfang an fürchtete, dass man ihn reinlegen wollte, wie er sein Misstrauen aus Respekt vor dem Herrn Doktor für sich behielt, was er inzwischen von Herzen bereute. Wie er ihm zum Winterhafen folgte, wo er mit ansehen musste, wie der Zwerg die arme Annie misshandelte …

»Sieht schlimmer aus, als es ist«, brummte Annie, als er sie bedeutungsvoll anschaute, um ihr Gelegenheit zu geben, selbst ihre schwärzeste Stunde zu schildern. Sie fuhr mit der Hand über ihr Gesicht, das grässlich zugerichtet war. Den Rest konnten die anderen in der Küche zum Glück nicht sehen. Reichte auch so, dass man sie wie eine Schwerkranke behandelte.

Link nahm den Faden wieder auf. Er war zurück in die Stadt gerannt, zum Coselpalais, weil ihm klar geworden war, dass er gegen den Zwerg und seine Männer allein nichts ausrichten konnte.

»Warum bist du nicht zu den Gendarmen?«, wollte sein Bruder Karl wissen.

»Na, die hätten mir was gehustet, wenn ich denen erzählt hätte, dass sie den Doktor Raabe retten sollen«, schnaubte Link wie ein Lehrer, der von einem besonders dusseligen Schüler unterbrochen wurde. Nein, er war ins Coselpalais gerannt, und es war furchtbar gewesen, wie er durch die Gänge und Zimmer irrte und fast alle Türen verschlossen fand, weil die Leute schon längst nach Hause gegangen waren. Dann war zum Glück dieser Inspektor Keller aufgetaucht. Kein Glück, nein, Schicksal, man spürte die gütige Hand Gottes, weil Keller nämlich …

Ja, ja … Annie hörte nicht mehr zu. Den Rest wusste sie ja schon.

In dieser Nacht schlief sie kaum, eigentlich gar nicht. Morgens gegen fünf stieg sie aus dem Bett und schlich mit einer Kerze hinauf in die obere Etage. Sie suchte Raabe in seiner Schlafkammer, aber sein Bett stand leer, und die Bettdecke darauf war ordentlich gefaltet.

Geräuschlos wanderte sie durch die Räume. War Raabe hier jemals glücklich gewesen? Die Ölgemälde in den Zimmern zeigten schmalztriefende Familienidyllen in rosenbewachsenen Gärten und waren totsicher nicht von ihm an die Wände genagelt worden. Warum hatte Link das Zeug nicht entfernt? Einen Moment war sie regelrecht böse auf ihn, aber dann nahm sie an, dass er den Bildern so wenig Beachtung geschenkt hatte wie sein Herr.

Seltsam war auch die über und über mit Staub bedeckte Treppe ins zweite Geschoss. Da oben wohnte keiner, das war ihr klar. Nur: Warum kaufte man ein Haus, das viel zu groß für die eigenen Bedürfnisse war? Je größer das Haus, umso höher der Preis. War doch verrückt.

Annie spähte ins Laboratorium. Hier herrschte, anders als

im Rest der Wohnung, eine karge, auf das Nötigste beschränkte Möblierung, die ihr allerdings genauso bedrückend vorkam wie die missglückte Pracht in den Wohnräumen. Das Mobiliar war auf das Nötigste beschränkt, die Vorhänge waren aus dickem schwarzen Stoff. Kein Fünkchen Wärme, kein Wunsch, es sich gemütlich zu machen. Ihr war kalt und nicht nur wegen des fehlenden Feuers im Kamin.

Die Tür zur Bibliothek stand offen. Sie ging hinein, und da endlich fand sie Raabe. Er hatte einen Sessel ans Fenster gerückt und starrte hinaus. Der Morgen dämmerte, Frühnebel stieg vom Pflaster auf, die Morgensonne ließ ihn aussehen wie den rosa Tüll der Balletttänzerinnen. Schön war das, wie verzaubert. Raabe hatte sich in eine wollene Decke gehüllt, und sie war sicher, dass er weder den Nebel bemerkte noch die fette, strubbelige Katze, die über das Pflaster trottete, oder den kaputten Handkarren, den jemand rücksichtslos über die Hecke seines Gartens geworfen hatte.

»Sie hätten Link sagen sollen, dass er das Kaminfeuer anzündet.«

»Nehmen Sie sich doch was zum Wärmen.« Ohne sie anzusehen, deutete er auf einen zweiten Sessel, wo eine blaue, mit dicken roten Wollsternen bestickte Decke über der Lehne hing.

Sie schob das Sitzmöbel neben seines und mummelte sich in die Wolle. Die Füße zog sie unter den Hintern, sie waren eiskalt, und ihre Schuhe trockneten noch beim Küchenofen. Seitlich vom Fenster hing ein Spiegel. Sie konnte ihr lädiertes Gesicht erkennen und das von Raabe, das kaum besser aussah. »Keller hätte Schmitt erschießen sollen, als der Dreckskerl abhaute«, brummte sie finster.

»Er ist Inspektor, kein Richter und kein Henker. Es sah ja so aus, als würde einer seiner Leute ihn erwischen.« Raabe machte nicht den Anschein, als würde er das Zögern des Mannes billigen.

»Und wenn deshalb weiter Leute sterben?« Annie kuschelte sich tiefer ins Polster. Ein früher Spaziergänger war draußen im Nebel unterwegs. Was mochte einen Menschen um diese Zeit aus dem Haus treiben? Er trug einen dicken Mantel und einen altmodischen Zylinder, arm war der sicher nicht. Sorgen, dachte Annie, alle haben Sorgen. Sogar die, denen das Essen von selbst auf den Teller schneit. Vielleicht handelte es sich um einen der Männer, die die Aufsicht über die Löscharbeiten gehabt hatten, und der jetzt auf dem Weg ins Bett war.

Raabe begann zu husten. Sie warf ihm einen verstohlenen Blick zu. Er hatte sich nach dem Heimkommen umgezogen, aber die Haare nicht gewaschen. Sie kringelten sich noch stärker als sonst, staubgrüne Pflanzenteile waren darin getrocknet. Mann, sah der verprügelt aus.

»Wir wären um ein Haar ertrunken.«

»Ja, ich spür die verdammte Kälte immer noch«, sagte er.

»Die Kälte, hm?« Sie hatte gestern Nacht im Wasser sein Gesicht nicht erkennen können, aber an seinem Körper, an den sie sich klammerte, hatte sie gespürt, wie ihn der Überdruss packte. Den Pfeiler loslassen, hinabsinken, danach wird's einen Moment unangenehm und anschließend – Friede. So hatte er sich das vorgestellt. Er hatte nur noch abwarten wollen, bis man sie nach oben zog. Dass sie ihn zur selben Zeit packen würden, damit hatte er nicht gerechnet. Clara, dachte sie, das mit seinem Kind lässt ihn nicht los, da kommt er nicht drüber hinweg.

Sie suchte nach Worten. »Es geht mich nichts an, Herr Raabe, was damals mit ihrer Familie passiert ist, mein ich, aber es tut mir leid …«

O Gott. Sein Schweigen hing bleiern zwischen ihnen.

»Vergessen Sie's. Sie haben …«

»Ich hätte mir denken müssen, dass sie nicht klein beigibt«, murmelte er.

Was?

Kurz zögerte er. Dann redete er so leise weiter, dass sie sich einen Teil der Sätze zusammenreimen musste. Er und Dorothea. Sie hatten einander verrückt gemacht. Und es stimmte, dass Dorothea vor der Hochzeit ein fröhlicher Mensch gewesen war. »Klug, mit einem Herzen, das jeden Menschen wahrnahm und umschloss, ich war bis zum Wahnsinn in sie verliebt.« Dann wurde Clara geboren. »Ich weiß nicht, wie ich es beschreiben soll, aber es war, als wäre plötzlich ein Dämon in Dorothea gefahren. Erinnern Sie sich, wie Jesus einen Mann trifft, der von einem bösen Geist besessen war? So kam es mir vor. Als wäre sie zu einem anderen Menschen geworden. Von einem Tag auf den anderen war nichts mehr richtig, was ich tat. Was *irgendjemand* tat. Sie zankte mit dem Personal, mit mir, mit jedermann, außer mit unseren Gästen, da schaffte sie es, sich zusammenzureißen. Und ich habe mich auch verändert. Wurde grob und stur. Und ich habe sie geschlagen, das hab ich wirklich getan. Dafür gibt es keine Entschuldigung.«

Das fand sie auch.

»Ich hab sie zur Erholung zu ihrer Mutter geschickt. Sie warf mir vor, dass ich sie loswerden wolle. Ich habe ihr Geschenke gemacht, sie glaubte, ich wolle mich freikaufen. Aber frei von welcher Schuld? Ich hab das nicht begriffen, und mir ist nichts eingefallen, um ihr und mir zu helfen. Egal, was ich tat, nichts konnte sie besänftigen. Sie drehte jede Tat, jedes Wort, bis ein Vorwurf darauf passte. Heute weiß ich, dass ich zusammen mit Clara hätte fortgehen müssen. Das Gesetz hätte mir das Recht dazu gegeben. Vor allem in meinem Ausharren liegt meine Schuld. Clara war der Situation ausgeliefert. Ich hätte über sie wachen müssen.«

»Hatte Ihre Frau den Verstand verloren?«

»Nein … nein. Keine Irre könnte sich so vernünftig und charmant verhalten – das schaffte sie nämlich, wenn es ihr in den Kram passte. Da war sie plötzlich wie früher. Unsere Gäste haben sie geliebt, ihre Mutter hat sie angehimmelt. Sogar Max Keller, den man schwer täuschen kann … ach, egal.« Er beugte sich vor und presste die Fingerspitzen gegen die Augäpfel.

»Was ist in der Nacht passiert, als Ihre Villa brannte?« Annie ahnte, dass alles, was jetzt kam, quälend sein würde. Aber irgendwann müsste es raus, sonst würde er dran ersticken.

»Wir hatten gestritten. Wieder mal.« Es ging darum, dass er abends zu den Freimaurern gehen wollte, wo er, nach Dorotheas Ansicht, mit der sie vielleicht gar nicht falsch lag, zu viel Zeit verbrachte. Eigentlich jede freie Stunde. Er hatte sein Zuhause mittlerweile gehasst. Sie brüllte ihn an. »Da hab ich sie geschlagen. Ich hätte ihre Hände festhalten können. Sie war eine zarte Person, Annie. Ich hätte auch einfach rausgehen können. Ich hätte nach dem Personal klingeln können, dass jemand sich um sie kümmert.«

Dorothea war weinend aus dem Zimmer gelaufen. Er hatte sich in sein Büro verzogen. Als er wieder in die Halle kam, sah er eine Mohrenpuppe auf dem Boden liegen. Das Spielzeug war neu, Clara liebte es, sie trug es ständig bei sich, und nachts nahm sie es mit in ihr Bettchen. Aber nun lag die Puppe achtlos auf dem Boden. Link erklärte ihm, dass die gnädige Frau hatte anspannen lassen, um mit dem Kind zu ihrer Mutter zu fahren. »Ich bin ihr gefolgt, ich war plötzlich voller Angst. Als ich an der Tür meiner Schwiegermutter klingelte, erfuhr ich, dass sie bei einer Freundin war. An den Garten des Hauses grenzte ein kleiner See. Dorothea hatte das Ruderboot gelöst, sie war mit Clara hinausgefahren. Und dort hab ich sie entdeckt. Für mich sah es aus, als wollte sie sich und das Kind ertränken.«

»Hat sie das gesagt? Oder irgendwas getan?«

»Nein.«

Er war rausgeschwommen und hatte Frau und Kind ans Ufer gebracht. Er hatte Dorothea nach Hause geschickt und das Kind bei seiner Schwiegermutter gelassen, als diese wieder zurückkehrte. »Ich habe ihr gesagt, sie darf Clara nicht mehr in Dorotheas Obhut geben. Das Kind sollte bei ihr wohnen, bis ich eine Lösung finden würde.«

Ja, das war dumm gewesen. Ohne dass Annie Dorotheas Mutter gekannt hätte – man musste doch davon ausgehen, dass sie immer nur die Version ihrer Tochter vom häuslichen Streit mitbekommen hatte. Wenn dann der Vater der Mutter das Kind entreißen wollte … Denn das war ja wohl mit Lösung gemeint … Na, da hätte sie auch nicht lange überlegt, wem ihre Solidarität galt.

Als Dorothea in der Nacht noch einmal zurückkehrte, hatte sie ihr die Kleine übergeben.

»Sie kennen nur meine Sicht auf die Dinge. Sie sollten mir nicht glauben, Annie. Man biegt sich die Vergangenheit zurecht, wenn sie zu schlimm ist, um sie zu ertragen.«

»Was ist danach passiert?«

»Dorothea hat Clara und sich selbst umgebracht, das ist meine Überzeugung. Link hat gesagt, dass er meine Frau nicht wecken konnte, als der Rauch in die Zimmer kroch. Ich denke, sie hat Gift benutzt. Dorothea hatte ein Faible für Opium entwickelt.«

Und wer hatte das Haus angezündet?

Raabe und sie dachten in parallelen Bahnen. »Römer muss in diesen Stunden um mein Haus gestrichen sein – ein Geniestreich des Teufels. Anders kann ich es mir nicht erklären. Er stand unter Druck, er glaubte, dass ich einen seiner Diener verhören und ihm selbst dadurch einen Mord nachweisen könnte.« Kurz erläuterte er, worum es sich handelte, eine tote Zofe. »Vielleicht wollte er mit mir reden. Jedenfalls muss er gesehen haben, wie Dorothea das Haus verließ. Vermutlich ist er ebenfalls noch einmal fort gewesen, und als er zurückkommt, sieht er oben im Schlafraum Licht und eine männliche Gestalt. Bonifaz Link, der frühzeitig nach Hause gekommen war. Er verwechselt ihn mit mir. Er denkt, meine Familie ist fort. Die Situation ist günstig, also zieht er los, um sich Zündhölzer zu besorgen. In seiner Abwesenheit kehrt Dorothea mit Clara zurück. Sie vergiftet sich und das Kind, Link ist irgendwo im Haus. Römer steigt heimlich in den Keller hinab und legt den Brand.«

»Hm«, meinte Annie.

»Genau, ich werde es niemals beweisen können, und es ist nicht einmal sicher, ob es sich so abgespielt hat. Klingt ja auch alles ziemlich verworren.«

Sie schwiegen und sahen zu, wie aus einem gegenüberliegenden Baum ein Vogelschwarm aufstieg. Raabe nickte irgendwann ein, und auch Annie fielen die Augen zu. Als sie wieder erwachte, war es heller Tag. Sie öffnete das Fenster. Der Brandgeruch, der noch vor wenigen Stunden die Gassen verpestet hatte, war verschwunden, tiefe Stille lag über den Dächern. Es musste Sonntag sein, aber wie es schien, schwänzten viele Dresdener nach den Aufregungen der Nacht den Gottesdienst. Nur eine einzige adrett gekleidete Familie passierte die Straße.

Raabe, den ihr Rumoren geweckt hatte, trat neben sie. »Keller wird versuchen, den Zwerg zu finden«, murmelte er. Und nach kurzem Schweigen: »Die Kriminalpolizei tippt, was Serafinas Mörder angeht, auf Semper. Das ist gut für uns, aber entspricht wahrscheinlich nicht der Wahrheit. Die Fingerabdrücke, Annie, die Abdrücke ...« Er geriet ins Grübeln. »Als Täter käme neben Ihnen selbst noch Jean Moreau in Frage, außerdem Rosina, deren Tod ja keineswegs mit dem Mord an Serafina zu tun haben muss – oder vielleicht verwickelter damit zusammenhängt, als wir denken ... Ihre

Nachbarn. Und außerdem jeder Einzelne von Serafinas Liebhabern. Vielleicht haben wir den Mörder noch gar nicht kennengelernt. Ich fürchte, dieser Fall wird unerledigt zu den Akten gelegt werden.«

»Was glauben Sie denn selbst?«

»Tja ...« Raabe stützte sich mit den Händen auf der Fensterbank ab. »Ich hätte noch eine Idee, ziemlich verrückt. Einen letzten Vorschlag, was man vielleicht unternehmen könnte ...«

30. Kapitel

Es war die Nacht von Mittwoch auf Donnerstag, die Nacht, in der Serafinas Mörder ihr Grab aufsuchte, wenn sie sich nicht irrten. Daniel und Annie nutzten den Phaëton, den sie bei ihrer Ankunft hinter einem Gebüsch nahe dem jüdischen Friedhof versteckten. Ein starker Wind trug den Gestank aus dem Gülleteich über das Wäldchen, aber Annie Troll schien es nicht zu kümmern.

Als Daniel ihr vom Sitz helfen wollte, schob sie seine Hand geistesabwesend beiseite. Die Annie Trolls dieser Welt kannten sich mit Artigkeiten nicht aus. Fröstelnd versenkte sie die Hände in ihren Manteltaschen und trottete neben ihm her. Er sah, dass sie humpelte. Als er sich danach erkundigte, brummte sie: »Das Zahnweh ist weg, über alles andere lach ich nur.« Sie kicherte grimmig, um zu zeigen, wie wenig ihr das Stechen und Zwicken ausmachte.

»Sind Sie sicher, dass Sie sich diese Nacht antun wollen?«

Max hatte bereits angedeutet, dass er nicht weiter gegen Annie ermitteln wolle. Die Fechtlehrerin hatte in Serafina eine Kundin verloren und durch deren Tod einen herben Rückschlag ihres Geschäfts hinnehmen müssen. Ihr einziges Mordmotiv wäre ein Zornesausbruch gewesen. Aber Annie platzte der Kragen nicht so leicht, das war ihnen inzwischen klar geworden. Also hatte der Kriminalinspektor sie aus dem Kreis der Verdächtigen ausgeschlossen.

»Wenn in meinem Fechtsaal jemand ermordet wird, geht mich das was an. Ich will, dass der Dreckskerl geschnappt wird. Und was treibt *Sie* hierher? Da mich die Polizei von der Täterliste gestrichen hat, sind Sie mit Ihrer Arbeit doch fertig.«

Er wusste keine Antwort. Saß ihm die Gewohnheit, Mörder ihrer Strafe zuzuführen, in den Knochen? War es Neugierde? Gekränkte Eitelkeit, weil er sich an der Nase hatte herumführen lassen? Oder einfach Sturheit? Eitelkeit und Sturheit – diese Charakterfehler hatte Dorothea ihm ja ständig vorgeworfen. Er vertrieb die quälenden Gedanken und schlug den gepflasterten Weg zum Tor des jüdischen Friedhofs ein. Besser, sie pirschten sich von hinten an Serafinas Grab heran.

Einen Steinwurf von der aufgeschütteten Grabstelle entfernt, breitete Annie die Decke, die sie mitgenommen hatte, doppelt gefaltet über eine niedrige Bank aus. Sie saßen im tiefen Schatten – selbst ohne die Büsche, die zusätzlichen Sichtschutz boten, würde man sie kaum entdecken. Serafinas Grab wiederum lag inmitten der bleichen Straße, die das Mondlicht über den verlassenen Friedhof zog. Jedes Detail auf der Grabstätte war zu erkennen: die Vase, die sie wieder zurückgetragen hatten, ein toter Vogel, dessen Flügel sich wie ein Segel von der Erde abhob, zwei, drei verwelkte Blumen, die von irgendwo hinübergeweht worden waren. … Nur die Glasherzen nicht. Ob Serafinas Liebhaber das Fehlen der beiden Schmuckstücke, die sie mitgenommen hatten, aufgefallen war? Wahrscheinlich schon. Aber er würde wohl annehmen, dass die Herzen vom Sturm weggeweht worden waren.

»Wir werden nichts unternehmen, sondern nur beobachten«, schärfte Daniel Annie noch einmal ein. »Gleich, wer hier erscheint – ohne die Beweiskraft der Fingerabdrücke kann er sich rauswinden.«

»Weiß ich doch.« Annie zog ihren Degen aus der Spazierstockscheide und legte ihn griffbereit neben sich.

»Angst?«

Sie lachte verächtlich. Und meinte dann überraschend: »Natürlich hab ich Angst. Unsereins kriegt die Angst mit der Muttermilch eingeflößt. Das ist ein Gefühl wie saure Spucke. Immer da, schon wenn du ganz klein bist. Sie werden das nicht verstehen. Sie haben ja nie Hunger gelitten und waren nie in Gefahr, in der Gosse zu enden.«

»Natürlich nicht.«

»Warum betonen Sie das so? Hab ich nicht recht?«

»Nein.«

Annie schwieg verdutzt. »Sie hatten auch Angst? Als Kind, meine ich? Wovor denn?«

Er überlegte. Ein unbeherrschter Vater, den er wegen seiner Dummheit verachtete und wegen der harten Schläge, die er ihm in regelmäßigen Abständen verabreichte, fürchtete. Eine ängstliche Mutter, die sich versteckte, wenn sie den Vater bei der Rückkehr aus der Kanzlei poltern hörte, und dabei vergaß, ihn mit sich zu nehmen … War das mit Annies Angst ums nackte Leben zu vergleichen? Wohl kaum. Er hatte immer reichlich zu essen gehabt, seine Mutter tröstete ihn nach den Schlägen mit süßen Küchlein. Sein Leben hatte dem vieler Jungs aus seiner Bekanntschaft geglichen. Und trotzdem hatte er das, was Annie als saure Spucke im Mund bezeichnete, auch gefühlt. Vielleicht hatte er sich in Dorothea verliebt, weil sie das genaue Gegenteil seiner schwachen Mutter gewesen war. »Tut mir leid, ich vergleiche Dinge …«

»Psst!«, zischte Annie.

Daniel schaute sich um, konnte aber niemanden entdecken. Es hätte ihn auch gewundert, wenn der Mann, auf den sie warteten, schon so früh am Abend gekommen wäre. Er kalkulierte mit mehreren Stunden Wartezeit.

Annie packte seinen Arm …

Und dann tat sich doch etwas. Eine Person verließ einen größeren Weg, betrat die Mondstraße und schritt mit wehendem Mantel auf Serafinas Grab zu. Dort blieb sie stehen, verharrte kurz und kniete nieder. Lange Zeit blieb sie in dieser Position – eine schwarze Gestalt auf einem Band aus bleichem Licht. Endlich hob sie den Kopf. Zuerst konnte Daniel nur das Profil erkennen. Das Gesicht wurde sichtbar, als sich die Person dem Busch mit den gläsernen Herzen zuwandte.

Annie kniff ihn verblüfft in den Arm.

Es war sonderbar, wieder die Flure im oberen Geschoss des Coselpalais entlangzugehen, die er vor ein paar Jahren mit so großer Selbstverständlichkeit durchschritten hatte. Das Merkwürdigste: Es hatte sich rein gar nichts geändert. An den Wänden hingen immer noch die goldgerahmten Gemälde derer von Cosel mit ihren Perücken und aufgetürmten Frisuren, die Marmorböden waren mit denselben ausgeblichenen Teppichen bedeckt, auf denen Stiefel im Lauf der Jahre Spuren hinterlassen hatten, die Luft war geschwängert von dem schwer zu beschreibenden Geruch staubiger Bücher und frischer Tinte. Und doch war ihm alles fremd, als liefe er durch eine traumverzerrte Welt.

Noch sonderbarer war es, das Büro zu betreten, in dem er so lange gearbeitet hatte. Hier allerdings hatte sein Nachfolger Hand angelegt. Der alte Schreibtisch war durch einen moderneren aus Mahagoni mit glänzenden Bronzeapplikationen ersetzt worden. Tintenfass, Feder und was sonst auf der Tischplatte stand, strahlte in poliertem Silber. Der Stadtplan von Dresden, den Daniel einmal bei der Polizeidirektion geschnorrt und den er an der Wand befestigt hatte, um sich einen genaueren Überblick über Tatorte zu verschaffen, war durch mehrere Landschaftsmalereien ausgetauscht worden.

Er nahm auf der ungewohnten Besucherseite Platz, Max ließ sich neben ihn auf den zweiten Stuhl plumpsen. Es war eine fremde Perspektive, alles fühlte sich falsch an. Der Mann, der ihnen mit vor dem Bauch gefalteten Händen gegenübersaß – Doktor der Jurisprudenz Otto Kuppke –, war ihm unbekannt. Ein älterer Herr mit Geheimratsecken, fleckiger Haut, einem schnittigen Kinnbart und Augen, die in den hageren Kopf hineingeschrumpft zu sein schienen. Max, der sie beide angekündigt hatte, übernahm es, ihm die Ergebnisse im Mordfall Serafina Bischof darzulegen. Kuppkes reservierter Blick haftete auf Daniel.

Als Max die Sache mit den Fingerabdrücken ansprach, wurde die Ablehnung unübersehbar. Kuppke hatte noch nie von Fingerabdrücken gehört. Er starrte auf seine eigenen, konnte die Rillen darauf kaum erkennen und hielt die ganze Sache für eine ausgemachte Spinnerei.

Max, der sich wahrscheinlich innerlich verfluchte, weil er sich zu diesem Besuch hatte überreden lassen, verstummte, und Daniel übernahm das Reden, wenn auch ohne große Hoffnung. Er sprach von den gläsernen Herzen und dem Besucher, der sie in den Busch bei Serafinas Grab hängte und den er für Serafinas Mörder hielt. Aber aus dem Anbringen der Herzen würde man dem Mann keinen Strick drehen können, selbst wenn man ihn dabei stellte. Es gab keine Beweise, dass er Serafina ermordet hatte. Die Zeugenaussagen waren zu vage, nicht einmal Blutuntersuchungen, für die sein Nachfolger scheinbar größere Sympathie als für Fingerabdrücke hegte, würden ihnen weiterhelfen. Man konnte damit zwar Tierblut von Menschenblut unterscheiden, aber das Blut keinem einzelnen Menschen zuordnen.

»Sie arbeiten inzwischen als … Wie nennt sich das?«

Lustlos begann Daniel zu erklären. Er sprach von Eugène Vidocq, der in Paris mithilfe ehemaliger Sträflinge Verbrecher dingfest gemacht hatte, von Allan Pinkerton, der vor siebzehn Jahren in Chicago die *Pinkerton's National Detective Agency* gegründet hatte und auf große Erfolge blicken konnte. Davon, dass Pinkerton in Stettin einen ersten Nachahmer in Deutschland gefunden hatte …

»Und Sie glauben nicht, dass die Verbrechensbekämpfung in den Händen staatlicher Institutionen besser aufgehoben wäre?«

»Es ist ein komplexes Gebiet.«

»Ah ja.« Kuppke rief nach seinem Sekretär und ließ sich Dokumente geben, die er umständlich unterschrieb. Er gab einige Anordnungen, widerrief eine andere – es machte ihm Vergnügen, seine Besucher warten zu lassen und so die Hierarchien zu klären. Max täuschte mit wenig Erfolg Gelassenheit vor. Die Situation hatte durchaus etwas Komisches.

Schließlich versenkte Kuppke die Schreibfeder wieder im Halter und schraubte das Tintenfass zu. »Ich verstehe nicht, was Sie von mir erwarten, Doktor Raabe.«

Nun kam der entscheidende Augenblick. Daniel begann seine Idee zu erklären. Ein Vorhaben wie aus einem Schauerroman, viel zu dick aufgetragen, der Erfolg fragwürdig. In diesem Raum klang es noch unseriöser als unten bei Max. »Es scheint mir die einzige Möglichkeit zu sein, den Täter zu überführen. Wir brauchen ein Geständnis! Und damit der Mann es ablegt, muss man ihn blenden, ihn in Panik versetzen, einen solchen Druck ausüben, dass er nicht mehr richtig denken kann.«

»Haben Sie den Verstand verloren, Raabe? Wenn es schiefgeht, würde Dresden vom Gelächter seiner Bürger erbeben.«

Daniel hob die Hände. Er hatte seinen Vorschlag gemacht, aber es war abzusehen gewesen, dass der Staatsanwalt nicht darauf eingehen würde.

»Das ist lächerlich. Wirklich absolut lächerlich.«

»Die staatlichen Stellen wären gar nicht beteiligt. Und gerade darin liegt, wenn ich noch einmal darauf zurückkommen darf, der Nutzen von Detekteien. Detektive können Dinge tun, die sich für offizielle Staatsdiener verbieten – im Rahmen der Gesetze natürlich, aber wir sind dennoch freier.«

»So sagen Sie doch etwas!«

Die Aufforderung war an Max gerichtet, der sich zu einem »Ich finde, Doktor Raabe hat recht« aufraffte, das ihm sichtlich schwer über die Lippen kam. Kurzes Schweigen. Dann setzte er noch einmal nach: »Die Bevölkerung ist durch den unaufgeklärten Mord an der Tänzerin – sie war ja eine Berühmtheit – beunruhigt. Sollte es nicht gelingen, den Mörder dingfest zu machen, würde das auf die Ermittlungsbehörden zurückfallen. Auf meine Wenigkeit, auf Sie, auf alle, von denen man sich Sicherheit verspricht.«

»Hm.« Kuppke erhob sich und trat ans Fenster, die Hände gravitätisch auf dem Rücken gekreuzt. Max warf Daniel augenrollend einen Blick zu.

Endlich begann der Staatsanwalt wieder zu sprechen. »Wann würde das lächerliche Schauspiel denn nach Ihrer Planung stattfinden, Herr Doktor Raabe?«

»Ich bräuchte eine Woche, um alles vorzubereiten, und es müsste ein Mittwochabend sein.«

»Wie gesagt, die Staatsanwaltschaft wird sich für solch eine Posse nicht hergeben, auf gar keinen Fall.« Kuppke wandte sich um. »Wovon ich nichts weiß, das kann ich allerdings auch schwerlich verhindern.«

»Ha!«, rief Annie Troll, die in Max' Büro auf sie gewartet hatte. Sie rannte durchs Zimmer, packte den überrumpelten Inspektor bei den Schultern und schüttelte ihn. »Danke, Mann. Danke! Der Kerl hat's verdient. Der soll leiden, dieser dreckige …«

Max unterbrach sie mit einem gequälten Lächeln. »Trauen Sie sich die Sache wirklich zu?«

»Ich sag Ihnen was: Die Serafina war eine Frau, die ich am liebsten von hinten gesehen hab. Eine, die für jeden Furz einen Applaus wollte. Aber dass man ein Messer in sie reinhaut, hat sie nicht verdient. Und dieses Messer galt ihr nicht allein, Herr Inspektor. Mit diesen Stichen war jede Frau auf Gottes Erden gemeint, die sich weigert, fügsam zu sein! Deshalb helf ich, dass ihr Mörder büßen muss. Deshalb, und weil er einkalkulierte, dass ich für ihn die Strafe abkriege. Glauben Sie nicht, dass ich es vergessen hätte.«

In den folgenden Stunden planten sie die Einzelheiten, entwarfen ihr Szenario. Annie war von überschäumendem Tatendrang, die Ideen purzelten nur so aus ihrem Kopf, ihr Hang zum Dramatischen war beachtlich und kaum zu bändigen. Daniel schrieb mit und versuchte, Ordnung ins Chaos zu bringen. Kuppke hatte recht: Sie waren verrückt.

Zwischendurch platzte Hans Breuer herein. Er flüsterte mit Max, der begann zu lächeln und wandte sich um. »Man hat Casimir Schmitt gefunden.«

Seine Worte wischten das Lächeln von Annies Gesicht. »Und?«, fragte sie bang.

Max nickte Breuer zu, der wiederholte seinen Bericht. »Ein paar Gendarmen haben einen Eisendieb verfolgt, der Stäbe aus einem kleinen Geländer im Brühl'schen Garten gebrochen hat. Sie sind hinter ihm her, aus der Stadt raus, wo er sich in der Nähe der Drescherhäuser in eine leer stehende Scheune flüchtete. Als sie ihn packten, hörten sie Geräusche aus einem kleinen Stall hinten im Gebäude. Und dort fanden sie den Zwerg. Er lag in einer Ecke auf schimmeligem Stroh.« Breuer hüstelte. »Er sah furchtbar aus.«

»Wieso furchtbar?«

»Sein Gesicht. Offenbar hat er sich eine Kratzwunde eingefangen, und die hat sich entzündet. Die Wange war zu einer Blase aus Eiter geschwollen, der Bart von Eiter verklebt, die Adern, die zum Hals führten, rot und geschwollen. Der

Mann redete wirr im Fieber. Seine Männer haben ihn wohl dort zum Sterben liegen gelassen.«

»Ich war das.«

»Bitte?«

»Sein Gesicht. Ich habe ihn verletzt, unten am Hafen, mit meinem Schuh.«

»Gratulation«, meinte Breuer mit unbewegter Miene.

»Wird er sterben?«

Breuer zuckte mit den Schultern.

Und dann war er da, der Tag, an dem Serafina Bischofs Mörder der Gerechtigkeit zugeführt werden sollte. Für Daniel bestand er zunächst in einem unspektakulären Nachmittagsbesuch in der Freimaurerloge, wo ihn ein Bruder aus alten Zeiten ansprach. Der Mann hatte Sorgen, seine Schwägerin war verschwunden. Die Familie wollte nicht offiziell nach ihr suchen lassen, aber ihre Ängste waren riesig. Daniel versprach, ihm in den nächsten Tagen Bescheid zu geben, ob er etwas für ihn tun könne.

Er fragte nach Bundschuh, der ebenfalls im Haus war. Sie setzten sich gemeinsam in die Bibliothek der Loge und sprachen über Semper. »Es bedrückt mich, dass der Mann sich womöglich durch das, was ich sagte, gehetzt fühlte und deshalb auf so grauenhafte Weise seinem Leben ein Ende setzen wollte«, meinte Bundschuh niedergeschlagen. »Jetzt ist nicht die rechte Zeit, ihn zu behelligen, aber wir werden uns aussprechen müssen. Einer der Brüder ist gestern bei ihm gewesen, im Haus eines Freundes, in dem Manfred untergekommen ist. Glücklicherweise hat er den Brand mit nur wenigen Verletzungen überstanden.«

Ihr Gespräch dauerte noch eine Weile, dann stand Daniel wieder auf der Straße. Er trug altmodisch einen Frack und einen Zylinder. Damit war er für die Freimaurerloge ebenso passend wie für das Theater gekleidet. Kein Umziehen nötig.

Ein Blick auf seine Taschenuhr zeigte ihm, dass es die rechte Zeit war.

Er ging die kurze Strecke am Zwinger vorbei zur glanzvollen Semperoper, in der Serafina vermutlich ihre glücklichsten Stunden verbracht hatte.

Der Zuschauersaal der Oper war leer, der violette Vorhang mit den goldenen Borten verbarg die Bühne. Aber dahinter herrschte bereits emsiger Betrieb. Die Kulissen waren an die richtigen Stellen geschoben worden, jetzt wurden Stühle und Schminktische aus dem *Foyer de la Danse* auf die Bühne getragen. Das Bühnenbild hatte keine besonderen Anstrengungen erfordert: Die Leute vom Theater stellten auf die Bretter, was den Zuschauern sonst verborgen blieb, nämlich ihren Aufenthaltsraum. Daniel spürte die Aufregung unter den Männern und Frauen, die wispernd über die Bühne huschten. Die meisten waren eingeweiht, natürlich.

Er setzte sich auf einen Schemel in einer Ecke der Bühne und ließ von einem der Bühnenarbeiter Spiegel anbringen, über die er das Geschehen im Zuschauerraum an bestimmten Stellen beobachten konnte. Noch während die Möbelstücke in Szene gerückt wurden, erschienen die ersten Theaterbesucher. Die Gaslampen im Zuschauerraum wurden entzündet, er war überrascht, wie hell es war.

»Und?«, fragte Annie, die nervös hinter ihm auf und ab marschierte.

»Gerade eben sind Willi und Else Kubiak gekommen.« Daniel hatte Annies Vermieter die Karten für das Theater zwei Tage zuvor ins Mietshaus gebracht, unter dem fadenscheinigen Vorwand, dass Annie sie bitten würde, ihr die Wohnung noch für einen Monat freizuhalten. Also quasi als Bestechung. Elses Augen hatten zu leuchten begonnen, als sie begriff, was er ihr in die Hände legte. Er hatte befürchtet, dass Willi sich weigern würde, das einschüchternde Gebäude aufzusuchen, aber Else hatte ihren Mann überzeugen können. Die Kleidung, die sie irgendwo für sich aufgetrieben hatten, wirkte deplatziert, die Leute drehten sich um, und Willi, dem es auffiel, hätte sich am liebsten vor Scham verkrochen. Else blieb davon unberührt, sie strahlte vor Glück.

Auch Jean Moreau, der Leiter des Balletts, tauchte auf. Er setzte sich in die unmittelbare Nähe der beiden, nur zwei Plätze weiter. Dorthin hatte ihn ein Briefkuvert ohne Absender, aber mit der entsprechenden Platzkarte gelockt. Mit gerunzelter Stirn studierte er eines der Blätter, die auf den Stühlen auslagen und für den Abend eine Überraschung ankündigten. Man sah ihm die Unruhe an. Was für eine Überraschung? Warum war sie ohne sein Wissen und über seinen Kopf hinweg geplant worden? Und wer, zur Hölle, hatte ihm die Karte geschickt?

»Semper wird nicht kommen, da wett ich drauf.« Annie drängte sich hinter ihn und verrenkte sich, um ebenfalls einen Blick in die Spiegel zu erhaschen. Sie hatte sich aus dem Fundus des Theaters einen durchscheinenden, knielangen Spitzenrock mit dem entsprechenden Oberteil ausgesucht, eine Kostümierung, die mehr enthüllte als verbarg. Ihre schlanken Beine waren komplett sichtbar, ihr Körper zeichnete sich unter dem Stoff ab. Sie war muskulös und ähnelte damit der Balletttänzerin, die sie heute imitieren sollte. Um ihr eine gewisse Anmut zu verleihen, hatten die Helferinnen in der Garderobe ihre Haare geschnitten und ihr anschließend eine Perücke aufgesetzt, die zu einer komplizierten Frisur aufgesteckt war. Die Perücke veränderte sie, sie sah plötzlich richtig hübsch aus. Nicht schön, das hatte der liebe Gott ihr nicht mitgegeben, aber wie eine Person, in deren Betrachtung man sich verlieren konnte. Vielleicht war das sogar mehr als Schönheit.

»Kein Herz in der Brust, nur Schiss. Ich wusste, dass er kneift«, hörte er sie verächtlich sagen.

»Er hat sich einen anderen Platz gesucht – da oben in der Loge –, um im Notfall rasch verschwinden zu können.« Daniel machte ihr Platz, sodass sie in den dritten Rang hinaufsehen konnte. Semper wirkte selbst durch die Verfremdung im Spiegel blass und krank. Die Folgen des Brandes oder die Furcht vor dem, was auf ihn zukommen könnte?

Annie verlor das Interesse. »Los, sehen Sie mal ...« Sie ging ein paar Schritte, hob die Arme und drehte sich auf den Zehenspitzen. Die Technik des Spitzentanzes hatte sie verzaubert. Sie hatte darauf bestanden, ebenfalls die Schuhe mit den abgeflachten Spitzen und der Polsterung darin zu tragen. Ein bisschen wacklig sah es schon noch aus. Daniel verkniff sich ein Lächeln und wandte sich wieder den Spiegeln zu. Noch einmal kontrollierte er die Plätze. Die Leute, die er eingeladen hatte, waren gekommen. Allesamt.

Serafinas letzte Vorstellung konnte beginnen.

Das Raunen im Publikum erstarb, als sich der Vorhang hob. Die meisten Zuschauer wirkten verwirrt bis gespannt, die Ankündigungen auf den Stühlen hatten ja wenig erklärt, nur dass der Abend noch einmal der ermordeten Tänzerin Serafina Bischof gewidmet sei. Sie starrten auf Annie Troll, die vor einem der drei Schminktische saß und die keiner von ihnen kannte. Eine neue Schauspielerin? Annie hatte darum gekämpft, die Rolle der Serafina spielen zu dürfen. Ursprünglich hatte sie auch selbst sprechen wollen, aber das hatten sie ihr abgeschlagen. Ihr fehlte das Gedächtnis für Texte ebenso wie die tragende Stimme. Sie hatten sich für einen Erzähler entschieden, die Figuren sollten stumm agieren. Leider war es auch mit Annies schauspielerischem Geschick nicht weit her. Sie spielte immer sich selbst, natürlich. Wann hätte sie sich je erfolgreich verstellen können? Aber vielleicht war das ja sogar hilfreich. Es erhöhte die Aufmerksamkeit.

Als Johann Gerschon zu ihr auf die Bühne trat – einer der Theaterschauspieler, die sie für ihr Vorhaben hatten gewinnen können –, sprang sie auf und breitete die Arme aus, als wollte sie fliegen. Gelächter brandete auf, doch nur kurz. Zu unheimlich wirkte der Neuankömmling. Gerschon trug einen schwarzen Mantel und eine schwarze Maske mit einem aufgenähten roten Kreuz darauf – die Zuschauer begriffen den Hinweis und verstummten schaudernd. Annie lief auf ihn zu, drehte mit eckigem Schwung den Kopf und ließ sich von Gerschon in die Arme schließen.

Der Erzähler setzte mit seinem Text ein. Die tiefe Stimme füllte den Raum. Er begann von Serafina zu reden, der Tänzerin, die ihr Herz an den maskierten Besucher verloren hatte. Die Identität des Maskenträgers ließ er im Dunkeln.

Fasziniert starrten die Zuschauer auf die Frau, die sich so laienhaft auf den Brettern bewegte, und den Mann, der sie gekonnt durch die Luft schwenkte. Küsse, leidenschaftliche Liebesbeschwörungen, vom Erzähler mit der nüchternen Stimme eines Beobachters vorgetragen. Der Blick auf Annies Spiel begann sich unmerklich zu verändern. Bewegte sie sich vielleicht absichtlich so unbeholfen? Wollte sie ihre Hilflosigkeit neben dem routinierten Gegenspieler zeigen?

Dann änderte sich plötzlich die Stimmung. Der Erzähler ließ Annie-Serafina ihre finanziellen Sorgen ansprechen: Die Spitzenschuhe tanzten sich so rasch kaputt. Das ganze Leben war teuer. Die Kleider … die Miete … Auf einmal wirkte sie berechnend. Ihr Liebhaber lachte. Würde er nicht alles für sie tun? Die beiden gingen ab. Zurück blieb eine beklommene Stimmung. Niemand klatschte.

Die Schminktische wurden hinausgetragen und die vorderen Kulissen hochgezogen. Annie-Serafina saß nun in einer ärmlichen Umgebung, in ihrer Wohnung, und der Sprecher ließ sie von ihrem Glück schwadronieren, aber auch von ihrer Sorge, ob dieses Glück ein Leben lang halten würde. Was, wenn der Liebhaber ihrer überdrüssig wurde?

Daniel blickte über den Spiegel zu dem Mann, den er für Serafinas Mörder hielt. Sein Rücken war gerade wie ein Stock und berührte kaum die Lehne. Der Zuschauerraum war nur noch sparsam ausgeleuchtet, aber über den wichtigen Plätzen hatten sie die Gaslampen brennen lassen. So konnte er die Gesichtszüge studieren. Er fand Wachsamkeit und Trauer, aber kein Ansinnen, zu flüchten.

Der nächste Protagonist betrat die Bühne, ein hübscher Kerl mit einer eleganten, dunkelblauen, glänzenden Melone. Er gab sich zurückhaltend, ein aufrichtiger Bewunderer. Und er schenkte Annie-Serafina etwas. Sie zog eine Kette aus einer mit Blumen bedruckten Schachtel. Das glückliche Lachen bekam Annie fabelhaft hin. Wahrscheinlich wäre sie in der Lage, spontan zu benennen, wie lang man sich vom Erlös einer goldenen Kette – der Erzähler bestätigte, dass es sich um echtes Gold handelte – ernähren könnte.

Daniel hatte beschlossen, die Geduld seiner ausgewählten Besucher nicht zu lang auf die Probe zu stellen. Nur keine Zeit geben, sich eine Taktik zurechtzulegen. Der Melonenmann gestand der Tänzerin seine Liebe. Annie lachte, zögernd, verwirrt, und er verließ die Bühne wieder.

Der Mann mit dem roten Kreuz auf der Maske trat von der anderen Seite her erneut auf. Annie-Serafina drehte sich um und umarmte ihren langjährigen Liebhaber, doch die Geste war deutlich zurückhaltender. Der Erzähler ließ sie von Heirat sprechen, von der Sicherheit, nach der sie sich sehnte. Ihr Gegenüber rang die Hände. Er sei ein bekannter Mann, er fürchte einen Skandal, wenn er eine … Den fassungslosen Blick, als er nach dem schonenden Wort suchte, brachte Annie prächtig zustande … wenn er eine Tänzerin eheliche, ließ der Sprecher ihn stammeln. »Ist nicht die Liebe alles, was zählt?«

Annie-Serafina nickte zögernd, der Erzähler ließ sie ein »Ja, Geliebter« hauchen. In dem großen Theatersaal war kein Flüstern mehr zu hören. Man verstand die Not der Frau, aber noch mehr die des Mannes. Die Zuschauer gehörten alle zu den vom Schicksal bevorzugten Menschen, die Skandale fürchten mussten, weil sie ein luxuriöses Leben, Macht oder Ansehen verlieren konnten. Der Maskenmann zog etwas aus seiner Tasche. Es war zu klein, um für die Zuschauer erkennbar zu sein, deshalb hatte der Erzähler es in seinen Text mit eingebunden. »Ich schenke dir ein Herz aus Glas, ein weiteres. Es ist das Abbild meines eigenen Herzens, rein und ohne Trug. Nichts, was ich fühle, soll dir je verborgen bleiben, so wie auch Glas uns nichts verbergen kann.«

Daniel behielt die Spiegel im Blick. Serafinas Mörder schien im Licht der Gaslampe gleichzeitig zu wachsen und zu schrumpfen.

Der Maskenmann verließ die Bühne. Annie-Serafina trat ebenfalls ab.

Der Erzähler berichtete, während die Kulissen gewechselt wurden, von den Geldsorgen, die Serafina dazu brachten, sich dem neuen Geliebten zuzuwenden. Der Melonenmann war zu einer Heirat bereit, anders als der Mann mit den Glasherzen. Seine Liebe war grenzenlos, er wollte der schönen Tänzerin sein Leben zu Füßen legen, erklärte der Sprecher dem Publikum. Vielleicht irrten sie sich an dieser Stelle. Vielleicht war Serafina nur aalglatten Floskeln aufgesessen, aber das glaubte Daniel nicht. Er sah, wie der Mann, den der Schauspieler mit der Melone darstellte, die Hände vors Gesicht schlug, als wollte er Tränen verbergen.

Die nächste Szene spielte auf dem Fechtboden. Annies Raum war in einer Kargheit nachgebildet worden, die der Wirklichkeit entsprach. Die Fechtlehrerin, die von einer Schauspielerin gemimt wurde, verließ schon bald den Raum, Annie-Serafina blieb zurück. Der Mann mit dem roten Kreuz auf der Maske stürmte herein. Er beschwor die Tänzerin, ihm treu zu bleiben, aber Serafina verspottete ihn. Sie war enttäuscht, sie glaubte ihrem Verehrer die Liebe nicht mehr. Sie hielt ihn für feige und ließ ihn ihre Verachtung und Bitterkeit spüren.

Verzweifelt zog der Verschmähte etwas aus der Tasche: »Schon wieder ein Herz aus Glas«, wie der Erzähler den geistig weniger Regen erklärte. Serafina nahm es, betrachtete es kurz – und warf es zu Boden, mit der spöttischen Bemerkung, dass gläserne Herzen zu nichts als Scherben taugten. Daniel studierte das Gesicht des wahren Mörders im Publikum. Es war zu einer Fratze des Zorns erstarrt. Offenbar hatte dieser letzte Streit anders ausgesehen.

Das Ende kam wie erwartet. Der Mörder auf der Bühne zog sein Messer und stach zu, Annie-Serafina sank zu Boden, der Maskenmann floh, das Publikum stöhnte.

Vor der Toten wurde eine weitere Kulisse herabgelassen, die einen Friedhof und Serafinas Grab zeigte. Ein Blumentopf mit einem riesigen Strauch wurde auf die Bühne getragen. Gegen diesen Teil hatte Daniel in den Planungen protestiert. Es würde lächerlich wirken, hatte er gemeint. Aber die Leute vom Theater verstanden ihr Handwerk. Sie trugen den Strauch wie einen Hauptdarsteller ins Licht und setzten ihn bedeutungsschwer in der Bühnenmitte ab. Jeder begriff: Er würde das Hauptelement im Schlussteil dieses beklemmenden Schauspiels sein. Der Mann mit der Maske schlich heran. Er hielt ein Glasherz in die Höhe. Der Erzähler deklamierte für ihn, erklärte, wie viel ihm die Tote bedeutet habe, wie sein eigenes Herz mit ihr gestorben sei, wie tief er bereue.

»Und warum leugnest du dann die böse Tat, du Drecksack?«, tönte Annies Stimme aus den Kulissen. Der Satz war nicht vorgesehen, passte aber. Sie war die ungeschickte Schauspielerin, die für die Stimme des Volkes stand.

Der Erzähler nahm ihren Einwand geschickt in seinen Text mit auf. Was er den Mörder als Entschuldigung vorbringen ließ – sein Ruf, seine Stellung, die Furcht vor dem Gefängnis –, konnte die Zuschauer nicht mehr beeindrucken. Sie waren von seinem Selbstmitleid abgestoßen, das nach der Brutalität der Tat wie ein Schlag ins Gesicht wirkte.

Der Mörder hängte das Glasherz in den Busch. »Ich bringe dir eines in jeder Woche, bis an mein Lebensende. Immer an dem Tag, an dem du starbst, denn das soll meine Buße sein.«

Sie waren an der entscheidenden Stelle angelangt. Der Maskenmann ging ab, Busch und Friedhofskulisse verschwanden. Es senkte sich eine völlig schwarze Kulissenwand herab. Nun war Daniel an der Reihe.

Er erhob sich, schritt in die Mitte der Bühne und wandte sich den Zuschauern zu. Ein Mann in einem schwarzen Talar vor einer schwarzen Wand – man wird, bei richtigem Licht, nur das Gesicht sehen können, hatte ihm der Bühnenbildner erklärt, und das ist ein Effekt, der Gänsehaut erzeugt. Wieder behielt er recht. Daniel konnte die Anspannung in den Gesichtern der Zuschauer lesen. Einige begannen zu tuscheln. War das nicht der ehemalige Staatsanwalt? Der Mann, von dem man mauschelte, er hätte Frau und Tochter ermordet?

Er entdeckte Max, der sich hinter Serafinas Mörder niedergelassen hatte. Nicht weit von ihm entfernt saß – das war eine Überraschung, und keine schöne – Staatsanwalt Kuppke. Daniel unterdrückte einen Seufzer. Er hörte, wie die Kulissenträger hinter ihm einen Tisch und einen Stuhl auf die Bühne trugen. Als sie wieder fort waren, nahm er Platz. Er hob die Hände, das Raunen verstummte.

»Wir kehren in der Zeit zurück, und zwar zum sechsten Januar dieses Jahres, einem Mittwoch, dem Tag, an dem Serafina Bischof ermordet wurde.« Er ließ die Worte wirken, nichts sollte gehetzt oder ausgedacht klingen. Vor allem nicht für den Mann, der ihn aus dem Zuschauerraum mit geweiteten Augen anstarrte. »Es ist halb fünf Uhr nachmittags. Wir befinden uns im Haus der Dresdener Fechtlehrerin Annie Troll. Serafina Bischof hat dieses Gebäude aufgesucht, um Fechtunterricht zu nehmen.« Noch eine Pause. »Wir bitten besagte Annie Troll, auf die Bühne zu kommen.«

Annie hatte sich umgezogen. Sie trug jetzt ihre Fechtkleidung und hielt den Degen in der Hand, der sonst verborgen im Spazierstock steckte. Aus Gründen, die er selbst nicht recht verstand, überkam ihn warmer Stolz, als sie neben seinen Tisch trat. »Annie Troll, können Sie uns sagen, was auf Ihrem Fechtboden geschehen ist?«

Diesen Teil der Aufführung hatten sie nicht geprobt, es gab auch keinen Text, er wollte die Atmosphäre einer echten Gerichtsverhandlung erzeugen.

»Ich hatte Streit mit Serafina. Einen ganz furchtbaren Streit, weil sie mir den Lohn für den Unterricht nicht zahlen wollte.« Annie schilderte in drastischen Worten, was man sich gegenseitig an den Kopf geworfen hatte, wie sie wutentbrannt hinausgelaufen war, in den Garten, um Luft zu schnappen und sich zu beruhigen. Half ja nichts. Schließlich war sie ins Haus zurückgekehrt. Und hatte die Tote in ihrem Blut gefunden.

»Ist Ihnen an Ihrer Schülerin etwas aufgefallen?«

»Na, dass sie tot war.«

Daniel unterdrückte ein Lächeln. »Ich meine vorher, während der Unterrichtsstunde.«

Annie nickte. »Sie war aufgeregt gewesen. Schien sich auf was zu freuen, obwohl sie ja pleite war und wusste, dass ich sie nach dem Geld fragen würde.«

»Gibt es noch Weiteres zu berichten?«

»Da wüsste ich nichts.«

Er entließ sie mit einem Nicken und einer Handbewegung. Die Sache mit Annies Besuch in der Detektei ließ er unter den Tisch fallen. Das gehörte nicht hierher und wurde besser nicht publik. »Wir bitten Jette Troll an diesen Tisch.«

O Gott, war das Mädchen tapfer. Sie trug das bessere von ihren zwei Kleidern und hielt den Rücken gerade wie eine Königin.

»Es ist etwa eine Viertelstunde vergangen, seit Annie Troll den Fechtsaal im Streit verlassen hatte«, erklärte Daniel dem Publikum. »Jette Troll, die Tochter der Fechtlehrerin, kommt vom Schlittschuhlaufen auf der Elbe nach Hause. Was hast du erlebt?«

Jette erzählte, wie sie zu ihrer Wohnung wollte und wie sie plötzlich Schreie hörte und sich versteckte und wie jemand die Treppe vom Boden herunterkam.

»Wer war das?«

»Das konnte ich nicht sehen, ich hab die Augen zugemacht.«

»Du hast überhaupt nichts gesehen?«

»Ich habe sie ganz fest zugekniffen.« Jette errötete. Als sie diesen Teil des Auftritts besprochen hatten, hatte sie ihm gebeichtet, dass sie glaubte, es sei ihre Mutter gewesen, die so jämmerlich geschrien habe. Und sie war ihr trotzdem nicht zu Hilfe geeilt, hatte sie einfach im Stich gelassen. So viele Tränen. Und keine Worte, die ihr hätten Trost spenden können.

»Wo war deine Mutter zu der Zeit gewesen?«

»Irgendwo unten. Aber das wusste ich da noch nicht.«

»Hätte es nicht deine Mutter sein können, die die Treppe hinunterkam?«

»Meine Mutter geht anders.« Jette stockte. »Sie geht immer eilig und … leicht. Aber diese Schritte waren schwer. Als Mutter später von unten raufkam, hab ich sofort gewusst, dass sie es sein muss.«

»Da hast du die Augen wieder geöffnet?«

»Sie ist ganz rasch an mir vorbei und hinauf zum Fechtboden gegangen. Als sie oben die Tür aufmachte, hat sie vor Schreck geschrien.«

»Gibt es sonst noch etwas, das du uns erzählen solltest?«

Jette schüttelte den Kopf und floh erleichtert in den Seitengang. Annie tätschelte ihr den Rücken.

»Wir bitten Willi Kubiak zu uns hinauf, den Besitzer des Mordhauses.«

Willi hatte das Geschehen auf der Bühne bisher glotzend verfolgt. Nun schrak er zusammen. Seine heimische Bühne, mit den Mietern als Publikum, mochte er genießen, der Gedanke, auf diese Bretter zu steigen und sich von feinen Pinkeln anstarren zu lassen und womöglich in Teufels Küche zu geraten, machte ihm sichtbar Angst. Else Kubiak war von anderem Kaliber. Sie mochte nur halb begriffen haben, was vor sich ging, aber die Vorstellung, im Licht der Gaslampen vor all den Menschen zu stehen, beflügelte sie. Sie packte ihren Mann und zerrte ihn am Ärmel seines vielfach geflickten Fracks zum Mittelgang und von dort zu der kleinen Treppe, die seitlich auf die Bühne führte.

Nein, Daniel revidierte seine Ansicht. Es war nicht die Sucht nach Ruhm oder Aufmerksamkeit, die Else Kubiak zu ihm hinauftrieb, sondern pure Verzweiflung. »Nun sag es schon. Es muss ja doch heraus«, fuhr sie Willi an, als sie neben dem Tisch standen. Da der verstockt schwieg, übernahm sie selbst das Reden. Ihre Stimme bebte, die Hasenscharte führte ein rebellisches Eigenleben.

»Er hat ihn gesehen, den Meuchler. Aber er hat nicht gewusst, dass es ein Mörder ist, das schwöre ich bei Gott. Ich kenne meinen Mann. Er hat sich das Hirn zermartert und konnte doch sein Aussehen nicht beschreiben. Er guckt ja nie richtig hin, bei gar nichts. Er hat gelogen, das geb ich zu, als er gesagt hat, dass es Annie war …« Sie begriff, dass sie auf sumpfiges Gelände geriet. Überhastet versuchte sie, die

Kurve zu bekommen. »Er hat sich eben was zurechtgelegt, damit man ihm nicht selbst was anhängt. So geht es uns doch, uns armen Leuten. Wenn was war, sind wir's gewesen.«

Die letzten Sätze appellierten an das Mitgefühl des Publikums, das sich aber nicht rührte.

»Ich habe nur einen Mantel gesehen. Von hinten. Schwarze Wolle mit einem Saum aus schwarzer Seide«, rückte Willi nun doch mürrisch mit der Sprache heraus. »Aber so was hilft doch nicht. Die gibt's zuhauf.«

Und doch hätte man es gern schon früher gewusst. Daniel überlegte kurz, ob es möglich wäre, die Wohnung des Mannes, den sie im Verdacht hatten, zu durchsuchen. Aber dazu bräuchte Max die Erlaubnis eines Richters, und Staatsanwalt Kuppke, der mit über der Brust verschränkten Armen das Schauspiel auf der Bühne verfolgte, sah nicht so aus, als wäre er bereit, sie anzufordern. Nein, noch hatten sie nichts erreicht, gar nichts.

Er blickte zum dritten Rang hinauf, zu der Loge, in der Manfred Semper gebannt das Geschehen verfolgte. »Will der Mann, der Serafina Bischof wahrhaft liebte, zu uns auf die Bühne kommen?«

Der Architekt fuhr zurück, es sah aus, als versuchte er sich unsichtbar zu machen. Das konnte nicht gelingen. Sämtliche Zuschauer waren Daniels Blicken mit den Augen gefolgt und versuchten zu erkennen, wen er angesprochen hatte. Das angesengte Haar rahmte Sempers Gesicht wie ein Glorienschein aus Asche. Ein grandios tragischer Anblick. Als hätten ihn die besten unter den Theaterleuten für diesen Moment hergerichtet. Als er sich nicht rührte, meinte Daniel: »Wie schade.«

»Ja, schade und außerdem jämmerlich und erbärmlich«, brüllte Annie, die seinen Kommentar zu lahm fand, aus dem Bühnenzugang.

Gut, Semper war nicht länger wichtig. Daniel sah, dass

Serafinas Mörder, der ahnen mochte, was auf ihn zukam, sich unauffällig erhob. Max drückte ihn auf den Stuhl zurück, der Mann versuchte sich zu wehren, Max' Griff wurde eisern. Die Leute auf den Nebenstühlen begannen neugierig die Hälse zu recken.

Daniel stand auf und stützte die Hände auf den Tisch ab. »Ich will offen sein. Ich kenne den Mann, der Serafina Bischof erstochen hat, und zwar seit vielen Jahren. Ich habe ihn als ehrenhaften Menschen schätzen gelernt. Er hat Gutes getan, sich um Menschen gekümmert, die andere übersehen haben. Und Serafina Bischof kann ihm nicht gleichgültig gewesen sein. Ich glaube, dass er sie mit Hingabe liebte. Aber am Ende hat er sie ermordet. Und was auch immer sich vorher zugetragen haben mag: Dieser Mord muss gesühnt werden.«

Ebenso wie der an Rosina Hauck, dachte er. Die Klavierspielerin war in der Nähe von Serafinas Grab umgebracht worden – ihr Tod hing ziemlich sicher mit ihrer vergeblichen Liebe zusammen. Hatte Serafinas Mörder sie aus Eifersucht umgebracht? Eifersucht, obwohl deren Objekt im Grab vermoderte? Und Rosina doch bissig zurückgewiesen worden war? Nein, Daniel nahm an, dass die Klavierspielerin etwas beobachtet hatte, vielleicht, als sie, von ihren quälenden Gefühlen getrieben, Serafina zum Fechtboden nachgeschlichen war. Hatte sie den Mörder aus dem Haus kommen sehen? Ihm mit Entlarvung gedroht? Oder, auch nicht unwahrscheinlich, ihn erpresst? Verlangte sie auf dem Friedhof erneut Geld von ihm?

Er verdrängte die Spekulationen. Die Antworten würden kommen, wenn es ihnen gelang, dem Mörder wegen Serafina ein Geständnis abzuringen. Und das würde schwer genug sein. Sie konnten nur auf Überrumpelung setzen. Und deshalb musste jetzt alles sehr rasch passieren.

Akzentuiert sprach er weiter. »Leider gibt es keine Möglichkeit, diesen Mann zu entlarven. Sie haben es gehört: Niemand will den Mann im Mordhaus gesehen haben. In Serafina Bischofs Wohnung fand sich kein Hinweis auf seine Identität, nur einige Liebesbriefe, die aber zu wenig enthüllen, um seine Identität preiszugeben. Pardon, ich muss mich korrigieren …«

Er lächelte und zog den folgenden Moment in die Länge, bis er jedermanns Aufmerksamkeit besaß.

»*Einen* Hinweis gibt es doch. Die Polizei wusste zunächst nichts damit anzufangen: Es handelt sich um ein geblümtes Säckchen voller Glasherzen.« Er zog es aus der Tasche und ließ die Herzen auf den Tisch gleiten. »Sie wurden in der Wohnung der ermordeten Tänzerin gefunden, und weitere Herzen …« Er griff in die andere Hosentasche und legte auch die gläsernen Liebesbeweise vom Friedhof auf die Tischplatte. »… hingen an einem Strauch bei Serafinas Grab, wie Sie bereits ahnen werden. Dürfte ich jemanden aus dem Publikum bitten, hier hinaufzukommen und die Herzen miteinander zu vergleichen?«

Mehrere Leute erhoben sich. Ein Mann mit dandyhafter Frisur und einem betont altmodischen Frack und eine trotz ihrer Jugend matronenhaft wirkende Frau traten auf die Bühne. Der Mann nahm von jedem der beiden kleinen Häuflein eines der Herzen auf und bestätigte: »Sie sehen gleich aus, in der Tat. Völlig identisch. Nur dass diese hier grüne Bänder besitzen.« Er hielt ein Herz mit Band und eines ohne in die Höhe und legte sie dann wieder zurück.

»Man kann diese Dingerchen in einem Laden am Neumarkt erwerben. Sie sind teuer, unangemessen teuer, wie ich finde, es gibt auch nur eine kleine Schale davon, aber bei Sonnenschein bricht sich das Licht in ihnen. Es ist reizvoll«, erklärte die Frau.

Daniel sah aus den Augenwinkeln, dass Semper sich erhoben hatte. Doch er wollte nicht mehr fliehen, er stierte auf den Tisch mit den gläsernen Schmuckstücken.

»Der Mann, der Serafina zu ihren Lebzeiten die Herzen schenkte, trägt sie inzwischen zu ihrem Grab. Und zwar immer mittwochs, wie wir aus verschiedenen Beobachtungen schließen konnten – also an jenem Wochentag, an dem er sie ermordete«, fügte Daniel hinzu, um diskret das Wort *Mord* in die Hirne seiner Zuhörer zu pflanzen. »Wer also ist dieser Mann? Wie gesagt, ich habe eine Ahnung. Und deshalb habe ich dem Verdächtigen eine Einladung zukommen lassen, in der es hieß, dass Serafina heute in der Oper noch einmal auf besondere Weise gedacht würde. Vor zwei Stunden habe ich ihn besucht und ihn so lange aufgehalten, bis es ihm unmöglich war, noch vor Beginn dieser Vorstellung zum Friedhof zu gehen. Das Herz, so wird er sich gedacht haben, kann ich auch im Anschluss zum Grab bringen. Ich bin sicher, dass er es bei sich trägt, denn warum sollte er spät in der Nacht noch einen Umweg machen und es von zu Hause holen? Ein kleines gläsernes Herz lässt sich in jeder Hosentasche verstauen.« Er hob den Kopf und blickte in Max' Richtung. »Herr Kriminalinspektor, wären Sie so freundlich, den Herrn, bei dem Sie stehen, hier hinauf zu geleiten?«

Suchende Blicke glitten durch den Saal. Karl Bundschuh, der reiche Schokoladenfabrikant mit den dubiosen Verquickungen zu den Freimaurern, war eine Institution in der Stadt, bei manchen umstritten, aber respektiert, auf jeden Fall bekannt. Als Max ihn am Arm packte, wurden verblüffte Rufe laut. Grob versuchte er sich zu befreien, gab den Widerstand aber bald auf und trat aufgebracht den schweren Gang zur Bühne an. Er erklomm die Treppe. Als er den improvisierten Richtertisch erreichte, spuckte er, nur für Daniel hörbar, ein gekränktes »Brutus!« aus.

»Wenn Sie bitte Ihre Taschen leeren wollen, Herr Bundschuh.«

Daniel hätte noch weiteres Aufbegehren erwartet, schlimmstenfalls den Hinweis, dass das Herz in Wahrheit gar nichts aussage, aber Bundschuh war zu erregt, um klar denken zu können. Er hatte bisher jede nähere Bekanntschaft mit der Tänzerin geleugnet, er fühlte sich ertappt, die sensationslüsternen Blicke der Leute verstörten ihn. Er reagierte, wie Daniel gehofft hatte: panisch. Aufgeregt wandte er sich zum Publikum und hob in einer abwehrenden Geste die Arme. »Ich greife mir nicht selbst in die Tasche. So sehr erniedrige ich mich nicht. Herr Kriminalinspektor, tun Sie Ihre Pflicht.«

Max folgte der Aufforderung mit scheinbar unbewegter Miene, doch Daniel sah ihn aufschrecken. Warum gab Bundschuh so rasch nach? Er durchsuchte den Mann, alle Blicke hatten sich an den beiden festgesogen. Taschen wurden umgestülpt, Max nötigte Bundschuh, seinen Frack auszuziehen – auch der enthielt dezente Taschen, doch sie waren leer bis auf ein Schnupftuch.

Bundschuh lachte bitter auf. Seine Stirn glänzte von Schweiß, der Kragen seines Hemdes war durchnässt. Er war schuldig. Daniel hatte seine Fingerabdrücke mit denen auf dem Messer verglichen. Der Mann hatte den Griff berührt, er hatte die Herzen aufgehängt. War aber alles nichts wert, solange Gerichte die Beweiskraft von Fingerabdrücken nicht anerkannten. Daniel sah, wie Staatsanwalt Kuppke mit verächtlicher Miene aufstand und sich auf den Weg zum Ausgang machte. Ende, aus, vorbei. Er hatte geschossen und danebengetroffen. Er war grandios gescheitert.

Die Zuschauer erhoben sich, murmelnd, einige lachten. Sie hielten inne, als plötzlich ein Ruf durch den Raum gellte: »Hier liegt es, der Kerl hat es fallen lassen.« Jean Moreau erhob sich schwitzend zwischen den Stühlen, wo er herumgekrochen war, und schwenkte etwas am ausgestreckten Arm. Der Gegenstand war auf die Entfernung nicht zu erkennen, aber es ging ein Seufzen durch die Menge. Das Herz, ganz sicher das Herz.

Moreau drängelte sich in den Gang, er ging nicht, er rannte zur Bühne und nahm die Stufen so überhastet, dass er zweimal stolperte. Außer sich vor Erregung hielt er Bundschuh das Fundstück unter die Nase. Tatsächlich – es war das vermisste Herz.

»Du Scheißkerl, du aufgeblasener Groschenkacker. Serafina war begnadet. Sie war die Göttin des Tanzes. Sie war … unersetzbar. Wer gab dir das Recht …« Er drang auf Bundschuh ein.

Der Meister des Stuhls stieß ihn von sich und brüllte verzweifelt: »Er hat das Herz selbst unter den Stuhl gelegt. Dieser Mann ist Tänzer im Theater, Sie kennen ihn doch. Sicher hatte er eine Affäre mit …«

Moreau schlug zu. Er war zierlich, aber kräftig. Aus Bundschuhs Nase schoss eine Blutfontäne. Der Schmerz ließ den Meister benommen zurücktaumeln. Er stürzte, und es war, als fiele mit dem Körper auch sein Widerstand in sich zusammen.

Daniel bückte sich zu ihm hinab. »Liebe, Enttäuschung, Eifersuchtsqualen … Kann man alles verstehen«, sagte er, während er ihm aufhalf. »Aber die Hilflosigkeit einer Frau auszunutzen … Sie war natürlich nur eine Tänzerin. Wenn man es genau nimmt, eine Hure … Trotzdem, jemanden abzustechen …«

Bundschuh wandte ihm das kalkweiße Gesicht zu. »Du hast *nichts* verstanden, du lächerlicher Schmierenkomödiant«, antwortete er leise, und doch so deutlich, dass man es im totenstillen Saal hören konnte. »Ich hätte ihr *alles* gegeben! Ich hätte sie sogar geheiratet. Aber sie hat ja nicht zugehört. Sie war wie verblendet, als hätte man ihr einen anderen Kopf auf die Schultern gesetzt. Bleib, hab ich gesagt, bleib doch bei …« Die Worte wurden immer undeutlicher, er murmelte sie, verschluckte sie halb und verstummte schließlich ganz.

»Festnehmen«, forderte eine Stimme aus dem Parkett. Der Ruf wurde aufgenommen und steigerte sich zu einem triumphierenden Stakkato. Max wechselte mit Daniel einen Blick, dann winkte er seine Leute herbei, die, dezent in Frack gekleidet, auf die Bühne traten und Bundschuh unter dem Beifall des Publikums zur Bühnentreppe führten.

Wie aus dem Nichts stand plötzlich Manfred Semper auf den Stufen. Auf seinen Lippen saß ein fahles Lächeln, und einen Moment fürchtete Daniel, es käme zu einem Eklat. Aber er drückte sich brüsk an Bundschuh vorbei und schritt weiter zu Daniel. »Grandios, eine unvergessliche Aufführung«, murmelte er. »Ich gratuliere, Raabe. Der Ruhm wird Ihre eigene schändliche Tat vergessen machen, sie haben klug kalkuliert.«

Er musste einen Schritt beiseitetreten, weil sich der Vorhang senkte und er dem Stoff zu nahe kam. Es wurde dunkler, die Gaslampen, die die Bühne beleuchteten, begannen plötzlich zu flackern und warfen ein fleckiges Licht auf die hagere Gestalt. Semper packte Daniels Hand mit dem besonderen Freimauergriff, sein Vorderfinger berührte dreimal Daniels Puls. Sich leicht vorneigend flüsterte er: »Es war die Schokolade. Serafina konnte den Geruch nicht ausstehen, und er haftet an Bundschuh wie der Teergestank am Straßenbauer. Können Sie das begreifen? Dass sie starb wegen ihrer Abneigung gegen Schokolade?«

Daniel starrte den Architekten verblüfft an.

»Verstehen Sie mich nicht falsch. Unsere Affäre war leidenschaftlich, ich habe sie genossen, Serafina sogar ein eigenes Haus kaufen wollen. Aber solche Gefühle sind es auf keinen Fall wert, einen Bruder zu verraten.« Mit dunkler Stimme begann er zu rezitieren: »*Wer fühlte da nicht innig sich durchdrungen,/wenn über uns der Geist der Liebe weht/ Und Hand in Hand und Brust an Brust geschlungen/ein Bruder dicht am andren Bruder steht! So lieben wir.*« Nach einer kurzen Pause spuckte er: »Verräter!« Dann war er fort. Wäre sein Händedruck nicht gewesen, der immer noch auf der Haut zu spüren war, Daniel hätte geglaubt, sich das kurze Intermezzo nur eingebildet zu haben.

31. Kapitel

Da liegt er.« Der Gefängnisarzt deutete durch die Gittertür auf eine Pritsche in der Nähe dreier winziger Fenster, die von Spinnweben überzogen waren und aussahen, als wären sie noch nie geöffnet worden. Annie und Jette starrten auf den Mann, der sich auf der Strohmatratze wälzte. Casimir Schmitt hatte seine fadenscheinige Decke von sich gestrampelt und brüllte vor Schmerz. Er war nicht der Einzige. Schreien, Fluchen, Stöhnen – kaum einer der Kranken lag still, es sei denn, er war bewusstlos. Nicht nur der Lärm war furchtbar, auch das Ungeziefer auf den Böden und Wänden, der Gestank, die Kälte, die durch den kleinen Ofen kaum gemindert wurde. Die Hölle schien von den Kirchenmalereien in die Mauern des Gefängniskrankenhauses gekrochen zu sein.

»Schade«, sagte Max, der Daniel und die beiden Trolls zum Waldheimer Gefängnis begleitet hatte. »Ich hätte ihn gern noch einmal gesprochen. Manche gestehen kurz vor dem Tod ihre Missetaten und nennen Komplizen, um ihr Gewissen zu erleichtern.«

»Er ist so gut wie tot. Sehen Sie die vereiterte Wange? Wundbrand.« Der Arzt, der sie zur Krankenzelle gebracht hatte, tippte ungeduldig auf seine Taschenuhr, sie hielten ihn von der Arbeit ab.

»Der Mann wird ganz sicher sterben?«, vergewisserte Annie sich.

»Noch heute, spätestens morgen.«

»Siehst du, Jette?« Sie legte den Arm um ihre Tochter. »Du brauchst dich nicht mehr vor ihm zu fürchten. Der ist perdu.« Die Worte sollten aufmunternd klingen, aber der beklemmende Raum ließ solche Gefühle nicht zu. Ihre Tochter war in ihrem Mantel zusammengeschrumpft.

Kurz drauf standen sie wieder auf der Straße. Sie stiegen in den Phaëton, der sie die zehn Meilen nach Waldheim gebracht hatte. Daniel drückte dem Burschen, der auf das Gefährt aufgepasst hatte, ein paar Pfennige in die Hand, dann machten sie sich auf den Heimweg. Der Weg war matschig, das Pferd trabte müde dahin.

Zu reden gab es nicht mehr viel, das hatten sie bereits auf dem Hinweg erledigt. Karl Bundschuh hatte den Mord an Serafina Bischof gestanden. Ihre Vermutungen hatten sich weitgehend bestätigt. Die Tänzerin hatte ihren Liebhaber loswerden wollen, als Semper auftauchte. Bundschuhs Behauptung, dass der Architekt sie nicht liebe, hatte sie mit höhnischem Gelächter und der Bemerkung beantwortet, dass Liebe ein Gewürz sei, das sich nur die Reichen in die Suppe streuen könnten. Offenbar hatte sie, wenn man die wenigen Hinweise richtig deutete, auch seine Fähigkeiten als Liebhaber lächerlich gemacht. Aber was ihn am Ende zum Mord getrieben hatte, war ihr kaltes Abwägen. Semper bot ihr ein Haus, da warf sie, ohne mit der Wimper zu zucken, alles über Bord, was ihnen beiden bisher heilig gewesen war. Das mit dem Schokoladengeruch hatte er nicht gewusst. Es brachte ihn sichtlich aus der Fassung.

Daniel, der bei der Befragung zuhören durfte, hatte den Eindruck, dass Bundschuh sich nicht nur für das Opfer, sondern auch für den tragischen Helden seines eigenen Geschicks hielt. Von Reue war nichts zu spüren. Auch nicht, als er den Mord an Rosina Hauck zugab. Sie war Serafina tatsächlich gefolgt, als die zur Fechtstunde ging, und hatte ihn das Haus betreten und später wieder verlassen sehen. Natürlich hatte sie sich alles zusammengereimt. Doch statt ihn anzuzeigen, hatte sie begonnen, ihn zu erpressen. Ihre Liebe zu der Tänzerin war also nicht nur widernatürlich und verachtenswert gewesen – sie hatte gar nicht existiert, sonst hätte sie sie nicht für Geld verkauft. Somit war sein Tun entschuldigt.

Und der Brand von Sempers Villa?

»Warum hätte ich sein Haus anzünden sollen?« Bundschuh begann unruhig auf seinem Stuhl zu rutschen.

»Um uns glauben zu machen, dass Semper Serafinas Mörder war und aus Schuldgefühlen spektakulär in den Tod ging?«, fragte Daniel.

»Das ist doch lächerlich.« Bundschuh war zu feige, um ihn bei diesen Worten anzusehen. Er log, er hatte den Brand tatsächlich gelegt. Als Max nachbohrte, zog er sich auf ein verstocktes Schweigen zurück.

Der Inspektor hatte auch Semper vorgeladen, der sich feindselig auf die andere Seite des Schreibtischs setzte. Bundschuh sollte in seinem Haus Feuer gelegt haben? Unmöglich. Hatte er die Sache etwa gestanden? Max verneinte. Na bitte, also alles reine Spekulation.

Wie war seine Beziehung zu Serafina gewesen? Semper wischte ihren Namen mit einer Handbewegung beiseite und verweigerte sich danach ebenfalls allen Fragen. War seine angebliche Liebe nur gespielt gewesen? Oder wich er seiner Trauer aus, indem er vorgab, dass die Liebe nie existiert habe? Der Mann war Daniel mit seinen Gefühlen noch fremder als Karl Bundschuh geblieben.

Vor ihnen tauchten die ersten Dresdener Häuser auf, und Daniel schüttelte die Gedanken ab. Die Stadt bot ihnen einen freundlichen Empfang. Die Stufen der Brühl'schen Terrasse waren vom Nachmittagslicht geflutet, die Luft roch nach Frühling, die Menschen standen beieinander und plauderten und lachten. Er setzte Max beim Coselpalais ab und fuhr mit Annie und Jette weiter zur Jacobsgasse. Ein Leierkastenmann spielte auf dem Postplatz einen Walzer, die Passantentoilette, die man letztens neben dem Postgebäude errichtet hatte, spiegelte sich rosaviolett im Sonnenlicht.

»Jetzt, wo der Zwerg uns nichts mehr tun kann, werden wir uns eine eigene Wohnung suchen«, erklärte Annie, die beim Palais zu ihm nach vorn geklettert war. Willi Kubiak hatte sein Ausflug ins Theater nicht gefallen. Er hatte sie endgültig rausgeworfen. Aber Daniel ahnte, dass sie sich die Miete sowieso nicht mehr hätte leisten können. Ihr Auftritt im Theater hatte ihr keine neuen Kundinnen gebracht, sondern im Gegenteil die wenigen, die ihr bis dahin treu geblieben waren, ebenfalls verscheucht. Eine neue Wohnung würden die beiden schwerlich finden. Und das war sein Glück.

»Annie«, sagte er, »ich brauche Ihre Hilfe.«

»Was für Hilfe? Ist doch alles erledigt.«

»Ich meine nicht die Sache mit Serafina.«

Sie schwieg, die Hufe des Pferdes klapperten auf dem Pflaster. »Hören Sie, wenn Sie sich einbilden, dass ich Almosen annehme …«

»Darum geht es nicht. Ich habe in den letzten Tagen nach jemandem gesucht. Erinnern Sie sich an den Küchenjungen Peter Köhler, der angeblich von Römer rausgeworfen wurde, kurz bevor meine Villa brannte?«

Annie nickte überrascht.

»Ich habe ihn gefunden. Er lebt jetzt auf einem Gut in Hessen, das einem Bruder von Römer gehört. Ich möchte mit ihm reden, aber das ist nicht so einfach. Der Junge kennt mich als Staatsanwalt. Er weiß, dass er mich angelogen hat, und wenn ich ihn deswegen noch Jahre später aufsuche, wird er sich denken können, dass es in mir brennt. Ich fürchte, er würde alles ableugnen. Deshalb brauche ich jemanden, der für mich zu ihm fährt und sein Vertrauen gewinnt. Der ihn überzeugt, dass er es Irmgard – so hieß die Zofe, die ums Leben kam – schuldet, die Wahrheit über ihren Tod preiszugeben.« Daniel zügelte das Pferd, sie standen vor seinem Haus. »Ich nehme so ungern Almosen an wie Sie, Annie. Die Angelegenheit wäre geschäftlich. Sie würden Tage, wenn nicht Wochen brauchen, und ich würde Sie in dieser Zeit entsprechend bezahlen und natürlich dafür sorgen, dass es Jette hier gut geht. Sind Sie einverstanden?«

Sie reiste bereits am folgenden Tag mit der Eisenbahn Richtung Westen.

Die Tage vergingen und wurden tatsächlich zu Wochen. Jette war bisher nur selten zur Schule gegangen. Lesen und Schreiben hatte die Mutter ihr beigebracht, mehr Bildung hatte auch Annie selbst nicht besessen. Daniel beschloss, daran etwas zu ändern. Dora ging mit dem Mädchen zu einem Schneider. Anschließend besuchte Jette die Bürgerschule in der Seminarstraße. Er hoffte, dass Annie ihm das eigenmächtige Handeln nicht übel nehmen würde. Jette jedenfalls war begeistert.

Annie schickte ihnen regelmäßig Briefe. Sie hatte sich mit einem von Link ausgestellten Empfehlungsschreiben als Scheuermagd einstellen lassen, und es war ihr rasch gelungen, Peter Köhlers Vertrauen zu erwerben. Ihre Botschaften waren kurz und zunächst wenig aufregend: »Der Junge läuft mit hängendem Kopf rum, der ist nicht mit sich im Reinen … Der Junge hat Heimweh nach Dresden … Der Junge hat einen Hass auf die Polizei … Gott, ist der in sich gekehrt …«

Endlich hatte sie Köhlers Vertrauen so weit errungen, dass er mit ihr über Irmgards Tod sprechen mochte. Das Mädchen sei von seinem Arbeitgeber immer wieder belästigt worden, erklärte er, darüber habe man sich in den Dienstbotenkammern das Maul zerrissen. Peter hatte mit ihr fortgehen wollen, war dann aber doch zurückgeschreckt. Wie sollte es weitergehen, da der Herr Major ihm und seiner Liebsten sicher kein gutes Zeugnis mitgeben, sie vielleicht sogar verleumden würde? Also hatte er Irmgard versprochen, auf sie aufzupassen, wenn Römer sich im Haus aufhielt. Er wollte wie zufällig immer in ihrer Nähe sein, so hatte er es sich vorgestellt, der Narr.

An dem Nachmittag, an dem das Mädchen starb, war er tatsächlich in der Nähe gewesen. Er hatte Irmgard schreien hören und war in die kleine Halle gelaufen, die zu betreten ihm eigentlich verboten gewesen war. Bis auf ihn selbst hatte sich kein Dienstbote in den oberen Stockwerken aufgehalten. Die Herrin war mit der Tochter unterwegs gewesen, das Dienstpersonal in der Küche, weil Abendgäste geladen waren. Er selbst hätte eigentlich auch beim Gemüseputzen und Schälen helfen sollen, aber die Unruhe hatte ihn die Treppen hinaufgetrieben. Als er die Tür zur Halle öffnete, meinte er, ein Wimmern zu hören. Vor Schreck wie erstarrt, hatte er auf dem Marmorboden gestanden … Und plötzlich war Irmgard oben am Ende der Treppe aufgetaucht.

»Sie wollte fliehen«, schrieb Annie, »ihre Schürze war fort, ihr Kleid zerrissen. Sie schrie. Römer wollte sie festhalten, sie riss sich los, da hat er ihr eine Ohrfeige gegeben. Und dann ist sie gefallen. Als sie unten aufschlug, war sie tot.«

Daniel atmete mehrere Male tief durch. Er schrieb, dass er Peter in Dresden brauche. Alles versuchen. Bitte!

Acht Tage später kehrte Annie mit dem Jungen im Schlepptau in die Stadt zurück.

Daniel suchte Max mit seinen beiden Zeugen auf und trug ihm, zunächst allein, die neuen Erkenntnisse über Römer und den Brand in der Villa vor. Der Kriminalinspektor rief Annie und Peter Köhler dazu und befragte den jungen

Mann. Er war leichenblass, seine Feder kratzte übers Papier, aber er machte sich keine Notizen, er kritzelte einfach nur. Als aus dem Zeugen nichts mehr herauszuquetschen war, legte er die Feder auf den Tisch, wo sich ein hässlicher blauer Tintenfleck ausbreitete.

»Max …«

»Ich kriege den Kerl ran. Hörst du? Ich krieg ihn ran. Aber die Bedingung ist, dass du dich von nun an aus der Sache raushältst. Ist das klar, Daniel?«

»Sicher.«

»Ich mag es nicht, wenn du *sicher* sagst, schon gar nicht in diesem Tonfall. Ich hab nach deinem Einfall mit dem Theater ein paar unangenehme Standpauken über mich ergehen lassen müssen. Das reicht mir. Ich …«

»Was hast du vor?«

»Wie wäre es, wenn du es einfach mal mit Vertrauen in die Ermittlungsbehörden versuchst? Römer wird für den Mord – für alle drei Morde und jeden weiteren, den ich ihm nachweisen kann – büßen.«

»Ich will wissen, was du planst.«

Max stand auf und lief durchs Zimmer, er fegte mit der Hand einen Stapel Papier vom Tisch, in seinem Kopf arbeitete es. Schließlich setzte er sich wieder. »Also gut.« Er würde Kuppke bitten, Römer vorzuladen, und mit Peter ebenfalls zu diesem Gespräch gehen, um Römer mit dessen Aussage zu konfrontieren. Er würde Kuppke von Römers Schuld zu überzeugen versuchen, auch was den Brand in Daniels Villa anging, und er glaubte, dass ihm das gelingen könnte. Aber alles sollte korrekt vonstattengehen, im Rahmen des Gesetzes.

»Ich will dabei sein«, sagte Daniel.

»Wirst du aber nicht.«

»Dann geh ich von hier aus gleich selbst zu Kuppke.«

»Ich will übrigens auch dabei sein«, warf Annie ein. »Ich

lass den Jungen doch nicht allein in die Höhle des Löwen tappen!«

Peter Köhler lächelte ihr dankbar zu.

Schließlich einigten sie sich auf einen Kompromiss.

»Sie reden nur, Frau Troll, wenn Sie gefragt werden«, ordnete Max an, als sie zwei Tage später die Treppen zur Staatsanwaltschaft erklommen.

»So lange man den Jungen anständig behandelt, halt ich die Klappe.« Annie tat, als würde sie weder der staatsmächtige Prunk des Palais noch das bevorstehende Treffen beeindrucken, aber sie war so aufgeregt, dass sie ständig an ihrem Ohrläppchen rumzupfte. Peter Köhler wirkte dagegen völlig ruhig, als wäre er nach den schlimmen Jahren des Schweigens endlich mit sich ins Reine gekommen. Man würde sehen.

Vor der Tür des Staatsanwalts blieben sie stehen. Annie hatte sich von Dora ein Kleid ausgeliehen, sie sah passabel aus, genau wie Peter. Nur Max, der sonst immer auf Akkuratesse achtete, wenn er Vorgesetzte aufsuchte, trug seinen alten, an den Taschen ausgebeulten Mantel. Er wirkte übernächtigt.

»Kommen Sie, Herr Doktor.« Breuer nickte Daniel zu und ging mit ihm weiter in einen kleinen Raum neben dem Büro des Staatsanwalts. Das war es, worauf sie sich geeinigt hatten: Daniel durfte zuhören, selbst aber nicht in Erscheinung treten.

Zu seiner eigenen Zeit war dieses Zimmerchen mit Aktenregalen, Gesetzestexten und Kartons voller Fahndungsfotos und gestapelten Prozessberichten zugestellt gewesen. Kuppke hatte es in einen kleinen Salon verwandelt. Daniel war schleierhaft, wozu er das zierliche Sofa und das in Silber gefasste Glastischchen benötigen könnte. Angespannt nahm er Platz. Breuer schob einen Sessel neben die Verbindungstür zu Kuppkes Büro und nahm Platz. Er lächelte versöhnlich, aber sein Blick war unerbittlich.

Die Tür bestand aus dünnem Holz, trotzdem mussten sie sich konzentrieren, um etwas zu verstehen. Zuerst sprach Kuppke. Wahrscheinlich begrüßte er die Neuankömmlinge, bedauerlicherweise geschah das aber ziemlich leise. Sie konnten kaum etwas verstehen. Auch, als Max sprach, mussten sie die Ohren spitzen. Er schien etwas Provokantes gesagt zu haben, denn Römer, der Nächste, der die Stimme hob, brüllte los. Vielleicht hatte er Peter erkannt oder man hatte ihm auseinandergesetzt, worum es ging – wahrscheinlich beides.

Er leugnete seine Beteiligung an Irmgards Tod. »Warum gräbt man diese alte Kamelle wieder aus?«, tönte seine kalte Stimme. »Alles ist längst geklärt. Man hat mich von sämtlichen Vorwürfen freigesprochen.« Das Wort Schikane fiel. Dann die Namen einiger prominenter Leute, die Römer zu seinen Gönnern zählte.

Dass Peter Köhler nun seine Aussage machte, wurde nur durch Römers Zwischenrufe deutlich. »Was hat man dir für diese Lügen gezahlt, du verdorbenes Stück Dreck? … Herr Staatsanwalt … ist doch offensichtlich, dass dieser Mann gekauft …«

»Ruhe!«, donnerte Kuppke. Er mochte es nicht, wenn man ihm vorschreiben wollte, welche Schlüsse er aus einer Aussage zu ziehen hatte. Schwerer Fehler von Römers Seite. Daniel spitzte die Ohren.

»Ich habe sie im Stich gelassen …«, stammelte Peter Köhler. »… geschwiegen … träum ich jede Nacht …«

»Lassen Sie ihn los!«, brüllte Kuppke und meinte vermutlich erneut Römer.

Dann begann wieder Max zu reden, dieses Mal so akzentuiert, dass jedes Wort wie ein Geschoss durch die Tür drang. »Wenn ich den Ablauf der Geschehnisse, um die es geht, noch einmal Punkt für Punkt darstellen dürfte: Staatsanwalt Raabe wollte diesen Küchenjungen hier vernehmen. Das Verhör sollte am 25. April vor drei Jahren stattfinden. Raabe hatte Römer seinen Argwohn, was dessen Schuld am Tod der Zofe anging, bereits mitgeteilt, auch sein Vorhaben, mit Peter Köhler zu sprechen. Und da bricht in der Nacht vor dem geplanten Verhör *zufällig* …«, er spuckte das Wort förmlich aus, »ein Brand im Keller des Staatsanwalts aus. Dessen Frau und seine Tochter kommen dabei ums Leben. Natürlich ist der Mann danach außerstande, sich noch mit seiner Arbeit zu befass…«

»Herr Staatsanwalt, dieser Büttel ist ein Busenfreund von Raabe«, fauchte Römer. »Er ist der Intimus eines Mannes, von dem ganz Dresden weiß, dass er die eigene Frau und das eigene Kind umbrachte! Ich höre mir nicht länger an …«

»Aus welchem Grund haben Sie Peter Köhler gleich am Tag nach dem Brand aus Ihrem Haus schaffen lassen?«, fuhr Max ihn an.

»Was?«

»Sie selbst haben einigen Ihrer Gendarmen erklärt, dass Sie den Jungen …«

»Er war ungeschickt.«

»Und da bringen Sie ihn ausgerechnet ins Haus ihres Bruders? Na, das nenne ich mal hochherzig.«

Dieses Mal fiel Römer keine Entgegnung ein.

»Sie haben Ihren Untergebenen erzählt, dass Sie Köhler davongejagt haben, weil er eine Kaffeekanne zerbrochen hatte und es nicht eingestehen wollte.«

»Das habe ich doch gerade erklärt.«

»Man hat sich in der Gendarmerie über Ihre Redseligkeit gewundert. Normalerweise halten Sie Abstand zu Ihren Leuten. Sie werden in der *Wache* gefürchtet und gehasst, und diese Abneigung beruht auf Gegenseitigkeit. Da fiel nie ein vertrautes Wort. Warum redeten Sie mit Ihren Leuten plötzlich über etwas so Privates wie Ärger mit dem Hauspersonal?«

»Das geht Sie ...«

»Ich werde es Ihnen sagen: Weil Sie bei Nachforschungen durch die Justiz, von denen Sie wussten, dass diese vielleicht doch noch kommen würden, eine glaubhafte Erklärung bieten wollten, warum Peter Köhler verschwunden war und Sie seinen Aufenthalt nicht nennen konnten. Aber da stellt sich gleich die nächste Frage: Weshalb dieser Aufwand? Die Antwort ist klar: Sie wussten, was er der Justiz verraten würde!«

»Hinsetzen!« Dieses Mal war es Karl Breuer, der sprach, und er meinte Daniel. Dem war gar nicht bewusst gewesen, dass er aufgesprungen war. Max, dachte er, sein schäbiger Mantel, der Mantel, bei dem sich die Tasche beulte ...

Breuer packte seinen Arm.

»Und davor hatten Sie Angst, Major von Römer. Sie fürchteten vielleicht nicht so sehr das Gericht, das Ihnen den Vorfall als Unfall durchgehen lassen könnte. Aber dafür den Skandal, die Vorwürfe Ihrer Frau ... Außerdem befanden Sie sich mit Raabe in einer stadtbekannten Fehde. Was, wenn er in Ihrer Vergangenheit zu wühlen begänne und nach weiteren Mädchen forschte, die in Ihrem Haushalt zu Schaden kamen?«

Breuers Griff wurde fester. »Bleiben Sie ruhig, Doktor Raabe«, flüsterte er. »Der Kriminalinspektor ist ein Künstler im Verhör. Er wird ihm das Geständnis abringen.«

Aber darum ging es nicht.

»Sie haben also das Feuer in Raabes Keller gelegt. Sie werden sich gesagt haben: Stirbt er: gut. Und wenn nicht, wird er beschäftigt sein. So haben Sie kalkuliert. Haben Sie auch nur einen Gedanken an die anderen Hausbewohner ...«

Daniel riss sich los, Breuer war zu überrumpelt, um es zu verhindern. Er stieß die Tür auf – und hielt inne. Die Menschen in Kuppkes Büro starrten auf Max Keller. Sie schockierte nicht nur, *was* er sagte, sondern noch mehr, *wie* er es sagte. Dieser Hass, der glühte und seine Stimme albern kippen ließ. Was sie nicht wahrnahmen, war die Hand des Inspektors, die scheinbar absichtslos in die Manteltasche glitt.

Daniel tat zwei überlange Schritte. Er langte in die Tasche hinein, spürte Max nach der Pistole fingern und hatte Glück. Er bekam sie eher zu fassen und riss sie heraus.

Und nun?

Daniel blickte auf die Menschen in dem Büro, er konnte ihre Gesichter studieren, als hätte Gott die Zeit eingefroren. Alle starrten auf die Waffe in seiner Hand. Breuer, der mit erhobenen Armen in der Tür stehen geblieben war, resigniert ... Peter Köhler verdutzt ... Kuppke ängstlich ... Annie ...

Neben Annie stand Römer. Der Mann lächelte. Er schaute so gelassen auf die Pistole, als trüge er eine unsichtbare Rüstung. Neugierde zeichnete seine Miene. Verachtung. Aber nicht der kleinste Funke Furcht. Mit einem falschen Lächeln sagte er: »Wollen Sie einen weiteren Mord auf Ihr Gewissen laden, Raabe?«

Durch Daniels Körper fuhr ein Schmerz. Er hörte Claras hohe, spatzenhafte Stimme, sah ihr herzförmiges Gesicht mit den Sommersprossen, ihren schlaffen Körper, als man sie aus dem Haus trug. Dorothea hatte sie getötet. Das hatte er immer geglaubt. Aber was, wenn er irrte? Wenn es doch der Rauch gewesen war, der sie umbrachte ... Wenn der Mann, der vor ihm stand, sie aus verachtenswerten Motiven ermordet ...

»... begreife ich nicht«, tönte Römer, »dass man diesem Ehegatten- und Kindermörder erlaubt ...«

Daniel brüllte auf. Die Vereisung des Raumes löste sich. Und dann geschah alles gleichzeitig. Er richtete die Waffe auf Römer, er spannte die Armmuskeln, in Römers Augen flackerte Unglauben auf, Breuer wollte losstürzen ... Und plötzlich stand Annie vor ihm.

»Nee, Herr Doktor, das wollen Sie doch gar nicht.« Sie lächelte ihr breites Lächeln und nahm ihm die Waffe aus der Hand, behutsam, undramatisch, ohne zu bedenken, dass sie mitten in der Schusslinie stand.

Er ließ es geschehen. Sein Arm sackte herab.

Was sich für ihn wie eine Ewigkeit angefühlt hatte, konnte nur wenige Sekunden gedauert haben, denn Kuppke stand immer noch bewegungslos hinter dem Schreibtisch, als Annie die Pistole vor ihm auf den Tisch legte.

»Doktor Raabe hat versucht, mich zu ermorden«, spie Römer wuterfüllt.

»Wenn er wirklich gewollt hätte, wären Sie jetzt tot«, knurrte Annie ihn an.

Und da beging Römer seinen großen Fehler: Er hob die Hand, um sie zu schlagen. Es war wohl ein Reflex, ein sehr dummer Reflex, der ihn vielleicht immer packte, wenn ihm eine Frau widersprach.

Daniel sah, wie Kuppkes Augen sich verengten. Vielleicht war es der Gedanke an die Zofe, die, wenn man dem Küchenjungen glauben durfte, von Römer aus Jähzorn eine Treppe hinabgestoßen worden war, vielleicht auch nur sein Wunsch, die eigene Autorität wiederherzustellen, jedenfalls erklärte er mit eisiger Miene: »Major Römer, ich muss Sie bitten, sich bis zur Klärung des Todes von Irmgard … Wie hieß das Fräulein?«

»Irmgard Schwan.« Peter brach in Tränen aus.

»… von Irmgard Schwan in Ihrem Haus zu meiner Verfügung zu halten.«

Natürlich setzte Römer sämtliche Hebel in Bewegung. Er beschwerte sich bei allen, die ihm verpflichtet waren, bei sämtlichen Behörden, bei Freunden. Es hieß, dass er bis zu Generalstaatsanwalt Schwarze vordrang. Ob er bei ihm ein offenes Ohr fand, ließ sich nicht feststellen. Die Aufforderung zum Hausarrest ignorierte er jedenfalls mit der Lässigkeit eines Mannes von Adel.

Max seinerseits bekam einen Rüffel vom Kriminaldirektor Schwauß. Kuppke hatte das Handgemenge vielleicht doch klarer überblickt als gedacht, jedenfalls dozierte der Präsident scharf über das Ansehen seiner Behörde und die Erwartung, dass deren Ruf von seinen Untergebenen nicht beschädigt würde. Aber er warf seinen Kriminalinspektor nicht hinaus. Max war in der neu geschaffenen Abteilung zu wichtig, als das man auf ihn hätte verzichten können.

»Du hättest mich schießen lassen sollen«, lallte er dumpf, als sie am Abend desselben Tages in seinem Haus zusammensaßen. »Hättest selbst schießen sollen … Wenn nich wegen Dorothea, dann wegen Clara.« Er war stockbetrunken von dem zuckrigen Fusel, den sie in den vergangenen Stunden in sich hineingeschüttet hatten. Nieselregen rann über die schwarzen Scheiben. Auf den Fensterbänken verwesten Zimmerpflanzen.

Daniel sparte sich die Einwände, die er schon mehrfach vorgebracht hatte: dass Dorothea wahrscheinlich selbst Hand an sich und die Tochter gelegt hatte, dass sie Römer das Zündeln in seinem Keller nicht beweisen konnten, dass die Untersuchung über den Tod der Zofe in den Händen der Staatsanwaltschaft lag. Und vor allem: dass sie weder Richter noch Henker waren.

Hatten sie nicht gerade in zähen Gefechten die Justiz reformiert? Der Staat hatte Teile der Rechtsprechung jahrhundertelang den Adeligen und Grundbesitzern überlassen – die Geißel der Patrimonialgerichtsbarkeit. Nach zähen Kämpfen lag die gesamte Justiz nun endlich in den Händen unabhängiger Behörden. Sie hatten die Einrichtung einer Staatsanwaltschaft erkämpft, sie hatten die Mündlichkeit und Öffentlichkeit von Gerichtsverfahren durchgesetzt, den Inquisitionsprozess, der auf freiwilligen und oft auch erzwungenen Geständnissen beruhte, durch einen Anklageprozess abgelöst, in dem es auf Beweise ankam … Im vergangenen Jahr war sogar die Todesstrafe aufgehoben worden … Alles großartig, alles so sehr viel wichtiger als das Schicksal einiger weniger Menschen.

Hatte er einiges doch laut ausgesprochen?

»Patrimoni …«, murmelte Max mit schwerer Zunge. »Sag das noch mal … klingt so schön … klingt so richtig nach Scheißbücherlaus.«

Daniel goss ihm von dem Wein nach.

»Klingt nach … Warum fällt mir das Wort nich ein?«

»Weil du betrunken bist.«

»Du bis ein schlechter Mensch, Mann.«

Daniel prostete ihm zu.

»… weil … es gibt Augenblicke … da sagt man nich Patri …« Max wischte mit dem Ärmel über den bekleckerten Tisch. »Du regst mich auf mit deinem … Brüll doch mal … hau jemandem die Faust in die Fresse …« Er hob die Flasche gegen das Licht der Kerze. »Das hab ich nich allein gesoffen.«

Eine Katze kam durch die halb geöffnete Tür. Sie strich ihnen um die Beine, maunzte, als sich niemand rührte, und verschwand wieder.

»Ich wär mit Dorothea auf un davon, wenn sie gewollt hätt, nur dass du …«

»Ist mir klar.«

»Ich hab mit ihr … drüber geredet. Auf un davon …« Max nahm einen Schluck direkt aus der Flasche. Wein tropfte in seinen schwarz gelockten Bart. »Ich würd mich gerne mit dir prügeln.«

»Weiß ich.«

»Ich wollte mit ihr fort, aber ich wollt nich, dass du mich hasst.«

»Ja, ein schwieriges Dilemma.«

»Dilemm … Du bis auch besoffen, Daniel. Tu nich so, als wär das anders!« Max schloss die Augen. Sekunden später begann er zu schnarchen.

Am folgenden Abend besuchte Daniel den Logenbruder, dem immer noch die verschwundene Schwägerin Sorgen bereitete. Zur Polizei mochte er nicht gehen, seine Familie fürchtete einen Skandal, denn die Verschwundene war leider eine eigensinnige Dame, die schon oft unbesonnen gehandelt hatte.

Aber was dieses Verschwinden so ungewöhnlich machte: Vor fast einem Monat hatte eine abgerissene Frau in Gesellschaft eines weißen Hundes an der Haustür seiner Schwägerin geklopft. Das Hausmädchen erzählte, dass die gnädige Frau sich kurz mit der Besucherin unterhielt und von Stund an völlig verstört gewesen sei. Wenige Tage später fand das Mädchen, als es die Herrin zur Morgentoilette aufsuchte, deren Bett zerwühlt, aber leer, und zudem einen Briefbogen, auf dem ihre Arbeitgeberin von einer Reise schrieb, die sie unverzüglich antreten müsse. Unter dem Tischchen, auf dem der Bogen lag, entdeckte sie den strangulierten weißen Hund der fremden Besucherin.

»Das Seil war noch an seinem Hals. Und seither ist Liselotte verschwunden. Aber da der Brief zweifelsfrei von ihrer Hand geschrieben wurde und sie außerdem ein Telegramm aus Prag schickte, dass es ihr gut gehe und man sie nicht suchen solle, und da sie wirklich manchmal die seltsamsten Abenteuer in Angriff nimmt, zögert die Familie, die Behörden um Hilfe zu bitten.«

Ein strangulierter Hund.

Daniel nahm den Auftrag an.

Es war spät geworden. Er verließ das Haus, das auf einem parkähnlichen Grundstück stand und mit seinen weißen

Mauern und dem weichen Licht hinter den Fenstern des Salons Frieden und Ruhe ausstrahlte, schritt über den Kiesweg und öffnete die von zartem Efeu umrankte Pforte zur Straße. Die Lange Gasse, eine von Villen und Herrschaftshäusern gesäumte Prachtstraße, lag vor ihm. Es ging auf Mitternacht zu, keine Seele war zu sehen, hier lungerten nicht einmal Betrunkene und Bettler herum. Auf der anderen Straßenseite lag hinter einer niedrigen Hecke der von Nacht und Mondlicht verzauberte Prinz-Georg-Garten mit seiner Grotte und den Pavillons.

Wann merkte er, dass etwas nicht stimmte? Wann wurde er nervös? Er war vielleicht zweihundert Schritte gegangen, als er das erste Mal einen Blick über die Schulter warf. Alles ruhig. Immer noch weit und breit kein Mensch zu erblicken. Nur der Ruf eines Nachtwächters tönte aus einer fernen Gasse. Hatte ihn etwas halb unbewusst irritiert? Aber was?

Daniel ging weiter, er glaubte die Gefahr, wenn es überhaupt eine gab, in seinem Rücken. So war man es doch gewohnt: Gesindel schlich sich von hinten an. Er tat einen Schritt und noch einen, dann drehte er sich um und starrte die Straße hinab. Ein Schaf trottete über das Pflaster. Ungewöhnlich, vermutlich irgendwo entlaufen. Musste ihn nicht interessieren.

Als er die Bewegung im Augenwinkel wahrnahm, die echte Bedrohung, vor der sein Instinkt oder eine unbewusste Beobachtung ihn gewarnt hatte, war es bereits zu spät. Der Angreifer kam aus einem kleinen Steingebäude am Rand des Bürgersteigs. Er sprang aus dem Schatten, packte ihn und zog ihn in einen Gang, in dem es nach Urin und fauligen Blättern roch. Daniel versuchte sich zu wehren, aber er war zu überrumpelt. Von dem eisernen Griff weitergezerrt, landete er in einem kleinen Geräteraum, der von einer Petroleumlampe schwach erleuchtet wurde. Sein Angreifer schubste ihn Richtung Wand. Der Raum schien den Dresdener Laternenanzündern zu gehören. Leitern und Stangen standen herum, in einem Regal befanden sich Kanister mit Reinigungsmitteln.

Und an der Tür: Eduard von Römer. Der Mann lächelte ihn breit an. Weil endlich die Stunde der Abrechnung angebrochen war? Er versperrte mit seinem Körper den Durchgang nach draußen. Als er Daniels suchenden Blick bemerkte, hob er abwehrend die Hände. »Nur auf ein paar Worte.«

Langsam richtete Daniel sich auf. Er fühlte sich, als würde Eiswasser durch seine Adern pulsieren, und gleichzeitig, als stünde er im Feuer. Clara schob ihre Hand in die seine, auf der Suche nach Schutz.

Römers Stimme füllte den Raum, ein heiseres Flüstern zwischen engen, feuchten Mauern. »Bist du wirklich überrascht? Unsinn, ich weiß doch, wie es dich umtreibt, nicht zu wissen, was passiert ist. Ich lese es in deinem Gesicht, jedes Mal, wenn du mich anschaust. Warum also das Raten nicht beenden?«

Er hielt inne, wartete auf eine Reaktion. Und fuhr fort, als keine kam: »Sicher machst du dir Vorwürfe. Du glaubst, du hättest das Unglück verhindern können, wenn du nur ein wenig achtsamer gewesen wärst. Und da hast du recht. Deinen ersten Fehler hast du begangen, als du vor dem Streit mit deiner Frau nicht das Fenster geschlossen hast. Ich habe zugehört, zufällig, weil ich gerade zu dir wollte. Ich stand direkt unter dem Fenster. Keine glückliche Ehe, hab ich gedacht. Aber das pfiffen die Spatzen ja schon von den Dächern. Und da kamen mir plötzlich die Ideen.« Er beugte sich vor, eine Hand am Türrahmen abgestützt, ohne sichtbare Waffe.

»Was diese Zofe anging, hattest du natürlich recht. Das zur Erklärung. Ich hab das widerborstige Weibsstück tatsächlich ein bisschen rangenommen. Stünden wir jetzt vor einem Gericht, würde ich sagen, sie hat mir Avancen gemacht, bis ich den Kopf verlor. So war es aber nicht. Sie war prüder als eine Nonne. Ich wollte sie, sie heulte und quengelte. Dass sie die Treppe hinabstürzte, war nicht geplant, hat mich aber auch nicht weiter gestört. Ich mag es nicht, wenn man sich mir widersetzt. Und nun? Ein Laut des Entsetzens, Herr Staatsanwalt?«

Daniel hatte Schwierigkeiten zu atmen.

»Irmgard war also tot«, fuhr Römer in seinem sonderbar sachlichen Ton fort. »*Ein Unfall*, hätte ich gesagt, wenn es zu einem Prozess gekommen wäre, und das wäre die Wahrheit gewesen. Geplant hatte ich ja ein Schäferstündchen in meinem Studierzimmer, das extra für Fälle wie diesen eine bequeme Chaiselongue besitzt. Daraus ist nichts geworden, es handelte sich also tatsächlich um einen *Unfall.*« Er lachte. »Gleich wie, dieser Küchenjunge, der das Ganze beobachtet hatte, wurde zum Problem. Allerdings hat er sich vor Angst in die Hosen gemacht, buchstäblich, und als ich ihn in die Küche zurückgejagt hatte, war die Sache für mich erledigt. Und sie *wäre* erledigt gewesen, wenn du nicht mit deinen Schnüffeleien begonnen hättest. Ich dachte, du würdest bald wieder davon ablassen, wenn du nichts erfährst, aber du warst ja regelrecht besessen. Das war übrigens dein zweiter Fehler. Dass du nicht aufhören wolltest, herumzuwühlen. Ich musste mir überlegen, wie ich dich von meinen Waden bekomme.«

Ein Windstoß ließ die Außentür gegen den Rahmen knallen, der Luftzug brachte die Laterne zum Flackern, aber nach wenigen Sekunden hatte die Flamme sich wieder beruhigt.

»Ich wollte dir zunächst nur klarmachen, wie leicht ich deine Karriere ruinieren könnte. Deshalb habe ich dich im Coselpalais aufgesucht. Deine Tür stand offen. Du selbst warst nicht da, aber auf dem Schreibtisch lag eine hübsche

Taschenuhr. Niemand hatte mich gesehen, ein Glücksfall. Ich hab sie also eingesteckt, noch ohne einen rechten Plan. Abends ging ich zu deinem Haus, noch hatte ich ja nicht mit dir reden können. Ich hörte dich mit deiner Frau streiten, und da kam mir der großartige Gedanke …«

Daniel quetschte Claras Hand. Es gab sie natürlich nicht, seine Fingernägel gruben sich in die eigene Haut. »Sie wussten, dass Leute im Haus waren.«

»Offen gestanden: Darüber hab ich mir keine Gedanken gemacht. Ich fand einen Hintereingang, eine unverschlossene Tür, ging heimlich hinein, entdeckte den Keller, hatte aber leider keine Zündhölzer dabei. Also musste ich noch einmal fort. Als ich zurückkehrte, stand jemand an einem Fenster, er hatte deine Gestalt. Wie günstig, dachte ich. Machen wir Tabula rasa, schicken wir die Nervensäge endgültig zur Hölle. Ich bin also erneut in den Keller, habe mein Werk erledigt und – darauf bin ich stolz – vor dem Fortgehen deine Uhr dort deponiert. Wie schade, dass der Kläffer von der Kriminalpolizei sie an sich genommen hat.« Er beugte sich vor. »Und nun? Was ist? Du hast doch Hände. Wenn in dir noch ein Tropfen lebendiges Blut fließt, leg sie mir um den Hals!«

»Damit du mich erschießen kannst?«

Römer lachte und klopfte auf seine Tasche. »Zu feige? Angst vor dem Sterben?« Er beugte sich vor und sagte mit einem feinen Lächeln: »Ich habe dein Kind umgebracht.«

Daniel rührte sich nicht. Er war wie paralysiert, und gleichzeitig drängte jeder Muskel zum Vorwärtsstürmen. Clara … Link hatte sie nicht wecken können. Sie war von Dorothea getötet worden, noch vor dem Brand. Es ging hier gar nicht um ihren Tod. Römer führte einen dreckigen Feldzug, von seinem kranken Gehirn ersonnen, weil … Eine Abrechnung aus gekränkter Eitelkeit? So simpel war das Ganze?

»Du hast übrigens recht, ich habe vorgesorgt. In meiner

Tasche steckt tatsächlich eine Pistole. Wenn du mich angreifst, bist du tot. Eigentlich sollte darin sogar der krönende Abschluss dieses Abends liegen, gleich, was du tust: Peng! Major von Römer wird von dem verrückten Kindsmörder angegriffen, der Arme konnte sich nicht anders wehren als mit einem beherzten Schuss. Der Generalstaatsanwalt wäre leicht zu überzeugen. Du hast ja inzwischen den entsprechenden Ruf. Ich könnte dir natürlich auch ein paar Schüsse in den Bauch jagen und dich hier zum Sterben liegen lassen. Wer würde schon wissen, welcher deiner Feinde dir den Garaus gemacht hat? In jedem Fall hätte ich meine Ruhe. Aber nun schwanke ich plötzlich. Der Tod wäre für dich ein einfaches Ende, nicht wahr? Vielleicht sogar ein willkommenes?«

Römer musterte ihn mit der Ruhe und dem sezierenden Blick eines Pathologen. »Ich merke gerade: Du unterhältst mich, Raabe. Im Ernst. Ich habe mich schon lange nicht mehr amüsiert wie jetzt gerade. Das ist etwas wert.«

Unvermittelt zog er seine Pistole und entsicherte sie. Er wartete kurz. Als Daniel sich immer noch nicht rührte, drückte er ab. Ein Knall zerriss die Luft und hinterließ absolute Finsternis – der Schuss hatte die Lampe zerstört. Daniel hörte eilige Schritte, danach war es still.

Er lehnte sich an die feuchte Wand und sackte daran herab, bis er auf dem Boden saß. Seine Ohren schmerzten von dem Schuss. Er presste die Hände darauf und den Kopf gegen die Knie. Lange saß er unbeweglich in der Dunkelheit. Er dachte an Clara, die er so schmerzlich vermisste, dass er irgendwann den Nacken in den Kopf legen musste, um nicht zu ersticken. O Gott, lieber Gott …

Endlich ließ die Betäubung nach, und seine Gedanken begannen zu wandern. Zuerst zu Max, der ähnlich litt wie er und doch mit ihm getrunken hatte. Dann zu Annie, die ihm sicher etwas zum Thema Wehleidigkeit zu sagen hätte, zu

Jette, die ihn seit Kurzem mit ihren Fragen in seiner Bibliothek aufsuchte … Es gab Gründe weiterzuleben. Sogar Link und dessen Bagage, die er mittlerweile verdächtigte, ihm eine auf keinen Zweck ausgerichtete Sympathie entgegenzubringen, waren ein Grund. Er empfand für jeden unbeholfene Dankbarkeit.

Diese Dankbarkeit wich blankem Hass, als er an Eduard von Römer dachte. Der Major ist ebenfalls ein Grund zu leben, dachte er, vielleicht der wichtigste.

Er rappelte sich auf und tastete sich durch den Gang ins Freie. Nichts hatte sich auf der Straße verändert. Sogar das Schaf stand immer noch auf dem Bürgersteig und äste an einer Hecke. Und doch war alles anders geworden.

Eduard von Römer

Der Kampf hatte gerade erst begonnen.